मिलियन डॉलर
की
हेरा-फेरी

मिलियन डॉलर की हेरा-फेरी

(लेखक की पुस्तकों की अब तक 33 करोड़ प्रतियों की बिक्री)

जेफरी आर्चर

प्रभात प्रकाशन, दिल्ली
ISO 9001:2008 प्रकाशक

प्रकाशक • **प्रभात प्रकाशन**
4/19 आसफ अली रोड,
नई दिल्ली-110002

संस्करण • प्रथम, 2017
अनुवाद • नितिन माथुर
मूल्य • पाँच सौ रुपए
मुद्रक • आर-टेक ऑफसेट प्रिंटर्स, दिल्ली

MILLION DOLLAR KI HERA-PHERI

by Jeffrey Archer ₹ 500.00
Published by Prabhat Prakashan, 4/19 Asaf Ali Road, New Delhi-2
by arrangement with Macmillan Publishers Limited
e-mail: prabhatbooks@gmail.com ISBN 978-93-5266-288-3

मैरी और
उस मोटे आदमी को
समर्पित

लेखकीय

मैं इस पुस्तक के रचना में सहायता देनेवाले सभी लोगों को धन्यवाद देता हूँ, जिनमें मुझे प्रेरणा देनेवाले डेविड निवेन जूनियर, इसे संभव बनानेवाले सर नोएल व लेडी हॉल, एड्रियन मेटकाल्फ, एंथनी रेनटॉल, कोलिन एम्सन, टेड फ्रांसिस, गॉडफ्रे बार्कर, विली वेस्ट, मैडम टेलीजन, डेविड स्टीन, क्रिस्टियन नेफे, डॉ.जॉन वान्स, डॉ. डेविड वीडन, रेवरेंड लेस्ली स्टाईलर, रॉबर्ट गासेर, प्रोफेसर जिम बोल्टन तथा इसे संकलित करने वाले जेमी क्लार्क, गेल व जो तथा मेरी रचनाओं को सुधारने व संपादन करने में घंटों व्यस्त रहनेवाली मेरी पत्नी, मैरी, शामिल हैं।

प्रस्तावना

''जॉर्ग आज मध्य यूरोपीय समय के अनुसार शाम 6 बजे तक क्रेडिट पारिसियन से 2 नंबर खाते में 7 मिलियन डॉलर आने की उम्मीद है। इन्हें फर्स्ट-क्लास बैंकों में ट्रिपल 'ए' के व्यावसायिक नाम से जमा करवा देना। या फिर इसे रात को ही यूरो-डॉलर मार्केट में निवेश कर देना। समझ गए?''

''ठीक है, हार्वे!''

''रियो डी जेनेरियो के बैंको डू मिनास गेरिस में सिलवरमैन व इलियट के नाम एक मिलियन डॉलर जमा करवा दो और लोम्बार्ट स्ट्रीट स्थित बार्क्ले बैंक के सभी शीघ्रावधि ऋण चुका दो। समझ गए?''

''ठीक है, हार्वे!''

''मेरे कमॉडिटी अकाउंट से 10 मिलियन डॉलर का सोना खरीद लो और मेरे अगले आदेश की प्रतीक्षा करो।''

''ठीक है, हार्वे!''

हार्वे मेटकॉफे को अपना अंतिम निर्देश निरर्थक लगा। जॉर्ग बिर्रेर, ज्यूरिख का सबसे रूढिवादी बैंकर होने के साथ ही सबसे चतुर भी था और हार्वे के लिए यही बात अधिक महत्त्वपूर्ण थी।

''क्या तुम 25 जून, मंगलवार को दोपहर 2 बजे विंबलडन के सेंटर कोर्ट पर मेरी हमेशा वाली डिबेंचर सीट पर आ सकते हो?''

''ठीक है, हार्वे!''

इसके बाद फोन कट गया। हार्वे कभी विदा नहीं लेता। जीवन की इन भद्रताओं को वह कभी नहीं समझ पाया और अब उसके लिए यह सब समझने के लिए बहुत देर हो चुकी है। तत्पश्चात् उसने एक बार फिर फोन उठाया और सात अंक दबाकर बॉस्टन के लिंकन ट्रस्ट में अपनी सेक्रेटरी से पूछा।

''मिस फिश ?''

''जी सर।''

''प्रॉस्पेक्टा ऑयल की फाइल को नष्ट कर दो, उससे जुड़े सभी पत्र-व्यवहार भी नष्ट कर दो, कोई निशान मत छोड़ना। समझ गईं।''

''जी सर!''

उसने एक बार फिर फोन काट दिया। पिछले पच्चीस वर्षों में हार्वे मेटकाल्फ अब तक लगभग तीन बार ऐसे आदेश दे चुका था। मिस फिश सीख गई थी कि उसे कोई सवाल नहीं पूछना है।

हार्वे ने जीत के अहसास से परिपूर्ण गहरी निश्श्वास भरी। अब वो लगभग 25 मिलियन डॉलर का मालिक था, उसे कोई नहीं रोक सकता था। उसने लंदन के हैग ऐंड बटलर से मँगाई 1964 निर्मित क्रूग शैंपेन की बोतल खोली और छोटे-छोटे घूँट भरने लगा। साथ ही उसने इतालवी अप्रवासी द्वारा क्यूबा से माह में एक बार तस्करी से लाई गई ढाई सौ रोमियो व जूलियट चर्चिल सिगारों में से एक सुलगा ली। इस तरह उसने छोटा सा जश्न मना लिया। बॉस्टन के मैसाचुसेट्स में इस समय दिन के 12:20 बजे थे। दोपहर के भोजन का समय लगभग हो ही गया था।

हार्ले स्ट्रीट, बांड स्ट्रीट, किंग्स रोड व ऑक्सफोर्ड स्थित मागडालेन कॉलेज में इस समय शाम के 6:30 हुए थे। एक-दूसरे से अनजान चार लोग लंदन के इवनिंग स्टैंडर्ड के उस दिन के अंतिम संस्करण में प्रोस्पेक्टा ऑयल के शेयरों की बाजार कीमत देख रहे थे। ये 3.70 पाउंड थी। अपने कॅरियर को सफल बनाने पर ध्यान केंद्रित करनेवाले वे चारों लोग आज सुबह तक अति धनाढ्य थे।

लेकिन इस पल वे बिल्कुल कंगाल हो गए थे।

1

वैध तरीके से एक मिलियन डॉलर कमाना कठिन है। जबकि अवैध ढंग से मिलियन डॉलर कमाना उतना ही सरल है। लेकिन इन सबसे कठिन होता है अपने कमाए हुए इन मिलियन डॉलर को बनाए रखना।

हैनरेक मेटेलस्की का जन्म 17 मई, 1909 को न्यूयॉर्क के लोअर ईस्ट साइड के एक छोटे से घर में हुआ, जहाँ पहले ही चार बच्चे मौजूद थे। उसका पालन–पोषण दिन में एक बार के भोजन, ईश्वर पर विश्वास व अवसाद के बीच हुआ। उसके माता–पिता वारसा में जन्मे थे। जो सदी की शुरुआत में पोलैंड छोड़कर न्यूयॉर्क आ गए थे। हैनरेक के पिता बेकरी चलाते थे। न्यूयॉर्क में रहनेवाले अधिकांश अप्रवासी पोल, ब्लैक–रे ब्रेड बनाने के अलावा अपने देशवासियों के लिए छोटे रेस्टोरेंट चलाते थे। जल्द ही उसके पिता को वहाँ काम मिल गया। हैनरेक के माता–पिता चाहते थे कि वह पढ़ाई में अच्छा करे, लेकिन हाई स्कूल तक पढ़ाई में कभी भी अच्छा नहीं रहा। प्रकृति ने उसे कुछ और उपहार दिया था। हैनरेक बचपन से ही बहुत तेज था। उसका ध्यान अमेरिकी क्रांति व स्वतंत्रता आंदोलन से अधिक स्कूल के सिगरेट व शराब के भूमिगत बाजारों पर कब्जा करने पर केंद्रित था। छोटी उम्र में ही हैनरेक समझ गया था कि जीवन में अच्छी चीजें मुफ्त नहीं मिलतीं। वह धन व शक्ति की ऐसे तलाश करता था, जैसे कोई बिल्ली किसी चूहे को खोज रही हो।

जब हैनरेक चौदह वर्ष का मुहाँसों वाला खुशदिल बालक था, तभी उसके पिता की कैंसर से मृत्यु हो गई। कुछ ही महीने बाद उसकी माँ भी चल बसीं। पाँचों बच्चे अनाथ हो गए। हैनरेक व अन्य चारों बच्चों को विभिन्न अनाथालयों में भेज दिया गया। 1920 के मध्य के उस काल में किसी भी बच्चे के लिए न्यूयॉर्क में जीवित रहने की अपेक्षा खो जाना अधिक सरल था। जल्द ही हैनरेक जीवित रहने की कला में माहिर हो गया, यह ऐसी शिक्षा थी, जो उसे आगामी जीवन में बहुत काम आई।

लोअर ईस्ट साइड में रहते हुए वह पूरी तरह चौकन्ना रहकर जूते पॉलिश करने से लेकर बरतन धोने तक के कड़ी मेहनत वाले काम करता रहा। लेकिन उसका मन गोरखधंधे की उस दुनिया में प्रविष्ट होने को करता, जहाँ उसे धन व प्रतिष्ठा प्राप्त हो सके। उसे पहला मौका तब मिला जब न्यूयॉर्क स्टॉक एक्सचेंज में काम करने वाला संदेशवाहक लड़का जान पेलनिक, सोलमन भरे सॉसेजिस खाने से बीमार हो गया। हैनरेक ने मुख्य संदेशवाहक को अपने मित्र की फूड पॉइजनिंग को क्षयरोग बताया और उसकी नौकरी पर काबिज हो गया। तत्पश्चात् उसने अपना निवास स्थान बदला, पुराने मित्र को त्यागा और नई वरदी पहनकर अपनी नई नौकरी में जुट गया।

बीसवीं सदी के उन आरंभिक वर्षों में हैनरेक द्वारा दिए गए अधिकांश संदेशों में 'खरीदो' की सलाह थी। बाजार की तेजी के चलते ग्राहक जमकर खरीदारी करते। उसकी भूमिका अन्य लोगों को अमीर होता देखने वाले एक दर्शक से अधिक कुछ नहीं थी। सहज ही, वह उन लोगों की ओर आकर्षित होने लगा, जिन्होंने स्टॉक एक्सचेंज द्वारा एक ही हफ्ते में इतना पैसा बना लिया था, जितना वह इस वेतन पर पूरा जीवन काम करके भी नहीं कमा सकता था।

उसने स्टॉक एक्सचेंज की कार्य प्रणाली सीखना आरंभ कर दिया। वह लोगों की बातें सुनता, सील हुए संदेशों को खोलकर पढ़ता कि उनमें बाजार बंद होने पर किसी कंपनी की स्थिति का अध्ययन करने को कहा गया है। अन्य लड़कों ने चार वर्ष जो समय भीड़ भरे बाजार में घूमते हुए छोटी गुलाबी पर्चियाँ बाँटने में बिताया। हैनरेक मेटेलस्की के लिए वो चार वर्ष हॉवर्ड बिजनेस स्कूल की मास्टर्स डिग्री के बराबर थे। यद्यपि वह नहीं जानता था कि एक दिन वह इसी महान् संस्थान में भाषण दे रहा होगा।

जुलाई 1927 की एक सुबह सुस्थापित ब्रोकरेज प्रतिष्ठान हालगार्टन ऐंड कंपनी का संदेश ले जाने के पूर्व वह सामान्य ढंग से शौचालय गया। उसने ऐसा तरीका विकसित कर लिया था, जिसमें वह शौचालय के क्यूबिल में बैठकर ले जाए जा रहे संदेश को पढ़ता और उस जानकारी का अपने लिए महत्त्व निर्धारित करता। यदि उसे वह महत्त्वपूर्ण लगती तो वो तुरंत पोलिश बूढ़े विटोल्ड ग्रोनोविच को फोन करके यह सूचना दे देता, जो अपने देशवासियों के लिए एक छोटी सी बीमा कंपनी चलाता था। हैनरेक को ऐसी प्रत्येक अंदरूनी जानकारी के लिए सप्ताह में 20 से 25 डॉलर मिल जाते। हालाँकि बाजार में मोटी धनराशि लगाने में असमर्थ ग्रोनोविच कभी भी अपने इस युवा मुखबिर की किसी सूचना का वास्तविक फायदा नहीं उठा सका।

एक दिन हेनरेक जब शौचालय की सीट पर बैठकर एक संदेश पढ़ रहा था तो वह उसे बहुत महत्त्वपूर्ण लगा। टेक्सास के गवर्नर स्टैंडर्ड ऑयल कंपनी को शिकागो से मेक्सिको तक पाइपलाइन बिछाने की अनुमति देने वाले थे, सभी सार्वजनिक निकाय इस प्रस्ताव को मंजूरी दे चुके थे। बाजार में खबर थी कि वह कंपनी पिछले लगभग एक वर्ष से इस अंतिम अनुमति को प्राप्त करने के लिए प्रयासरत थी। यह संदेश सीधे जॉन डी. रॉकफेलर के ब्रोकर टकर एंथनी के हाथों में जल्द-से-जल्द पहुँचाना था। पाइपलाइन डालने की इस अनुमति से समूचे उत्तरी भूभाग को तेल की सीधी आपूर्ति हो जाएगी, जिसका अर्थ लाभ में उछाल आना था। हैनरेक समझ गया कि इस खबर के बाहर आते ही स्टैंडर्ड ऑयल के शेयर आसमान छूने लगेंगे। यह इसलिए भी सुनिश्चित था, क्योंकि अमेरिका की 90 फीसदी तेल रिफाइनरियाँ स्टैंडर्ड ऑयल के ही कब्जे में थीं।

सामान्य परिस्थितियों में हैनरेक यह संदेश सीधे श्री ग्रोनोविच तक पहुँचा देता, और वह ऐसा ही करने वाला था। तभी उसने एक मोटे से आदमी को शौचालय से निकलते देखा, जिसकी जेब से एक कागज का टुकड़ा गिर गया। उस समय वहाँ किसी और के न होने के चलते हैनरेक ने तुरंत उसे उठाया और अपने निजी क्यूबिकल में घुस गया। उसे उसमें किसी महत्त्वपूर्ण जानकारी का अंदेशा हुआ, जबकि वो किसी श्रीमती रोज रेन्निक के नाम जारी 50,000 डॉलर का भुनने लायक चेक था।

हैनरेक ने फौरन कुछ सोचा और तेजी से शौचालय से निकला व दौड़ता हुआ वॉल स्ट्रीट पहुँच गया। वहाँ वो रेक्टर स्ट्रीट स्थित एक छोटी सी कॉफी शॉप में बैठकर कोका-कोला पीने का ढोंग करने लगा। जबकि उसके दिमाग में एक योजना कुलबुला रही थी। थोड़ी ही देर बाद उसने अपनी योजना पर काम करना शुरू भी कर दिया।

सबसे पहले उसने वॉल स्ट्रीट के दक्षिण-पश्चिम छोर पर स्थित मोर्गन बैंक की ब्रांच में उस चैक को भुना लिया। वह जानता था कि अपनी संदेशवाहक की शानदार पोशाक के चलते वह बहुत सुगमता से एक्सचेंज की कुछ प्रसिद्ध फर्मों तक पहुँच सकता है। पैसे लेकर वह एक्सचेंज लौटा और एक फ्लोर ब्रोकर से स्टैंडर्ड ऑयल के 2500 शेयर 197/8 की दर से खरीद लिये। ब्रोकर के चार्ज देने के बाद उसके पास 126.61 डॉलर ही शेष बचे। इन 126.61 डॉलर को उसने मोर्गन बैंक के चालू खाते में जमा करवा दिया। अब वह बहुत व्यग्रता से गवर्नर के ऑफिस द्वारा घोषणा किए जाने की प्रतीक्षा करने लगा। अपने दैनिक कार्य निपटाते

हुए वह स्टैंडर्ड ऑयल के विचारों में इतना डूब गया कि उसे शौचालय में जाकर संदेश पढ़ने की भी याद नहीं रही।

उस दिन कोई घोषणा नहीं हुई। हैनरेक नहीं जानता था कि इस सूचना को बाजार बंद होने के आधिकारिक समय 3 बजे तक इसलिए रोका गया है, जिससे गवर्नर स्वयं जहाँ से और जितने हो सके, शेयर खरीद सके। हैनरेक की वह पूरी रात कोई बहुत बड़ी गलती कर बैठने के डर में बीती। उसे अपनी नौकरी व पिछले चार वर्ष में उसने जो कुछ भी जमा किया था, वो हाथ से निकलता दिखने लगा। यहाँ तक कि उसे जेल जाने का भय भी सता रहा था।

उसे सारी रात नींद नहीं आई। उसने पूरी रात अपनी छोटी सी खिड़की वाले घुटन भरे कमरे में बेचैनी से करवटें लेते हुए गुजारी। रात एक बजे यह अनिश्चितता उसके लिए असह्य हो गई। वह बिस्तर से उठा, दाढ़ी बनाई, तैयार हुआ और ग्रांड सेंट्रल स्टेशन जाने वाले सब-वे की ओर बढ़ गया। वहाँ से पैदल ही टाइम्स स्क्वेयर पहुँचा और काँपते हाथों से वॉल स्ट्रीट जर्नल का पहला संस्करण खरीद लिया। वह खबरों पर नजर डालने की हिम्मत नहीं जुटा पा रहा था, जबकि अखबार के मुख्य शीर्ष पर मोटे अक्षर चीख-चीखकर कह रहे थे—

गवर्नर ने रॉकफेलर को तेल पाइपलाइन के अधिकार सौंपे

इसके नीचे छोटा उप-शीर्षक था—

''तेल शेयरों की खरीद में भारी उछाल की उम्मीद।''

घबराया हुआ हैनरेक पास की वेस्ट 42ऐंड स्ट्रीट पर स्थिति रात भर खुले रहने वाले कैफे में घुस गया और एक बड़ा हैंबर्गर व फ्रेंच फ्राई मँगवा उसे कैचअप से तर कर, अपने भाग्योदय के पहले भोज के स्थान पर इस तरह कुतरकर खाने लगा, जैसे वो इलेक्ट्रिक चेयर पर बैठा वह व्यक्ति है, जो अपना अंतिम भोजन कर रहा हो। उसने पहले पृष्ठ से चौदह नंबर पृष्ठ तक फैली रॉकफेलर से जुड़ी इस उथल-पुथल को पूरी तरह पढ़ डाला। सुबह चार बजे उसने न्यूयॉर्क टाइम्स के तीन संस्करण व हेरल्ड ट्रिब्यून के पहले दो संस्करण खरीद लिये। दोनों की शीर्ष खबर वही थी। वह अपने घर पहुँचा तथा कुछ घबराहट व प्रसन्नता सहित अपनी वरदी पहन ली। सुबह ठीक 8 बजे, स्टॉक एक्सचेंज पहुँचकर वह अपने दैनिक कार्यों में जुट गया, साथ ही उसका दिमाग अब उसकी योजना के दूसरे चरण पर काम कर रहा था।

स्टॉक एक्सचेंज की आधिकारिक शुरुआत होते ही हैनरेक सीधा मोर्गन बैंक पहुँचा और उसी सुबह 211/4 डॉलर पर पहुँचे अपने 2,500 रुपए मूल्य के स्टैंडर्ड

ऑयल के शेयरों के बदले 50,000 डॉलर के ऋण की माँग की। उसने ऋण की उस रकम को अपने चालू खाते में जमा करके श्रीमती रोज रेन्निक के नाम 50,000 डॉलर का ड्राफ्ट ज़ारी करने को कहा। बैंक से निकलने के बाद उसने अपने उस अज्ञात उपकारी का फोन नंबर व घर का पता मालूम किया।

श्रीमती रेन्निक एक विधवा थी, जो अपने मृत पति द्वारा छोड़े गए निवेश के सहारे अपना जींवनयापन कर रही थीं। वह 62 ऐंड स्ट्रीट पर स्थित एक छोटे से अपार्टमेंट में रहती थीं। हैनरेक जानता था कि यह न्यूयॉर्क के सबसे फैशनेबल इलाकों में से है। श्रीमती रेन्निक के लिए किसी हैनरेक मेटेलस्की का फोन करना व किसी आवश्यक निजी काम से मिलने आने की इच्छा जताना बहुत आश्चर्यचकित करने वाला था। लेकिन जब उसने हैलगार्टन ऐंड कंपनी का नाम लिया तो उन्हें थोड़ा भरोसा हुआ और वो हैनरेक से उस दोपहर 4 बजे वॉलफोर्ड-एस्टोरिया में मिलने के लिए तैयार हो गईं।

हैनरेक कभी वॉलफोर्ड-एस्टोरिया में अंदर नहीं गया था। लेकिन बीते चार वर्षों में स्टॉक एक्सचेंज में काम करते हुए लोगों की बातचीत सुनकर वह जानता था कि वह शहर के गिने-चुने विख्यात होटलों व रेस्टोरेंट में से एक है। वह समझ गया कि श्रीमती रैन्निक को हैनरी मेटेलस्की जैसे नाम वाले व्यक्ति को अपने घर बुलाने की जगह उसके साथ यहाँ चाय पीना सही लगा। आमने-सामने बातचीत की जगह फोन पर और अधिक व्यक्त हुए उसके पोलिश लहजे ने मिलने के लिए इस स्थान को सुनिश्चित कर दिया।

वॉलफोर्ड की लॉबी में बिछे मोटे कालीन पर खड़े हैनरेक को अपने सादे ढंग से सिले कपड़ों पर बहुत लज्जा आ रही थी। लग रहा था मानो सभी आँखें उसे ही घूर रही हैं। उसने जैफर्सन रूम की बड़ी व गुदगुदी कुरसी में अपने छोटे से शरीर को धँसा दिया। हैनरेक को महसूस हुआ कि वॉलफोर्ड में बैठे अन्य लोगों के गुदगुदे शरीर का कारण फ्रेंच फ्राईस नहीं बल्कि पॉमिस जे टेरे मात्रे द होटल है। वो सोच रहा था कि काश आज उसने अपने बालों को काली चमक देने की जगह ऐसा अपने जूतों के साथ किया होता। वह अपने मुँह के किनारे पर उगी फुंसी को खुजाते हुए प्रतीक्षा करने लगा। अपने मित्रों के बीच जिस सूट में वो स्वयं को आश्वासित व भाग्यशाली मानता था, वह उसे यहाँ भड़कीला, तुच्छ, सस्ता व बेहद भद्दा लग रहा था। वह न तो होटल की सजावट से मेल खा रहा था और न ही उस पैटर्न के अनुसार था। उसने अपनी जिंदगी में पहली बार स्वयं को इतना न्यून महसूस किया। उसने न्यूयॉर्कर की एक प्रति उठाई और स्वयं को उसके पीछे

छिपाते हुए अपने अतिथि के वहाँ जल्द ही पहुँचने की प्रार्थना करने लगा। वेटरों की सहज उपेक्षा उसमें अलग तरह की घबराहट पैदा कर रही थी। उसने ध्यान दिया कि उनमें से एक वेटर का कार्य केवल चाय के कमरे में घूम-घूमकर अपने सफेद दस्ताने वाले हाथ से चाँदी की चिमटी में पकड़कर चीनी के ढेले कप में डालना था। यह देखकर हैनरेक बहुत प्रभावित हुआ।

रोज रैन्निक चार बजने के कुछ मिनट बाद आईं। उनके साथ दो कुत्ते थे तथा उन्होंने एक बहुत बड़ा हैट पहन रखा था। उन्हें देखकर हैनरेक ने अंदाज लगाया कि वो साठ वर्ष से कुछ अधिक की होंगी। वे कुछ मोटी, अधिक दिखावे वाली व अधिक कपड़े पहने थीं। लेकिन उनके चेहरे पर एक स्नेहपूर्ण मुसकान थी। वो वहाँ मौजूद लगभग सभी लोगों को जानती थीं। हर टेबल पर जाकर वॉलफोर्ड-एस्टोरिया में लगभग प्रतिदिन आनेवाले ग्राहकों से बात कर रही थीं। अंतत: वे उस टेबल पर पहुँच गईं, जहाँ हैनरेक बैठा था। उसके अजीब से कपड़ों तथा उसकी अठारह वर्ष से भी कम की उम्र को देखकर वे चौंक गईं।

जब श्रीमती रैन्निक ने चाय का ऑर्डर दिया तो उसी दौरान हैनरेक ने अपनी पूर्व-गठित कहानी सुनानी शुरू कर दी, जिसमें एक दिन पूर्व श्रीमती रेन्निक का चेक दुर्भाग्य से उनकी स्टॉक एक्सचेंज में कार्यरत फर्म के नाम जारी हो गया था। उसने बताया कि उसके बॉस ने फौरन यह चेक उन्हें लौटाने के अलावा इस दुर्भाग्यपूर्ण त्रुटि के लिए माफी भी माँगी है। हैनरेक ने उन्हें 50,000 डॉलर का चैक सौंपते हुए यह भी कहा कि यदि वो इस मामले को और आगे बढ़ाएँगी तो उसकी नौकरी जा सकती है। क्योंकि इस सारी गड़बड़ी का जिम्मेदार उसे माना जा रहा है। श्रीमती रैन्निक को केवल उस चैक के खोने के बारे में पता था, वो इसके भुनने के बारे में कुछ नहीं जानती थीं, क्योंकि इस रकम को उनके अकाउंट में आने में कई दिन लग जाते थे। इस कहानी को सुनाने में हैनरेक के निर्दोष उत्साह को देखकर व मानव मन की थाह पाने में असमर्थ श्रीमती रैन्निक उस मामले को वहीं समाप्त करने पर राजी हो गईं, बल्कि उन्हें तो अपना धन वापिस पाने की प्रसन्नता अधिक थी। मार्गन बैंक का यह ड्राफ्ट स्वीकार करने में उन्हें कोई नुकसान नहीं था। हैनरेक ने चैन की साँस ली। पहली बार उसे दिन के खुशनुमा होने का अहसास हुआ। वह इतना प्रसन्न था कि उसने चाँदी की चिमटी से चीनी देने वाले वेटर की भी सेवा ली।

कुछ देर बाद हैनरेक ने काम पर वापस लौटने की बात कहकर श्रीमती रैन्निक को उनके सहयोग के लिए धन्यवाद दिया, बिल चुकाया और वहाँ से चला

गया। सड़क पर पहुँचकर उसकी जान में जान आई। उसकी नई शर्ट पूरी तरह पसीने से भीग गई थी (यह श्रीमती रेन्निक द्वारा निकाला गया पसीना था), लेकिन अब वो बाहर था और पुनः स्वतंत्रतापूर्वक साँस ले सकता था। उसका पहली बड़ी योजना कामयाब रही थी।

पार्क एवेन्यू पर खड़ा होकर वह श्रीमती रेन्निक से हुई इस मुलाकात के स्थान के संयोग को लेकर विस्मित था। इसी वॉलफोर्ड होटल का एक कमरा स्टैंडर्ड ऑयल के प्रमुख जॉन डी. रॉकफेलर के नाम बुक रहता है। जब मुख्य प्रवेश द्वार से हैनरेक अंदर दाखिल हो रहा था, उसके कुछ ही समय पूर्व रॉकफेलर सब–वे से होकर अपनी निजी लिफ्ट द्वारा वॉलफोर्ड टॉवर में प्रविष्ट हुए थे। बहुत कम न्यूयॉर्कवासी जानते थे कि वॉलफोर्ड–एस्टोरिया के पचास फुट नीचे रॉकफेलर का अपना निजी स्टेशन मौजूद है, जिससे उन्हें आठ ब्लॉक दूर स्थित ग्रैंड सेंट्रल स्टेशन तक की यात्रा न करनी पड़े। वहाँ से 125 स्ट्रीट के बीच कोई स्टेशन नहीं था। (यह स्टेशन आज भी मौजूद है। लेकिन चूँकि अब रॉकफेलर वॉलफोर्ड–एस्टोरिया में नहीं रहते, इसलिए ट्रेन भी यहाँ नहीं रुकती) हैनरेक जब श्रीमती रैन्निक से अपने 50,000 डॉलर पर बात कर रहा था, उसी समय रॉकफेलर उससे सत्तावन मंजिल ऊपर राष्ट्रपति कूलिज के राजकोष सचिव एंड्रयू डब्ल्यू. मेलन के साथ 5,000,000 डॉलर के निवेश पर बातचीत कर रहे थे।

अगले दिन हैनरेक सामान्य तरीके से काम पर पहुँच गया। उसे मालूम था कि उसके पास शेयरों को बेचने के लिए केवल पाँच दिन का समय शेष है। इसी बीच उसे मार्गन बैंक व स्टॉक ब्रोकर का कर्ज भी चुकता करना था। क्योंकि न्यूयॉर्क स्टॉक एक्सचेंज सामान्यतः सात दिनों में से केवल पाँच कार्य–दिवसों में ही काम करता था। अंतिम दिन वह शेयर 231/4 डॉलर पर ठहर गया। उन्हें 231/4 डॉलर पर बेचने पर अपना 49,625 डॉलर का ऋण चुकाने तथा सभी खर्चे निकालने के बाद उसे 7,490 डॉलर का मुनाफा हुआ। जिसे उसने मोर्गन बैंक में ही जमा रहने दिया।

अगले तीन वर्षों तक उसने श्री ग्रोनोविच को कोई फोन नहीं किया और सारा काम स्वयं करने लगा। उसने छोटी रकम से शुरुआत की, लेकिन जैसे–जैसे उसका अनुभव व आत्मविश्वास बढ़ता गया, वह इस रकम को बढ़ाता गया। अच्छा समय होने के बावजूद वह हमेशा फायदे में नहीं रहता, इसलिए उसने आमतौर पर तेज (बुल) रहने वाले बाजार में मंदी (बीयर) रहने पर भी कमाने की कला को हस्तगत करने का फैसला किया। बाजार की मंदी में उसने कम मात्रा

में बिकवाली का सिद्धांत अपनाया, जिसे बिजनेस में पूरी तरह नैतिक नहीं माना जाता था। अब वो गिरावट का आभास होते ही ऐसे शेयरों को बेचने की कला में माहिर हो चुका था, जो उसके पास होते ही नहीं थे। बाजार के झुकाव के संबंध में उसकी आभासी क्षमता उसकी कपड़ों के प्रति समझ बढ़ने जितनी ही सुस्पष्ट होती जा रही थी। लोअर ईस्ट साइड में सीखी गई मक्कारी अब उसके खूब काम आ रही थी। हैनरेक जल्द ही समझ गया कि यह दुनिया भी एक जंगल ही है, अंतर केवल इतना है कि यहाँ शेर व बाघ सूट पहनकर घूमते हैं।

वर्ष 1929 में जब शेयर बाजार गिरा तो हैनरेक ने अपनी 7,490 डॉलर की रकम को 51,000 डॉलर की तरल संपत्ति में बदल लिया। जब हालगार्टन ऐंड कंपनी के चेयरमैन ने शेयर बाजार की एक खिड़की से छलाँग लगाकर आत्महत्या कर ली, तो अगले ही दिन उसने अपने पास रखे सभी शेयर बेच डाले। हैनरेक उस आत्महत्या से मिले संदेश को भलीभाँति समझ गया था। अपनी नवीन पूँजी से वह ब्रूकलिन के एक खूबसूरत अपार्टमेंट में रहने लगा और दिखावा करते हुए एक लाल स्टूट्ज कार चलाने लगा। हैनरेक बहुत पहले ही समझ गया था कि इस दुनिया में अपने नाम, अपनी पृष्ठभूमि तथा अपनी गरीबी, इन तीन मुख्य हानिकर बातों के साथ आया है। उसने अपनी धन संबंधी समस्या को सुलझा लिया था, अब उसे बाकी दोनों से निपटना था। आखिरकार उसने कोर्ट में अपना नाम बदलकर हार्वे डेविड मेटकाल्फ रखने की अरजी दाखिल कर दी। इस अरजी के स्वीकार होते ही उसने पोलिश समुदाय के अपने सभी पुराने संबंध बिल्कुल समाप्त कर दिए। तत्पश्चात् वर्ष 1930 की मई में वह एक बिल्कुल नए नाम, नई पृष्ठभूमि व एक धनवान व्यक्ति के रूप में सबके सामने आया।

वर्ष के आखिरी महीनों में एक फुटबॉल मैच के दौरान उसकी मुलाकात रॉजर शार्पले नाम के व्यक्ति से हुई, जिससे उसे यह समझ आया कि अमीर लोगों की भी परेशानियाँ होती हैं। बॉस्टन निवासी इस युवक शार्पले को अपने पिता से वसीयत में एक कंपनी मिली थी। यह कंपनी शराब के आयात व फर के निर्यात का कार्य करती थी। चोवते व डार्टमाउथ कॉलेज से शिक्षा लेने वाले शार्पले का बॉस्टन इलाके में बहुत नाम व पहचान थी, इसलिए अकसर उसके देशवासी उससे जलते थे। वह लंबा और गोरा था, जो बिल्कुल वाइकिंग स्टॉक से आया लगता था। उपहार में मिली शौकिन तबीयत के चलते वस्तुएँ उसकी ओर स्वत: ही खिंची चली आतीं, विशेषतौर पर महिलाएँ। वो हर मामले में हार्वे से बिल्कुल उलट था। वह दोनों चुंबक के दो ध्रुवों जैसे थे, जिनकी विषमता उनके आकर्षण

का कारण बनी और उन दोनों को पास ले आई।

रॉजर के जीवन की एक ही अभिलाषा थी, नौसेना में अफसर बनना। लेकिन डार्टमाउथ कॉलेज से स्नातक करने के बाद ही उसके पिता बीमार रहने लगे और पारिवारिक बिजनेस की जिम्मेदारी उसके कंधों पर आ गई। जैसे ही वह फर्म से जुड़ा, कुछ ही महीनों में उसके पिता का निधन हो गया। पिता की मौत के बाद रॉजर चाहता था कि वह सबसे पहले बोली लगाने वाले को ही शार्पले ऐंड संस बेच डाले। लेकिन उसके पिता ने वसीयतनामे में एक शर्त रख दी थी कि यदि रॉजर अपने चालीसवें जन्मदिन (अमेरिकी नौसेना में शामिल होने की अधिकतम आयु) के पूर्व उस फर्म को बेचता है तो उसे उससे मिलने वाली रकम को अपने अन्य सभी रिश्तेदारों के साथ बाँटना होगा।

हैनरेक ने रॉजर की समस्या पर पूरी गंभीरता से विचार किया और न्यूयॉर्क के दक्ष वकील के साथ बातचीत के दो लंबे सत्रों के बाद रॉजर के मनानुकूल एक कार्य योजना तैयार कर ली। इसके मुताबिक हार्वे 100,000 डॉलर में शार्पले ऐंड संस का 49 फीसदी हिस्सा खरीदने के बाद प्रतिवर्ष 20,000 डॉलर का पहला लाभ प्राप्त करेगा। जब रॉजर चालीस वर्ष का हो जाएगा, तब वह उसे शेष 51 फीसदी हिस्से के लिए 100,000 डॉलर देकर संपूर्ण स्वामित्व प्राप्त कर लेगा। इसके बोर्ड में तीन वोटिंग सदस्यों को चुना गया, जिनमें रॉजर, हार्वे तथा हार्वे द्वारा चुना गया व्यक्ति होगा, जिससे फर्म का नियंत्रण पूरी तरह हार्वे के हाथ में ही रहेगा। हार्वे चाहता था कि रॉजर जल्द-से-जल्द नौसेना में भरती हो, जिससे उसकी उपस्थिति केवल शेयरधारकों की वार्षिक बैठक में शामिल होने तक ही सीमित हो जाए।

रॉजर को अपने भाग्य पर विश्वास नहीं हो रहा था। अन्य किसी को पता चलने पर उसकी दखलंदाजी से बचने के लिए रॉजर ने शार्पले ऐंड संस में किसी को इस सौदे की भनक नहीं लगने दी। हार्वे अपने शिकार को अच्छी तरह जानता था, इसलिए उसे विश्वास था कि रॉजर ऐसा ही करेगा। रॉजर ने इस प्रस्ताव से जुड़े कानूनी कागजात न्यूयॉर्क में कुछ ही दिन पहले तैयार करवाए, ताकि बॉस्टन में फर्म इन सबसे अनजान रहे। इस दौरान हार्वे एक बार फिर मार्गन बैंक पहुँचा, जहाँ अब उसके भविष्य को सुनहरा माना जाने लगा था। बैंकों की नजर भविष्य पर ही रहती है, इसलिए मैनेजर ने उसकी नई कंपनी को उसके 50,000 डॉलर के अलावा 50,000 डॉलर का अतिरिक्त ऋण दे दिया। इस रकम से हार्वे शार्पले ऐंड संस का 49 फीसदी हिस्सा खरीद सका और कंपनी का पाँचवाँ अध्यक्ष बन गया। 28 अक्तूबर, 1930 को न्यूयॉर्क में इसके सभी कानूनी दस्तावेजों पर हस्ताक्षर हो

गए।

जल्द ही रॉजर यूएस नेवी में शामिल होकर अपने ऑफिसर ट्रेनिंग प्रोग्राम में शामिल होने के लए न्यूपोर्ट स्थित रोड द्वीप चला गया। वहीं हार्वे ने ग्रांड सेंट्रल स्टेशन जाकर बॉस्टन के लिए ट्रेन पकड़ ली। न्यूयॉर्क स्टॉक एक्सचेंज में संदेशवाहक लड़के के रूप में काम करने के उसके दिन अब बीत गए थे। इक्कीस वर्ष की उम्र में वह अपनी स्वयं की कंपनी का अध्यक्ष बन गया था।

अन्य लोग जिसे अपने लिए मुसीबत समझते, हार्वे उसी में से सफल हो जाता। जहाँ अमेरिकी लोग अभी भी प्रतिबंधों से जूझ रहे थे, वहीं हार्वे फर का निर्यात करने लगा, लेकिन अभी वह शराब का आयात नहीं कर पा रहा था। पिछले दशकों में कंपनी के मुनाफे में लगातार गिरावट का यही मुख्य कारण था। लेकिन हार्वे ने जल्द ही एक मार्ग निकाल लिया और बॉस्टन के मेयर, पुलिस प्रमुख व कैनेडियाई सीमा के कस्टम अधिकारियों को थोड़ी सी रिश्वत देकर तथा कुछ रकम माफिया को चुकाकर वह अपना उत्पाद रेस्टोरेंट व माँगकर्ताओं तक पहुँचाने लगा, जिससे उसके शराब आयात की गिरावट समाप्त हो गई। लेकिन इसी बीच शार्पले ऐंड संस ने अपने बहुत से सम्मानित व प्रिय कर्मचारियों को खो दिया और उनकी जगह उन्होंने ले ली, जो हार्वे के विशिष्ट जंगल में सूट पहनकर घूमने वाले पशु थे।

वर्ष 1930 से 1933 तक हार्वे की शक्ति निरंतर बढ़ती रही। लेकिन जब राष्ट्रपति रूजवेल्ट ने जनता की भारी माँग पर उन प्रतिबंधों को अंततः निरस्त कर दिया तो उससे जनता के बीच उत्साह की लहर दौड़ गई। हार्वे अपनी कंपनी के शराब व फर में व्यापार जारी रखते हुए नए क्षेत्रों में विस्तार की संभावनाएँ खोजने लगा। वर्ष 1933 में शार्पले ऐंड संस ने अपने 100 वर्ष पूरे होने का उत्सव मनाया। बीते तीन वर्षों में हार्वे ने कंपनी का मुनाफा दोगुना कर दिया था, हालाँकि इस दौरान कंपनी की 97 वर्ष पुरानी साख मिट्टी में मिल गई थी। उसने पाँच वर्षों के भीतर अपने पहले एक मिलियन डॉलर कमा लिए और अगले चार वर्षों में इन्हें दो गुना कर लिया। इसके बाद उसने निर्णय लिया कि अब हैर्वे मेटकाल्फ व शार्पले ऐंड संस के विभाजित होने का समय आ गया है। वर्ष 1930 से 1942 के इन बारह वर्षों में उसने मुनाफे को 30,000 से बढ़ाकर 910,000 डॉलर कर दिया था। अंततः उसने वर्ष 1944 की जनवरी में कंपनी को 7000,000 डॉलर में बेच दिया, जिसमें से उसने 100,000 डॉलर अमेरिकी नौसेना के शहीद कैप्टन रॉजर शार्पले की विधवा को दिए तथा 6,900,000 डॉलर अपने पास रखे।

हार्वे ने अपना पैंतीसवाँ जन्मदिन बॉस्टन स्थित छोटे से बीमार बैंक लिंकन

ट्रस्ट को 4 मिलियन डॉलर में खरीदकर मनाया। बॉस्टन के मध्य में स्थित एक विख्यात बिल्डिंग में स्थित उस बैंक का वर्तमान मुनाफा 500,000 डॉलर था। उसकी साख बेदाग व बहुत नीरस सी थी। हार्वे ने उसकी साख व उसकी बैलेंस शीट दोनों में परिवर्तन करने का निश्चय कर लिया। उसे बैंक का अध्यक्ष बनकर बहुत आनंद आ रहा था, लेकिन इससे उसकी ईमानदारी में कहीं सुधार नहीं हुआ। बॉस्टन में होने वाली प्रत्येक संदिग्ध कारखाई के तार लिंकन ट्रस्ट से जुड़े दिखाई देते। हार्वे द्वारा अगले पाँच वर्षों में बैंक के मुनाफे में प्रतिवर्ष 2 मिलियन डॉलर की वृद्धि करने के बावजूद उसकी निजी साख पर कोई प्रभाव नहीं पड़ा।

1949 की सर्दियों में हार्वे की मुलाकात अर्लीन हंटर से हुई। वह फर्स्ट सिटी बैंक बॉस्टन के अध्यक्ष की इकलौती पुत्री थी। हार्वे को इससे पहले कभी महिलाओं में रुचि नहीं रही थी। वह तो हमेशा धन कमाने की जुगत में लगा रहता था। महिलाओं को रिक्त समय का उपयोगी साथी मानने के बाद भी वह उन्हें असुविधा ही मानता था। लेकिन अब जब वह बिना साथी के, ग्लॉसी मैगजीनों के मुताबिक मध्य आयु में पहुँच चुका था, अब उसे पत्नी के साथ व संतान की जरूरत महसूस होने लगी। वह मानता था कि अपने जीवन की सभी जरूरतें पूरी होने पर अब उसे अपना संपूर्ण ध्यान इस समस्या पर लगाना चाहिए।

हार्वे की अर्लीन से पहली मुलाकात इकतीस वर्ष की आयु में तब हुई, जब उसने अपनी कार को उसकी लिंकन में लगभग ठोक ही दिया था। इस छोटे-मोटे व अशिक्षित पोल से उसका कोई जोड़ नहीं था। अर्लीन लगभग छह फुट लंबी, छरहरी व आकर्षक महिला थी। उसमें आत्मविश्वास की कमी थी और वह मानती थी कि उसका विवाह जब होना होगा तब हो जाएगा। उसके स्कूली जीवन की अधिकांश सहेलियाँ अब अपने दूसरे तलाक की कगार पर पहुँच गई थीं, जिन्हें उसके लिए बहुत दुःख होता था। अर्लीन का मानना था कि समान आयु के पुरुषों के साथ उसकी झिझक ही उसका सबसे बड़ा दोष है। अपने माता-पिता के पाखंडपूर्ण अनुशासन के बिल्कुल उलट हार्वे का उन्मुक्त रंग-ढंग उसे बदलाव का आह्वान करता लगा। इसके पूर्व उसका केवल एक प्रेम-प्रसंग था, जिसका उसकी अबोधता के चलते दुखद अंत हुआ। हार्वे से मिलने के पूर्व उसे कहीं से प्रेम प्रस्ताव नहीं मिला था। अर्लीन के पिता को हार्वे पसंद नहीं था, उन्होंने यह बात जाहिर भी की, जिसके चलते वे हार्वे की ओर और भी अधिक आकर्षित होने लगी। अर्लीन के पिता को उससे संपर्क रखने वाला कोई पुरुष

पसंद नहीं था, लेकिन इस बार वे सही थे। वहीं हार्वे का विचार था कि फर्स्ट सिटी बैंक ऑफ बॉस्टन व लिंकन ट्रस्ट का विवाह उसके लिए लंबे समय तक जारी रहने वाला लाभ होगा। अपनी इसी सोच के चलते वह हमेशा जीत का सेहरा पहनता था। अर्लीन को इसमें कुछ गलत भी नहीं लगता था।

वर्ष 1951 में उनका विवाह हो गया। यह विवाह उसमें उपस्थित रहने वालों के स्थान पर अनुपस्थित रहने वालों के लिए अधिक यादगार रहा। विवाह के बाद वो बॉस्टन के बाहरी इलाके में स्थित हार्वे के घर लिंकन में रहने लगे। कुछ ही समय बाद अर्लीन गर्भवती हो गई। विवाह के ठीक एक वर्ष बाद हार्वे के घर बेटी का जन्म हुआ।

उन्होंने उसका नाम रोजेली रखा। अब वो ही हार्वे के ध्यान का केंद्र बन गई। हार्वे को यह दु:ख था कि गर्भाशय के अपने स्थान से हिल जाने के कारण अर्लीन अब फिर कभी गर्भवती नहीं हो सकती थी। उसने रोजेली को वॉशिंगटन के लड़कियों के सबसे महँगे स्कूल बेनेट्टस में दाखिल करवाया। जिसके बाद वो अंग्रेजी में विशेषज्ञ के लिए वासार चली गई। रोजेली के जन्म ने बूढ़े हंटर का दिल भी पिघला दिया। अब उन्हें हार्वे को नजरअंदाज करना तथा अपनी नातिन पर प्रेम लुटाना आ गया था। डिग्री लेने के बाद रोजेली अपनी आगे की पढ़ाई के लिए सोरबोन चली गई। इसके पूर्व उसकी अपने पिता से अपने मित्रों को लेकर बहुत बहस हुई, खासतौर पर लंबे बालों वाले उस लड़के को लेकर, जिसने वियतनाम जाने से इनकार कर दिया था। वैसे तो हार्वे ने भी दूसरे विश्वयुद्ध में प्रत्येक माँग को मुनाफे में बदलने के अतिरिक्त और कुछ खास योगदान नहीं दिया था। अंतिम बहस के दौरान रोजेली ने पूरी हिम्मत से कह डाला कि किसी के चरित्र का निर्णय उसके बालों की लंबाई या राजनैतिक विचारों को देखकर नहीं किया जा सकता। हार्वे को उसकी बहुत याद आती थी, यद्यपि उसने कभी अर्लीन के समक्ष इसे स्वीकार नहीं किया।

हार्वे के जीवन में प्रेम के तीन बिंदु थे, जिनमें पहले स्थान पर अभी भी रोजेली ही थी, दूसरा था चित्र तथा तीसरा उसके ऑर्किड के फूल। पहला प्रेम उसकी बेटी के जन्म के साथ ही शुरू हो गया था। जबकि दूसरे प्रेम की शुरुआत वर्षों पूर्व बहुत अजीब ढंग से हुई। शार्पले ऐंड संस का एक ग्राहक दिवालिया हो गया था, जब उसके सिर पर कंपनी का बहुत बड़ा कर्ज था। हार्वे को इसका अनुमान हो गया था, उसने इसका मुकाबला करने का प्रयास भी किया, लेकिन तब तक बहुत देर हो चुकी थी और उसे अपनी पूरी रकम डूबती दिख रही थी। खाली हाथ न लौटने का निश्चय किए हार्वे ने उस व्यक्ति की एकमात्र ठोस संपत्ति

रिनॉयर के 10,000 डॉलर के चित्र पर कब्जा कर लिया।

अपना जबरन कब्जा जाहिर होने के पहले ही हार्वे उस चित्र को बेच देना चाहता था। लेकिन उस चित्र के उत्कृष्ट कार्य व खूबसूरत रंगों ने उसे इतना आकर्षित किया कि अब वो उसके जैसे और चित्र प्राप्त करना चाहता था। उसे ज्ञात हुआ कि चित्र उसके लिए बेहतरीन निवेश होने के साथ ही उसकी प्रिय वस्तु भी हैं। उसके संग्रह में चित्रों की संख्या व उनके प्रति उसका प्यार धीरे-धीरे बढ़ते गए। वर्ष 1970 आने तक हार्वे के पास एक मैनेट, दो मोनेट्स, एक रिनॉयर, दो पिकासो, एक पिस्सारो, एक उट्रिलो, एक सिजेन तथा कुछ कम ख्याति प्राप्त लोगों के बहुत से चित्र संगृहीत हो गए। उसे प्रभाववादी काल के चित्रों का पारखी माना जाने लगा था। अब उसकी एक ही इच्छा थी, अपने संग्रह में वॉन गॉग को शामिल करना। लेकिन उसकी यह इच्छा तब अधूरी रह गई, जब वो न्यूयॉर्क के साउथबाय-पार्के बर्नेट गैलरी में बिक रहे चित्र को खरीदने में असफल रहा। ऑकिडेंटल पेट्रोलियम के डॉ. आरमंड हैमर ने उसके लिए 1,200,000 डॉलर की सबसे ऊँची बोली लगाई। हार्वे के लिए यह रकम बहुत अधिक थी।

इसके पूर्व वर्ष 1966 में भी वह इसी तरह लंदन के कला विक्रेता मेसन ऐंड वुड्स की लॉट 49 में क्रिस्टी द्वारा निर्मित चित्र को खरीदने में असफल रहा था। तब पेन्सिलवेनिया के ब्रायन एथन स्थित लार्ड्स न्यू चर्च के लिए रेवरेंड थियोडोर पिटकर्न की बोली ने उसे पीछे छोड़ दिया था। उस दिन भी वो केवल जुगाली ही करता रह गया। कहते हैं कि ईश्वर देता है, लेकिन उस दिन ईश्वर ने उससे कुछ ले लिया था। यद्यपि बॉस्टन में इसका कुछ खास महत्त्व नहीं था, लेकिन कला की दुनिया में हार्वे के इस प्रभाववादी संग्रह को विश्व में बेहतरीन माना जाता था। हार्वे इतना मशहूर था कि उसे राष्ट्रपति निकसन के लंदन में राजदूत वॉल्टर एनीन्बर्ग जैसे कुछ गिने-चुने लोगों के समकक्ष माना जाता था, जिनके पास दूसरे विश्व युद्ध के बाद इतना बेहतरीन संग्रह मौजूद है।

हार्वे का तीसरा प्यार था उसे पुरस्कार दिलाने वाले आर्किड के फूल, जिन्होंने उसे बॉस्टन में होने वाले न्यू इंग्लैंड स्प्रिंग फ्लॉवर शो में दो बार जीत दिलाई थी। जिसमें उसने बूढ़े हंटर को दूसरे स्थान पर ढकेल दिया था।

हार्वे प्रतिवर्ष यूरोप की यात्रा करता था। उसने केंटकी में एक सफल घुड़साल की स्थापना की थी और उसे लॉंगचैंप व एस्कॉट में होने वाली घुड़दौड़ में हिस्सा लेना अच्छा लगता था। उसे विंबलडन देखना भी बहुत पसंद था, जिसे वो आज भी दुनिया का सर्वश्रेष्ठ टेनिस टूर्नामेंट मानता था। इसके अतिरिक्त उसने अपनी

प्रसन्नतावश यूरोप में एक छोटा सा बिजनेस भी खोल रखा था, जिसकी बदौलत उसे अपने ज्यूरिख स्थित स्विस बैंक अकाउंट में कुछ धनराशि जोड़ने का अवसर मिल जाता। उसे स्विस बैंक अकाउंट की आवश्यकता नहीं थी, लेकिन इसके द्वारा उसने अंकल सैम की नजर टेढ़ी होने पर बच निकलने का रास्ता बना रखा था। हालाँकि गत वर्षों में हार्वे ने अपना हिसाब बहुत साफ रखा था और उसने अपने संदिग्ध सौदों की संख्या भी बहुत घटा ली थी। बावजूद इसके कहीं कोई बड़ा फायदा दिखने पर वह जोखिम लेने से भी नहीं चूकता था। उसे ऐसा ही सुनहरा मौका वर्ष 1964 में मिला, जब इंग्लैंड की महारानी की सरकार ने उत्तरी सागर में तेल की खोज व उत्पादन के लाइसेंस जारी करना आरंभ किए। उस समय की ब्रिटिश सरकार व अधिकारियों को भविष्य में उत्तरी सागर में तेल मिलने की संभावना दूर-दूर तक नहीं दिख रही थी, साथ ही उन्हें ब्रिटिश राजनीति में इसकी भूमिका का भी कोई अंदाजा नहीं था। यदि सरकार को वर्ष 1978 में अरबों द्वारा सारी दुनिया के सिर पर पिस्तौल तान देने और ब्रिटिश हाउस ऑफ कॉमन्स में ग्यारह सांसदों के स्कॉटलैंड से होने का पता होता, तो निस्संदेह वो इस पर किसी और तरह से प्रतिक्रिया व्यक्त करते।

वर्ष 1964 की 13 मई को ऊर्जा राज्य सचिव ने सांविधिक साधन-नंबर 708- महाद्वीपीय निधान-पेट्रोलियम पेश किया। हार्वे ने कुछ विशेष लाभ प्राप्त करने के विचार से इस दस्तावेज को पूरी रुचि लेकर पढ़ा। इस दस्तावेज के चौथे अनुच्छेद ने उसका ध्यान विशेष रूप से खींचा, जहाँ लिखा था—

> इंग्लैंड व इसके उपनिवेश में निवास करने वाले व्यक्ति तथा इंग्लैंड में निवास करने वाले या इंग्लैंड से निगमित कार्पोरेट निकाय नियमों के तहत इस हेतु आवेदन कर सकते हैं—
>
> (अ) उत्पादन लाइसेंस या
>
> (ब) अन्वेषण लाइसेंस

जब उसने इन नियमों को विस्तारपूर्वक पढ़ा तो इनपर गंभीरता से विचार करने लगा। उत्पादन व अन्वेषण लाइसेंस के लिए बहुत छोटी सी रकम की आवश्यकता थी। अनुच्छेद 6 में बताया गया था—

1. उत्पादन लाइसेंस के प्रत्येक लाइसेंस के आवेदन के लिए दो सौ पाउंड का शुल्क देय होगा, जिसके साथ ही किसी भी दस प्रथम आवेदनों के पश्चात् हर ब्लॉक के लिए पाँच पाउंड अतिरिक्त देने होंगे।
2. अन्वेषण लाइसेंस के प्रत्येक आवेदन के साथ बीस पाउंड का शुल्क देय

होगा।

हार्वे चकित रह गया। अपनी कंपनी को बड़ा दिखाने के लिए इन लाइसेंसों को प्राप्त करना कितना सरल था! बस कुछ सौ डॉलर खर्च करके वह शैल, बीपी, टोटल, गल्फ व ऑकिडेंटल जैसी कंपनियों के बराबर हो सकता था।

हार्वे ने उन नियमों को बार-बार पढ़ा, उसे यकीन नहीं हो रहा था कि ब्रिटिश सरकार इतनी संभाव्यता को इतने छोटे से निवेश पर प्रदान कर रही है। अब उसे केवल आवेदन-पत्र, विस्तृत व यथातथ्य दस्तावेज तैयार करने थे। हार्वे ब्रिटिश नागरिक नहीं था, न ही ब्रिटेन में उसकी कोई कंपनी थी, ये दोनों बातें उसकी सफलता में बाधक थीं। उसने निर्णय लिया कि वो किसी ब्रिटिश बैंक के समर्थन से आवेदन करेगा और उसके बाद यहाँ एक कंपनी की स्थापना करेगा, जिसके डायरेक्टर ब्रिटिश सरकार का पूरा भरोसा जीत लेंगे।

इस सोच के साथ, उसने 1964 के शुरुआती समय में कंपनीज हाउस ऑफ इंग्लैंड में प्रॉस्पेक्टा ऑयल नामक फर्म का रजिस्ट्रेशन करवा लिया। जिसमें उसने मैल्कॉम, बॉटेनिक व डेविस को अपना वकील तथा यूरोप में लिंकन ट्रस्ट का प्रतिनिधित्व कर रहे बार्क्ले बैंक को अपना बैंकर घोषित किया। इस कंपनी का चेयरमैन लॉर्ड हनिस्ट को बनाया गया तथा इसके बोर्ड में बहुत से जाने-माने लोगों को शामिल किया, जिनमें से दो लोग संसद् के पूर्व सदस्य थे, जिन्होंने वर्ष 1964 में लेबर पार्टी के जीतने पर अपनी सदस्यता खो दी थी। प्रॉस्पेक्टा ऑयल ने 10 पैंस कीमत के 2,000,000 शेयर जारी किए, जिनमें से प्रत्येक की कीमत एक पाउंड रखी गई। जिसे हार्वे के लोगों ने उसी के लिए खरीद लिया। इसके अलावा उसने बार्क्ले बैंक की लॉमबार्ड स्ट्रीट स्थित शाखा में 500,000 डॉलर जमा करवा दिए।

इस तरह अपना आमुख तैयार कर हार्वे ने लार्ड हनिस्ट को ब्रिटिश सरकार को लाइसेंस के लिए आवेदन करने को कहा। अक्तूबर 1964 में जीतकर आई नई-नवेली लेबर सरकार उत्तरी सागर में तेल के महत्त्व से अपने पहले की कंजरवेटिव सरकार जितनी परिचित नहीं थी। सरकार ने इस लाइसेंस की एवज में पहले छह वर्ष के लिए प्रतिवर्ष 12,000 पाउंड का शुल्क, 121/2 फीसदी का राजस्व कर, तथा अग्रिम मुनाफे पर पूँजीगत लाभ निश्चित किया। हार्वे का मूल उद्देश्य कंपनी नहीं बल्कि अपने लिए लाभ कमाना था, इसलिए उसने इसे बिना किसी परेशानी के स्वीकार कर लिया।

22 मई, 1965 को ऊर्जा मंत्रालय ने लंदन गजेट में उत्पादन लाइसेंस प्राप्त करने वाली बावन अन्य कंपनियों के साथ प्रॉस्पेक्टा ऑयल का नाम भी प्रकाशित हुआ। 3 अगस्त, 1965 को सांविधिक साधन नंबर 1531 के द्वारा वास्तविक क्षेत्र

आवंटित कर दिए गए। प्रॉस्पेक्टा ऑयल को 51० 50' 00'' उत्तर 2० 30' 20'' पूर्व पर आवंटित हुआ क्षेत्र बिल्कुल बी.पी. के क्षेत्र से सटा हुआ था।

अब हार्वे चुपचाप बैठकर अन्य कंपनियों द्वारा उत्तरी सागर में उन्हें आवंटित क्षेत्र में तेल खोज निकालने के समाचार की प्रतीक्षा करता रहा। यह इंतजार बहुत लंबा था, लेकिन हार्वे को भी कोई जल्दी नहीं थी। जून, 1970 में बी.पी. ने अपनी फोर्टिस फील्ड में औद्योगिक खोज का दावा किया। बी.पी. अब तक उत्तरी सागर में 1 बिलियन डॉलर से भी अधिक खर्च कर चुका था, जिसका मुख्य लाभ हार्वे को मिला। अब वो अगली जीत की ओर बढ़ना चाहता था, इसलिए उसने अपनी योजना के दूसरे भाग पर काम करना शुरू कर दिया।

वर्ष 1972 की शुरुआत में उसने प्रॉस्पेक्टा ऑयल की साइट पर स्थापित करने के लिए एक तेल रिंग को किराए पर लेने का खूब जोर-शोर व दिखावे सहित प्रचार किया। तेल की खोज में कामयाब रहने पर ही किराए पर ली गई रिंग का अनुबंध आगे बढ़ाया जाएगा। इसमें सरकारी नियमों के मुताबिक कर्मचारियों की न्यूनतम संख्या निर्धारित की गई तथा 6,000 फीट तक ही ड्रिल करने की बात कही गई। ड्रिलिंग कार्य पूर्ण होने के बाद उन सभी को कंपनी की नौकरी से हटा दिया जाएगा। लेकिन उन्होंने किराए पर रिग देने वाली कंपनी रीडिंग ऐंड बेट को भविष्य में इसकी बारंबार आवश्यकता को देखते हुए इसे किराए पर लेने की बात कही।

इसके बाद हार्वे अगले दो माह तक प्रॉस्पेक्टा ऑयल के कुछ हजार शेयर प्रतिदिन बाजार में उतारता रहा। ये सभी शेयर उसके अपने स्टॉक से थे। जब भी ब्रिटिश प्रेस के आर्थिक पत्रकार उसके शेयरों की स्थिर बढ़त पर सवाल करते तो शहर में स्थित प्रॉस्पेक्टा ऑयल के ऑफिस का जनसंपर्क अधिकारी वही रटा-रटाया जवाब देता कि फिलहाल इस पर कुछ नहीं कहा जा सकता, लेकिन जल्द ही इस संबंध में प्रेस वक्तव्य जारी किया जाएगा। बहुत से अखबारों में दो और दो को जोड़कर पंद्रह बना लिया। हार्वे के ब्रिटेन के मुख्य कार्यकारी अधिकारी के निर्देशों पर यह शेयर 10 पेंस से चढ़ते हुए धीरे-धीरे 2 पाउंड तक पहुँच गए। इस तरह के कार्यों में लंबा अनुभव रखने वाला ब्रेनी सिलवरमैन अपने बॉस की मंशा से भली-भाँति परिचित था। सिलवरमैन का मुख्य कार्य था कि वो किसी को भी मेटकाल्फ व प्रॉस्पेक्टा ऑयल के बीच का सीधा संबंध न दिखने दे।

जनवरी 1974 में यह शेयर 3 पाउंड पर स्थिर हो गया। अब हार्वे ने अपनी योजना का तीसरा कदम उठाया, जिसमें उसने हार्वर्ड से स्नातक युवा व जोशीले डेविड केस्लर को बलि के बकरे के तौर पर प्रॉस्पेक्टा ऑयल में नियुक्त किया।

❑

2

डेविड ने चश्मे को अपनी नाक पर सरकाया और बॉस्टन ग्लोब के बिजनेस सेक्शन में छपे उस विज्ञापन को यह देखने के लिए एक बार फिर गौर से पढ़ा कि कहीं वो सपना तो नहीं देख रहा। वो जैसे उसके लिए ही छपा था—

"स्कॉटलैंड के नजदीक उत्तरी सागर में खोज कार्य करने वाली इंग्लैंड स्थित तेल कंपनी को ऐसे युवा कर्मचारियों की आवश्यकता है, जिन्हें स्टॉक मार्केट और/या वित्तीय विपन्न का अनुभव हो। वेतन 25,000 डॉलर प्रतिवर्ष होगा। आवास की सुविधा मिलेगी। केवल लंदन के निवासी आवेदन करें, बॉक्स नंबर 217 ए।"

डेविड को एक नए उभरते क्षेत्र में मौका मिलने की संभावना बहुत चुनौतीपूर्ण लगी। वह कल्पना करने लगा कि क्या उसका अनुभव पर्याप्त रहेगा। उसने अपने यूरोपियन मामलों के शिक्षक की बात याद की—यदि आप इंग्लैंड में ही काम करना चाहते हों तो इसके लिए सबसे बेहतरीन जगह उत्तरी सागर है। यहाँ की यूनियन की समस्याएँ देखते हुए वहाँ से बेहतर कोई जगह नहीं है।

डेविड केस्लर एक दुबला सा बिना दाढ़ी-मूँछ वाला अमेरिकी था। उसके क्रू कट बाल देखकर लगता था कि उसके लिए सबसे बेहतर जगह नौसेना में लेफ्टिनेंट बनना है। उसका रंग साफ था तथा उसमें एक असीम ईमानदारी निहित थी। हार्वर्ड बिजनेस स्कूल से स्नातक होने वाले प्रत्येक रंगरूट की तरह डेविड भी सफल व्यापारी बनना चाहता था। उसने हार्वर्ड में छह वर्ष बिताए थे, जिनमें पहले चार वर्ष गणित में स्नातक करते हुए तथा अंतिम दो वर्ष चार्ल्स रिवर के बिजनेस स्कूल में बिताए। उसने हाल ही में ग्रेजुएशन की थी। अब वो बी.ए. तथा एम.बी.ए. की डिग्री से लैस था। वह ऐसी नौकरी चाहता था, जहाँ उसे अपनी कठोर परिश्रम की ज्ञात शक्ति के पूरे उपयोग का मौका मिले। वह पढ़ाई

में बहुत अच्छा नहीं था, उसे अपने उन नैसर्गिक रूप से बुद्धिमान सहपाठियों से जलन होती, जिन्होंने केनेसियन के आर्थिक सिद्धांतों में ऐसे महारत हासिल कर ली थी, जैसे कोई बच्चा गुणा कर पहाड़े सीख रहा हो। डेविड ने उन चार वर्षों में बहुत कठोर परिश्रम किया। वह पुस्तकों से अपनी नजर तभी हटाता था, जब या तो अपने दैनिक व्यायाम के लिए जाता या फिर हफ्ते के अंत में यदा-कदा होने वाले मैच देखने फुटबॉल या बास्केटबॉल कोर्ट जाता, जहाँ हार्वर्ड जॉक्स अपने विश्वविद्यालय का नाम ऊँचा करने के लिए खेल रहे होते। पढ़ाई में नुकसान होने के भय से वह चाहते हुए भी इन खेलों का हिस्सा नहीं बन सका।

उसने एक बार फिर उस विज्ञापन को पढ़ा और उसके बाद बताए गए बॉक्स नंबर में सफाई से टाइप हुआ पत्र प्रेषित कर दिया। कुछ दिनों बाद उसे एक पत्र आया, जिसमें उसे आने वाले बुधवार को 3 बजे एक स्थानीय होटल में साक्षात्कार के लिए बुलाया गया था।

डेविड, हंटिंग्डन एवेन्यू स्थित कॉप्ले होटल में ठीक दोपहर 2.45 पर पहुँच गया। उसके शरीर में एड्रेनेलिन का प्रवाह बढ़ गया था। जब उसे उस छोटे से निजी कमरे में भेजा गया तो वो मन-ही-मन हार्वर्ड बिजनेस स्कूल का आदर्श वाक्य दोहरा रहा था—लुक ब्रिटिश, थिंक यिडिश।

वहाँ बैठे तीन लोगों ने उसका साक्षात्कार किया, जिन्होंने अपने नाम सिलवरमैन, कूपर व इलियट बताए। सफलता की ठोस आभा लिये सफेद बालों व छोटे कद का चैक-टाई पहनने वाला न्यूयॉर्कर बर्नी सिलवरमैन इनमें प्रमुख था। कूपर व इलियट चुपचाप बैठे डेविड को देखते रहे। सिलवरमैन ने डेविड को कंपनी की पृष्ठभूमि व भविष्य के लक्ष्यों का बहुत मोहक वर्णन करने में पूरा समय लगाया। हार्वे ने सिलवरमैन को बहुत सावधानीपूर्वक तैयार किया था। अब उसके नाखून इतने तीव्र हो गए थे कि वह अपनी धाराप्रवाह विशेषज्ञता से मेटकाल्फ का भी तख्ता-पलटने की क्षमता रखता था।

''देखिए केस्लर साहब! इस समय हम दुनिया के सबसे बेहतरीन व्यापारिक अवसर पर काम कर रहे हैं। हम स्कॉटलैंड के उत्तरी सागर में से तेल निकाल रहे है। हमारी कंपनी प्रॉस्पेक्टा ऑयल से अमेरिका के कई बैंक जुड़े हैं। ब्रिटिश सरकार ने हमें इसका लाइसेंस आवंटित कर दिया है तथा हमारे पास पर्याप्त धन भी मौजूद है। लेकिन केस्लर साहब, सभी जानते हैं कि कंपनियों का निर्माण पैसे से नहीं बल्कि कर्मचारियों से होता है। हम ऐसे कर्मचारी चाहते हैं, जो दिन-रात

काम करके प्रॉस्पेक्टा ऑयल को पटरी पर ले आएँ, ऐसे योग्य व्यक्तियों को हम अच्छे से अच्छा वेतन देने को तैयार हैं। यदि आपको यह नौकरी मिली तो आपको हमारे लंदन ऑफिस में वहाँ के प्रबंध निदेशक श्री इलियट के सीधे निर्देशों में काम करना होगा।''

''कंपनी का मुख्य कार्यालय कहाँ पर स्थित है?''

''न्यूयॉर्क में, लेकिन हमारे ऑफिस मॉण्ट्रियल, सैन फ्रांसिस्को, लंदन, एबरडीन, पेरिस व ब्रूसेल्स में भी हैं।''

''क्या कंपनी कहीं और भी तेल खोज रही है?''

सिलवरमैन ने उत्तर दिया, ''फिलहाल नहीं, हमने उत्तरी सागर में बी.पी. को सफलता मिलने के बाद यहाँ कई मिलियन की धनराशि लगा रखी है, हमारे आसपास के अन्य क्षेत्रों में सफलता का अनुपात पाँच-एक का है, जिसे हमारे बिजनेस में बहुत बेहतर माना जाता है।''

''आप सफल आवेदकों द्वारा कब से काम शुरू करवाना चाहते हैं?''

''जनवरी के महीने से, जब वे तेल के प्रबंधन से जुड़े सरकारी प्रशिक्षण को पूरा कर लेंगे,'' रिचर्ड इलियट ने उत्तर दिया। इस छरहरे व भूरे रंग के नंबर 2 की आवाज ऐसी थी, जैसे वो जॉर्जिया से हो। सरकारी प्रशिक्षण, ये पूरी तरह हार्वे मैटकॉफ की भाषा थी, जिससे कम-से-कम खर्च में अधिकतम विश्वसनीयता प्राप्त होती है।

''और कंपनी का अपार्टमेंट⋯'' डेविड ने पूछा, ''वो कहाँ पर है?''

कूपर ने कहा, ''कंपनी के फ्लैट्स हमारे लंदन के शहरी कार्यालय के कुछ सौ गज की दूरी पर बार्बिकान में स्थित हैं।''

डेविड को और कुछ नहीं पूछना था—सिलवरमैन ने सबकुछ बता दिया था और ऐसा लग रहा था कि वो अच्छी तरह जानता है कि डेविड क्या चाहता है।

दस दिन बाद डेविड को एक टेलीग्राम मिला, जिसमें उसे न्यूयॉर्क के 21 क्लब में सिलवरमैन के साथ दोपहर का भोजन करने का आमंत्रण था। जब डेविड उस रेस्टोरेंट में पहुँचा तो उसे टेबल पर मेजबान के रूप में अपने परिचित चेहरों को देखकर स्वयं में एक नए आत्मविश्वास की अनुभूति हुई। निस्संदेह उसके मेजबान भी इस बात को समझते थे। यह टेबल कुछ उसी तरह सुरक्षित की गई थी, जैसी प्राय: व्यापारी अपनी बातचीत को गुप्त रखने में उपयोग करते हैं।

सिलवरमैन बहुत मिलनसार व तनावमुक्त था। उसने शुरुआत में कुछ इधर-उधर की बातें कीं और अंतत: ब्रांडी के साथ मूल मुद्दे पर आते हुए डेविड के समक्ष

लंदन में नौकरी का प्रस्ताव रख दिया। डेविड तो खुशी से झूम उठा, स्वर्णिम भविष्य वाली कंपनी से जुड़ने के मौके के साथ ही सालाना 25,000 डॉलर का वेतन। उसे एक जनवरी से पदग्रहण करने में किसी तरह की झिझक महसूस नहीं हुई।

डेविड इससे पहले कभी इंग्लैंड नहीं गया था। यहाँ घास कितनी हरी है और सड़कें कितनी छोटी, यहाँ के घर मेंड़ व बाड़ के कितने नजदीक होते हैं! न्यूयॉर्क के विशाल हाई–वे व वाहनों की बड़ी संख्या के सामने उसे यह एक खिलौने का शहर लग रहा था। बार्बिकान का फ्लैट बहुत साफ–सुथरा व औपचारिक था तथा जैसा श्री कूपर ने बताया था, वो कंपनी के थ्रेडनिडल स्ट्रीट स्थित दफ्तर से कुछ सौ गज की दूरी पर ही स्थित था।

एक बड़ी सी विक्टोरियन बिल्डिंग के एक फ्लोर पर स्थित प्रॉस्पेक्टा के दफ्तर में सात कमरे थे। इनमें सबसे भव्य कमरा सिलवरमैन का था। उसके अलावा एक छोटा सा स्वागत कक्ष, एक टेलेक्स रूम, सेक्रेटरियों के लिए दो कमरे, एक बड़ा कमरा श्री इलियट का तथा छोटा कमरा उसके लिए था। डेविड को यह बात बहुत चुभी लेकिन सिलवरमैन ने उसे जल्द ही बता दिया कि न्यूयॉर्क के 10 डॉलर वर्ग फुट के ऑफिस किराए के मुकाबले लंदन शहर में यह 30 डॉलर प्रति वर्ग फुट है।

बर्नी सिलवरमैन की सेक्रेटरी जूडिथ लैंपसन ने डेविड की मुख्य कार्यकारी के दफ्तर से उसकी विधिवत् शुरुआत करवाई। अपने बड़े से डेस्क के पीछे घूमने वाली काली कुरसी पर बैठा सिलवरमैन बौना लग रहा था। उसके पास ही चार टेलीफोन रखे थे, तीन सफेद व एक लाल। डेविड को बाद में पता चला कि महत्त्वपूर्ण दिखने वाला लाल टेलीफोन अमेरिका में किसी नंबर से सीधा जुड़ा है। लेकिन वह व्यक्ति कौन है, इसका उसे कभी पता नहीं चल सका।

''गुड मॉर्निंग, सिलवरमैन साहब। मैं कहाँ से शुरुआत करूँ?''

''बर्नी, कृपया मुझे बर्नी कहो। बैठ जाओ और पिछले कुछ दिनों में कंपनी के शेयरों में आए परिवर्तन पर नजर डालो।''

ओह, हाँ, डेविड ने उत्साहपूर्वक कहा। यह 6 डॉलर से लगभग आधा अधिक है। मेरे विचार से इसका कारण हमें नए बैंकों का समर्थन मिलना व अन्य कंपनियों द्वारा की गई सफल खोज है?

नहीं सिलवरमैन ने यह बात इतनी धीमी आवाज में कही कि इससे ऐसा लगा कि वो नहीं चाहते कि बातचीत के इस हिस्से को कोई और भी सुने। सच तो यह है कि हमने भी एक बड़ी खोज कर ली है, लेकिन हमने अभी इसकी घोषणा

के संबंध में कोई निर्णय नहीं लिया है। तुम इस भूवैज्ञानिक रिपोर्ट में इससे जुड़े तथ्य पढ़ सकते हो। यह कहते हुए उसने एक रंग-बिरंगा दस्तावेज निकालकर अपनी मेज पर रख दिया।

डेविड ने ठंडी साँस भरकर पूछा, कंपनी की फिलहाल क्या योजना है ?

सिलवरमैन ने बात करते हुए ही अपने हाथों में इंडियन रबर उठाया और बोला, हमें इस खोज की घोषणा करनी है। हम शायद आने वाले तीन हफ्तों में ऐसा कर सकेंगे, जब हमें इस छिद्र की क्षमता व इससे जुड़ी पूरी जानकारी मिल जाएगी। इससे पहले हमें इसके प्रचार के तरीके तथा धन के अचानक प्रवाह को सँभालने की योजना बनानी होगी। निस्संदेह इस घोषणा के बाद हमारे शेयरों के दाम आसमान छूने लगेंगे।

शेयर तो पहले ही स्थिर गति से बढ़ रहे हैं। संभवत: कुछ लोगों को इसकी पहले से ही जानकारी है ?

शायद तुम सही कह रहे हो, सिलवरमैन ने कहा। इस काले द्रव्य के साथ यही समस्या है, जब यह एक बार धरती से बाहर निकल आता है तो आप इसे छिपा नहीं सकते। इसी के साथ सिलवरमैन हँस पड़ा।

क्या यह खुलासा किसी नुकसान का कारण बन सकता है ? डेविड ने पूछा।

जब तक इससे कंपनी को कोई नुकसान नहीं होता तब तक नहीं। यदि कोई निवेश करना चाहता हो तो मुझे बताना। इंग्लैंड में अमेरिका जैसे प्रतिबंधक कानून न होने से हमें अंदरूनी जानकारियों से कोई हानि नहीं है।

आपके विचार से शेयर कितना ऊँचा जाएगा ?

सिलवरमैन ने उसकी सीधे उसकी आँखों में देखते हुए यों ही कह दिया, 20 डॉलर।

अपने ऑफिस में लौटकर डेविड ने सिलवरमैन द्वारा दी गई भूवैज्ञानिक की उस रिपोर्ट को पूरे ध्यान से पढ़ा। इसे देखकर यह लगता था कि वाकई में प्रॉस्पेक्टा ऑयल ने सफल खोज की है, लेकिन यह कितनी मात्रा में है, इसकी कोई जानकारी या सुनिश्चितता नहीं थी। पूरी रिपोर्ट पढ़ने के बाद उसने घड़ी पर नजर डालकर बुरा सा मुँह बनाया। भूवैज्ञानिक की इस रिपोर्ट ने उसे बुरी तरह थका दिया था। उसने रिपोर्ट को अपने ब्रीफकेस में रखा और पैडिंग्टन स्टेशन के लिए टैक्सी ले ली। वहाँ पहुँचकर उसे 6.15 बजे की ट्रेन मिल गई। उसे ऑक्सफोर्ड में अपने हार्वर्ड के अपने एक पुराने मित्र के साथ डिनर के लिए जाना था।

यूनिवर्सिटी सिटी की ओर जा रही ट्रेन में बैठने के बाद वह स्टीफन ब्राडले

की यादों में खो गया। वो उसके हार्वर्ड के दिनों का मित्र था, जिसने उस वर्ष डेविड व कई अन्य छात्रों की गणित में सहायता की थी। डेविड की पीढ़ी का वो सबसे बुद्धिमान छात्र स्टीफन फिलहाल मागडालेन कॉलेज में अतिथि शिक्षक था।

उसने हार्वर्ड की केनेडी स्मृति छात्रवृत्ति प्राप्त करने के अलावा वर्ष 1970 में गणित के लिए विस्टर प्राइज भी जीता था, जिसे गणित संकाय का सबसे प्रतिष्ठित पुरस्कार माना जाता था। हालाँकि इस पुरस्कार में उसे केवल 80 डॉलर की धनराशि वह एक मेडल ही मिला था, लेकिन इससे मिली प्रतिष्ठा ने उसकी नौकरी से जुड़ी प्रतिस्पर्धा को बहुत कम कर दिया था। स्टीफन ने इसे बड़ी सरलता से जीत लिया था।

इसलिए जब उसका ऑक्सफोर्ड में अध्येता के लिए किया गया आवेदन सफल रहा तो इसमें किसी को आश्चर्य नहीं हुआ। फिलहाल वह मागडालेन में अपने शोध के तीसरे वर्ष में था। कुछ ही समय पहले उसके बूलियन अलजेब्रा से जुड़ा पेपर 'प्रोसिडिंग्स ऑफ द लंदन मैथेमेटिकल सोसाइटी' में छपा था। उसके अपनी मातृसंस्था हार्वर्ड के कामेनस्मेंट फॉल में गणित विभाग में पीठासीन होने के लिए चुना गया था।

6.15 बजे पेडिंग्टन से चली ट्रेन एक घंटे में ऑक्सफोर्ड पहुँची। इसके बाद स्टेशन से न्यू कॉलेज लेन होते हुए मागडालेन पहुँचने में उसे 7.30 बज गए। कॉलेज के कर्मचारी ने डेविड को स्टीफन के कमरे तक पहुँचा दिया। वह कमरा बेहद हवादार, प्राचीन व आरामदेह था, जिसमें हर ओर पुस्तकें, गद्दियाँ व प्रिंट बिखरे हुए थे। डेविड को वह हार्वर्ड की रोगाणुरोधक दीवारों से बिल्कुल अलग लगा। स्टीफन ने उसका स्वागत किया। उसमें जरा भी बदलाव नहीं आया था। उसका सूट ऐसा लग रहा था, जैसे उसे किसी ऊँचे, पतले व बेडौल शरीर पर टाँग दिया गया हो; दुनिया का कोई दर्जी उसे अपने मॉडल के तौर पर नहीं स्वीकारेगा। उसके चलन से बाहर हो चुके गोल शीशों वाले चश्मे के ऊपर उसकी मोटी भौंहें उभरी हुई थीं। ये अकसर उसके शर्मीलेपन के पीछे छिपी रहती हैं। वो धीमे कदमों से चलता हुआ डेविड के नजदीक आया व उसका स्वागत किया। एक मिनट पहले बूढ़ा लग रहा स्टीफन एकदम से 30 वर्ष का जवान हो गया। स्टीफन ने डेविड के लिए जैक डेनिएल्स का गिलास भरा और दोनों बैठकर बातें करने लगे। हार्वर्ड के दिनों में स्टीफन के लिए डेविड उसका नजदीकी मित्र नहीं बल्कि ऐसा छात्र था, जिसे पढ़ाने में उसे आनंद आता था। इसके अलावा उसे यहाँ ऑक्सफोर्ड में अमेरिकी लोगों से मिलना बहुत अच्छा लगता था।

स्टीफन ने पुनः उसका गिलास भरते हुए कहा—डेविड, बीते तीन वर्ष मेरे लिए अविस्मरणीय हैं। इनमें सबसे कष्टप्रद पिछली सर्दियों में मेरे पिता की मृत्यु रही। शिक्षा में मिले उनके सहयोग की बदौलत ही आज मैं ऑक्सफोर्ड में हूँ। उन्हीं की वसीयत में मिले धन से मेरी आर्थिक स्थिति बहुत सुदृढ है···निस्संदेह मैं जितना समझता था, बाथ प्लग की माँग उससे कहीं अधिक थी। फिलहाल वह सारा पैसा बैंक डिपॉजिट में रखा है, "डेविड क्या तुम मुझे उसे कहीं निवेश करने की सलाह दे सकते हो। क्योंकि मुझे निवेश करने की कोई समझ नहीं है।"

इसी बात पर डेविड को प्रॉस्पेक्टा ऑयल में अपनी नौकरी का पहला दिन याद आ गया।

स्टीफन, आप हमारी कंपनी में निवेश कर सकते हैं। हमने अभी उत्तरी सागर में एक बड़ी खोज की है, जब हम इसकी घोषणा कर देंगे तो हमारे शेयरों की कीमत आसमान छूने लगेगी। इस काम में लगभग एक महीना लगेगा, जिसके बाद आप एक मोटी धनराशि के स्वामी होंगे। अगर मेरे पास कुछ पैसा होता तो मैं अवश्य ही इसमें निवेश करता।

क्या तुम्हारे पास इस खोज से जुड़े सभी विवरण मौजूद हैं ?

नहीं, लेकिन मैंने भूवैज्ञानिकों की रिपोर्ट देखी है, जिसमें इससे जुड़ी हर बात विस्तारपूर्वक दर्ज है। हमारे शेयर वैसे भी तेजी पर हैं और मुझे पूरा यकीन है कि जल्द ही ये 20 डॉलर तक पहुँच जाएँगे। समस्या केवल एक है कि समय तेजी से हाथ से निकल रहा है।

स्टीफन ने भूवैज्ञानिक रिपोर्ट पर नजर डाली और इसे बाद में पूरे ध्यान से पढ़ने का मन बनाया।

इस तरह के निवेश में किन बातों का ध्यान रखना चाहिए ? उसने पूछा।

आपके शेयर ब्रोकर की साख अच्छी होनी चाहिए, उतने ही शेयर खरीदें, जितनी आपमें क्षमता है और इसके बाद इस खोज की घोषणा की प्रतीक्षा करें। जो कुछ भी होगा, मैं उसकी खबर आपको देता रहूँगा और जैसे ही उन्हें बेचने का सही आएगा, मैं आपको सूचित कर दूँगा।

आपने मेरे लिए बहुत सोचा, डेविड।

आपने हार्वर्ड में मेरी गणित में जितनी मदद की थी, उसके बदले मेरा इतना करना तो बनता ही है।

अरे, वो कुछ खास नहीं था, चलो डिनर करते हैं।

स्टीफन डेविड को कॉलेज के डाइनिंग हॉल में ले गया, यह एक बड़ा

सा आयताकार कमरा था, जहाँ ओक की लकड़ी का इस्तेमाल हुआ था। यहाँ मागडालेन के पूर्व अध्यक्षों, बिशपों व शिक्षाविदों के चित्र लगे थे। भोजन-कक्ष में रखी लकड़ी की टेबल पर बैठकर भोजन कर रहे छात्रों से हॉल भरा हुआ था, स्टीफन वहाँ न रुककर सीधे ऊँची टेबल के पास रखी कुरसी पर बैठ गया और डेविड को और भी अधिक आरामदेह कुरसी पर बैठाया। स्टीफन ने भोजन करते समय शोर मचा रहे छात्रों की ओर बिल्कुल ध्यान नहीं दिया। लेकिन डेविड को यह सब बहुत रोमांचक लग रहा था।

सेवन-कोर्स आहार पेश किया गया। डेविड यह सोचकर हैरान था कि इतने मजेदार भोजन के बावजूद स्टीफन स्वयं को इतना छरहरा कैसे बनाए रखता है। भोजन के बाद जब वो पोर्ट पर पहुँचे तो स्टीफन ने सुझाया कि सीनियर कॉमन रूम के चिड़चिड़े व बूढ़े शिक्षकों के पास बैठने से अच्छा है कि वे अपने कमरे में लौट जाएँ।

उन दोनों ने देर रात तक गुलाबी रंग के मागडालेन पोर्ट पर टहलते हुए उत्तरी सागर में तेल तथा बूलियन अलजेब्रा पर बात की तथा अपने विषय में पारंगत होने के लिए एक-दूसरे को सराहा। सभी शिक्षाविदों की तरह स्टीफन भी अपने विषय से बाहर की हर वस्तु के प्रति सहज विश्वासी था। उसे लग रहा था कि प्रॉस्पेक्टा ऑयल में निवेश करना उसे लिए समझदारी भरा कदम साबित होगा।

अगले दिन सुबह वे दोनों मागडालेन ब्रिज के करीब स्थित एडिसन्स वॉक पर चहलकदमी करते हुए दरवाजे तक आए। तत्पश्चात् डेविड बड़ी अनिच्छा से 9.45 पर टैक्सी में बैठकर मागडालेन और उसके बाद न्यू कॉलेज, ट्रिनिटी, बालिओल को पीछे छोड़ता हुआ अंततः वॉरचेस्टर आ गया। जहाँ उसने कॉलेज की दीवार के सामने लिखा देखा, 'c'est magnifique mais ce ne'st pas la gare' (यह सुंदर नहीं है, लेकिन यही स्टेशन है)। वहाँ से उसने लंदन जाने वाली सुबह 10.00 बजे की ट्रेन पकड़ी। उसे ऑक्सफोर्ड में रहकर बहुत आनंद आया और उसने आशा जताई कि उसके जिस मित्र ने भूतकाल में हार्वर्ड में उसकी इतनी मदद की थी, वह भी उसके कुछ काम आ सके।

'गुड मॉर्निंग डेविड!'

'गुड मॉर्निंग', बर्नी। बीती शाम मैं अपने एक मित्र से मिला, जो ऑक्सफोर्ड में काम करता है। उसके हमारी कंपनी में निवेश करने की संभावना है। वो शायद लगभग 250,000 डॉलर निवेश करेगा।

बहुत बढ़िया! डेविड, तुम बहुत अच्छा काम कर रहे हो। ऐसे की काम करते रहो।

डेविड की खबर का सिलवरमैन पर कुछ असर नहीं हुआ। लेकिन जैसे ही वह अपने ऑफिस में पहुँचा, उसने फौरन अपना लाल फोन उठाया और बोला—

'हार्वे?'

'हाँ!'

केस्लर को चुनना सही साबित हुआ। उसने शायद अपने किसी मित्र से बात की है, जो हमारी कंपनी में 250,000 डॉलर निवेशित कर सकता है।

अच्छा है। अब ध्यान से सुनो। मेरे ब्रोकर से कहो कि वो मेरे 40,000 शेयरों को 6 डॉलर से कुछ ही अधिक की दर से बाजार में उतार दे। यदि केस्लर का मित्र कंपनी में निवेश करने की सोचे तो उसकी तुरंत खरीद के लिए मौजूद ब्लॉकों में सबसे बड़ा मेरा ही होना चाहिए।

कुछ दिन ध्यान देने पर स्टीफन ने नोटिस किया कि प्रॉस्पेक्टा ऑयल के शेयर 2.75 पाउंड से बढ़कर 3.05 पाउंड हो गए हैं। उसे लगा कि यह अब बहुत बेहतर स्थिति में है, इसलिए यही खरीद का सबसे बढ़िया समय है। उसे डेविड पर पूरा भरोसा था, साथ ही वो भूवैज्ञानिक की उस शानदार रिपोर्ट से भी बहुत प्रभावित था। उसने शहर में स्टॉक ब्रोकर का कार्य कर रही किटकैट ऐंड एटकिन फर्म को फोन किया और उन्हें उसके नाम से प्रॉस्पेक्टा ऑयल के 250,000 डॉलर मूल्य के शेयर खरीदने का आदेश दे दिया। जैसे ही स्टीफन की माँग स्टॉक एक्सचेंज में आई, हार्वे मेटकॉल्फ के ब्रोकर ने फौरन 40,000 शेयर बाजार में उतार दिए और यह खरीद कार्य तुरंत पूरा हो गया। स्टीफन ने इन्हें 3.10 पाउंड प्रति शेयर की दर से खरीद लिया।

अपने पिता से मिले धन को निवेश करने के बाद स्टीफन अगले कुछ दिन में इस शेयर को अपेक्षित घोषणा के बिना ही 3.50 पाउंड तक पहुँचते देख बहुत प्रसन्न हुआ। स्टीफन यह नहीं समझ सका कि इन शेयरों की कीमत बढ़ने का कारण कुछ और नहीं बल्कि उसके द्वारा की गई बड़ी खरीदारी है। बल्कि वो तो इससे मिलने वाली रकम को खर्च करने के मनसूबे बाँधने लगा। उसने सोचा कि वो इसे कैश नहीं करवाएगा, बल्कि इसी अवस्था में रखेगा। डेविड का विचार था कि ये शेयर 20 डॉलर तक पहुँचेंगे, साथ ही उसने यह वायदा भी किया था कि वो इन्हें बेचने के सही समय की भी जानकारी देगा।

इसी दौरान स्टीफन के निवेश के उत्पन्न आकर्षण को भुनाने के लिए हार्वे मेटकाल्फ ने बाजार में और शेयर उतारने आरंभ कर दिए। वो इस मामले में सिलवरमैन से सहमत हो गया कि डेविड केस्लर ऐसा ईमानदार युवक है, जिसके अपनी पहली नौकरी के प्रति भरपूर उत्साह ने उसे बेहद उम्दा पसंद बना दिया था। स्वयं को पूरी काररवाई से दूर रखकर सारी जिम्मेदारी किसी अनुभवहीन व मासूम कंधों पर डालने की यह चाल हार्वे पहले भी चल चुका था।

उस समय कंपनी के प्रवक्ता की भूमिका रिचर्ड इलियट ने सँभाल रखी थी। जब उसने प्रेस में बाजार में कई बड़े निवेशकों की उपस्थिति की खबर लीक की तो छोटे निवेशकों की जैसे बाढ़ ही आ गई और कंपनी के शेयरों के दाम स्थिर हो गए।

हार्वर्ड बिजनेस स्कूल में सिखाया जाने वाला एक पाठ यह भी है कि कोई कर्मचारी उतनी ही बेहतरीन हो सकता है, जितना उसका स्वास्थ्य अच्छा हो। डेविड को अपने स्वास्थ्य की नियमित जाँच करवाना पसंद था; उसे यह सुनने में विशिष्ट आनंद आता कि वो पूरी तरह से स्वस्थ है तथा उसे चीजों को और अधिक सहजता से लेना चाहिए। उसकी सेक्रेटरी मिस रेंटोल ने इसी उद्‌देश्य से हार्ले स्ट्रीट के एक डॉक्टर से उसके मिलने का समय निश्चित किया था।

डॉ. रॉबिन ओक्ले हर तरह से सफल व्यक्ति था। वो सैंतीस वर्ष का लंबा व खूबसूरत इनसान था। उनके काले बाल देखकर लगता था कि वे कभी नहीं झड़ेंगे। उसकी विशिष्ट रूप से मजबूत मुखाकृति व आत्मविश्वास से सफलता स्पष्ट झलकती थी। सप्ताह में दो बार स्कवैश खेलने से उसे अपने साथियों से अधिक युवा दिखने में सहायता मिलती। कैंब्रिज से रग्बी ब्लू व द्वितीय श्रेणी की डिग्री लेकर निकलने के दिनों से ही वो स्वस्थ रहने का आदी था। उसने मेडिकल की पढ़ाई सेंट थॉमस कॉलेज से की थी। जहाँ अपना भविष्य बनाने वालों के बीच उसकी ख्याति चिकित्सीय कुशलता की जगह रग्बी फुटबॉल के खिलाड़ी के रूप में अधिक थी। डिग्री मिलने के बाद उसने हार्ले स्ट्रीट पर कार्य करने वाले सफलतम चिकित्सक डॉ. यूजीन मोफेट के सहायक का कार्य सँभाला। डॉ. मोफेट, चिकित्सीय योग्यता से अधिक अमीर लोगों को मोह लेने की कला में सिद्ध थे। इनमें विशेष तौर पर मध्य-आयु की वे महिलाएँ शामिल थीं, जो कितनी भी छोटी बात का इलाज कराने चली आतीं। हर मुलाकात की पचास गिन्नी लेना ही उनकी सफलता का ही परिचायक था।

मोफेट के रॉबिन ओक्ले को अपना सहायक इसलिए चुना था, क्योंकि उसमें भी वही लक्षण मौजूद थे, जो स्वयं उनमें थे और इन्हीं के बल पर उन्होंने सफलता प्राप्त की थी। निस्संदेह रॉबिन आक्ले बहुत खूबसूरत, चित्ताकर्षक व उच्च शिक्षित होने के साथ ही चतुर भी था। रॉबिन ने जल्द ही मोफेट की प्रणाली में ढलकर हार्ले स्ट्रीट पर अपने पैर जमा लिये। जब साठ वर्ष से कुछ अधिक की आयु में मोफेट की मृत्यु हुई तो रॉबिन ने उसका लबादा कुछ उसी तरह ओढ़ लिया जैसे कोई राजकुमार सिंहासन पर बैठकर अपना मुकुट धारण कर लेता है। रॉबिन ने अपनी प्रैक्टिस जारी रखी, साथ ही उसने मोफेट की महिला रोगियों को भी उनकी मौत होने तक अपने साथ ही जोड़े रखा और खूब पैसा बनाया। वो न्यूबेरी के बाहरी हिस्से में स्थित बर्कशायर में अपने विशालकाय व आरामदेह घर में अपनी पत्नी व दो बेटों के साथ रहता था। उसने ब्लू चिप सिक्योरिटी में बड़ी मात्रा में धन निवेशित कर रखा था। उसे अपने अतिसुंदर भाग्य से कोई शिकायत नहीं थी। उसका जीवन आनंदपूर्वक बीत रहा था। लेकिन इसके साथ ही वो अकसर कहता था कि यह सब बहुत उबाऊ होता जा रहा है। उसे दिख रहा था कि दयावान डॉक्टर की यह गुदगुदी भूमिका अब उसके लिए असहनीय रूप से पूर्णत: उबाऊ हो गई थी। वो अकसर सोचता कि यदि स्वीकार ले कि लेडी फियोना फिशर के हीरे के गहने से लदे हाथों पर पड़े छोटे धब्बों के बारे में न तो उसे कुछ पता था और न ही उसे उनकी कोई परवाह है तो क्या दुनिया खत्म हो जाएगी? यदि वह भयानक सी श्रीमती पेज-स्टैनली से यह कह दे कि वह एक बदबूदार बूढ़ी औरत हैं, जिन्हें चिकित्सीय सलाह नहीं बल्कि नई दंतावली की आवश्यकता है, तो क्या आसमान टूट पड़ेगा? और यदि वो विवाह योग्य कुमारी लीडिया डे विलिर्स की उस इच्छा की दमदार खुराक प्रदान कर दे, जिसकी इच्छा उन्होंने कई बार जताई है तो क्या उसे जेल में डाल दिया जाएगा?

डेविड केस्लर वहाँ निश्चित किए गए समय पर पहुँच गया। मिस रिंटोल ने उसे पहले ही आगाह कर दिया था कि इंग्लैंड में यदि आप डॉक्टरों या डेंटिस्ट के पास देर से जाने पर वे आपका अपाइंटमेंट रद्द करने के अतिरिक्त आपसे अपना शुल्क भी वसूल कर लेंगे।

डेविड ने अपने वस्त्र उतारे और रॉबिन ओक्ले के कोच पर लेट गया। डॉक्टर ने उसके रक्तचाप की जाँच की, उसके हृदय की धड़कन सुनी, उसकी जीभ देखी, जो एक ऐसा अंग था, जिसकी शायद ही कभी सामाजिक जाँच की जाती हो। जब वो डेविड के शरीर की जाँच कर रहा थो तो उन दोनों में बातचीत

शुरू हो गई। ''केस्लर साहब, आप लंदन में क्या करते हैं?''

''मैं शहर में एक तेल कंपनी में काम करता हूँ। शायद आपने उसका नाम सुना होगा—प्रॉस्पेक्टा ऑयल?''

''नहीं,'' रॉबिन ने कहा, ''शायद नहीं सुना है। कृपया अपने पैर मोड़ें।'' इसके बाद उसने डेविड के घुटनों पर पलिया हथौड़ी से धीमे से प्रहार किया। उसके पैर उछल पड़े।

''आपके रिफ्लेक्सिस उत्तम हैं।''

''आप जल्द ही सुनेंगे डॉ. ओक्ले, बहुत जल्द। हमारा काम बहुत बढ़िया चल रहा है। जरा अखबारों में हमारी प्रगति पर नजर डालें।''

''क्यों?'' रॉबिन ने मुसकराते हुए पूछा, ''क्या आपने तेल खोज लिया है?''

''हाँ!'' डेविड ने धीमे से कहा, उसे इस तरह माहौल बनाना पसंद आया, ''सच तो यह है कि हमने हाल ही में ऐसा किया है।''

रॉबिन ने डेविड के पेट को कुछ सेकेंड तक कोंचा और बोला, ''मांसपेशियों की परत अच्छी है, चरबी बिल्कुल नहीं है, लिवर बढ़ने का भी कोई चिह्न नहीं है। जवान, तुम बिल्कुल स्वस्थ हो।''

उसे जाँच-कक्ष में कपड़े पहनता छोड़कर रॉबिन बाहर निकल गया और अपने रिकॉर्ड में रखने के लिए डेविड की जाँच रिपोर्ट तैयार करने लगा। लेकिन उसके दिमाग के किसी गहरे कोने में तेल की खोज की बात अटक गई थी।

आमतौर पर हार्ले स्ट्रीट के डॉक्टर अपने नियमित आने वाले निजी रोगियों को भी अपने गैसयुक्त प्रतीक्षा कक्ष में पौना घंटा प्रतीक्षा करवाते थे, जहाँ पंच के पुराने अंक रखे रहते। लेकिन जब वो उनके सलाह कक्ष में होते तो उन्हें कोई जल्दी नहीं होती। रॉबिन को भी केस्लर को भगाने की कोई जल्दी नहीं थी।

केस्लर साहब, आपके साथ बहुत छोटी सी समस्या है। आपमें एनीमिया के कुछ लक्षण दिखे हैं। जिसका कारण संभवत: आपकी व्यस्तता व हाल-फिलहाल की जल्दबाजी है। मैं आपके लिए आयरन की कुछ गोलियाँ लिख रहा हूँ, जिनसे यह ठीक हो जाएगा। रोजाना दो गोली लेनी हैं—एक सुबह व एक शाम। उसने टैबलेट का अस्पष्ट सा नाम लिखा व पर्ची डेविड को सौंप दी।

''बहुत-बहुत धन्यवाद, आपने मुझे इतना समय दिया।''

''वो कोई बड़ी बात नहीं। आपको लंदन कैसा लगा?'' रॉबिन ने पूछा। शायद यह अमेरिका से काफी अलग है।

''निस्संदेह, यहाँ की गति बहुत धीमी है। यहाँ जितनी देर में मैं काम करने

का तरीका समझता हूँ, वहाँ इतनी देर में आधा काम हो जाता है।''

''क्या लंदन में आपके काफी मित्र हैं ?''

''नहीं'', डेविड ने जवाब दिया, ''मेरे हार्वर्ड के दिनों के एक-दो साथी ऑक्सफोर्ड में हैं, लेकिन लंदन में मेरा अधिक लोगों से संपर्क नहीं है।''

क्या निशाना लगाया रॉबिन, अब मैं इससे इस तेल के खेल की और अधिक जानकारी निकलवा सकता हूँ, साथ ही मेरा एक ऐसे व्यक्ति से परिचय बढ़ जाएगा, जिसके स्वास्थ्य को देखकर मेरे अन्य रोगियों को अपने पाँव कब्र में लटके होने का अहसास होगा। शायद इससे मेरा आलस्य भी दूर हो जाए। उसने कहा, ''क्या आप इस हफ्ते मेरे साथ लंच कर सकते हैं ? लंदन का हमारा यह पुराना क्लब संभवत: आपको पसंद आएगा।''

''जरूर, आप बहुत अच्छे हैं।''

''बहुत बढ़िया, शुक्रवार ठीक रहेगा ?''

''हाँ, ठीक रहेगा।''

''तो तय रहा, पॉल मॉल के एथेनियम क्लब में ठीक दोपहर एक बजे मिलते हैं।''

डेविड ने ऑफिस लौटते समय बीच में रुककर अपनी दवाई खरीदी व एक गोली उसी समय खा ली। अब उसे अपना लंदन प्रवास अच्छा लग रहा था। सिलवरमैन उससे प्रसन्न था, प्रॉस्पेक्टा ऑयल बढ़िया चल रही थी और इस बीच उसकी कई दिलचस्प लोगों से भी मुलाकात हुई। उसे लगने लगा कि यह उसके जीवन का सबसे आनंददायक समय साबित होने वाला है।

शुक्रवार को डेविड 12.45 पर एथेनियम पहुँच गया। ये पॉल मॉल के किनारे बनी सफेद रंग की विशालकाय बिल्डिंग थी, जहाँ ड्यूक ऑफ यॉर्क की उपेक्षित सी मूर्ति लगी थी। उसके विशाल कमरे देखकर डेविड चकित रह गया और वाणिज्यिक बुद्धि से अंदाज लगाने लगा कि इतने बड़े व्यापारिक स्थल का कितना किराया होता होगा। वहाँ सब ओर मोम के पुतले लगे हुए थे, बाद में रॉबिन ने बताया कि ये सभी पुतले जाने-माने जनरलों व राजनयिकों के हैं।

उन्होंने कॉफी रूम में भोजन किया जहाँ उनकी बातचीत का मुख्य विषय रूबेंस ऑफ चार्ल्स-II के अलावा बॉस्टन, लंदन, स्क्वाश व उन दोनों का समान प्रेम कैथरीन हेपबर्न रहे। कॉफी पीने के दौरान डेविड ने रॉबिन को बताया कि भूवैज्ञानिकों के अनुसार प्रॉस्पेक्टा ऑयल के उस क्षेत्र में तेल हो सकता है। लंदन

स्टॉक एक्सचेंज में कंपनी के शेयर चढ़कर 3.60 डॉलर के हो गए थे और उनमें अभी भी बढ़त जारी थी।

रॉबिन ने कहा, ''सुनने में तो निवेश के लिए बेहतरीन स्थान लग रहा है। और चूँकि यह आपकी अपनी कंपनी है तो आपके लिए जोखिम लेना और भी आसान रहेगा।''

''यदि वहाँ सचमुच तेल है, तो मुझे नहीं लगता कि इसमें किसी भी तरह का कोई जोखिम है।'' डेविड ने कहा।

''चलिए, मैं इस हफ्ते के अंत में इसपर और अधिक विचार करूँगा।''

इसके बाद उन्होंने एथेनियम के सीढ़ियों पर एक-दूसरे से विदा ली। जिसके बाद डेविड फाइनेंशियल टाइम्स द्वारा ऊर्जा संकट पर आयोजित कॉन्फ्रेंस में शामिल होने चला गया व रॉबिन वापस अपने घर बर्कशायर लौट गया। उसके दोनों बेटे अपने प्रेप स्कूल से वापस लौटने वाले थे, जिनके साथ वह कुछ वक्त बिताना चाहता था। वो सोचने लगा कि ये दोनों कितनी जल्दी गोदी के बच्चे से घुटने चलने वाले और अब लड़के बन गए हैं, जल्द ही ये युवा भी हो जाएँगे। इनका भविष्य सुरक्षित करना बहुत जरूरी है। शायद उसे डेविड केस्लर की कंपनी में निवेश कर उनका भविष्य कुछ और अधिक सुरक्षित बना देना चाहिए। खोज की घोषणा हो जाने पर वह कभी भी इस रकम को पुनः ब्लू चिप में निवेशित कर सकता है।

एक और निवेश मिलने की संभावना की बात सुनने पर बर्नी सिलवरमैन बहुत प्रसन्न हुआ।

''मुबारक हो मेरे बच्चे। तुमने तो पाइप-बिछाने का कार्य आगे बढ़ाने के लिए शुरुआती रकम का इंतजाम कर दिया। पाइप-बिछाने की लागत 2 मिलियन डॉलर प्रति मील है। तुमने अपनी भूमिका बहुत अच्छे से निभाई। मैंने हेड ऑफिस में तुम्हारे प्रयासों के लिए तुम्हें बोनस के तौर पर 5,000 डॉलर देने की बात की है। इसी तरह बेहतरीन काम करते रहो।'' डेविड मुसकराया, ''यही हार्वर्ड की संस्कृति है। यदि आप अच्छे परिणाम देंगे तो आपको पुरस्कार अवश्य मिलेगा।''

''खोज की आधिकारिक घोषणा कब होगी?'' उसने पूछा।

''आने वाले कुछ दिनों में।''

सिलवरमैन के ऑफिस से निकलते समय डेविड का चेहरा गर्व से चमक रहा था।

सिलवरमैन ने तुरंत लाल फोन द्वारा हार्वे मेटकाल्फ से संपर्क साधा और उसने एक बार फिर उसी प्रक्रिया का पालन करने का आदेश दिया। मेटकाल्फ के

ब्रोकरों ने 3.73 डॉलर की दर से खुले बाजार में 5,000 शेयर प्रतिदिन के हिसाब से 35,000 शेयर उतार दिए। डॉ. ओक्ले के पैसा निवेश करते ही शेयरों के दाम एक बार फिर बढ़कर 3.90 पाउंड हो गए। यह देखकर डेविड, स्टीफन व रॉबिन तीनों ही अत्यधिक प्रसन्न हो गए। वे यह नहीं समझ पाए कि इस शेयर का भाव बढ़ने का कारण उन्हीं के द्वारा किया गया निवेश है। हार्वे ने मौके का फायदा उठाया और दिन-प्रतिदिन अधिकाधिक शेयर उतारने लगा, जिससे बाजार में इस शेयर की साख बन गई।

डेविस ने बोनस में मिली रकम से अपने बार्बिकान स्थित छोटे से फ्लैट की सूनी दीवार पर सजाने के लिए एक पेंटिंग खरीदने का मन बनाया। उसके मुताबिक 2,000 डॉलर मूल्य तक की कोई पेंटिंग ठीक रहेगी। डेविड को कला के कलात्मक पक्ष के अलावा उसका वाणिज्यिक पक्ष भी उतना ही पसंद था। उसने अगले शुक्रवार की पूरी दोपहर लंदन की आर्ट गैलरी कही जाने वाली बांड स्ट्रीट, कॉर्क स्ट्रीट व ब्रूटन स्ट्रीट पर बिताई। विल्डनस्टेन उसकी जेब से बाहर था तो मार्लबोरो उसके लिए बहुत आधुनिक था। अंततः उसने बांड स्ट्रीट की लेमंस गैलरी से एक पेंटिंग खरीदी।

यह गैलरी सूथ-बे से केवल तीन दरवाजे दूर थी। यह एक बड़ा सा कमरा था, जिसमें भूरे रंग का कार्पेट तथा लाल रंग के धुँधले वॉलपेपर लगे थे। डेविड को बाद में पता चला कि जिस गैलरी का कार्पेट जितना पुराना हो तथा जिसकी दीवारें जितनी अधिक धुँधली हों, उसे उतना ही अधिक सफल माना जाता है। कमरे के बिल्कुल अंत में सीढ़ियाँ थीं, जिसके नीचे दुनिया की ओर पीठ किए कुछ उपेक्षित सी पेंटिंग रखी हुई थीं। डेविड ने उन्हीं में से अपनी पसंद का एक चित्र छाँट लिया।

ये लियोन अंडरवुड का बनाया तैलचित्र वीनस इन द पार्क था। इसके बहुत बड़े व कुछ मलिन से कैनवास पर एक गोल चाय की टेबल के इर्द-गिर्द बिछी धातु की कुरसियों पर लगभग छह पुरुष व स्त्री बैठे थे। उनमें सबसे आगे एक बेहद सुंदर महिला नग्न बैठी थी, उसके स्तन उभरे हुए तथा बाल लंबे थे। किसी का उसपर जरा भी ध्यान नहीं था और वो तसवीर से बाहर कहीं देख रही थी। अपने आसपास के माहौल से अप्रभावित उसका रहस्यपूर्ण चेहरा प्रेम व सौहार्द का प्रतीक लग रहा था। डेविड को वह चित्र बहुत पसंद आया।

गैलरी का मालिक जीन-पियरे लेमंस उसी की ओर आ रहा था। उसका सजीला सूट देखकर लग रहा था कि उसे हमेशा हजार पैंड से अधिक का ही

चेक मिलता होगा। पैंतीस वर्ष की उम्र में उसमें पर्याप्त खर्च करने का सामर्थ्य था। उसके गुच्ची के जूते, यवेस सेंट लौरेंट की टाई, टर्नबुल ऐंड एस्सर की कमीज तथा पिगेट की घड़ी देखकर किसी को भी, विशेषतौर पर महिलाओं को उसकी हैसियत का अंदाजा हो जाता था। उसके छरहरा शरीर, लंबे व घुँघराले काले साफ बाल व तीखी गहरी भूरी आँखें उसे अंग्रेजों जैसे रंग-रूप वाला फ्रेंच व्यक्ति बनाती थीं। वो रोब जमाने व नुक्ताचीनी करने में सिद्धहस्त था। सबसे आश्चर्यजनक बात यह थी कि वो जितनी विनोदी बुद्धि का था, उतना ही क्रूर भी था। उसके विवाह न करने के पीछे संभवत: यह भी एक कारण रहा होगा। निस्संदेह उसे रिश्तों की कमी नहीं रही होगी। उसके ग्राहक तो केवल उसके मनोहरी रूप से ही परिचित थे। जब डेविड चेक लिख रहा था तो जीन-पियरे अपनी फैशनेबल मूँछों पर अंगुली फिराते हुए उसके साथ बहुत प्रसन्नतापूर्वक चित्र के बारे में बातें कर रहा था।

अंडरवुड वर्तमान में इंग्लैंड के सबसे महान् मूर्तिकारों व चित्रकारों में से एक हैं। क्या आप जानते हैं कि हैनरी मूर को उन्होंने ही शिक्षा दी थी। मुझे लगता है कि उनकी हैसियत को कम आँकने के पीछे उनका प्रेस व पत्रिका को नशेड़ी व घसीटामार की संज्ञा देते हुए अपनी नापसंदगी जाहिर करना है।

उसे तय की गई रकम 850 पाउंड का चेक देते समय डेविड ने धीमे से कहा, ''मीडिया का चहेता बनना सरल नहीं होता।'' यह उसकी आज तक की गई सबसे महँगी खरीद थी, लेकिन फिर भी उसे लगा कि यह एक अच्छा निवेश है, और सबसे बड़ी बात यह कि उसे बहुत पसंद आई थी। जीन-पियरे ने अंडरवुड के उत्साह में डूबे डेविड को अपने साथ सीढ़ियों से नीचे ले जाकर उसे अपना वर्षों से जमा किया प्रगतिवादी व आधुनिक पेंटिंग्स का संग्रह दिखाया। इसके बाद उन दोनों ने डेविड के पहले चित्र का जश्न जीन-पियरे के ऑफिस में शराब पीकर मनाया।

''केस्लर साहब, आप क्या काम करते हैं?''

''मैं एक छोटी सी तेल कंपनी प्रॉस्पेक्टा ऑयल में काम करता हूँ, जो फिलहाल उत्तरी सागर में तेल खोज रही है।''

जीन-पेयरी ने बहुत भोलेपन से पूछा, ''तो क्या आपको कोई सफलता मिली?''

''ये हमारे बीच की बात है, हम भविष्य को लेकर बहुत उत्साहित हैं। इसमें कोई शक नहीं कि पिछले कुछ दिनों में कंपनी के शेयरों में 2 पाउंड से 4 पाउंड

के बीच का इजाफा हुआ है, लेकिन इसका कारण कोई नहीं जानता।''

''क्या मुझ जैसे छोटे से गरीब कला विक्रेता के लिए यह अच्छा निवेश रहेगा।'' जीन पियरे ने पूछा।

डेविड ने कहा, ''मैं इसमें निवेश करने को कितना अच्छा मानता हूँ, इसे इसी से समझिए कि वीनस खरीदने के बाद मेरे पास अब केवल 3,000 डॉलर बचे हैं, जिन्हें मैं अगले सोमवार को इस कंपनी में निवेश कर दूँगा। हम जल्दी ही एक बहुत बड़ी घोषणा करने वाले हैं।''

जीन-पियरे की आँखें चमक उठीं। वो अपना सिर हिलाने की जगह पलकें झपकाने लगा, जो गॉल की चालाकी का परिचायक था। अब वो इस बातचीत को और आगे नहीं बढ़ाना चाहता था।

''हम खोज की घोषणा कब करने वाले हैं, बर्नी?''

''मुझे लगता है कि अगले हफ्ते हम यह घोषणा कर देंगे। हमारे सामने कुछ ऐसी समस्याएँ हैं, जिन्हें हम अभी तक सुलझा नहीं पाए हैं।''

इससे डेविड को कुछ शांति मिली, क्योंकि उसने उसी सुबह अपने बोनस के बचे हुए 3000 डॉलर को कंपनी में 500 शेयर खरीद कर निवेशित कर दिया था। अन्य लोगों की तरह वह भी तुरंत मुनाफा कमाना चाहता था।

''मैं रोवे रुड बोल रहा हूँ!''

''कृपया फ्रेंक वॉट्स से बात कराएँ, मैं जीन-पियरे बोल रहा हूँ।''

''गुड मॉर्निंग, जीन-पियरे! मैं आपके लिए क्या कर सकता हूँ?''

''मैं प्रॉस्पेक्टा ऑयल के 25,000 शेयर लेना चाहता हूँ।''

''मैंने तो कभी इनके बारे में नहीं सुना। एक मिनट रुकिए...यह तो नई कंपनी है, इनकी अपनी पूँजी भी बहुत कम है। यह बहुत जोखिम भरा है। जे.पी. मैं आपको इन्हें न खरीदने की सलाह दूँगा।''

''कोई बात नहीं फ्रेंक, मैं इन्हें अपने पास केवल दो या तीन हफ्तों के लिए ही रखूँगा। मैं इन्हें लंबे समय तक रखना नहीं चाहता। यह अकाउंट कब से चालू हो जाएगा?''

''कल से।''

''ठीक है, इसे अभी खरीद लो और अकाउंट के बंद होने या इसके पूर्व कभी भी इन्हें बेच देना। मुझे उम्मीद है कि अगले हफ्ते ये कोई घोषणा करने वाले

हैं, इसके बाद जैसे ही इनकी कीमत 5 पाउंड से अधिक हो जाए, इन्हें तुरंत बेच देना। लालच में मत पड़ना। इसके अलावा इन्हें मेरे नहीं बल्कि मेरी कंपनी के नाम से खरीदना। इसमें मेरा नाम होना सूचना देने वाले के लिए समस्या का कारण बन सकता है।''

''ठीक है सर, मैं बाजार कीमत पर प्रॉस्पेक्टा ऑयल के 25,000 शेयर खरीद-कर अकाउंट बंद होने के अंतिम दिन या आपका आदेश होने पर उससे पहले ही इन्हें बेच दूँगा।''

''ठीक है, मैं अगला पूरा हफ्ता चित्रों की खोज में पेरिस में रहूँगा, यदि इनकी कीमत 5 पाउंड से ऊपर हो जाए तो इन्हें बेचने में जरा भी मत हिचकिचाना।''

''ठीक है जे.पी., आपका सफर सुहावना रहे।''

लाल टेलीफोन बज उठता है।

''रोवे रूड भारी मात्रा में शेयरों का ब्लॉक खोज रहा है। क्या तुम्हें इसके बारे में कुछ पता है?

''हार्वे सर, मुझे इस बारे में कुछ नहीं पता। शायद ये फिर से डेविड ने ही किया है। क्या मैं उससे इस बारे में बात करूँ?''

''नहीं, उससे कुछ मत कहना। मैं 3.90 पाउंड की दर पर 25,000 शेयरों का ब्लॉक बाजार में उतार रहा हूँ।'' केस्लर को बस ऐसी एक और बड़ी डील करवानी होगी और मेरा काम बन जाएगा। इस स्टॉक एक्सचेंज अकाउंट के समापन के एक सप्ताह पूर्व ही हमें अपनी योजना को पूरा कर लेना है।

''ठीक है बॉस, क्या आप जानते हैं कि कुछ लोग छोटी खरीददारी भी कर रहे हैं।''

''हाँ, पहले ही की तरह, वो सभी अन्य लोगों को बताते फिर रहे हैं कि उन्होंने कुछ बहुत बढ़िया खरीद लिया है। केस्लर को इस बारे में कुछ मत बताना।''

रिचर्ड इलियट ने कहा, ''जानते हो डेविड, तुम बहुत कड़ी मेहनत कर रहे हो। थोड़ा आराम भी कर लिया करो। वैसे भी घोषणा के बाद हमारा काम बहुत अधिक बढ़ जाने वाला है।''

''मुझे भी ऐसा ही लगता है'', डेविड ने कहा, ''लेकिन अब काम करना मेरी आदत बन गया है।''

"तुम आज रात मेरे साथ एनाबेल क्यों नहीं चलते?"

लंदन के सबसे विशिष्ट नाइटक्लब में चलने का आमंत्रण पाकर डेविड बहुत प्रसन्न हुआ और उसने इसे पूरे उत्साह से स्वीकार कर लिया।

उस शाम बार्क्ले स्क्वेयर में रॉल्स रॉयस व मर्सेडीज के बीच खड़ी डेविड की किराए की फोर्ड कोर्टिना बहुत बेमेल लग रही थी। वो बेसमेंट में बनी लोहे की सीढ़ियों से चढ़ा, जो एक जमाने में संभवत: उस खूबसूरत शहरी मकान के नौकरों द्वारा उपयोग की जाती होंगी। तत्पश्चात् वह एक ऐसे आलीशान क्लब में पहुँचा जिसमें रेस्टोरेंट, डिस्कोथेक और एक छोटा सा खूबसूरत बार भी था। इसकी दीवारों पर पुराने प्रिंट व चित्र लगे हुए थे। मुख्य भोजन-कक्ष की मंद रोशनी में वहाँ रखी छोटी-छोटी टेबलों में से अधिकांश भरी हुई थीं। वहाँ की सजावट राजसी व असाधारण थी। क्लब के मालिक मार्क बिर्ले ने दस वर्षों के छोटे से काल में ही एनाबेल को लंदन का सबसे लोकप्रिय क्लब बना दिया, जिसका सदस्य बनने की आकांक्षा रखने वालों की संख्या हजारों में थी। क्लब के कोने में बना डिस्कोथेक इतना बड़ा था कि वहाँ दो कैडिलैक कारें बड़ी आसान से पार्क हो सकती थीं, बावजूद इसके वो खचाखच भरा हुआ था। भीड़ इतनी थी कि कई जोड़े तो मजबूरीवश एक-दूसरे से बिल्कुल सटकर नृत्य कर रहे थे। डेविड को यह देखकर बहुत आश्चर्य हुआ कि फ्लोर पर हाथों में हाथ डाले नृत्य कर रहे लगभग सभी जोड़ों में महिला मित्रों की आयु अपने पुरुष साथियों से लगभग बीस वर्ष से भी कम थी। जिस तरह डेविड वहाँ उपस्थित मेहमानों को घूरता देख मुख्य वेटर तुरंत समझ गया कि वो इस क्लब में पहली बार आया है, इसलिए वो स्वयं ही डेविड को रिचर्ड इलियट की टेबल तक ले आया। ठीक है, डेविड ने सोचा, एक दिन ये लोग मुझे भी ऐसे ही हैरानी से देख रहे होंगे।

वहाँ के बेहद लजीज डिनर के बाद रिचर्ड इलियट व उनकी पत्नी नृत्य करने के लिए डांस फ्लोर पर मौजूद भीड़ में खो गए। समय काटने के लिए डेविड वहाँ बनी छोटी सी बार में गया और वहाँ की आरामदेह लाल सीट पर बैठकर उस व्यक्ति से बात करने लगा, जिसने अपना नाम जेम्स ब्रिग्सले बताया। ब्रिग्सले साहब के लिए भले ही पूरी दुनिया एक मंच न हो, लेकिन एनाबेल निस्संदेह उनके लिए यही था। लंबे व सुनहरे बालों व कुलीन वर्ग के ब्रिग्सले की आँखें परिहास से भरपूर थीं तथा वो आसपास के सभी लोगों से प्रति मिलनसार था। डेविड को उसका सहज भाव बहुत पसंद आया। उसे हमेशा से यह रवैया पसंद था, लेकिन भय यह था कि संभवत: वो कभी ऐसा नहीं बन पाएगा। डेविड उस उच्चारण शैली

का आदि नहीं था, लेकिन इससे जेम्स की उच्च्च कुलीनता प्रकट होती थी।

डेविड के नए मित्र ने उसे अपनी अमेरिका की यात्रा का वर्णन करते हुए यह कहकर प्रसन्न कर दिया कि उसे अमेरिकी लोग हमेशा से ही बहुत पसंद हैं। कुछ समय बाद डेविड ने जब मुख्य वेटर से चुपके से उस अंग्रेज व्यक्ति के बारे में पूछा तो उसने बताया।

''सर, उनका नाम लॉर्ड ब्रिग्सले हैं, ये अर्ल ऑफ लॉथ के सबसे बड़े पुत्र हैं।''

डेविड ने अपने आप से कहा, समझ गए न, लॉर्ड भी आम आदमी जैसे ही दिखते हैं, विशेषतौर पर तब जब वो नशे में हों। लार्ड ब्रिग्सले ने डेविड के गिलास पर अंगुली मारते हुए कहा।

''क्या तुम और पीना चाहोगे? धन्यवाद लॉर्ड महोदय,'' डेविड ने कहा।

''अरे इन सब में मत पड़ो भाई। मेरा नाम जेम्स है। तुम लंदन में क्या करते हो?''

''मैं एक तेल कंपनी में काम करता हूँ। शायद आप हमारे चेयरमैन लार्ड हुन्निसेट को जानते होंगे। हालाँकि मैं भी उनसे आज तक कभी नहीं मिला हूँ।''

''वे बहुत अच्छे वृद्ध आदमी हैं,'' जेम्स ने कहा, ''मैं व उनका पुत्र हैरो में एक साथ थे। तुम तेल के क्षेत्र में हो तो शायद मुझे बता सको कि मैं अपने बी.पी. व शैल के शेयरों का क्या करूँ?''

''अभी उन्हें अपने पास ही रखें,'' डेविड ने कहा, ''जब तक ब्रिटिश सरकार लालच में आकर स्वयं उस परिसंपत्ति पर कब्जा करने का मन न बना ले, तब तक तेल जैसी किसी भी कॉमोडिटी के शेयर अपने पास रखने में ही समझदारी है।''

एक और डबल व्हिस्की आ गई। अब डेविड को नशा महसूस होने लगा था।

''तुम्हारी कंपनी कैसी है?'' जेम्स ने पूछा।

''हमारी कंपनी छोटी है,'' डेविड ने कहा, ''लेकिन पिछले तीन महीनों में हमारी कंपनी के शेयर किसी भी अन्य तेल कंपनी से कहीं अधिक तेजी से चढ़े हैं। मुझे तो यह लग रहा है कि ऐसा ही चलता रहा तो ये एक दिन शीर्ष पर पहुँच जाएँगे।''

''ऐसा क्यों?'' जेम्स ने पूछा।

डेविड ने चारों ओर देखा और अपनी आवाज को रहस्यपूर्ण ढंग से धीमे करते हुए फुसफुसाया।

''मेरे खयाल से आप यह समझते होंगे कि यदि कोई बड़ी कंपनी तेल खोज लेती है तो यह उसके मुनाफे में बहुत छोटी सी रकम होती है, लेकिन यही खोज

किसी छोटी कंपनी ने की हो, तो निस्संदेह उसका यह मुनाफा बहुत बड़ा दिखाई देगा।''

''क्या तुम यह कहना चाहते हो कि आपने तेल खोज लिया है?''

''मुझे संभवतः यह बात नहीं बतानी चाहिए थी'', डेविड ने कहा, ''यदि आप इस बात को अपने तक ही रखेंगे तो मैं आपका बहुत आभारी रहूँगा।''

डेविड को याद नहीं कि वो कैसे अपने घर पहुँचा या किसने उसे बिस्तर पर लिटाया। उसे बस इतना याद रहा कि अगली सुबह वह काफी देर से ऑफिस पहुँचा।

''सॉरी बर्नी, रिचर्ड के साथ एनाबेल में खूबसूरत शाम बिताने के बाद मैं आज सुबह कुछ ज्यादा ही सो लिया।''

''कोई बात नहीं। तुम्हें प्रसन्न देखकर मुझे बहुत अच्छा लगा।''

''कल संभवतः मैंने उतावलेपन में किसी लॉर्ड को, जिसका नाम मुझे अभी याद नहीं आ रहा, वो खबर बता दी। अब वे हमारी कंपनी में निवेश करना चाहते हैं। मैं कुछ ज्यादा ही उत्साह में आ गया था।''

''कोई बात नहीं डेविड, हम किसी को निराश नहीं करेंगे। तुम्हें अब आराम करना चाहिए। तुमने बहुत मेहनत से काम किया है।''

जेम्स ब्रिग्सले अपने लंदन स्थित चेल्सी फ्लैट से निकला और टैक्सी लेकर अपने बैंक विलियम्स ऐंड ग्लिंस की ओर चल पड़ा। जेम्स बहिर्मुखी स्वभाव का था और हैरो में उसका मुख्य रुझान अभिनय की ओर था। स्कूल के बाद उसके पिता ने उसे स्टेज पर काम करने देने के स्थान पर आगे की पढ़ाई के लिए क्राइस्ट चर्च, ऑक्सफोर्ड भेज दिया। लेकिन यहाँ भी उसका मुख्य रुझान राजनीति, दर्शन व अर्थशास्त्र जैसे अपने चयनित विषयों की जगह ड्रॉमेटिक सोसाइटी की ओर ही रहा। जेम्स ने ऑक्सफोर्ड से निकलने के बाद कभी किसी को अपनी डिग्री की श्रेणी नहीं बताई, लेकिन उस चतुर्थ श्रेणी की डिग्री का खुलासा कभी–न–कभी तो होना ही था। ऑक्सफोर्ड से निकलकर वो ग्रेनेडियर गार्ड में शामिल हो गया, जहाँ उसे अपनी ऐतिहासिक प्रतिभा को उपयोग करने के भरपूर मौके मिले। जेम्स ने संभवतः पहली बार लंदन की सोसाइटी लाइफ का स्वाद चखा था। एक खूबसूरत व अमीर युवा विस्काउंट इन हालातों में जो भी कुछ करता, उसने उसे बहुत सफलतापूर्वक अंजाम दिया।

गाड्र्स में दो वर्ष बिताने के बाद अर्ल ने उसे समय बिताने के लिए हैंपशायर में 250 एकड़ का फार्म दे दिया। लेकिन जेम्स को ऐसे भद्दे ग्रामीण जीवन में कोई

रुचि नहीं थी। उसने फार्म को मैनेजर के सुपुर्द किया और स्वयं लंदन की सोशल लाइफ में व्यस्त हो गया। वह स्टेज पर अभिनय करना चाहता था, लेकिन उसे पता था कि उसके पिता चाहते हैं कि वह श्रीमती वर्थिंग्टन की पुत्री के साथ विवाह कर ले। जेम्स के मन की ऊहोपोह से पाँचवें अर्ल को कोई मतलब नहीं था। वहीं जेम्स के लिए भी अपने पिता को यह समझाना सरल नहीं था कि वे उसे जितना बुद्धिमान मानते हैं, दरअसल उससे कहीं अधिक समझदार है। संभव है कि डेविड केस्लर के मुँह से शराब के नशे में निकली इस जानकारी का उपयोग कर वह अपने बूढ़े पिता को गलत साबित कर सकता है।

बिर्चिन लेन पर स्थित विलियम्स ऐंड ग्लिन्स की प्राचीन व खूबसूरत बिल्डिंग में प्रविष्ट होकर जेम्स सबसे पहले मैनेजर के ऑफिस में गया।

लॉर्ड ब्रिग्सले ने कहा, ''मैं अपने हैंपशायर स्थित फार्म के बदले कुछ धनराशि कर्ज लेना चाहता हूँ।''

बैंक का मैनेजर फिलिप इजार्ड लॉर्ड ब्रिग्सले को जानता था, साथ ही उसके पिता का भी पूर्व परिचित था। यद्यपि उसे अर्ल पर पूरा विश्वास था, लेकिन उसने इससे पहले इस युवा लॉर्ड से कोई सौदा नहीं किया था। वैसे भी, वो किसी ग्राहक की माँग पर प्रश्न-चिह्न नहीं लगा सकता था, खासतौर पर उस परिवार से, जिसका भूतकाल में बैंक से लंबा रिश्ता रहा हो।

''ठीक है लॉर्ड महोदय, आप कितनी धनराशि चाहते हैं?''

''हैंपशायर के फार्म की जमीन की कीमत 1,000 पाउंड प्रति एकड़ है और इसमें लगातार वृद्धि हो रही है। ऐसे में 150,000 पाउंड की रकम ठीक रहेगी? मैं इन धनराशि को शेयर्स में लगाना चाहता हूँ।''

''क्या आप बैंक के साथ इस संबंध में लीज डीड करना चाहेंगे?'' इजार्ड ने पूछा।

''हाँ, कर सकता हूँ। इसमें मुझे क्या लाभ होगा?''

''इससे हम आपको 150,000 पाउंड की यह धनराशि मूल दर से 2 फीसदी कम पर दे सकेंगे।''

जेम्स को मूल दर क्या होती है, इस बारे में कुछ नहीं पता था। लेकिन वो यह जानता था कि विलियम्स ऐंड ग्लिन्स इन मामलों में अन्य किसी से भी बेहतर है और उनकी प्रतिष्ठा विवादों से परे है।

''धन्यवाद'', जेम्स ने कहा, ''कृपया मेरे लिए प्रॉस्पेक्टा ऑयल नाम की कंपनी के 35,000 शेयर खरीद लें।''

"माई लॉर्ड, क्या आपने इस कंपनी के बारे में पूरी जानकारी ले ली है?" इजार्ड ने पूछा।

"हाँ, मुझे पूरी जानकारी है।" लॉर्ड ब्रिग्सले ने बहुत तीखी आवाज में कहा। उसे बैंक-प्रबंधकीय वर्ग का कोई भय नहीं था।

सिलरवमैन ने बॉस्टन फोन करके हार्वे मेटकाल्फ डेविड केस्लर से एक अनाम रईस की मुलाकात की सूचना दी, जिसके पास अकूत धनराशि थी। हार्वे ने बाजार में 4.80 पाउंड की दर से 40,000 शेयर उतार दिए। जिनमें से 35,000 शेयर विलियम्स ऐंड ग्लिन्स ने खरीदे और बाकी बचे शेयर पहले ही की तरह अन्य छोटे निवेशकों ने खरीद लिये। इससे शेयरों की कीमत में थोड़ी और बढ़ोतरी हो गई। हार्वे मेटकाल्फ के अपने पास अब केवल 30,000 शेयर ही बचे थे। वो चाहता था कि आने वाले चार दिनों में इन बचे हुए शेयरों को भी निकाल दे। उसने मात्र चौदह हफ्तों में ही प्रॉस्पेक्टा ऑयल के सारे शेयर बेच दिए थे, जिससे उसे 6 मिलियन डॉलर का लाभ हुआ।

शुक्रवार की सुबह शेयर 4.90 पाउंड की कीमत पर स्थिर थे। अपने भोलेपन में केस्लर ने उसे चार बहुत बड़े निवेश दिला दिए थे। हार्वे मेटकाल्फ ने जॉग बिर्रेर को फोन करने से पहले इससे जुड़े सभी विवरणों की जाँच की।

स्टीफन ब्राडले ने 6.10 डॉलर की दर से 40,000 शेयर लिए थे।

डॉ. रॉबिन ओक्ले ने 7.23 डॉलर की दर से 35,000 शेयर लिए थे।

जीन पियरे लेमंस ने 7.80 डॉलर की दर से 25,000 शेयर लिए थे।

जेम्स ब्रिग्सले ने 8.80 डॉलर की दर से 35,000 शेयर लिए थे।

डेविड केस्लर ने अपने लिए 7.25 डॉलर की दर से 500 शेयर लिए थे।

कुल मिलाकर इन सब ने एक मिलियन डॉलर से कुछ अधिक की कीमत पर 135,500 शेयर खरीदे थे। इनकी खरीद से शेयरों की कीमत बढ़ती रही और हार्वे को तटस्थ बाजार में अपने सभी शेयर बेचने का मौका मिल गया।

हार्वे मेटकाल्फ ने एक बार फिर वही कर दिखाया था। उसका नाम न तो किसी लेटरहैड पर था और न ही अब उसके पास कोई शेयर था। कोई भी उस पर आरोप नहीं लगा सकता था। उसने कोई अवैध काम नहीं किया था; भूवैज्ञानिक रिपोर्ट में भी इतने किंतु-परंतु शामिल थे कि उसे किसी तरह भी कोर्ट में सबूत नहीं बनाया जा सकता था। जहाँ तक डेविड केस्लर की बात थी, तो उसके अति

उत्साह के लिए हार्वे कहीं से भी दोषी नहीं था; बल्कि वह तो आज तक कभी डेविड से मिला भी नहीं था। हार्वे मेटकाल्फ ने लंदन के हेज ऐंड बटलर से आयात की क्रूज प्रिव कूव 1964 की बोतल खोली और जाम भर लिया। उसका छोटा सा घूँट भरकर हार्वे ने रोमियो या जुलिएट चर्चिल सिगार सुलगाई और उसका कश लेते हुए छोटा सा उत्सव मना लिया।

उसी सप्ताहांत डेविड, स्टीफन, रॉबिन, जीन-पियरे व जेम्स भी उत्सव मना रहे थे। ऐसा हो भी क्यों न? उनके शेयर 4.90 पाउंड तक पहुँच गए थे और डेविड ने उन्हें यह आश्वसन दिया था कि जल्द ही ये 10 पाउंड तक पहुँचने वाले हैं। उस शनिवार की सुबह डेविड ने एक्वॉस्टुकम से अपना पहले से पसंद किया गया सूट ऑर्डर किया था, स्टीफन अपने नए छात्रों के परीक्षा-पत्रों की जाँच करने में व्यस्त था, रॉबिन अपने बेटे की प्रेप-स्कूल के खेल दिवस पर मौजूद था, जीन पियरे अपनी खोजी गई तसवीरों को नए फ्रेम में मढ़वा रहा था और जेम्स ब्रिग्सले इस बात से संतुष्ट होकर शूटिंग कर रहा था कि अब वह अपनी पिता की नजरों में जरूर चढ़ जाएगा।

❑

3

जब डेविड सोमवार को सुबह 9 बजे अपने ऑफिस पहुँचा तो उसे दरवाजा बंद मिला। वह कुछ समझ नहीं पाया। सभी सेक्रेटरी 8.45 तक ऑफिस आ जाते हैं।

एक घंटे से अधिक तक प्रतीक्षा करने के बाद वह सबसे नजदीकी टेलीफोन बॉक्स गया और बर्नी सिलवरमैन के घर फोन मिलाया। किसी ने फोन नहीं उठाया। इसके बाद उसने रिचर्ड इलियट के घर फोन किया; वहाँ भी केवल घंटी बजती रही। एब्रडीन ऑफिस में फोन मिलाने पर भी यही परिणाम निकला। उसने एक बार फिर वापस ऑफिस लौटने का निर्णय लिया। शायद कुछ कारण होगा, उसने सोचा। कहीं वह दिवास्वप्न तो नहीं देख रहा ? या आज रविवार है ? नहीं— सड़कें तो लोगों व कारों से पटी पड़ी हैं।

जब वो वापस पहुँचा तो एक किशोर दरवाजे पर बोर्ड ठोक रहा था। 2,500 वर्ग फीट जगह किराए के लिए उपलब्ध है। कृपया कोनार्ड रिट्ब्लाट से संपर्क करें।

''यह क्या कर रहे हो ?'' डेविड ने पूछा।

''पुराने किराएदार ने नोटिस दिया और जगह खाली कर गए। हमें नए किराएदार की आवश्यकता है। क्या आप ये जगह देखना चाहेंगे ?''

''नहीं,'' डेविड ने घबराकर वहाँ से जाते हुए कहा, ''नहीं, शुक्रिया।''

वह दौड़ता हुआ सड़क पर पहुँच गया। उसके माथे पर पसीना आ रहा था। वह प्रार्थना कर रहा था कि उसे टेलीफोन बॉक्स खाली मिल जाए।

उसने वहाँ रखी टेलीफोन डायरेक्टरी उठाई और एल–आर हिस्से में बर्नी सिलवरमैन की सेक्रेटरी जूडिथ लैंपसन का नंबर खोज निकाला। इस बार फोन मिलाने पर उसे उठा लिया गया।

''जूडिथ, ईश्वर के लिए मुझे बताओ कि यह सब क्या हो रहा है ?'' उसे

डेविड की आवाज से ही उसकी व्यग्रता का अंदाजा हो गया।

''मुझे नहीं पता,'' जूडिथ ने उत्तर दिया, ''मुझे शुक्रवार को बिना कोई कारण बताए एक माह का अग्रिम वेतन देकर निकाल दिया गया।''

डेविड ने फोन रख दिया। अब उसके सामने सच्चाई पर से परदा उठने लगा था; हालाँकि वह अब भी किसी सरल स्पष्टीकरण की आशा में था। अब वह कहाँ जाए? क्या करे? विस्मित सा वह अपने बार्बिकान स्थित फ्लैट में वापस लौटा। उसकी अनुपस्थिति में सुबह की डाक आ गई थी, जिसमें फ्लैट के मालिक का पत्र भी शामिल था।

लंदन नगर निगम,
बार्बिकान संपत्ति कार्यालय,
लंदन, ईसी-2
01-628-4341

महोदय,

हमें यह जानकार बहुत दु:ख हुआ कि आप इस माह के अंत में जा रहे हैं, इस पत्र द्वारा हम आपको अपना एक माह का किराया पहले ही जमा करवाने के लिए धन्यवाद देते हैं।

कृपया आप पहली फुरसत में मकान की चाबी हमारे ऑफिस में जमा करवा दें।

आपका
सी.जे. केस्लटन,
स्टेट मैनेजर

डेविड कमरे के बीच स्तब्ध खड़ा रह गया। उसके दिल में दीवार पर टँगे अंडरवुड के नए चित्र के प्रति सहसा घृणा हो आई।

अंतत: उसने घबराते हुए अपने शेयर ब्रोकर को फोन किया।

''आज सुबह प्रॉस्पेक्टा ऑयल कितने पर है?''

''वो टूटकर 3.80 पाउंड पर पहुँच गया है।'' ब्रोकर ने जवाब दिया।

''इतना कैसे गिर गया?''

''पता नहीं, मैं पता करने के बाद आपको कॉल करता हूँ।''

''मेरे प्रॉस्पेक्टा ऑयल के सभी शेयर तुरंत बाजार में उतार दो।''

''बाजार दर पर प्रॉस्पेक्ट ऑयल के 500 शेयर।'' ठीक है सर।''

डेविड ने फोन रख दिया। कुछ देर बाद उसकी घंटी बजी। ये उसके ब्रोकर का फोन था—''ये 3.50 डॉलर में बिके। यह उतनी ही कीमत है, जितने पर आपने इन्हें खरीदा था।''

''क्या आप इस रकम को मेरे लॉयड बैंक की मूरगेट ब्रांच में जमा करवा देंगे?''

''जरूर, सर!''

अगले पूरे दिन व रात डेविड अपने फ्लैट से बाहर नहीं निकला। वह बिस्तर पर लेटा हुआ अपने अगले कदम के बारे में सोचते हुए एक के बाद एक सिगरेट पीता रहा। वह कभी-कभी अपने फ्लैट की छोटी सी खिड़की से बाहर बारिश में भीगे शहर के बैंकों, बीमा कंपनियों, शेयर ब्रोकरों और निजी कंपनियों पर नजर डालता, लेकिन ऐसा कब तक चलता? अगले दिन सुबह, जैसे ही बाजार खुले, उसने किसी नई जानकारी की आशा में एक बार फिर अपने ब्रोकर को फोन मिलाया।

''क्या प्रॉस्पेक्टा ऑयल के संबंध में कोई और जानकारी मिली?'' उसकी आवाज में व्यग्रता व घबराहट झलक रही थी।

''खबर अच्छी नहीं है सर, बाजार में इसकी बिकवाली बहुत तेज हो गई है, आज सुबह बाजार खुलने पर इसके शेयर की कीमत 2.80 पाउंड तक पहुँच गई।''

''क्यों, ऐसा क्या हो गया है?'' प्रत्येक शब्द के साथ उसकी आवाज में तेजी आ रही थी।

''मुझे इसके बारे में कुछ नहीं पता सर!'' उसने बहुत शांतिपूर्वक उत्तर दिया। वो शांत था, क्योंकि प्रत्येक हानि या लाभ में उसका हिस्सा केवल एक प्रतिशत ही होता है।

डेविड ने फोन का रिसीवर रख दिया। हार्वर्ड में बिताए उसके सभी वर्ष मानो धुआँ बनकर उड़ गए। इसी तरह एक घंटा बीत गया। लेकिन उसे इसका अहसास भी नहीं हुआ।

दोपहर को एक छोटे से रेस्टोरेंट में भोजन करने के बाद उसने लंदन 'ईवनिंग स्टैंडर्ड' में शहर संपादक की चिंतित करने वाली रिपोर्ट पढ़ी, जिसका शीर्षक था, 'प्रॉस्पेक्टा ऑयल का रहस्य।' शाम 4 बजे शेयर बाजार के बंद होने तक उसके शेयरों की कीमत 1.60 पाउंड रह गई थी।

डेविड की अगली रात भी बहुत बेचैनी में कटी। उसे यह सोचकर बहुत दुख व अपमान महसूस हो रहा था कि दो महीने के शानदार वेतन, तुरंत मिले बोनस तथा मीठी बातों में आकर उसने कितनी सरलता से एक ऐसी कंपनी पर भरोसा कर लिया, जिसका अपना बिजनेस पूरी तरह संदेह के घेरे में था। अब वह प्रॉस्पेक्टा ऑयल से जुड़ी खबरों को विश्वास करने वाले कानों में फुसफुसाते हुए बताने के लिए स्वयं को कोस रहा था।

बुधवार की सुबह, ज्ञात को सुनने की आशंका के भय के बीच डेविड ने अपने ब्रोकर को फिर से फोन मिलाया। शेयर टूटकर 1 पाउंड तक पहुँच गए थे और अब बाजार में उन्हें कोई खरीददार नहीं मिल रहा था। वह अपने फ्लैट से निकला, पैदल ही लॉयड बैंक पहुँचा और अपने खाते में शेष बचे 1,345 पाउंड निकालकर उसे बंद करवा दिया। वहाँ बैठी कैशियर ने जब उसे मुसकराते हुए नोट सौंपे तो वह अवश्य ही इस भाग्यशाली युवक से रश्क कर रही होगी।

बाहर निकलकर डेविड ने 'ईवनिंग स्टैंडर्ड' का अंतिम संस्करण खरीदा (जिसके सीधे हाथ के कोने पर '7आरआर' छपा था)। प्रॉस्पेक्टा ऑयल के दाम और गिर गए थे, अब वो मात्र 25 पेंस का था। स्तब्धता की अवस्था में वह अपने फ्लैट पर लौट आया।

घर की साफ–सफाई करने वाली महिला सीढ़ियों पर खड़ी थी।

उसने दंभपूर्वक कहा, ''लड़के, पुलिस तुम्हें खोजती हुई घूम रही है।''

डेविड सहजता का प्रदर्शन करते हुए सीढ़ियाँ चढ़ता रहा और बोला, ''धन्यवाद, श्रीमती पियरसन, शायद मैं एक और पार्किंग दंड भरना भूल गया हूँ।''

अब वो पूरी तरह डर के आगोश में था। डेविड ने अपने जीवन में कभी भी स्वयं को इतना छोटा, अकेला व कमजोर महसूस नहीं किया था। उसने उस तैलचित्र को दीवार पर ही लटका छोड़कर अपना सारा सामान सूटकेस में भरा और न्यूयॉर्क की टिकट बुक करा ली।

❑

4

जिस सुबह डेविड वहाँ से भागा, उस समय स्टीफन ब्राडले मैथमैटिक्स इंस्टीट्यूट ऑफ ऑक्सफोर्ड में तृतीय वर्ष के स्नातक छात्रों की कक्षा में समूह के सिद्धांत पर लेक्चर दे रहा था। नाश्ते के समय डेली टेलीग्राफ में प्रॉस्पेक्टा ऑयल के पतन की खबर पढ़कर उसके होश उड़ गए। उसने फौरन अपने ब्रोकर को फोन मिलाया, जो अभी भी इससे जुड़े विवरणों की तलाश में था। इसके बाद उसने डेविड केस्लर को फोन मिलाया, लेकिन वह बिना कोई निशान छोड़े गायब हो चुका था।

स्टीफन का अगला लेक्चर ठीक नहीं गया। वह खोया हुआ सा लग रहा था। वो यही मना रहा था कि स्नातक के छात्र उसकी अन्यमनस्कता को उसकी प्रतिभा का चिह्न मानते हुए उसकी निराशा को न भाँप सकें। वह इस बात से बहुत संतुष्ट था कि यह हिलेरी टर्म का उसका अंतिम लेक्चर था।

स्टीफन ने लेक्चर रूम की पिछली दीवार पर लगी घड़ी पर नजर दौड़ाई, उसकी सुई के एक घंटा पूरा होने की सूचना देने तक वह मागडालेन कॉलेज स्थित अपने कमरे में नहीं जा सकता था। वह अपनी पुरानी चमड़े की कुरसी पर बैठकर सोचने लगा कि अब उसे क्या करना चाहिए। उसने अपना सारा पैसा एक ही जगह पर क्यों लगा दिया। सामान्य तौर पर बहुत तार्किक व सोच-समझकर कदम उठाने वाला उसके जैसा व्यक्ति इतना बेवकूफ व लालची कैसे हो गया? उसने डेविड पर भरोसा किया था। उसे अभी भी यकीन नहीं आ रहा था कि इस अवसान में उसका मित्र भी किसी तरह शामिल होगा। संभवत: हार्वर्ड में उससे रही मित्रता के चलते वह उसे दोषी नहीं ठहराना चाहता था। इसका कोई कारण अवश्य रहा होगा। निस्संदेह वह अपना पूरा पैसा वापस प्राप्त कर लेगा। तभी फोन बजा। यह ब्रोकर का फोन था, जिसके पास अब अधिक ठोस जानकारियाँ मौजूद थीं।

फोन उठाने पर उसे अहसास हुआ कि उसकी हथेलियाँ पसीने से भीगी हुई हैं।

''स्टीफन ब्राडले!''

''सुप्रभात महोदय, आपको परेशान करने के लिए माफी चाहता हूँ। मैं स्कॉटलैंड यार्ड की फ्रॉड स्क्वेड का डिटेक्टिव इंस्पेक्टर क्लिफोर्ड स्मिथ बोल रहा हूँ। क्या आप आज दोपहर मुझसे मिल सकते हैं?''

स्टीफन का दिल धड़क गया, वह सोच में पड़ गया कि संभवत: प्रॉस्पेक्टा ऑयल में निवेश कर उसने कोई जुर्म कर दिया है।

''निश्चित ही मैं ऐसा कर सकता हूँ इंस्पेक्टर!'' उसने अनिश्चिततापूर्वक कहा, ''क्या मुझे आपसे मिलने के लिए लंदन आना होगा?''

''नहीं सर'', इंस्पेक्टर ने जवाब दिया, ''हम आपके पास पहुँच जाएँगे। हम आज दोपहर 4 बजे तक ऑक्सफोर्ड पहुँच जाएँगे, क्या यह ठीक रहेगा?''

''ठीक है, चलिए मिलते हैं, गुड बाय इंस्पेक्टर साहब!''

स्टीफन ने फोन का रिसीवर रख दिया। ये क्या चाहते हैं? उसे अंग्रेजी कानूनों की कोई जानकारी नहीं थी और न ही वह किसी भी मामले में पुलिस से जुड़ना चाहता था। उसे हार्वर्ड में बतौर प्रोफेसर जाने में अब केवल छह माह ही शेष थे। स्टीफन को अब यह संभावना डाँवाँडोल होती दिख रही थी।

वह डिटेक्टिव इंस्पेक्टर करीब 5 फुट 11 इंच लंबा था, उसकी उम्र पैंतालीस के पचास के बीच थी। कलमें सफेद होने के बाद भी उसके बालों का असली काला रंग अभी भी बखूबी बचा हुआ था। स्टीफन को उसके गंदे सूट का कारण पुलिसकर्मी का कम वेतन नहीं बल्कि उस इंस्पेक्टर की अपनी इच्छा अधिक लगी। उसका भारी-भरकम शरीर देखकर अकसर लोगों को उसके ढीला-ढाला होने का भ्रम हो जाता होगा, जबकि वास्तविकता यह थी कि स्टीफन इस समय जिस व्यक्ति के सामने बैठा था, वो इंग्लैंड के उन बहुत थोड़े से लोगों में से था, जिसे आपराधिक मन की पूरी समझ थी। बहुत से मामलों में इसी व्यक्ति के कारण अंतरराष्ट्रीय धोखेबाजों की गिरफ्तारी संभव हो सकी। उस थके हुए चेहरे के पीछे कई बड़े अपराधियों को सलाखों के पीछे भेजने की मशक्कत दिखती थी, जो अकसर जल्दी ही छूट जाते और बाहर आकर अपने सभी काले कुकर्मों के निशान धोकर आरामदेह जीवन बिताते। उसका मानना था कि अपराध का फल भोगना ही पड़ता है। उसके डिपार्टमेंट में कर्मचारियों की संख्या इतनी कम थी, किसी मामले में उचित निष्कर्ष पर पहुँचने में अधिक खर्च की संभावना होने पर सार्वजनिक अभियोजन पक्ष के निदेशक प्राय: छोटी मछलियों को यों ही छोड़

देते। कई मामलों में फ्रॉड स्क्वाड के पास किसी कार्य को उचित ढंग से निपटाने के लिए आवश्यक कर्मचारी भी उपलब्ध नहीं होते।

डिटेक्टिव इंस्पेक्टर के साथ एक डिटेक्टिव सार्जेंट राइडर भी था, जो उससे कुछ कम आयु का 6 फुट, 1 इंच लंबा व पतले शरीर व चेहरे वाला व्यक्ति था। उसकी बड़ी भूरी आँखें उसकी हल्की पीली त्वचा के अनुसार बहुत मासूम सी लग रही थीं। इंस्पेक्टर के मुकाबले उसके वस्त्र थोड़े ठीक थे, जिससे स्टीफन ने अनुमान लगाया कि संभवत: अभी वह कुँवारा ही है।

स्टीफन द्वारा अकसर उपयोग की जाने वाली कुरसी पर बैठते हुए इंस्पेक्टर ने बातचीत की शुरुआत की, ''इस अनुचित हस्तक्षेप के लिए माफी चाहता हूँ, सर। हाल ही में मुझे एक कंपनी की जाँच करने का कार्य सौंपा गया है, जिसका नाम प्रॉस्पेक्टा ऑयल है। आपके कुछ भी कहने के पूर्व मैं स्पष्ट कर देना चाहता हूँ कि हमें इस कंपनी के काम या इसके अचानक अवसान में आपकी किसी भी निजी भागीदारी का कोई संदेह नहीं है। फिर भी हमें आपकी सहायता की आवश्यकता है। मैं आपको पूरी कहानी सुनाने की जगह आपसे केवल कुछ प्रश्न पूछूँगा जिनके आपको उत्तर देने हैं। लेकिन यदि आप मेरे प्रश्नों के उत्तर न देना चाहें तो आप ऐसा करने के लिए स्वतंत्र हैं।''

स्टीफन ने हाँ में सिर हिलाया।

''सबसे पहले सर, आपके प्रॉस्पेक्टा ऑयल में इतनी बड़ी रकम निवेशित करने का क्या कारण था?''

इंस्पेक्टर के आगे एक कागज रखा था, जिसमें गत चार महीनों में उस कंपनी में निवेश करने वाले सभी लोगों के नाम लिखे थे।

''एक मित्र की सलाह पर मैंने ऐसा किया था।'' स्टीफन ने उत्तर दिया।

''यकीनन उनका नाम डेविड केस्लर ही होगा?''

''हाँ!''

''आप केस्लर साहब को कैसे जानते हैं?''

''हम हार्वर्ड में एक साथ पढ़ते थे। जब उसे इंग्लैंड में इस तेल कंपनी में नौकरी मिली तो पुराने संबंधों के चलते मैंने उसे यहाँ ऑक्सफोर्ड में डिनर के लिए बुलाया था।''

स्टीफन ने डेविड से अपनी मुलाकात का प्रत्येक विवरण बताने के अलावा वो कारण भी बताया, जिसकी वजह से उसने इतनी बड़ी राशि का निवेश किया था।

यह सब बताने के बाद उसने इंस्पेक्टर से पूछा कि क्या उसे लगता है कि प्रॉस्पेक्टा ऑयल के इस विकास व विनाश में डेविड भी आपराधिक रूप से शामिल था।

"नहीं सर, मेरा खयाल है कि केस्लर, जो फिलहाल बचने के लिए देश छोड़कर फरार है, किसी बड़े आदमी के छल का शिकार हुआ है। लेकिन उससे पूछताछ करना भी हमारे लिए आवश्यक है, इसलिए यदि वह आपसे संपर्क करे तो आप कृपया हमें तुरंत सूचित करें। सर, अब मैं आपको कुछ नाम पढ़कर सुनाऊँगा, यदि आप उनमें से किसी से भी कभी मिले हों या बात की हो या उसके बारे में कुछ सुना हो तो हमें अवगत कराएँ।…"

"हार्वे मेटकाल्फ?"

"नहीं", स्टीफन ने कहा।

"बर्नी सिलवरमैन?"

"मैं इस व्यक्ति से न कभी मिला हूँ और न ही कभी बात की है। जब डेविड मेरे साथ यहाँ कॉलेज में डिनर कर रहा था, तब उसने इसका नाम लिया था।"

डिटेक्टिव सार्जेंट स्टीफन की हर बात को बहुत ध्यान से व प्रक्रियागत ढंग से लिख रहा था।

"रिचर्ड इलियट?"

"यह भी सिलवरमैन जैसा ही है।"

"एल्विन कूपर?"

"नहीं," स्टीफन ने कहा।

"क्या आप कभी किसी अन्य व्यक्ति से मिले हैं, जो इस कंपनी से जुड़ा हो?"

"नहीं।"

लगभग एक घंटे तक इंस्पेक्टर स्टीफन से बहुत से सूक्ष्म प्रश्न पूछे, लेकिन उसे कोई मदद नहीं मिली। अंत में स्टीफन ने उसे भूवैज्ञानिक रिपोर्ट की कॉपी सौंपी।

"हाँ, हमारे पास यह पहले ही है सर," इंस्पेक्टर ने कहा, "लेकिन यह बहुत चालाकी से लिखी गई है। मुझे लगता है कि सबूत के तौर पर इसका कोई उपयोग हो सकता है।"

स्टीफन ने ठंडी साँस भरी व उन दोनों को व्हिस्की देते हुए अपने लिए शैरी का छोटा सा गिलास भर लिया।

"यह सबूत किस कारण व किसके खिलाफ चाहिए होगा इंस्पेक्टर?" यह

कहते हुए वो फिर से अपनी कुरसी पर बैठ गया। ''मुझे स्पष्ट दिख रहा है कि मुझे बेवकूफ बनाया गया है। मुझे तो आपको अपने उल्लू बनने का किस्सा सुनाना भी नहीं चाहिए था। मैंने प्रॉस्पेक्टा ऑयल के सफल होने के लालच में अपनी पाई-पाई उसमें निवेश कर दी, और अंत में अपना सबकुछ हारने के बाद अब मैं यह भी नहीं जानता कि मुझे क्या करना चाहिए। पता नहीं मैं प्रॉस्पेक्टा ऑयल के झाँसे में कैसे आ गया?''

इंस्पेक्टर ने कहा, ''देखिए, इस मामले में कुछ ऐसे पक्ष हैं, जो मैं आपको बता नहीं सकता अन्यथा आप उनकी सराहना अवश्य करते। अब भी इसमें ऐसा कुछ है, जो हमारी पकड़ में नहीं आ रहा। लेकिन यह कोई नया खेल नहीं है। इस खेल का खिलाड़ी कोई पुराना घाघ है। ये काम ऐसे किया जाता है, सबसे पहले एक कंपनी स्थापित की जाती है, जिसके अधिकांश शेयर कुछ शैतानों के पास रहते हैं। फिर वे किसी नई खोज या नए उत्पाद की झूठी कहानी उड़ाते हैं, जिससे उनके शेयरों के दाम चढ़ जाते हैं। तत्पश्चात् वो इससे जुड़ी गुपचुप खबरें फैलाकर लोगों को इसमें निवेश करने को उत्सुक कर देते हैं और फिर अपने शेयरों को बाजार में उतारकर इन्हें आप जैसे लोगों को ऊँची कीमत पर बेच देते हैं। इससे वे अपना मुनाफा काट लेते हैं, और चूँकि कंपनी का कोई भौतिक अस्तित्व नहीं होता, इसलिए बाद में उसके शेयर जमीन पर आ गिरते हैं। सामान्यत: ऐसे शेयर बाजार में अवरुद्ध रहते हैं, जिनका भुगतान अंतत: कंपनी को करना ही पड़ता है। इस मामले में अभी ऐसा नहीं हुआ है, और शायद ऐसा होगा भी नहीं। लंदन स्टॉक एक्सचेंज फिलहाल कैप्लॉन फिआस्को से निपटने में लगा है और वह एक और कांड में अपने हाथ जलाना नहीं चाहेगा। मुझे यह कहते हुए बहुत दुख हो रहा है कि यदि हमने इसमें शामिल खलनायकों को पकड़ने के लिए पर्याप्त सबूत एकत्र कर भी लिए तो भी हम इसमें निवेशित आपकी रकम शायद ही कभी आपको वापस दिला सकेंगे। आपके डोउ-जोन्स इंडेक्स कहने भर से पहले ही उन्होंने इसे दुनिया भर में फैला दिया होगा।''

''हे ईश्वर, इंस्पेक्टर, आपने तो इसका बहुत भयावह चित्र खींच दिया। यानी वो भूवैज्ञानिक रिपोर्ट भी नकली थी, अब क्या होगा?'' स्टीफन ने दुखी स्वर में कहा।

''वो पूरी तरह नकली नहीं थी। लेकिन उसमें शब्दों का इतना आकर्षक व सावधानीपूर्वक उपयोग किया गया था, और उसमें इतने किंतु-परंतु शामिल हैं कि यह बात सुनिश्चित है कि उसके आधार पर डी.पी.पी. ऑफिस शायद ही उत्तरी

सागर में तेल की खोज हेतु कई मिलियन डॉलर खर्च करने को तैयार होगा।''

स्टीफन ने अपना सिर दोनों हाथों से थाम लिया और मन-ही-मन उस दिन को कोसने लगा, जब उसकी मुलाकात डेविड केस्लर से हुई थी।

''इंस्पेक्टर, मुझे बताइए कि केस्लर को यह काम करने के लिए किसने मजबूर किया था? इन सबके पीछे किसका दिमाग था?''

इंस्पेक्टर अपनी नौकरी में ऐसे बहुत से पीड़ितों से मिल चुका था, इसलिए वो भली-भाँति समझ रहा था कि स्टीफन किस दौर से गुजर रहा है। संभवत: इसलिए वह स्टीफन द्वारा दी जा रही सहायता का कायल था।

''मैं आपके इस प्रश्न का उत्तर अवश्य दूँगा चूँकि मुझे नहीं लगता, इससे मेरी जाँच पर कोई प्रभाव पड़ेगा।'' इंस्पेक्टर ने उत्तर दिया, ''इसमें कोई संदेह नहीं है कि यह सब हार्वे मेटकाल्फ का किया-धरा है।''

''ईश्वर के लिए बताइए कि यह हार्वे मेटकाल्फ कौन है?''

''यह पहली पीढ़ी का अमेरिकी नागरिक है, जिसके ऊपर बॉस्टन के इतने मामले दर्ज हैं, जितनी बार आपने आजतक गरम भोजन नहीं किया होगा। स्वयं को अरबपति बनाने के लिए इसने कितने ही लोगों को दिवालिया बना दिया। उसकी यह शैली अब इतनी पेशेवर व स्पष्ट हो गई है कि हम इस आदमी को कई मील दूर से सूँघ लेते हैं। आपको यह जानकर आश्चर्य होगा कि हार्वर्ड को दान देने वालों में यह व्यक्ति भी शामिल है और संभवत: वह ऐसा अपनी अंतरात्मा की आवाज को दबाने के लिए करता है। हमें इसके पहले कभी उसके खिलाफ कोई सबूत नहीं मिले और मुझे नहीं लगता कि इस बार भी हमें कुछ मिल पाएगा। वो प्रॉस्पेक्टा ऑयल का अध्यक्ष कभी नहीं रहा, उसने केवल खुले बाजार में शेयरों की खरीद व बिक्री की है। जैसा हमें पता चला है कि वो आज तक कभी भी डेविड केस्लर से नहीं मिला है। उसने इस काले कारनामे को अंजाम देने के लिए सिलवरमैन, कूपर व इलियट को काम पर रखा, और उन्होंने अपनी कहानी बेचने के लिए एक बुद्धिमान युवक को फँसा लिया। सर, मुझे दुख है कि इसमें आपके लिए सबसे दुर्भाग्यपूर्ण यह रहा कि इस मामले में निशाना बना युवक डेविड केस्लर आपका मित्र है।''

''कोई बात नहीं, वो बेचारा खुद फँसा हुआ है।'' स्टीफन ने कहा, ''हार्वे मेटकाल्फ का क्या होगा? क्या वो एक बार फिर बच निकलेगा?''

''मुझे तो यही लग रहा है,'' इंस्पेक्टर ने कहा, ''हमारे पास सिलवरमैन, इलियट व कूपर की गिरफ्तारी के आदेश हैं। वे सब दक्षिण अफ्रीका भाग गए हैं। रोनाल्ड बिग्गस की असफलता के बाद हमें उन्हें यहाँ वापस लाने के लिए प्रत्यर्पण

की कोई संभावना नहीं दिख रही, जबकि उनके खिलाफ अमेरिका व कनाडा दोनों जगह की पुलिस ने वारंट जारी कर रखे हैं। वे लोग बहुत धूर्त हैं। उन्होंने प्रॉस्पेक्टा ऑयल का लंदन ऑफिस बंद किया, जगह खाली की और चाबी वापस इस्टेट एजेंट कोनार्ड रिट्ब्लाट को सौंप दी, इसके अलावा दोनों सेक्रेटरियों को नोटिस के साथ एक महीने का अग्रिम वेतन भी दे दिया। उन्होंने रीडिंग ऐंड बेट्स को उनकी ऑयल रिग का पूरा किराया भर दिया है। उन्होंने एबरडीन के मार्क स्टीवर्ट का पूरा भुगतान किया और रविवार सुबह की फ्लाइट से रियो द जनेरियो चले गए, जहाँ उनके खाते में जमा 1 मिलियन डॉलर उनकी प्रतीक्षा कर रहे थे। अगले दो या तीन वर्षों में जब यह रकम समाप्त हो जाएगी, तो वे फिर से एक नए नाम व नई कंपनी के साथ यही सब करने के लिए वापस लौट आएँगे। हार्वे ने उन्हें पुरस्कृत करते हुए सारा ठीकरा डेविड केस्लर के सिर फोड़ दिया।''

''बहुत चालाक लोग हैं।'' स्टीफन ने कहा।

''निस्संदेह,'' इंस्पेक्टर ने कहा, ''ये बहुत सफाई से अंजाम दी गई योजना है, जिसमें हार्वे मेटकाल्फ की प्रतिभा साफ झलकती है।''

''क्या आप डेविड केस्लर को गिरफ्तार करने के लिए खोज रहे हैं?''

''नहीं, लेकिन जैसा मैंने आपको बताया, हमें उससे बहुत से प्रश्न पूछने हैं। उसने भी 500 शेयर खरीदे व बेचे हैं, लेकिन हमारा मानना है, इसका कारण उसका इस तेल की खोज की कहानी पर यकीन करना था। बल्कि यदि वह निर्दोष है तो उसे ब्रिटेन लौटकर पुलिस के प्रश्नों के उत्तर देकर उनकी मदद करनी चाहिए। लेकिन मुझे लगता है, वह बेचारा घबरा गया और इस दबाव में अपने ही पैरों पर कुल्हाड़ी मार बैठा। अब अमेरिकी पुलिस भी उसे खोजने में जुटी है।''

''एक अंतिम प्रश्न'', स्टीफन ने कहा, ''क्या मेरी तरह और भी कुछ लोग बेवकूफ बने हैं?''

इंस्पेक्टर इस बात पर कुछ देर विचार करता रहा। अन्य बड़े निवेशकों ने उसकी स्टीफन की तरह सहायता नहीं की थी। केस्लर व प्रॉस्पेक्टा ऑयल के साथ अपने संबंधों पर उन सभी ने गोलमोल उत्तर दिया था। यदि उसने उनके नाम बता दिए तो शायद वो खुलकर सामने आ सकें।

''हाँ, सर, लेकिन ध्यान रखिएगा, आपको इन नामों की जानकारी मुझसे नहीं मिली है।''

स्टीफन ने हामी भरी।

''आपको इन नामों की जानकारी निजी दिलचस्पी के चलते स्टॉक एक्सचेंज से व्यक्तिगत पूछताछ में मिली है। इस खेल में शिकार बनने वाले चार लोगों में से

आप एक हैं। आप चारों ने संयुक्त रूप से लगभग 1 मिलियन डॉलर का नुकसान उठाया है। अन्य लोगों में हार्ले स्ट्रीट का डॉक्टर रॉबिन ओक्ले, लंदन का कला विक्रेता जीन-पियरे लेमंस और एक किसान है, जिसे सबसे अधिक नुकसान हुआ है। जहाँ तक मुझे पता चला है कि उसने इस निवेश के लिए अपना फार्म हाउस गिरवी रख दिया था। उस भद्र पुरुष का नाम है विस्काउंट ब्रिगसले। मेटकाल्फ ने उसके मुँह से सोने का चम्मच छीन लिया है।''

''इसके अलावा और कोई बड़ा निवेश नहीं था?''

''इस सौदे में दो या तीन बड़े बैंकों ने भी अपने हाथ जलाए हैं, लेकिन अन्य किसी भी निजी निवेशक ने 10,000 डॉलर से अधिक की रकम निवेशित नहीं की थी। आपने बैंकों व दूसरे निवेशकों ने बाजार में ऐसी हवा बनाई, जिससे मेटकाल्फ को अपने सारे शेयर बेचने का मौका मिल गया।''

''मैं समझ गया, सबसे बुरा यह रहा कि मैंने अपने बहुत से मित्रों को भी इस कंपनी में निवेश करने की सलाह दी थी।''

इंस्पेक्टर ने अपने सामने रखी सूची पर नजर डालते हुए कहा, ''उफ''हाँ सर, इन सूची में कुछ छोटे निवेशक ऑक्सफोर्ड के भी हैं। लेकिन आप चिंता मत कीजिए, हम उनसे संपर्क नहीं करेंगे। बस अब मुझे और कुछ नहीं पूछना। आपकी सहायता के लिए धन्यवाद, यदि भविष्य में कभी आवश्यकता हुई तो मैं आपसे संपर्क करूँगा। मैं आपको केस से जुड़ी काररवाई की जानकारी देता रहूँगा, और आशा करता हूँ कि यदि आपको कुछ पता चले तो आप भी मुझे उससे अवगत करवाएँगे।''

''अवश्य इंस्पेक्टर साहब। आपकी शहर तक की यात्रा सुखद रहे।'' दोनों पुलिस वालों ने अपने ड्रिंक समाप्त किए और चले गए।

स्टीफन को यह याद नहीं कि उसने यह निर्णय कब लिया, जब वो कुरसी पर बैठा क्लॉयस्टर्स को देख रहा था या बाद में रात को अपने बिस्तर पर लेटे हुए, लेकिन अब चाहता था कि अपने शिक्षित दिमाग का उपयोग कर हार्वे मेटकाल्फ व उसके धोखेबाज साथियों पर थोड़ा शोध करे। उसके दिमाग में अपने दादाजी की बात गूँज रही थी। जब बचपन में वह एक रात अपने दादाजी से शतरंज के खेल में हार गया तो उन्होंने कहा था : स्टीव जब तक इसे जीत न लो, इसे भूलो मत। वो इस बात पर बहुत प्रसन्न था कि उसने अपना अंतिम लेक्चर देने के अलावा इस सत्र से जुड़े सभी काम निपटा दिए हैं। जब रात 3 बजे वह नींद के आगोश में गया तो उसके होंठों पर बस एक ही नाम था—हार्वे मेटकाल्फ।

❑

5

स्टीफन सुबह 5.30 बजे उठ गया। उसे प्राय: सोते समय सपने नहीं आते थे, लेकिन आज जैसे ही सोया, उसे बहुत डरावने सपने आने लगे। बीती बातों को भुलाकर आगे की काररवाई पर विचार करने के लिए अपने दिमाग का रचनात्मक उपयोग करने हेतु उसे बहुत जोर लगाना पड़ा। वह नहाया, दाढ़ी बनाई, कपड़े पहने और बिना नाश्ता किए कॉलेज से निकल गया, बीच-बीच में उसके मुँह से बरबस एक ही नाम निकल रहा था 'हार्वे मेटकाल्फ'। वह शहर की भीड़ भरी बहुसंख्य विशालकाय बसों व अबूझ सी एकलमार्गी प्रणाली के स्थान पर अपने पसंदीदा ढंग की प्राचीन साइकिल के पैडल मारता हुआ ऑक्सफोर्ड स्टेशन की ओर चल दिया। स्टेशन की रेलिंग से साइकिल खड़ी कर स्टीफन ने उसमें एलथेर्ड का ताला लगा दिया। यहाँ इतनी साइकिलों के खड़ी होने की जगह थी, जितनी अन्य स्टेशनों पर कारों के लिए होती है।

उसने 8:17 की ट्रेन पकड़ी, ऑक्सफोर्ड के लंदन जाने वाले अधिकांश यात्री रोजाना इसी का उपयोग करते हैं। उसमें नाश्ता कर रहे अधिकतर लोग एक-दूसरे को जानते थे। स्टीफन को ऐसा लग रहा था जैसे वो किसी पार्टी में बिन बुलाया मेहमान हो। तभी टिकट कलेक्टर उस बुफेट क्लास में आया और स्टीफन का फर्स्ट क्लास का टिकट काट दिया। इसके बाद स्टीफन के सामने बैठे व्यक्ति ने अपनी फाइनेंशियल टाइम्स के पीछे से अपना सेकेंड-क्लास का टिकट निकालकर दिखाया। टी.सी. ने अनिच्छापूर्वक उसका टिकट काटा और उससे कहा, ''नाश्ता करने के बाद आपको सेकेंड क्लास में जाना होगा, सर। आपको पता होना चाहिए कि रेस्टोरेंट कार केवल फर्स्ट-क्लास वालों के लिए ही है।''

स्टीफन पर इस कथन का बहुत असर हुआ। बर्कशायर का ग्रामीण हिस्सा तेजी से पीछे छूट रहा था, उसका कॉफी का कप अनछुआ ही प्लेट में रखा था और उसकी नजरें आज सुबह के अखबार पर दौड़ रही थीं। 'द टाइम्स' की उस प्रात:कालीन प्रति में प्रॉस्पेक्टा ऑयल की कोई खबर नहीं थी। उसे लगा कि शायद

अखबार वालों के लिए इस कहानी का कोई मोल नहीं है, बल्कि उनके लिए तो यह बहुत नीरस खबर है। इसमें अपहरण, आगजनी या बलात्कार जैसा कुछ नहीं था; उनके लिए यह बस एक और कंपनी का अवसान ही था, जो उनके प्रथम पृष्ठ पर एक दिन से अधिक नहीं टिक सकता था। सच तो यह है कि यदि वो इसका पीड़ित नहीं होता तो उसे भी इस खबर में कोई दिलचस्पी नहीं होती। लेकिन अब यह उसके लिए निजी त्रासदी जैसा था।

लोगों ने चींटियों की तरह उसे धकेलकर पैडिंग्टन स्टेशन पर उतार दिया। उसे यह देखकर प्रसन्नता हुई, उसने ऐसा जीवन चुना या यह कहना अधिक सही रहेगा कि भाग्य ने उसके लिए ऐसा कार्य चुना, जहाँ उसका निवास स्थान विश्वविद्यालय के बिल्कुल निकट था। स्टीफन कभी लंदन नहीं आया था, उसे यह शहर बहुत बड़ा व व्यक्तित्वहीन सा लगता। बसों व भूमिगत यातायात में खो जाने के डर से वो हमेशा टैक्सी ही लेता। वह इस बात पर हैरान होता कि ये ब्रिटिश लोग अपनी सड़कों के नंबर ऐसे रखते हैं, जिन्हें समझना किसी अमेरिकी के लिए सरल नहीं।

''प्रिंटिंग हाउस स्क्वेयर में 'द टाइम्स' के ऑफिस जाना है।''

कैब चालक ने हामी भरी व बहुत कुशलतापूर्वक अपनी काली ऑस्टिन को नीचे बेजवाटर रोड पर ले गया, जिसके नजदीक ही बारिश से तर-बतर हाईड पार्क स्थित था। मार्बल आर्क में कटे-फटे क्रोकस (केसर का पौधा) गीली घास पर पड़े हुए थे। स्टीफन को लंदन की टैक्सी बहुत पसंद थीं: उनपर कोई खरोंच या निशान नहीं होता। उसे एक बार किसी ने बताया था कि यहाँ के टैक्सी चालकों को तब तक किराया लेने की इजाजत नहीं होती जब तक उनके वाहन बिल्कुल ठीक हालत में न हो। उसने सोचा, यह न्यूयॉर्क की सड़कों पर दौड़ने वाले पीले दानवों से कितना अलग हैं। हाउस ऑफ कॉमन्स व एंबार्कमेंट के पास से गुजरती हुई टैक्सी पार्क लेन से हाईड पार्क कॉर्नर की ओर जा रही थी। पार्लमेंट स्क्वेयर पर बहुत से झंडे लगे थे। उन्हें देखकर स्टीफन नाक-भौं सिकोड़ने लगा। उसने ट्रेन में इससे जुड़ी एक बड़ी खबर को बहुत ध्यानपूर्वक पढ़ा था? क्या थी वो, हाँ, आज यहाँ कॉमनवेल्थ के नेताओं की मुलाकात होनी थी। उसे लगा कि उसे दुनिया को उसकी दैनिक गतिविधियों को उनके मुताबिक चलने देना चाहिए।

स्टीफन यह नहीं समझ पा रहा था कि उसे हार्वे मेटकाल्फ के बारे में जानकारी कहाँ से मिल सकती है। हार्वर्ड में उसे ऐसी कोई परेशानी नहीं होती, वहाँ वो नाक की सीध चलता हुआ हेराल्ड अमेरिकन में बतौर व्यापार संवाददाता

काम कर रहे अपने पिता के मित्र हैंक स्वाल्टज के पास पहुँच जाता। हैंक जरूर उसे अंदर की खबरें बता देते। द टाइम्स के डायरी संवाददाता के पद पर काम कर रहे रिचर्ड कॉम्पटान-मिलर से मिलने का कोई लाभ नहीं था। लेकिन स्टीफन ब्रिटिश प्रेस में इस व्यक्ति के अलावा किसी और को नहीं जानता था। कॉम्पटन-मिलर पिछले वसंत में ऑक्सफोर्ड के मे-डे पर एक फीचर तैयार करने के लिए मागडालेन आया था। जब गायक मंडली ने 1 मई को कॉलेज के टॉवर पर क्षितिज पर उगते सूर्य के समक्ष मिलटोनियन सेल्यूट पेश किया—

हेल, बॉण्टियस में, दैट डोथ इंस्पायर,
मिर्थ ऐंड यूथ ऐंड वार्म डिजायर।

मागडालेन ब्रिज पर खड़े कॉम्पटन-मिलर व स्टीफन ने स्पष्ट रूप से देखा कि नीचे बहती नदी के किनारे खड़े बहुत सारे लोगों के लिए वह गीत बहुत प्रेरणास्पद रहा।

बाद में कॉम्पटन-मिलर के द्वारा द टाइम्स डायरी में लिखे लेख में यह पढ़कर स्टीफन की प्रसन्नता शर्मिंदगी में बदल गई कि जहाँ अकादमियों में प्रतिभाशाली लोग कम होते जा रहे हैं, वहीं पत्रकारिता में अभी भी ऐसे लोग बहुतायत में हैं। लेकिन जब उसी लेख में स्टीफन को आकाश की धुँधली चमक का सबसे प्रकाशित सितारा बताया गया तो सीनियर कॉमन रूम के सहयोगियों को इसमें कोई आश्चर्य नहीं दिखा।

टैक्सी बिल्डिंग के प्रांगण में प्रविष्ट होकर हैनरी मूर द्वारा निर्मित बड़ी सी मूर्ति के आगे रुक गई। इस बिल्डिंग में 'द टाइम्स' व 'ऑब्जर्वर' दोनों के ही दफ्तर हैं। लेकिन उनके प्रवेश मार्ग भिन्न हैं, इनमें 'द टाइम्स' अधिक प्रतिष्ठित है। स्टीफन ने पूछताछ पर बैठे कर्मचारी से रिचर्ड कॉम्पटन-मिलर के बारे में पूछा, जिसने उसे पाँचवें तल पर गलियारे के अंतिम कोने पर बने निजी क्यूबिकल में भेज दिया।

जब स्टीफन वहाँ पहुँचा तो दस बज चुके थे, लेकिन बिल्डिंग का अधिकांश हिस्सा अभी भी खाली पड़ा था। बाद में कॉम्पटन-मिलर ने बताया कि किसी भी राष्ट्रीय समाचार पत्र में सुबह 11 बजे से पहले काम शुरू नहीं होता, जिसके बाद एक लंबा भोजनावकाश होता है, जो दोपहर 3 बजे तक चलता है। इसके बाद रात 8.30 तक सभी पृष्ठ विशेष तौर पर पहला पृष्ठ तैयार कर लिया जाता है। शाम 5 बजे तक प्राय: पूरा स्टाफ बदल जाता है। नए आए स्टाफ का मुख्य कार्य रात में घटने वाली किसी भी ब्रेकिंग न्यूज पर नजर बनाए रखना होता है। इन्हें अमेरिका

में घटने वाली किसी भी घटना पर सतर्क दृष्टि रखनी पड़ती है। क्योंकि यदि राष्ट्रपति अमेरिका में दोपहर को कोई बात कहते हैं तो उसकी जानकारी लंदन की प्रेस को भी होनी चाहिए। कई बार रात भर में ही प्रथम पृष्ठ पाँच बार परिवर्तित हो जाता है। राष्ट्रपति कैनेडी की हत्या वाले दिन ऐसा ही हुआ था। 22 नवंबर, 1963 को जब यह खबर शाम 7 बजे लंदन पहुँची तो इस त्रासदी को जगह देने के लिए पूरे प्रथम पृष्ठ को बदला गया था।

"रिचर्ड मेरे कारण इतनी सुबह आने के लिए धन्यवाद। मुझे नहीं पता था कि आपका काम इतनी देर से शुरू होता है। मैं तो अपने प्रतिदिन आने वाले अखबार के अनुसार ही कार्यसमय का अनुमान लगा रहा था।"

रिचर्ड हँसते हुए बोला, "कोई बात नहीं। आपको शायद हम आलसी लग रहे होंगे, लेकिन जब आप रात को अपने बिस्तर में मीठी नींद ले रहे होते हैं, उस समय इस जगह कोहराम मचा होता है। बताइए, मैं आपकी क्या सहायता कर सकता हूँ?"

मैं अपने देश के एक व्यक्ति हार्वे मेटकाल पर छोटा सा शोध कर रहा हूँ। उन्होंने हार्वर्ड को बहुत मदद की है। मैं चाहता हूँ कि जब मैं वापस लौटूँ तो मेरे पास उनके बारे में पर्याप्त जानकारी हो। जिन असाधारण परिस्थितियों में स्टीफन फँसा था, उसमें उसे यह झूठ बोलते हुए कोई ग्लानि नहीं हुई।

"आष जरा प्रतीक्षा कीजिए, मैं कटिंग रूम में जाकर देखता हूँ, शायद वहाँ उनके बारे में कुछ जानकारी मिल जाए।"

उसका इंतजार करते हुए स्टीफन उत्सुकतावश कॉम्पटन-मिलर की सीट के सामने लगे बोर्ड पर लिखे खबरों के शीर्षकों को पढ़ने लगा, निस्संदेह इन खबरों में कुछ खास था : प्रधानमंत्री ने रॉयल फेस्टिवल हॉल में संगीत सभा का आयोजन किया, मिस वर्ल्ड के प्रेमी हैं टॉम जोन्स, मैं फिर से चैंपियन बनूँगा—मुहम्मद अली पंद्रह मिनट बाद रिचर्ड फाइलों का एक मोटा सा बंडल लिये हुए वापस लौटा।

"डेस्कारटेस, आप इन्हें देखिए। मैं एक घंटे में वापस आ जाऊँगा, फिर हम साथ में कॉफी पिएँगे।"

स्टीफन ने मुसकराते हुए सिर हिलाया और सोचा कि डिस्कारट्रेस को शायद ही कभी मेरे जैसी समस्या का सामना करना पड़ा हो।

इसमें फाइल में वो सब था, जो हार्वे मेटकाल्फ दुनिया को अपने बारे में बताना चाहता था, इसके अलावा इसमें आंशिक मात्रा में वो सामग्री भी थी, जो

वो छिपाए रखना चाहता था। उस फाइल को पढ़ने के बाद स्टीफन को हार्वे के विंबलडन के लिए हर वर्ष यूरोप जाने, एस्कॉट में उसके घोड़ों की सफलता और अपने निजी संग्रह में मौजूद चित्रों के कारण उसका स्वयं को प्रभाववादी समझने की जानकारी मिली। डेली एक्सप्रेस के विलियम हिकी की एक रिपोर्ट में बरमूडा पहने गुदगुदे से हार्वे की एक फोटो थी, जिसके मुताबिक वो कैसिनो में जुआ खेलने जाता था और अपनी निजी यॉट पर निवास करता था। खबर में मेटकाल्फ के भाग्योदय का कारण उसके काले कारनामों को बताया गया था। स्टीफन ने उसमें से अपनी काम की बातों को लिख लिया। जब रिचर्ड लौटा तो वह तस्वीरें देख रहा था।

वह स्टीफन को कॉफी पिलाने के लिए उसी फ्लोर पर बनी कैंटीन में ले गया। स्वयंसेवा काउंटर के अंत में बने कैशियर डेस्क पर बैठी लड़की लगातार सिगरेट पिए जा रही थी।

''रिचर्ड, मैं जितनी जानकारी चाहता था, उतनी नहीं मिल पाई। यह महोदय हार्वर्ड को बहुत मोटी रकम देने वाले हैं। वो मान रहे हैं कि यह रकम कुछ 1 मिलियन डॉलर के करीब होगी। मुझे इनके बारे में और अधिक जानकारी कहाँ से मिल सकती है?''

कॉम्पटन-मिलर ने कहा, ''शायद न्यूयॉर्क टाइम्स से कुछ और जानकारी मिल जाए। आइए, हम टैरी रोबाड्र्स के पास चलते हैं।''

द न्यूयॉर्क टाइम्स का ऑफिस भी प्रिंटिग हाउस स्क्वेयर में स्थित इस द टाइम्स बिल्डिंग के पाँचवें तल पर था। स्टीफन को अमेरिका में 43 स्ट्रीट पर स्थित न्यूयॉर्क टाइम्स बिल्डिंग की याद आ गई। क्या लंदन का टाइम्स भी उसी तरह से बेसमेंट में गुप्त रूप से बना होगा? टैरी रोबाड्र्स एक दृढ निश्चयवाला अमेरिकी था, जिसके चेहरे पर एक चिरस्थायी मुसकान रहती थी। टैरी के साथ स्टीफन तुरंत ही सहज हो गया, इतने वर्ष पत्रकारिता करने से यह गुण उसमें अनायास ही विकसित हो गया, जो खबरों की थाह पाने में गाहे-बगाहे उसके काम आता था।

स्टीफन ने उसे भी अपनी मेटकाल्फ वाली कहानी सुनाई। जिसे सुनकर टैरी हँसने लगा।

''मुझे नहीं लगता कि हार्वर्ड उन्हें दान देने वाली किसी व्यक्ति को लेकर इतना झमेला करेगा? वैसे भी यह व्यक्ति आंतरिक राजस्व सेवा से भी कहीं अधिक तरीकों से धन ऐंठने में माहिर है।''

''मुझे नहीं पता था,'' स्टीफन ने भोलेपन से कहा।

न्यूयॉर्क टाइम्स की फाइल में हार्वे पर लिखे कई अध्याय मौजूद थे। मेटकाल्फ, मैसेंजर बॉय से बना मिलियनेयर शीर्षक वाली एक खबर में ऐसे ही बहुत सी बातें बताई गई थीं। स्टीफन ने इनमें से भी सावधानीपूर्वक बहुत से नोट्स बनाए। स्टीफन को शार्पले ऐंड सन से जुड़ी घटना के अलावा युद्ध-काल में उसके द्वारा की गई हथियारों की सौदेबाजी तथा उसकी पत्नी आर्लीन की पारिवारिक पृष्ठभूमि व उसकी पुत्री रोजेली वाला भाग विशेष रूप से दिलचस्प लगा। उसे इन दोनों की एक तसवीर भी मिली, लेकिन उस समय रोजेली पंद्रह वर्ष की थी। एक रिपोर्ट में उस पर पच्चीस वर्ष पहले लंबे समय तक चले दो कोर्ट केसों की जानकारी थी, जिनमें हार्वे जुर्माना भरकर सजा से बच गया था। सबसे ताजा मामला 1956 में बॉस्टन में शेयर हस्तांतरण स्कीम से जुड़ा था। हार्वे पर ज्यूरी के अनुमान से जिला अटार्नी की असहमति के बावजूद वह इस बार भी कानून के शिकंजे में आने से बच गया था। प्रेस में छपी अन्य सभी नवीन कहानियाँ गॉसिप कॉलम में छपी थीं। इनमें मेटकाल्फ के चित्र संग्रह, घोड़े, ऑर्चिड, वासर कॉलेज में उसकी बेटी की सफलता और उसकी यूरोप यात्राओं की चर्चा थी। उनमें प्रॉस्पेक्टा ऑयल के संबंध में एक शब्द भी नहीं था।

हार्वे द्वारा अपने अपराधों को प्रेस से छुपाए रखने की कला का स्टीफन भी कायल हो गया।

टैरी ने अपने इस साथी प्रवासी को दोपहर के भोजन का आमंत्रण दिया। पत्रकारों को हमेशा नए संबंध बनाना अच्छा लगता है। स्टीफन ऐसे ही महत्त्वपूर्ण लोगों में से एक था। टैरी ने टैक्सीचालक से विटफील्ड स्ट्रीट चलने को कहा। जब वो शहर से बाहर वेस्ट ऐंड की ओर बढ़ने लगे तो स्टीफन प्रार्थना करने लगा कि वहाँ का भोजन इतनी दूर तक की यात्रा के लायक अवश्य हो। उसे निराश नहीं होना पड़ा।

लैसी का रेस्टोरेंट बहुत हवादार था, वहाँ लीनन के हल्के पीले रंग के परदे लगे थे। टैरी ने बताया कि यह प्रेसवालों की पसंदीदा जगह है। पाक शास्त्र पर लिखने वाली मार्गरिट कोस्टा व उनके शेफ पति बिल लेसी खाना पकाने में माहिर थे। जलकुंभी के मजेदार सूप के बाद Me'daillons de veau a' creme au calvados और Chateau de Peronne 1972 की बोतल से टैरी के लिए हार्वे मेटकाल्फ का विषय महँगा पड़ गया था। टैरी ने एक बार हार्वर्ड में मेटकाल्फ हॉल के उद्घाटन के अवसर पर उसका इंटरव्यू किया था। इस हॉल में एक जिम तथा चार इनडोर टेनिस कोर्ट थे।

टैरी ने रूखेपन से कहा, ''उसे आशा है कि एक दिन वो वहाँ से मानद उपाधि प्राप्त कर सकेगा, लेकिन यह संभव नहीं है, चाहे वो इसके लिए अरबों रुपया ही क्यों न खर्च कर दे।''

स्टीफन ने इन शब्दों को अपने मस्तिष्क में दर्ज कर लिया।

''मुझे लगता है कि आपको अमेरिकी दूतावास से इस व्यक्ति के बारे में और अधिक जानकारी मिल सकती है,'' टैरी ने कहा। उसने अपनी घड़ी पर नजर डाली और बोला, ''सत्यानाश, लाइब्रेरी तो शाम 4 बजे बंद हो जाती है। आज के लिए तो बहुत देर हो गई है। वैसे भी मुझे अब अपने ऑफिस लौटना है, अमेरिका जाग चुका है।''

स्टीफन को आश्चर्य हुआ कि क्या वाकई प्रेस वाले रोज इसी तरह खाते-पीते हैं। निस्संदेह, विश्वविद्यालय के मुखिया तो इनके समक्ष निरे बच्चे ही हैं—क्या वे इस तरह अखबार निकाल सकते हैं?

स्टीफन ने किसी तरह 5:15 की ट्रेन पकड़ी व अन्य यात्रियों के साथ ऑक्सफोर्ड लौट आया। जैसे ही वो कमरे में अकेला हुआ, उसने दिनभर के कार्य की समीक्षा करनी शुरू कर दी। बुरी तरह से थका होने के बाद भी हार्वे मेटकाल्फ से जुड़ी नई फाइल तैयार करने के लिए अपने डेस्क पर बैठकर काम करता रहा।

अगले दिन स्टीफन ने एक बार फिर 8:17 की ट्रेन ली और लंदन पहुँच गया। लेकिन इस बार उसने द्वितीय-श्रेणी की टिकट लिया। टिकट कलेक्टर एक बार फिर रोजाना की तरह रेस्टोरेंट कार में आया और उससे नाश्ता खत्म करने के बाद वहाँ से जाने को कह दिया।

ठीक है, स्टीफन ने कहा, जबकि वो पूरी यात्रा के दौरान अपनी बची हुई कॉफी को हाथ में पकड़े रहकर फर्स्ट-क्लास न छोड़ने के मूड बना चुका था। उसने स्वयं से कहा कि उसने 2 डॉलर बचा लिये, हार्वे मेटकाल्फ भी बिल्कुल ऐसे ही सोचता होगा।

पैडिंग्टन पहुँचकर उसने टैरी रोबार्ड की सलाह मानते हुए अमेरिकी दूतावास जाने के लिए टैक्सी पकड़ ली। ग्रॉसवेनोर स्क्वेयर के किनारे बनी इस 250,000 स्क्वेयर फिट की नौ मंजिला बिल्डिंग को एक ही चट्टान काटकर बनाया गया था। हालाँकि यह अमेरिकी राजदूत के रीजेंड्स पार्क स्थित आधिकारिक निवास, विनफील्ड हाउस जितनी शानदार नहीं थी, जहाँ पिछले वर्ष स्टीफन को ड्रिंक्स के लिए बुलाया गया था, वर्ष 1946 में अमेरिकी सरकार द्वारा खरीदने जाने से पहले यह बारबरा हूटन का निजी आवास था। स्टीफन ने सोचा कि आकार में ये दोनों

ही इतने बड़े हैं कि इसमें उसके सातों पति रह सकते थे।

दूतावास के भूतल में स्थित रेफरेंस लाइब्रेरी का दरवाजा बंद था। स्टीफन बाहरी दीवार पर तख्तियों पर लिखी इबारत पढ़ने लगा, इसमें सेंट जेम्स के दरबार के वर्तमान राजदूत के सम्मानार्थ कुछ लिखा। जब वो विपरीत दिशा में पढ़ते हुए वॉल्टर एनेन्बर्ग से जोसेफ कैनेडी तक पहुँचा तो बैंक के ठीक उलट लाइब्रेरी का दरवाजा चौपट खुला हुआ था। पूछताछ के बोर्ड के पीछे बैठी लड़की ने हार्वे मैटकाफ पर कोई बात नहीं की। बल्कि उल्टे उससे ही तीखी आवाज में पूछा, "आपको यह जानकारी क्यों चाहिए?"

इस प्रश्न से स्टीफन एक पल को चौंक गया, लेकिन उसने जल्द ही खुद पर काबू करते हुए कहा, "मैं आने वाली गरमियों में बतौर प्रोफेसर हार्वर्ड जा रहा हूँ। तो मुझे लगा कि विश्वविद्यालय व इस व्यक्ति के बीच के संबंधों में मुझे और अधिक जानना चाहिए। वर्तमान में मैं ऑक्सफोर्ड के मागडालेन कॉलेज में अतिथि शिक्षक हूँ।"

स्टीफन के इस उत्तर ने लड़की को तुरंत काररवाई के लिए प्रेरित किया और कुछ ही मिनट में उसने एक फाइल निकालकर सामने रख दी। ये फाइल किसी भी तरह न्यूयॉर्क टाइम्स जितनी मसालेदार नहीं थी, लेकिन इसमें हार्वे मेटकाल्फ द्वारा दिए गए दान तथा डेमोक्रेटिव पार्टी को दिए चंदे के स्पष्ट विवरण लिखे थे। राजनैतिक पार्टियों को चंदा देने वाले अधिकांश लोग अपनी दान दी गई राशि का खुलासा नहीं, लेकिन हार्वे उन सबसे अलग था, उसे तो मानो तौल में हेर-फेर करना आता ही नहीं था।

दूतावास में अपना अनुसंधान पूरा करने के बाद स्टीफन टैक्सी में सेंट जेम्स स्क्वेयर स्थित कुनार्ड के ऑफिस पहुँचा और वहाँ बुकिंग क्लर्क से बात की तत्पश्चात् वो ब्रूक स्ट्रीट स्थित क्लेरिज गया, जहाँ उसने ड्यूटी मैनेजर के साथ कुछ बातचीत की। मोंटे कार्लो में एक टेलिफोन करने के बाद उसका खोज कार्य पूर्ण हुआ। जिसके बाद वो 5.15 की ट्रेन से वापस ऑक्सफोर्ड लौट गया।

स्टीफन कॉलेज में सीधा अपने कमरे में चला गया। अब उसे महसूस हो रहा था कि हार्वे मेटकाल्फ के बारे में वो सब जानता है, जो संभवतः आर्लीन या फ्रॉड स्क्वेड के डिटेक्टिव इंस्पेक्टर क्लिफोर्ड स्मिथ ही जानते थे। एक बार फिर वह आते ही अपनी फाइल तैयार करने में जुट गया, जिसमें अब तक 40 से भी अधिक टंकित पृष्ठ जुड़ चुके थे।

फाइल को अंतिम रूप देने के बाद जब वह सोने गया तो उसे बहुत गहरी

नींद आई। अगले दिन सुबह फिर बहुत जल्दी उठ गया और क्लॉयस्टर्स के पास से चहलकदमी करता हुआ कॉमन रूम में पहुँचकर अंडे, कॉफी व टोस्ट आदि का नाश्ता किया। इसके बाद उसने बुर्सर के ऑफिस में जाकर सभी दस्तावेजों की चार कॉपी बना लीं। काम पूरा होने के बाद उसके पास बिल्कुल एक जैसी पाँच फाइलें थीं। इसके बाद वो टहलता हुआ मागडालेन ब्रिज पहुँचा और हमेशा की तरह विश्वविद्यालय के बोटेनिक गार्डन में अपने नीचे दाईं ओर बनी फूलों की क्यारी को निहारता हुआ ब्रिज के दूसरी ओर बने मैक्सवेल बुकशॉप पहुँच गया।

अपने कमरे में वापिस लौटने पर स्टीफन के पास भिन्न रंगों के पाँच खूबसूरत फाइल कवर थे। उसने प्रत्येक कवर में एक फाइल रखी और उन्हें अपनी उस दराज में रख दिया, जिसमें वह हमेशा ताला लगाए रखता था। स्टीफन का दिमाग एक सच्चे गणितज्ञ की भाँति बेहद स्पष्ट व व्यवस्थित रहता था; हार्वे ने कभी भी ऐसे दिमाग वाले किसी व्यक्ति का सामना नहीं किया था।

इसके बाद स्टीफन ने डिटेक्टिव इंस्पेक्टर स्मिथ के साथ हुए साक्षात्कार में एकत्र की गई जानकारी को देखा और फिर डायरेक्टरी इंक्वायरी को फोन करके डॉ. रॉबिन ओक्ले, जीन-पियरे लेमंस और लॉर्ड ब्रिग्सले का लंदन का पता व टेलीफोन नंबर प्राप्त कर लिया।

डायरेक्टरी इंक्वायरी ने उसे एक बार में दो से अधिक नंबरों की जानकारी देने से मना कर दिया। स्टीफन सोचने लगा कि इन परिस्थितियों में जी.पी.ओ. मुनाफा कमाने की सोच भी कैसे सकता है। यदि यह अमेरिका की बेल टेलिफोन कंपनी होती तो प्रसन्नता से दर्जन भर नंबरों की देने के बाद भी अंत में आपको 'आपका स्वागत है' भी कहती।

उसे बहुत अनिच्छापूर्वक दो नामों से जुड़ी जानकारी दी, जिनमें डॉ. रॉबिन ओक्ले, 122 हार्ले स्ट्रीट, लंदन, डब्ल्यू 1 तथा जीन-पियरे लेमंस का लेमंस गैलरी, 40 न्यू बांड स्ट्रीट, डब्ल्यू 1 नंबर था। स्टीफन ने एक बार फिर डायरेक्टरी इंक्वायरी में फोन किया और लॉर्ड ब्रिग्सले का फोन नंबर व पता माँगा।

मध्य लंदन में ब्रिग्सले नाम का कोई व्यक्ति नहीं रहता, ऑपरेटर ने जवाब दिया। उसने नाक चढ़ाकर कहा कि यदि वो वास्तव में एक लॉर्ड है तो उनका नाम विशिष्ट-डायरेक्टरी में होगा।

स्टीफन अपने कमरे से निकलकर सीनियर कॉमन रूम पहुँचा और वहाँ हू इज हू के नवीनतम अंक में कुलीन लॉर्ड को ढूँढ़ निकाला।

ब्रिग्सले विस्काउंट; जेम्स क्लेरेंस स्पेंसर; जन्मतिथि 11 अक्तूबर, 1942;

किसान, लॉथ के पंचम अर्ल का पुत्र व वारिस , सीआप 1764, शिक्षा : क्राइस्ट चर्च, ऑक्सफोर्ड (बी.ए.) वर्तमान में ऑक्सफोर्ड विश्ववद्यालय की ड्रामेटिक सोसाइटी से संबंधित, इसके पूर्व. ग्रनेडियर गाड्र्स 1966-68 में थे, मनोरंजन : पोलो (वाटर पोलो नहीं), शूटिंग, पता : टैथवेल हॉल, लाउथ, लिंक्स, क्लब : गैरिक, गॉड्र्स।

इसके बाद स्टीफन टहलते हुए क्राइस्ट चर्च पहुँचा और कोषागार के ऑफिस में सेक्रेटरी से उनके रिकॉर्ड में, 1963 में मैट्रिक करने वाले जेम्स ब्रिग्सले के लंदन के पते के बाबत पूछा। वहाँ उसके घर का पता 119 किंग्स रोड, लंदन, एस.डब्ल्यू 3 के रूप में दर्ज था।

स्टीफन ने अब हार्वे मेटकाल्फ की चुनौती का जवाब देने की तैयारी शुरू कर दी थी। वो क्राइस्ट चर्च से निकलकर पेकवॉटर व कैंट्रबरी गेट पर पहुँचा और चढ़ाई चढ़ते हुए अपनी जेब में हाथ डालकर संभावित पत्र के प्रारूप पर विचार करता हुआ मागडालेन लौट आया। ऑक्सफोर्ड की दीवार पर रात के कारीगरों ने ग्रेफिटी बनाते हुए पेंट द्वारा लिखा था 'डीनेज मीनेज फीनेज'। पूर्वस्नातक छात्रों की जिम्मेदारी सँभालने वाला मागडालेन का असंतुष्ट जूनियर डीन स्टीफन इसे देखकर मुसकरा उठा। इनके व्यंग्यपूर्ण होने पर वो इन्हें सत्रांत तक वैसा ही रहने देता, अन्यथा दरबान से कहकर इन्हें तुरंत साफ करवा देता। अपने डेस्क पर वापस लौटने के बाद उसने अपने दिमाग में चल रहे विचारों को कागज पर उकेरना आरंभ कर दिया।

मागडालेन कॉलेज,
ऑक्सफोर्ड
15 अप्रैल

प्रिय डॉ. ओक्ले,

मैंने अगले गुरुवार को अपने कक्ष में कुछ विशेष लोगों के लिए एक छोटे से रात्रिभोज का आयोजन किया है। यदि आप समय निकालकर इसमें शामिल हो सकेंगे तो मुझे बहुत प्रसन्नता होगी, मेरे विचार से यहाँ आना आपके लिए भी बहुत फायदेमंद साबित होगा।

आपका,
स्टीफन ब्राडले

नोट : डेविड केस्लर की अनुपस्थिति के लिए मैं क्षमाप्रार्थी हूँ।
शाम 7:30 से 8:00 के बीच, काली टाई पहनना आवश्यक।

स्टीफन ने अपने पुराने रैमिंग्टन टाईपराइटर में से इस पत्र को निकाला व नया कागज लगा दिया। उसने ऐसे ही दो पत्र जीन-पियरे लेमंस व लॉर्ड ब्रिगसले के नाम पर भी तैयार किए। इसके बाद उसने कुछ सोचकर अपना इंटर्नल टेलीफोन उठाया।

उसने मुख्य पोर्टर का नंबर घुमाया और बोला, ''हैरी, यदि कोई भी लॉज में फोन करके कॉलेज के शिक्षक स्टीफन ब्राडले के बारे में पूछे, तो मैं चाहता हूँ कि आप कहें, जी सर, वो हार्वर्ड से आए हमारे नए गणित-शिक्षक हैं, जो अपने रात्रिभोज के आयोजन के लिए विख्यात हैं। समझ गए?''

''जी सर!'' मुख्य पोर्टर हैरी वुड्ले ने कहा।

हैरी अमेरिकियों को कभी नहीं समझ पाया और डॉ. ब्राडले भी कोई अपवाद नहीं हैं।

स्टीफन की उम्मीद के मुताबिक ही तीनों ने फोन करके उसके संबंध में पूछताछ की। यदि उसके साथ ऐसा होता तो वह भी यही करता। हैरी को अपना संदेश याद था, जिसे उसने हर बार बहुत सावधानी से दोहरा दिया। इसके बाद भी फोन करने वाले कुछ चकराए हुए से ही लगे।

मुख्य पोर्टर बुदबुदाया, ''इसमें मेरा कोई हाथ नहीं या शायद ये सबकुछ मेरा ही किया-धरा हो?''

अगले सप्ताह में स्टीफन को उन सबके आगमन की सहमति मिल गई। जेम्स ब्रिगसले ने सबसे अंत में शुक्रवार को हामी भरी। उसके पत्र के शीर्ष पर बहुत आशाजनक उक्ति लिखी थी: *ex nihilo omnia* (कुछ नहीं से सबकुछ तक)।

सीनियर कॉमन रूम के बटलर व कॉलेज के रसोइए से बात करके ऐसे भोजन की व्यवस्था की गई जो किसी भी अल्पभाषी का मुँह खोल दे।

Coquilles St Jacques	Pouilly Fuisse 1969
Carree d'agneau en croute	Feux St Jean 1970
Casseroled' artichauts et chamigons	
Pommes de terre boulangere	
Griestorte with raspberries	Barsac Ch.d'Yquem 1927
Camembert frappe	Port Taylor 1947
Cafe	

सबकुछ तैयार था; अब स्टीफन को केवल उनके आने की प्रतीक्षा थी।

गुरुवार को निश्चित समय पर शाम के ठीक 7:30 बजे जीन-पियरे पहुँच गया। स्टीफन को अपने मेहमान की पहनी हुई खूबसूरत डिनर-जैकेट व लटकती हुई बड़ी बो-टाई बहुत पसंद आई। अपनी छोटी सी क्लिप को ठीक करते हुए वह इस बात पर आश्चर्यचकित था कि जीन-पियरे लेमंस जैसा चलता पुर्जा भी प्रॉस्पेक्टा ऑयल का शिकार बन गया था। जब स्टीफन ने स्वागत कथन करते हुए मॉडर्न आर्ट में समद्विबाहु त्रिभुज के महत्त्व का बखान किया तो उस दौरान जीन-पियरे खड़ा अपनी मूँछ उमेठता रहा। सामान्यत: स्टीफन ऐसे विषयों पर निरंतर पाँच मिनट तक नहीं बोल सकता था, इससे पहले कि जीन-पियरे उससे जुड़ा कोई सीधा सवाल कर बैठे, डॉ. रॉबिन ओक्ले के आगमन ने उसे बचा लिया। रॉबिन को देखकर स्टीफन समझ गया कि भले ही उसने पिछले महीने कुछ पाउंड गँवा दिए हों, लेकिन उसकी हार्ले स्ट्रीट की प्रैक्टिस के बढ़िया चलने का क्या कारण है। एच.एच. मुनरो के शब्दों में कहें तो वह एक ऐसा पुरुष था, जिसकी सुंदरता के चलते महिलाएँ उसकी कितनी भी बड़ी गलती को माफ कर सकती हैं। वहीं स्टीफन की भद्दी चाल को देखकर रॉबिन संकोच में पड़ गया कि क्या उससे इसके पूर्व कभी कहीं मिलने की बात पूछे भी या नहीं। अंतत: उसने ऐसा न करने का निर्णय लिया और आज के रात्रिभोज के आमंत्रण में अपने फायदे को समझने का कोई सूत्र मिलने की आशा करने लगा। नोट में लिखा डेविड केस्लर का नाम ही उसकी चिंता का वास्तविक कारण था।

स्टीफन ने उसका जीन-पियरे से परिचय करवाया। जब मेजबान भोजन की व्यवस्था देखने गया तो वो दोनों आपस में बातचीत करने लगे। तभी एक बार फिर दरवाजा खुला और इस बार कुछ अधिक आदर दिखाते हुए मुख्य पोर्टर ने घोषणा की, लॉर्ड ब्रिग्सले। स्टीफन उनके स्वागत में इस उहापोह के साथ आगे बढ़ा कि वो उनके सामने झुककर अभिवादन करे या हाथ मिलाए। जेम्स यहाँ किसी को नहीं जानता था लेकिन फिर भी उसने असहजता का प्रदर्शन न करते हुए उन सभी से सहजतापूर्वक बातचीत करने लगा। जेम्स की बातों में शामिल छोटे-छोटे वाक्यों से स्टीफन भी बहुत आकर्षित हुआ। बावजूद इसके वो जेम्स के क्राइस्ट चर्च के अकादमिक रिकॉर्ड को दिमाग से नहीं निकाल पा रहा था और सोचता था कि क्या उसकी योजना में इस भद्र लॉर्ड को शामिल करना ठीक रहेगा।

रसोइए की मेहनत रंग लाई, उसने वैसा ही जादू किया, जैसा वो चाहते

थे। जब किसी रात्रिभोज में लहसुन से भरपूर स्वादिष्ट गोश्त, बादाम वाली नर्म पेस्ट्री और शानदार शराब हाथ में हो तो कोई भी मेहमान अपने मेजबान से इसके आयोजन का कारण नहीं पूछ सकता।

अंततः जब टेबल साफ करने के बाद पोर्टर फिर से वहाँ आने लगे तो रॉबिन से नहीं रहा गया, और वो पूछ बैठा—

''डॉक्टर ब्राडले शायद आपको बुरा लगे।''

''मुझे स्टीफन कहें।''

''स्टीफन, क्या आप बताएँगे कि चुनिंदा लोगों के लिए आयोजित इस छोटे से आयोजन का क्या उद्देश्य है?''

उत्तर जानने के लिए छह आँखें स्टीफन की ओर टकटकी लगाए देख रही थीं।

स्टीफन खड़ा हुआ और अपने मेहमानों पर एक नजर डाली। बोलने से पहले दो बार अपनी मेज की ओर गया और फिर उसके पिछले हफ्तों में घटी घटनाओं का ब्योरेवार वर्णन करना शुरू कर दिया। उसने उन सबको डेविड केस्लर से इसी कक्ष में हुई अपनी मुलाकात, प्रॉस्पेक्टा ऑयल में अपने निवेश तथा उसके बाद फ्रॉड स्क्वेड के उससे पूछताछ करने की बात बताते हुए हार्वे मेटकाल्फ के संबंध में जानकारी दी। पूरी सावधानी से तैयार किए गए अपने इस भाषण के अंत में उसने कहा, ''मान्यवर, सच तो यह है कि इस दलदल में हम सब फँसे हुए हैं।'' उसे लगा कि यह बात कहने का उचित ब्रिटिश लहजा है।

स्टीफन के अपनी बात समाप्त करने के पूर्व ही जीन-पियरे बोल उठा, ''मैं इसमें शामिल नहीं हूँ। मैं ऐसी किसी भी अजीब चीज से कभी नहीं जुड़ा। मैं एक छोटा सा कला विक्रेता हूँ, कोई सट्टेबाज नहीं।''

इससे पहले कि स्टीफन कुछ कहता, रॉबिन ओक्ले ने भी उसके सुर में अपना सुर मिला दिया—''मैंने ऐसी बेहूदा बात आजतक नहीं सुनी। आपने संभवतः गलत व्यक्ति को बुला लिया है। मैं हार्ले स्ट्रीट का डॉक्टर हूँ, मुझे तेल के बारे में कोई जानकारी नहीं है।''

स्टीफन समझ गया कि फ्रॉड स्क्वेड को इन दोनों से कोई जानकारी क्यों नहीं मिली और वो क्यों उसकी सहायता के प्रति कृतज्ञ था। अब उन सब की नजरें लॉर्ड ब्रिगसले की ओर घूम गईं, उसने अपनी आँखें ऊपर कीं और बहुत धीमे से बोला, ''डॉ. ब्राडले आपका बताया विवरण बिल्कुल सही है और मेरी स्थिति

आप सब से कहीं अधिक खराब है। मैंने इन शेयरों को खरीदने के लिए अपना हैंपशायर का फार्म गिरवी रखकर 150,000 पाउंड का कर्ज लिया है। मेरे विचार से जल्द ही बैंक मुझपर उसे बेचने का दबाव बनाने लगेगा। उनके ऐसा करने पर मेरे बूढ़े पिता, पंचम अर्ल को भी इसकी जानकारी हो जाएगी। जिसके बाद मुझे रातोरात षष्ठम अर्ल बनना पड़ जाएगा।''

''धन्यवाद,'' स्टीफन ने कहा। जब वह बैठा तो उसने रॉबिन की ओर प्रश्नवाचक दृष्टि से देखा।

''क्या मुसीबत है,'' रॉबिन ने कहा। आपने ठीक कहा, ''मैं भी इससे जुड़ा था। डेविड केस्लर मेरा मरीज था और मैंने जल्दबाजी की और अपने सुरक्षित रखे धन में से 100,000 पाउंड निकालकर प्रॉस्पेक्टा ऑयल में निवेशित किए थे। ईश्वर ही जानता है कि मैंने ऐसा क्यों किया। अब उन शेयरों की कीमत केवल 50 पेंस रह गई है। मैं फँस गया हूँ। मेरे अकाउंट में बैंक की सीमा से कम रुपए जमा हैं। जिसके लिए वे मुझे बार-बार तंग कर रहे हैं। मैंने अपने बर्कशायर वाले मकान के लिए बहुत बड़ा कर्ज लिया था, साथ ही हार्ले स्ट्रीट स्थित क्लीनिक का किराया भी बहुत अधिक है। मेरी पत्नी बहुत खर्चीली है, साथ ही मेरे दोनों बेटे इंग्लैंड के सबसे बेहतरीन निजी प्रेप स्कूल में पढ़ रहे हैं। दो हफ्ते पहले डिटेक्टिव इंस्पेक्टर स्मिथ से हुई मुलाकात के बाद से आज तक मैंने एक झपकी भी नहीं ली।'' यह कहकर उसने अपना सिर ऊपर उठाया। उसके चेहरे के रंग फीका पड़ गया था, जिस पर से हार्ले स्ट्रीट का सौम्य आत्मविश्वास पूरी तरह गायब हो चुका था। रॉबिन की इस स्वीकारोक्ति के बाद सब की नजरें जीन-पियरे की ओर घूम गईं।

''ठीक है, ठीक है,'' उसने स्वीकार करते हुए कहा, ''मैंने भी निवेश किया था। जब यह कांड हुआ, उस समय मैं पेरिस में था। अब वो बेकार शेयर मेरे गले की फाँस बन गए हैं। मैंने गैलरी में मौजूद अपने चित्रों के बदले 80,000 डॉलर का कर्ज लिया था। सबसे खराब बात यह रही कि मेरी सलाह पर मेरे बहुत से मित्रों ने भी उस बकवास कंपनी में निवेश किया था।''

पूरे कमरे में शांति छा गई। इस नीरवता को भंग करते हुए जीन-पियरे बोला, ''प्रोफेसर, अब आप क्या कहते हैं?'' उसने व्यंग्यपूर्वक कहा। स्टीफन थोड़ा झिझका, क्योंकि वो जानता था कि उसकी सलाह बेचैनी को और अधिक बढ़ाने का कारण भी बन सकती है। फिर भी वो खड़ा हुआ और बहुत शांति से विचारपूर्वक बोला, ''हमें एक ऐसे धूर्त व्यक्ति ने ठग लिया है, जिसे शेयर फ्रॉड

का विशेषज्ञ माना जाता है। हममें से किसी को भी शेयरों या स्टॉक की जानकारी नहीं है, लेकिन हम सब अपने क्षेत्र में महारत रखते हैं। इसलिए महानुभवो, मेरा कहना है कि हम उसे ठगकर अपना पैसा वापस प्राप्त कर लें।''

न एक पैसा ज्यादा, न एक पैसा कम।

कुछ देर की शांति के बाद वहाँ शोर मचने लगा।

रॉबिन ने कहा, ''चलो, चलकर ले आते हैं।''

जेम्स ने बहुत विचार करके कहा, ''उसका अपहरण कर लेते हैं।''

जीन-पियरे ने कहा, ''क्यों न हम उसकी हत्या कर उसके बीमे का पैसा हड़प जाएँ?''

कुछ समय और बीत गया। एक बार फिर शांति स्थापित होने पर स्टीफन ने 'हार्वे मेटकाल्फ' शीर्षक वाली चार फाइलें निकालीं व उनमें से तीन उनके हाथों में थमा दीं। रॉबिन को हरी फाइल, जेम्स को नीली व जीन-पियरे को पीली फाइल मिली। स्टीफन ने अपने लिए लाल रंग वाली मुख्य फाइल को चुना। वो सभी इस बात से बहुत प्रभावित हुए। स्पष्ट है कि जब वे लोग हताश होकर अनुपयोगी कार्यों में लगे हुए थे, उस दौरान डॉ. स्टीफन ब्राडले इस विषय पर कड़ी मेहनत कर रहा था।

स्टीफन ने आगे कहा, ''कृपया अपनी फाइल को बहुत ध्यान से पढ़ें। इसमें आपको हार्ले मेटकाल्फ से जुड़ी हर बात की जानकारी हो जाएगी। इन दस्तावेजों में दी गई सूचनाओं का अध्ययन कर आप ऐसी योजना तैयार करें, जिससे हम उससे अपने 1,000,000 डॉलर वापस वसूल कर सकें। हम सभी योजना बनाएँगे तथा उसे सफल बनाने में सभी लोग अपना योगदान देंगे। हम सब ठीक चौदह दिन बाद एक बार फिर यहीं मिलेंगे और अपने निष्कर्ष प्रस्तुत करेंगे। इस काम को करने के लिए टीम के हर व्यक्ति को 10,000 डॉलर लगाने होंगे, गणितज्ञ होने के नाते खर्च संबंधी चालू खाता मैं सँभालूँगा। अपना पैसा वसूलने की इस कवायद में हमारा जो भी खर्चा होगा, हम उसे श्रीमान मेटकाल्फ के बिल में जोड़ देंगे। आप सबके आज यहाँ आने को लेकर आज के रात्रि भोज तक का सारा खर्च इसी हिसाब में जुड़ेगा।''

जीन-पियरे व रॉबिन ने एक बार फिर प्रतिवाद करने का प्रयास किया, लेकिन जेम्स की बात ने उन्हें रोक दिया, वह बोला, ''मैं तैयार हूँ। आखिर हमारे पास खोने के लिए है ही क्या? अकेले प्रयास करने पर हम सफल नहीं हो सकते, हो सकता है, साथ मिलकर हम उस बदमाश से पैसा निकलवा सकें।''

रॉबिन व जीन-पियरे ने एक दूसरे को देखा, कंधे झटके और हामी भर दी। इसके बाद चारों ने बैठकर पिछले दिनों में स्टीफन द्वारा जुटाई गई सामग्री का अध्ययन किया। जब देर रात वो सभी कॉलेज से निकले तो सभी चौदह दिनों के भीतर टीम के अवलोकन हेतु योजना तैयार कर लेने पर सहमत थे। उनमें से कोई नहीं जानता था कि इसका परिणाम क्या होगा, लेकिन यह जानकर सभी को तसल्ली मिली कि अब वे अकेले नहीं हैं।

हार्वे मेटकाल्फ के खिलाफ टीम बनाने का पहला पड़ाव पार होने से स्टीफन संतुष्ट था। अब वो केवल यही चाहता था कि उसके सह-षड्यंत्रकारी इसपर काम शुरू कर दें। वह अपनी आरामकुरसी पर बैठा और छत को ताकते हुए इस पर विचार करता रहा।

❑

6

हाई स्ट्रीट की पार्किंग से अपनी कार निकालते समय रॉबिन ने उस पर लगे डॉक्टर ऑन कॉल (सेवारत डॉक्टर) के स्टीकर को हमेशा की तरह धन्यवाद दिया, जिसके चलते उसे अकसर पार्किंग में कुछ अधिक सुविधा मिल जाती। इसके बाद वो बर्कशायर स्थित अपने घर की ओर चल पड़ा। निस्संदेह स्टीफन ब्राडले एक गुणवान व्यक्ति है; रॉबिन कोई ऐसी योजना बनना चाहता था, जिसमें उसका प्रयास स्पष्ट दिखाई दे।

रॉबिन के दिमाग में अपने वह पैसा प्राप्त करने का सुखद विचार दीर्घकाल तक बना रहा, जिसे उसने गलत सलाह के चलते प्रॉस्पेक्टा ऑयल व हार्वे मेटकाल्फ के सुपुर्द कर दिया था। मुझे कोशिश अवश्य करनी चाहिए, चूँकि ठगी के प्रयास या दिवालिया होने पर, दोनों ही सूरतों में जनरल मेडिकल काउंसिल उसका रजिस्ट्रेशन निरस्त कर देगा। उसने अपनी कार की खिड़की थोड़ी खोल ली, जिससे वो क्लैरेट के स्वादिष्ट प्रभाव को दूर करते हुए स्टीफन की चुनौती पर अपना ध्यान केंद्रित कर सके।

ऑक्सफोर्ड से अपने घर तक की दूरी उसने मानो पल भर में ही तय कर ली। उसके दिमाग पर हार्वे मेटकाल्फ इतना हावी हो चुका था कि जब वो अपनी पत्नी के पास घर पहुँचा तो उसे इस यात्रा का बहुत सा हिस्सा बिल्कुल याद नहीं रहा। रॉबिन के पास अपने नैसर्गिक सौंदर्य के अतिरिक्त केवल एक योग्यता थी। वो समझ गया कि उसकी यह विशिष्ट योग्यता जहाँ उसके लिए कवच का काम करेगी तो वहीं हार्वे मेटकाल्फ के लिए उसकी कमजोरी है। अब उसने वो बात दोहरानी शुरू कर दी, जो उसने स्टीफन द्वारा निर्मित फाइल के पृष्ठ संख्या 16 पर पढ़ी थी—

"हार्वे मेटकाल्फ की वर्तमान चिंता थी…"

"डार्लिंग, क्या कह रहे हो?"

अपनी पत्नी की आवाज सुनकर रॉबिन अपनी चेतना में वापस लौट आया और उसने हरे रंग की मेटकाल्फ फाइल को अपने ब्रीफकेस में बंद करके रख दिया।

''मैरी, तुम अभी भी जाग रही हो?''

''मेरे प्रियतम, मैं नींद में बातें नहीं करती।''

रॉबिन को फौरन कुछ सोचना था। अभी उसमें अपनी पत्नी मैरी को अपने मूर्खतापूर्ण निवेश की जानकारी देने की हिम्मत नहीं आई थी। उसने प्रॉस्पेक्टा ऑयल के संबंध में एक भी शब्द बोले बिना अपनी पत्नी को ऑक्सफोर्ड में रात्रिभोज की बात बता दी।

''मैं मजाक कर रहा था। कैंब्रिज के मेरे एक पुराने मित्र को ऑक्सफोर्ड में लेक्चरर की नौकरी मिल गई है। इस खुशी में वो अपने कुछ मित्रों को रात्रिभोज पर ले गया था। मेरे कॉलेज के दिनों के मित्र जिम और फ्रेड भी वहाँ थे, मुझे लगता है तुम्हें शायद वो याद नहीं होंगे।''

रॉबिन अपने तर्क की कमजोरी का भाँप गया, लेकिन रात 1:15 बजे वो इससे अधिक कुछ सोच भी नहीं सकता था।

''कोई खूबसूत लड़की तो नहीं थी?'' मैरी ने कहा।

''मुझे लगता है कि जिम और फ्रेड कहीं से भी खूबसूरत नहीं लगते, शायद उनकी प्यारी पत्नियाँ भी यही कहेंगी।''

''धीरे बोलो रॉबिन, बच्चे जाग जाएँगे।''

''मुझे दो हफ्ते बाद एक बार फिर वहाँ जाना है।''

''अब सो जाओ, मुझे इस बारे में सुबह नाश्ते पर बता देना।''

रॉबिन ने चैन की साँस ली, चलो सुबह तक छुट्टी हुई। वो लेटकर रेशमी वस्त्र पहने सुगंध में नहाई अपनी पत्नी के पीठ पर हाथ फेरने लगा।

वो बुदबुदाई, ''रात बहुत हो गई है, इसीलिए तुम बच गए।''

इसके बाद वे दोनों सो गए।

जीन-पियरे ने हाई स्थित ईस्टगेट होटल में अपने लिए कमरा बुक कर रखा था। अगले दिन क्राइस्ट चर्च आर्ट गैलरी में पूर्वस्नातक छात्रों की कला प्रदर्शनी थी। जीन-पियरे हमेशा ऐसे नए टैलेंट की खोज में रहता था, जिसे वो अपनी लेमंस गैलरी के साथ अनुबंधित कर सके। उसने लंदन के कला जगत के नए चित्रकारों को खोजकर उनके साथ जुड़ने की यह चालबाजी बांड स्ट्रीट पर अपनी गैलरी से कुछ दूर स्थित मार्लबोरो गैलरी से सीखी थी। लेकिन फिलहाल

जीन-पियरे की प्राथमिकता उसकी गैलरी का कलात्मक भविष्य नहीं बल्कि स्वयं को बचाना था, और उसे प्रतिकार का यह मौका केवल मागडालेन का वो शांत अमेरिकी प्राध्यापक ही दिला सकता था। रात को होटल के आरामदेह कमरे में, बिना समय की परवाह किए वो इस फाइल को पढ़कर यह अंदाजा लगाने की कोशिश में था कि इस पहेली में वह कहाँ फिट हो सकता है। जीन-पियरे उन दो ब्रिटिशों व अमेरिकी से मात नहीं खाना चाहता था। उसके पिता को ब्रिटिशों ने 1918 में रोचेफोर्ट से तथा 1945 में अमरीकियों ने फ्रेंकफुर्त के निकट युद्ध बंदी कैंप से मुक्त किया था। वो हर हालत में इस योजना का हिस्सा बनना चाहता था। देर रात तक उस पीली फाइल को पढ़ने के बाद उसके दिमाग में विचारों का कीड़ा कुलबुलाने लगा।

ऑक्सफोर्ड से अंतिम ट्रेन पकड़ने के बाद जेम्स एकांत में बैठकर अपनी नीली फाइल पढ़ने के लिए उसमें कोई खाली डिब्बा तलाशने लगा। वो बहुत चिंतित था, उसे लग रहा था कि वो तीनों लोग उससे कहीं अधिक बेहतर योजना तैयार कर लेंगे और वह हमेशा की तरह पीछे रह जाएगा। उससे इससे पहले कभी वास्तविक दबाव का सामना नहीं किया था। उसे सबकुछ सहजता से प्राप्त हो गया था; और अब उतनी ही सहजता से वह सब उसके हाथ से निकल भी रहा था। जेम्स के लिए हार्वे मेटकाल्फ से पैसा निकालना कोई खेल नहीं था। वहीं अपने पिता को हैंपशायर फार्म गिरवी होने की बात पता चलने का भयावह विचार उसे इस योजना से जुड़ने को प्रेरित कर रहा था। लेकिन चौदह दिन बहुत छोटी अवधि है। उसे तो अभी यह भी नहीं पता कि वो शुरुआत कहाँ से करे? वह अन्य तीनों लोगों की तरह पेशेवर नहीं था और न ही उसके पास किसी तरह की कोई विशेष योग्यता थी। वह बस इसी आशा में था कि उसका अभिनय का अनुभव कहीं किसी तरह काम आ सके।

उसने टिकट कलेक्टर के सामने खाली डिब्बे की माँग रखी। जिसे सुनकर वह समझ गया कि जेम्स प्रथम दर्जे का यात्री है। कोई डिब्बा खाली नहीं था। जेम्स ने सोचा, इस तरह रिचर्ड मार्श अवश्य ही रेलवे को लाभ की पटरी पर ले आएँगे। लेकिन अब वह क्या करे?

अपने इस कष्ट को बढ़ा-चढ़ाकर पेश करने पर उसे नाइटहुड की उपाधि मिल सकती थी।

खाली डिब्बा न मिलने पर अब जेम्स की प्राथमिकता ऐसा स्थान था, जहाँ उसके साथ कोई खूबसूरत युवती भी यात्रा कर रही हो। इस मामले में उसका

नसीब तेज निकला। एक डिब्बे में बेहद खूबसूरत लड़की बैठी थी, जो संभवतः अकेली थी। उसके अतिरिक्त डिब्बे में यात्री के नाम पर केवल एक मध्य-आयु की महिला ही थी, जो अपने सह-यात्रियों से निरपेक्ष बैठी वोग पढ़ रही थी। जेम्स कोने वाली कुरसी पर इंजन की ओर पीठ करके बैठ गया। वह समझ गया कि यहाँ मेटकाल्फ से जुड़ी फाइल पढ़ना ठीक नहीं रहेगा। उन सभी ने गोपनीयता बनाए रखने की शपथ ली थी। बल्कि स्टीफन ने तो उन्हें किसी अन्य व्यक्ति की मौजूदगी में यह फाइल पढ़ने के प्रति विशेष रूप से सचेत किया था। जेम्स को डर था कि अपनी मित्रवत् प्रवृत्ति के चलते उसके लिए इसे गुप्त बनाए रखना सबसे कठिन होगा। वैसे भी, उसके लिए हर रहस्य एक बोझ ही होता है। उसने अपने ओवरकोट की उस जेब को छुआ, जिसमें स्टीफन ब्राडले द्वारा दी गई फाइल का लिफाफा रखा था। जेम्स ने सोचा, स्टीफन कितना निपुण व्यक्ति है। उसका दिमाग भी खूब चलता है। निश्चित ही अगली मीटिंग के लिए उसके पास चतुराई भरी दर्जनों योजनाएँ मौजूद होंगी। जेम्स किसी विचार की खोज में बहुत ध्यानपूर्वक खिड़की से बाहर झाँकने लगा। लेकिन जल्द ही उसे पता चला कि वह और कुछ नहीं बल्कि सामने बैठी लड़की के शीशे में पड़ रहे प्रतिबिंब में उसकी शारीरिक आकृति का मुआयना कर रहा है।

उसके गहरे रंग के बॉब-कट बाल खूब चमक रहे थे, उसकी नाक सुतवाँ व पतली थी तथा उसकी बादाम जैसी आँखें उसके गोद में रखी पुस्तक पर जमी हुई थीं। उसे देखकर लग रहा था कि वह या तो जेम्स की उपस्थिति से अनजान थी या फिर जानबूझकर ऐसा दिखावा कर रही थी। जेम्स की आँखें धीमे से फिसलते हुए उसके वक्ष की गोलाई पर स्थिर हो गईं, जो अँगूरा की पोशाक के नीचे ढके हुए थे। उसने अपनी गरदन लंबी कर उसके पैरों का प्रतिबिंब देखने का प्रयास किया। धत्त तेरे की, उसने बूट्स पहन रखे थे। वह एक बार फिर उसके चेहरे को देखने लगा। तभी वो लड़की चकित दृष्टि से उसकी तरफ देखने लगी। जेम्स सकपका गया और डिब्बे में मौजूद तीसरी यात्री को देखने लगा। उसे वह उस लड़की की अघोषित संरक्षिका लगी, जिसकी उपस्थिति में वह उस खूबसूरत लड़की से बात करने की हिम्मत नहीं जुटा पा रहा था।

हताश होकर वह उस मध्य-आयु वाली महिला की पत्रिका वोग का कवर पेज देखने लगा। वहाँ भी एक खूबसूरत लड़की का चित्र था। जब उसने और ध्यान से देखा तो पाया कि यह किसी और लड़की का नहीं बल्कि उसके सामने बैठी लड़की का ही चित्र है। शुरुआत में तो उसे अपनी आँखों पर यकीन नहीं

हुआ। वह उस आलेख को स्वयं देखकर अपना संशय दूर करना चाहता था। महिला के वोग को एक ओर रखते ही जेम्स ने आगे झुककर संरक्षिका से उसे पढ़ने के लिए माँग लिया।

उसने बहुत मूर्खतापूर्वक कहा, स्टेशन के बुकस्टॉल बहुत जल्दी बंद हो जाते हैं, इसलिए मैं पढ़ने के लिए कुछ नहीं ले सका।

संरक्षिका ने अनिच्छापूर्वक हामी भर दी।

जेम्स सीधा दूसरे पृष्ठ पर गया। वहाँ लिखा था, 'कवर : स्वयं को ऐसे सजाएँ...शिफॉन के रूमाल के साथ जॉर्जेट सिल्क की काली पोशाक। शुतुरमुर्ग के पंखों से बना गुलबंद, फूलों से सजी पोशाक जैसी पगड़ी। माप व निर्माणकर्ता : जैण्ड्रा रोड्स, एनी के केश कलाकार : विडाल सैसून के जेसन। फोटोग्राफर : लिचफील्ड। कैमरा : हेसिलब्लाड'

जेम्स स्वयं को उस रूप में सजाने की कल्पना भी नहीं कर सकता था। लेकिन अब वह सामने बैठी उस लड़की का नाम जानता था, एनी। उस चित्र की वास्तविक कृति ने जब अगली बार जेम्स की ओर देखा, तो उसने इशारे से उसके चित्र को देख लेने की बात कही। वो जेम्स को देखकर हौले से मुसकराई और फिर अपनी पुस्तक पढ़ने लगी।

रीडिंग स्टेशन पर वो मध्य-आयु की महिला अपनी वोग लेकर उतर गई। जेम्स के लिए इससे बेहतर कुछ नहीं हो सकता। एनी ने सिर उठाकर उसे देखा, तो वो झिझक सहित शरमाते हुए मुसकरा दिया। कई यात्री सीट की आशा लगाए बाहर गलियारे में घूम रहे थे। वो जैसे ही अंदर झाँकते, जेम्स उन्हें घूर कर देखता और वे आगे बढ़ जाते। उस डिब्बे में कोई नहीं चढ़ा। जेम्स ने पहला राउंड जीत लिया था। जब ट्रेन की गति बढ़ गई तो जेम्स ने बहुत विचार कर पहला कदम उठाया और बोला, "वोग के पहले पृष्ठ के लिए मेरे पुराने मित्र पैट्रिक लिचफील्ड ने बहुत बेहतरीन तसवीर खींची है।"

एनी समरटोन ने सिर उठाया। जेम्स ने जिस चित्र का हवाला दिया था, वास्तव में वो उससे भी कहीं अधिक सुंदर थी। उसके गहरे रंग के बाल विख्यात विडाल सैसून स्टाइल में कटे हुए थे। अपने गोरे रंग व बादाम जैसी बड़ी आँखों में वो इतनी सौम्य लग रही थीं कि जेम्स उसकी ओर खिंचा चला जा रहा था। उसका शरीर वैसा ही छरहरा था, जैसा किसी भी पेशेवर मॉडल का होना चाहिए। लेकिन एनी में कुछ ऐसी खास बात थी, जो और किसी में नहीं थी। जेम्स उसे देखकर अवाक् था और चाहता था कि एनी उससे कुछ बात करे।

एनी ऐसे लोगों से बचती थी, जो उसका फायदा उठाने के लिए उससे घुलने-मिलने की कोशिश करते थे। लेकिन इस बार लॉर्ड लिचफील्ड के जिक्र ने उसे पीछे हटने से रोक दिया। यदि यह वाकई उसका मित्र है तो कम-से-कम उसके जितना सज्जन तो होगा ही। एक बार फिर देखने पर उसे जेम्स आत्मसंशयी नहीं बल्कि दिलकश लगा। उसने अपने को छोटा दरशाने की इस कला का कई बार उपयोग किया था। लेकिन इस बार उसका वो भाव वास्तविक था। उसने एक बार फिर प्रयास किया।

''मॉडलिंग का काम आसान नहीं होता।''

क्या मूर्खतापूर्ण बात है, उसने खुद से कहा। पता नहीं वो इससे यह क्यों नहीं कह सका कि तुम उस चित्र में सबसे विशिष्ट लग रही हो? क्या हम बातचीत करते हैं और यदि तुम मुझे तब भी इतनी ही विलक्षण लगीं तो संभवत: हम और आगे बढ़ सकेंगे? लेकिन यहाँ ऐसा करना संभव नहीं था। वह जानता था कि उसे सीधा रास्ता ही पकड़ना चाहिए।

''पैसे अच्छे मिलें तो यह काम आसान लगता है।'' उसने उत्तर दिया।

लेकिन आज का दिन बहुत थकाने वाला था। उसकी आवाज बहुत नर्म थी, उसके उच्चारण में हल्का सा अर्ध ब्रिटिश-अमेरिकी अंदाज जेम्स को बहुत पसंद आया। ''आज क्लोज-अप टूथपेस्ट के लिए मॉडलिंग करते हुए दिन भर मुसकराते रहने से मेरे सिर में दर्द हो गया। फोटोग्राफर किसी भी तरह संतुष्ट ही नहीं हो रहा था। अच्छा हुआ, आज शूट जल्दी बंद हो गया। आप पैट्रिक को कैसे जानते हैं?''

''हम हैरो के अपने प्रथम वर्ष के दौरान साथ मिलकर सीनियर छात्रों की सेवा करते थे और वह इस काम में मुझसे कहीं अधिक बेहतर था।''

यह सुनकर एनी हँस पड़ी—उसकी हँसी बहुत सरल व गर्मजोशी से भरपूर थी। यकीनन यह लॉर्ड लिचफील्ड को जानता है।

''क्या आप अभी भी उनसे मिलते रहते हैं?''

''हमेशा नहीं, कभी-कभार किसी डिनर पार्टी में मुलाकात हो जाती है, क्या वो अकसर आपकी तस्वीरें खींचता है?''

''नहीं,'' एनी ने कहा, ''वोग के लिए खींची गई यह तसवीर ही पहली और आखिरी थी।''

उन दोनों की बातचीत में रीडिंग से लंदन की पैंतीस मिनट की यात्रा मानो एक ही पल में बीत गई। पैडिंग्टन स्टेशन के प्लेटफॉर्म पर एनी के साथ चलते हुए जेम्स ने उससे पूछा—

"क्या मैं आपको घर तक छोड़ सकता हूँ। मेरी कार यहीं कारवाँ स्ट्रीट के कोने पर खड़ी है।"

देर रात में टैक्सी को खोजने से बचने की बात सोचकर एनी ने हामी भर दी।

जेम्स ने उसे अपनी अल्फा रोमियो कार में घर छोड़ा। वह पहले ही मन बना चुका था कि पेट्रोल की बढ़ती कीमतों व कमाई के गिरते स्रोतों के चलते इस विशिष्ट विलासिता को जल्दी ही तिलांजलि दे देगा। एनी को घर छोड़ने जाते समय उसके साथ खूब बातें कीं। एनी का घर थेम्स नदी के सामने स्थित चेयने-रो पर निर्मित फ्लैट्स के ब्लॉक में था। एनी को यह देखकर बहुत आश्चर्य हुआ कि उसने उसे मुख्य द्वार पर उतारा और शुभरात्रि कहकर चला गया। वह न तो एनी का पूरा नाम जानता था और न ही उसने एनी का फोन नंबर पूछा। एनी तो उसका नाम भी नहीं जानती थी। उसने दुखी मन से अपने घर का दरवाजा बंद किया। उसे जेम्स का साथ विज्ञापन जगत् के उन थोथे लोगों से कहीं बेहतर लगा, जो किसी लड़की को केवल इसीलिए चरित्रहीन मान बैठते हैं, क्योंकि वो ब्रा पहनकर फोटो खिंचवाती है।

जेम्स अच्छी तरह जानता था कि वह क्या कर रहा है। उसे पता था कि जब सभी उम्मीदें धूमिल होने के बाद किसी लड़की से संपर्क साधा जाए तो वह कितनी प्रसन्न हो जाती है। वह यही करता था, लड़की को ऐसा महसूस करवाओ कि अब हम कभी नहीं मिलेंगे, विशेष तौर पर तब, जब पहली मुलाकात बहुत अच्छी रही हो। किंग्स रोड स्थित अपने आवास पर लौटने पर वह इन्हीं विचारों में खोया हुआ था। स्टीफन, रॉबिन व जीन-पियरे के ठीक उलट वह अगले तेरह दिन तक हार्वे मेटकाल्फ को हराने की युक्ति खोजने की जगह एनी से प्यार की पींगे बढ़ाने की योजना बनाता रहा।

सुबह उठते ही स्टीफन अपनी योजना के शोध अनुसंधान हेतु तत्पर हो गया। उसने विश्वविद्यालय प्रबंधन के गंभीर अध्ययन द्वारा इस कार्य की शुरुआत की। उसने क्लेयरडन बिल्डिंग स्थित उप-कुलाधिपति के ऑफिस में उनकी निजी सेक्रेटरी मिस स्मालवुड से इस संबंध में घंटों चर्चा की। उन्होंने भी स्टीफन की हरसंभव सहायता की। तत्पश्चात् वह और अधिक जानकारी के लिए विश्वविद्यालय के रजिस्ट्रार के ऑफिस पहुँच गया। दिन समाप्त होने तक वह बोड्लियाना लाइब्रेरी में बैठा कुछ विश्वविद्यालयों की व्यवस्था से जुड़े नोट्स तैयार करता रहा। उसने आगामी चौदह दिनों तक ऑक्सफोर्ड के दर्जियों, चरवाहों व वुडवर्ड से मुलाकात करने के अतिरिक्त शेल्डोनियन थिएटर में एक पूरा दिन

बिताया, जहाँ उसने कला स्नातक में उत्तीर्ण हुए छात्रों को डिग्री प्रदान करने के कार्यक्रम का अवलोकन किया। स्टीफन ने ऑक्सफोर्ड के सबसे बड़े होटल रैंडॉल्फ के प्रारूप की व्यवस्था भी देखी। वहाँ उसने इतना समय लगाया कि मैनेजर उसे संदिग्ध दृष्टि से देखने लगा। इससे पहले कि उसका संदेह और बढ़े, स्टीफन वहाँ से निकल लिया। अपनी खोज के अंतिम पड़ाव में उसने क्लेयरडन की यात्रा कर वहाँ विश्वविद्यालय कोष के सचिव से मुलाकात की तथा स्थानीय पोर्टर के साथ बिल्डिंग का अकादमिक दौरा किया। स्टीफन ने उसे कहा कि वह कॉलेज के वार्षिकोत्सव पर एक अमेरिकी को विश्वविद्यालय की सैर करवाना चाहता है, जिसका समय अभी निश्चित नहीं हुआ है।

''यह सरल कार्य नहीं है…'' पोर्टर ने कहा। स्टीफन ने चुपचाप एक पाउंड का नोट उस पोर्टर के हाथ में सरका दिया। लेकिन सर, ''मुझे लगता है कि हम इसका कोई रास्ता जरूर निकाल लेंगे।''

विश्वविद्यालयी शहर के उस दौरे से लौटने के बाद स्टीफन ने अपनी कुरसी पर बैठकर जितना विचार किया, उससे अधिक उसने अपने मेज पर बैठकर लिख डाला। चौदहवें दिन तक उसकी योजना तीनों लोगों के समक्ष प्रस्तुतीकरण के लिए पूरी तरह तैयार थी। हार्वे मेटकाल्फ के शब्दों में कहें तो उसने शो की तैयारी कर ली थी, अब बस उसके पूरा होने की अभिलाषा बाकी थी।

ऑक्सफोर्ड के डिनर की अगली सुबह रॉबिन जल्दी उठ गया। नाश्ते पर अपनी पत्नी के पिछली रात से जुड़े किसी भी चिंताजनक प्रश्न से बचता रहा। वह जितना जल्दी हो सके, लंदन पहुँचना चाहता था। हार्ले स्ट्रीट स्थित अपने क्लीनिक पहुँचने पर उसकी दक्ष रिसेप्शनिस्ट-कम-सेक्रेटरी मिस मीक्ले ने उसका स्वागत किया।

एल्सपेथ मीक्ले एक समर्पित व कड़े स्वभाव वाली स्कॉट महिला थी, जिसके लिए उसका काम ही उसकी आजीविका थी। रॉबिन के प्रति उसकी निष्ठा केवल वायवीय नहीं बल्कि सबको स्पष्ट दिखती थी।

मिस मीक्ले, ''आने वाले चौदह दिन तक मैं जितने हो सके, उतने कम रोगी देखूँगा।''

''ठीक है डॉक्टर ओक्ले!'' उसने कहा।

''मैं किसी अनुसंधान में व्यस्त हूँ, इसलिए जब मैं अपनी स्टडी में बैठा हूँ तो उसमें कोई बाधा न आए।''

मिस मीक्ले चकित रह गईं। उसने डॉ. ओक्ले को हमेशा से एक कुशल

चिकित्सक माना था, लेकिन उसने इससे पहले कभी भी उन्हें इतनी गहनता से अनुसंधान करते नहीं देखा था। वह बहुत धीमे से अपने सफेद जूतों में बँधे गुदगुदे पाँव पर खड़ी हुई और डॉ. ओक्ले के मिलने आई ठीक-ठाक स्वास्थ्य वाली महिला रोगियों में से पहली का नाम पुकारा।

रॉबिन ने अपने सभी मरीजों को तेजी से निपटा दिया। उसने दोपहर का भोजन नहीं किया तथा इस दौरान कुछ फोन करता रहा, जिनमें बॉस्टन इनफर्मरी तथा कैंब्रिज में उसके सहपाठी रहे कुछ गैस्ट्रोइंट्रोलॉजिस्ट शामिल थे। इसके बाद उसने मिस मीक्ले को बुलाने वाली घंटी बजाई।

मिस मीक्ले, ''क्या आप मेरे लिए एच.के. लेविस की दो पुस्तकें खरीदकर ला सकती हैं। मुझे पोल्सन व टैटरसॉल की क्लीनिकल टॉक्सिकोलॉजी तथा हार्डिंग रेन की मूत्राशय व पेट संबंधी पुस्तकों के नवीनतम संस्करण चाहिए।''

''जी सर,'' उसने कहा। उसे लंचटाइम में सैंडविच खाने की जगह पुस्तक लेने जाने का जरा भी मलाल नहीं था।

रॉबिन ने जितनी देर में सभी फोन निपटाए, उतनी देर में पुस्तकें उसकी टेबल पर हाजिर थीं। उसने तुरंत ही उसके लंबे-लंबे अध्यायों का अध्ययन शुरू कर दिया। अगले दिन उसने अपने क्लीनिक से सुबह की पारी की छुट्टी ली और अपने दो पुराने सहकर्मियों से मिलने के लिए उनके कार्यस्थल सेंट थॉमस अस्पताल पहुँच गया। उनसे मिलकर उसका अपनी योजना के प्रति विश्वास और अधिक बढ़ गया। हार्ले स्ट्रीट लौटने पर उसने आज सुबह जिन तकनीकों को सीखा था, उनसे जुड़े नोट्स तैयार कर लिये। यह बिल्कुल वैसा ही था जैसा वो अपने स्कूल के दिनों में करता था। उसने कुछ देर रुककर स्टीफन की बात को याद किया—

'हार्वे मेटकाल्फ की तरह सोचें। अपने जीवन में पहली बार किसी पेशेवर की तरह नहीं बल्कि जोखिम लेने वाले या नवीन साहस से भरपूर व्यक्ति की भाँति विचार करें।'

रॉबिन अपनी सोच को हार्वे मेटकाल्फ के स्तर पर ला रहा था। समय पूरा होने तक वह उन अमेरिकी, फ्रेंच व लॉर्ड को अपनी योजना बताने के लिए तैयार था। लेकिन क्या वे लोग उसकी योजना में साथ निभाएँगे? अब उसे मीटिंग का बेसब्री से इंतजार था।

जीन-पियरे ऑक्सफोर्ड से अगले दिन वापस लौटा। इस बार उसे कोई युवा चित्रकार आकर्षक नहीं लगा। हालाँकि ब्रायन डेविस के कुछ चित्र पसंद आने के बाद उसने डेविस के आगामी कार्यों पर नजर रखने का निश्चय किया। लंदन

पहुँचने पर उसने स्टीफन व रॉबिन की ही तरह सबसे पहले अपना शोध आरंभ किया। ईस्टगेट होटल में उसके दिमाग में उपजा विचार अब पनपने लगा था। कला-जगत् में अपने विस्तृत संपर्कों की बदौलत उसने पिछले बीस वर्षों में क्रय-विक्रय हुई प्रभाववादी पेंटिंग्स की जाँच करने के अलावा वर्तमान में बाजार में उपलब्ध चित्रों की सूची तैयार की। इसके बाद उसने उस व्यक्ति से संपर्क किया, जो उसका इस योजना में साथ दे सकता था। सौभाग्य से उसका संभावित मददगार डेविड स्टेन उस समय इंग्लैंड में ही था। वह उससे मिलने के लिए तैयार हो गया। लेकिन प्रश्न यह था कि क्या वह उसकी योजना में साथ देगा?

उस दोपहर स्टेन काफी देर से पहुँचा। जिसके बाद उसने लीमेंस गैलरी के तलघर में बने जीन-पियरे के छोटे से कमरे में उसके साथ लगभग दो घंटे बिताए। जब वह वापस लौटा तो जीन-पियरे के चेहरे पर एक मुसकान थी। अपनी योजना को अंतिम रूप देने के लिए उसने बेलग्रेव स्क्वेयर स्थित जर्मन दूतावास में एक दोपहर बिताई। तत्पश्चात् उसने बर्लिन के प्रेउस्चेर कुलतुर्बिट्स में डॉ. वोरमिट और रिजक्सब्यूरो में द हॉग के मेमी टेलीजेन को फोन किया। उसे इनसे सभी आवश्यक जानकारियाँ प्राप्त हो गईं। योजना का अंतिम स्वरूप इतना शानदार था कि मेटकाल्फ भी उसकी सराहना करता। अब उस फ्रेंच व्यक्ति से रहा नहीं जा रहा था। उसे आशा थी कि उसकी योजना उन अमेरिकी व ब्रिटिश लोगों की अपेक्षाओं पर खरी उतरेगी।

सुबह उठने पर जेम्स के मन में पहला विचार पूरी चतुरता से हार्वे मेटकाल्फ को मात देने का था। लेकिन उसके दिमाग में द्वंद्व अभी भी जारी था, उसने पैट्रिक लिचफील्ड के घर फोन किया।

"पैट्रिक?"

"हाँ, बोल रहा हूँ।"

"जेम्स ब्रिगसले!"

"ओह, हैलो जेम्स, कैसे हो, बहुत दिन से मुलाकात नहीं हुई। आज इतनी सुबह इस दोस्त की याद कैसे आ गई?"

"पैट्रिक 10 बज चुके हैं।"

"अच्छा, कल रात मैं बार्क्ले स्ट्रीट बॉल में गया था। अभी सुबह चार बजे सोया था। बोलो भाई, मैं आपके लिए क्या कर सकता हूँ?"

"तुमने वोग के कवर के लिए एक लड़की की तसवीर ली थी, जिसका नाम एनी है।"

''समरटोन,'' पैट्रिक ने कुछ झिझकते हुए पूछा, ''वो स्टैकपूल एजेंसी से आई थी।''

''वो कैसी लड़की है?''

''पता नहीं, मुझे तो वो अच्छी लगी थी, शायद मैं ही उसे ठीक नहीं लगा।'' पैट्रिक ने जवाब दिया।

''यानी उस लड़की को कम-से-कम आदमी की पहचान तो है, चलो अब सो जाओ पैट्रिक।'' इसके बाद जेम्स ने फोन रख दिया।

टेलीफोन डायरेक्टरी में एनी समरटोन का नाम नहीं था, यह पासा खाली गया। जेम्स बिस्तर पर लेटा हुआ अपनी ठोढ़ी सहलाते हुए विचारमग्न था, तभी उसके आँखों में विजय की चमक दिखी। उसके डायरेक्टरी में सहभाग पर गया और एक नंबर खोजकर मिला दिया।

''स्टैकपूल एजेंसी से बोल रहे हैं।''

''क्या मैं मैनेजर से बात कर सकता हूँ?''

''आप कौन बोल रहे हैं?''

''लॉर्ड ब्रिग्सले।''

''एक मिनट लॉर्ड मैं उन्हें लाइन देती हूँ।''

क्लिक की ध्वनि के बाद जेम्स को फोन पर मैनेजर की आवाज सुनाई दी।

''गुड मॉर्निंग, लॉर्ड महोदय! मैं माइकल स्टैकपूल बोल रहा हूँ। मैं आपकी क्या सहायता कर सकता हूँ?''

''स्टैकपूलजी, आप ही मेरी सहायता कर सकते हैं। मेरी एंटीक शॉप का उद्घाटन होना है और अंतिम क्षणों में मेरी मॉडल ने इनकार कर दिया है। मैं एक अच्छी मॉडल की तलाश में हूँ। क्या आप ऐसी किसी लड़की को जानते हैं?''

जेम्स ने अपने एनी से परिचित होने की बात छिपाते हुए ऐसी विशिष्टताओं वाली मॉडल की माँग की जो केवल एनी में ही थीं।

''लॉर्ड साहब, मेरे पास ऐसी दो मॉडल हैं, जो शायद आपके हिसाब से ठीक रहेंगी।'' स्टैकपूल ने कहा, ''पॉलिन स्टोन व एनी समरस्टोन। दुर्भाग्य से पॉलिन आज नई एलेर्जो कार की लॉञ्च के लिए बर्मिंघम गई है तथा एनी एक टूथपेस्ट के विज्ञापन के लिए ऑक्सफोर्ड में है।''

जेम्स ने कहा, ''लेकिन मुझे तो मॉडल आज ही चाहिए।'' अब वो स्टैकपूल को कैसे बताए कि एनी कल रात वापस लंदन लौट आई है। ''यदि किसी भी

कारण इनमें से कोई भी उपलब्ध हो तो आप उसे मुझे कॉल करने के लिए कहें। मेरा नंबर है 735-7227।''

जेम्स ने निराश होकर फोन रख दिया। कम-से-कम उसे तो ऐसा ही लगा। उसने सोचा कि अगर यह बात नहीं बनी तो वो हार्वे मेटकाल्फ व टीम में योजना बनाने में अपनी भूमिका निभाएगा। इसपर और अधिक विचार करने के पूर्व ही फोन की घंटी बज उठी।

''हम स्टैकपूल एजेंसी से बोल रहे हैं। लॉर्ड ब्रिग्सले से श्री स्टैकपूल बात करना चाहते हैं।''

''ब्रिग्सले बोल रहा हूँ।'' जेम्स ने कहा।

''मैं आपकी लाइन जोड़ती हूँ।''

''लॉर्ड ब्रिग्सले ?''

''जी !''

''लॉर्ड महोदय, मैं स्टैकपूल बोल रहा हूँ। एनी समरस्टोन आज आ सकती हैं। आप उन्हें अपनी दुकान पर कब बुलाना चाहते हैं ?''

''ओह, जेम्स ने कहा, और कुछ देर रुककर बोला, मेरी दुकान बर्कले स्ट्रीट पर एम्परेस रेस्टोरेंट के नजदीक है। इसका नाम एल्बेमार्ले एंटीक्स है। क्या वह 12.45 पर दुकान के बाहर मिल सकती हैं ?''

''मुझे यकीन है कि वे मान जाएँगी, लॉर्ड महोदय। यदि मैं अगले दस मिनट में आपको फोन न करूँ तो इस मीटिंग को तय मानिए। कृपया आप हमें उनकी शोभनीयता के बारे में अवश्य बताएँ। वैसे हम चाहते हैं कि ग्राहक हमारे ऑफिस आकर बात करे। लेकिन आपके लिए हम इतना तो कर ही सकते हैं।''

''आपका बहुत-बहुत धन्यवाद!'' यह कहकर जेम्स ने फोन रखा और अपने आप में मुसकराने लगा।

जेम्स बर्कले स्ट्रीट के पश्चिमी भाग में मेयफेयर होटल के दरवाजे पर खड़ा हो गया। यहाँ से वह एनी को आते देख सकता था। एनी काम पर पहुँचने में देर नहीं करती थी। वह ठीक दोपहर के 12.40 पर पिक्काल्डी के कोने पर पहुँच गई। उसकी स्कर्ट प्रचलित शिष्टता तक लंबी थी। अब जेम्स देख सकता था कि उसके पैर भी उसके शरीर जैसे ही छरहरे व सुडौल थे। वो एम्प्रेस रेस्टोरेंट के बाहर रुकी और हैरानी से अपने बाईं ओर स्थित ब्राजीलिन ट्रेड सेंटर व दाएँ बने एच.आर. ओवन के रॉल्स रॉयस के शोरूम को देखने लगी।

जेम्स एक बड़ी मुसकान लिये सड़क के दूसरी ओर खड़ा था।

''गुड मॉर्निंग!'' उसने सामान्य ढंग से कहा।

''ओह, हैलो, क्या इत्तेफाक है!'' एनी ने कहा।

''आप यहाँ अकेली व खोई हुई सी कैसे खड़ी हैं?'' जेम्स ने पूछा।

''मैं एक दुकान को खोज रही हूँ, जिसका नाम एल्बेमार्ले एंटीक्स है। क्या आप जानते हैं कि वो कहाँ है? मैं संभवत: गलत सड़क पर आ गई हूँ। आप किसी लॉर्ड्स को जानते हैं, क्या आप लॉर्ड ब्रिग्सले से परिचित हैं?''

जेम्स मुसकराया—''मेरा ही नाम लॉर्ड ब्रिग्सले है।''

एनी एक पल को तो हतप्रभ रह गई और अगले ही पल उसकी हँसी फूट निकली। वह समझ गई कि यह सब जेम्स का ही किया-धरा है। उसे जेम्स का यह अंदाज बहुत पसंद आया।

उन्होंने एम्प्रेस में एक साथ भोजन किया, यह रेस्टोरेंट जेम्स की शहर में पसंदीदा जगहों में से एक था। उसने एनी को बताया कि आखिर क्यों लॉर्ड क्लेयरडन को भी यही रेस्टोरेंट पसंद है। उसने कहा कि अन्य किसी भी रेस्टोरेंट के मुकाबले यहाँ के करोड़पति खूब मोटे व उनकी पत्नियाँ उनसे कुछ ही कम मोटी होती हैं।

भोजन बहुत स्वादिष्ट था। जेम्स ने महसूस किया कि उससे आज तक मिले लोगों में एनी से उसकी यह मुलाकात उसे सबसे बेहतरीन लगी। भोजन के बाद एनी ने जेम्स से पूछा कि ''एजेंसी अब पैसे किससे प्राप्त करेगी।''

इस पर जेम्स ने कहा, ''मैं जो सोच रहा हूँ, अगर वैसा हो गया तो उन्हें बहुत बड़ा नुकसान होने वाला है।''

❑

7

स्टीफन ने जेम्स से अमेरिकी ढंग से हाथ मिलाया और उसे व्हिस्की का एक बड़ा गिलास थमा दिया। जेम्स ने मन-ही-मन उसकी स्मृति की दाद दी और अपने डच साहस को उभारने के लिए एक बड़ा घूँट ले लिया। तभी रॉबिन और जीन-पियरे भी वहाँ आ पहुँचे। एक अकथित आपसी सहमति के तहत उनमें से किसी ने भी हार्वे मेटकाल्फ का नाम नहीं लिया। वो सभी अपनी-अपनी फाइलें पकड़े हुए इधर-उधर की बातें करते रहे। अंतत: स्टीफन ने उन सबको बैठने को कहा। इस बार स्टीफन ने कॉलेज के रसोइए की कला व सीनियर कॉमन रूम के बटलर का सहारा नहीं लिया। इस बार मेज पर बहुत करीने से सैंडविच, बीयर व कॉफी सजी हुई थीं। वहाँ कॉलेज का कोई नौकर मौजूद नहीं था।

''आज यही भोजन है,'' स्टीफन ने दृढतापूर्वक कहा, ''अब चूँकि बिल हार्वे मेटकाल्फ को भरना है, इसलिए मैंने आतिथ्य सत्कार में कटौती कर दी है। हममें से शायद कोई भी नहीं चाहेगा कि हम प्रत्येक मीटिंग में हजारों रुपए का भोजन कर अपने इस कार्य को और अधिक कठिन बना लें।''

जब स्टीफन ने टाइप किए हुए पृष्ठ निकाले तो वे तीनों चुपचाप बैठे देखते रहे।

''मैं एक सामान्य बात से शुरुआत करना चाहूँगा। मैंने पिछले कुछ दिनों में हार्वे मेटकाल्फ के आगामी महीनों की दिनचर्या का पता लगाया है। वो प्राय: अपनी हर गरमियाँ इसी खेल व सामाजिक जीवन में बिताता है। जिनमें से अधिकांश का वर्णन आपको दी गई फाइलों में उपलब्ध है। मेरी वर्तमान खोज एक अलग पृष्ठ पर संक्षेप में लिखी गई है, जिसे आप अपनी फाइल में 38ए के नाम से जोड़ सकते हैं।'' इसमें लिखा है—

> ''हार्वे मेटकाल्फ, 21 जून की सुबह क्यूई2 पर सवार होकर इंग्लैंड के साउथंपटन बंदरगाह पर उतरता है। वहाँ पहले से ही उसका ट्रेफेंग्लर

सूईट बुक होता है तथा वो गाय सैलमन से रॉल्स रायस बुक करवाकर सीधे क्लेरिज होटल पहुँचता है। वो वहाँ के रॉयल सुइट में दो हफ्ते रुकता है। उसके पास विंबलडन चैंपियनशिप का प्रतिदिन का अपना डिबेंचर टिकट होता है। विंबलडन के समापन के पश्चात् वो मोंटे कार्लो के लिए उड़ जाता है, जहाँ वो और दो हफ्ते तक अपनी यॉट मैसेंजर बॉय पर रुकता है। इसके बाद वह पुन: लंदन लौटकर क्लेरिज में ठहरता है, जहाँ वो अपनी रोजेली से मिलने के अलावा किंग जार्ज VI व क्वीन एलिजाबेथ स्टेक्स देखने जाता है। एस्कॉट वीक के दौरान उसका एस्कॉट में पूरे पाँच दिन के लिए निजी बॉक्स बुक रहता है। 29 जुलाई को वह लंदन के हीथ्रो हवाईअड्डे से पैन अमेरिकन के जंबो विमान की फ्लाइट नंबर 009 द्वारा अमेरिका के बॉस्टन स्थित लोगन इंटरनेशनल एयरपोर्ट के लिए उड़ान भर लेता है…''

अन्य सभी ने अपनी फाइल में 38ए पृष्ठ जोड़ लिया और स्टीफन द्वारा किए गए इतने गहन अनुसंधान की सराहना की। जेम्स की हालत खराब होने लगी और निस्संदेह उसकी असहजता का कारण वे सेलमोन सैंडविच नहीं थे।

''अब हमें अगला निर्णय लेना है,'' स्टीफन ने कहा, ''हम सबको यह तय करना है कि मेटकाल्फ की यूरोप यात्रा के दौरान हममें से कौन अपनी योजना को कब अंजाम देगा। रॉबिन, आपके लिए कौन सा समय ठीक रहेगा?''

मोंटे कार्लो, रॉबिन ने बिना झिझके उत्तर दिया, ''मैं कमीने को उसके घर से दूर अपने पंजे में दबोचूँगा।''

''क्या कोई और भी मोंटे कार्लो जाना चाहता है।''

कोई नहीं बोला।

''जीन-पियरे, आपके लिए कौन सा स्थान ठीक रहेगा?''

''मुझे विंबलडन का पखवाड़ा पसंद है।''

''क्या कोई और भी यही चाहता है?''

इस बार भी सब चुप रहे। स्टीफन ने आगे कहा, ''मैं एस्कॉट वाले हिस्से में काम करूँगा, तब उसके अमेरिका वापस लौटने में अधिक समय शेष नहीं होगा। और जेम्स आप क्या चाहते हैं?''

''मुझे समय से कोई फर्क नहीं पड़ेगा।'' जेम्स ने झेंपते हुए कहा।

''ठीक है!'' स्टीफन ने कहा।

जेम्स के अलावा वहाँ उपस्थित हर व्यक्ति पूरी गर्मजोशी से इस कार्य को अंजाम देने के लिए तैयार था।

"अब खर्च की बात करते हैं। क्या आप सभी 10,000 डॉलर का चैक लाए हैं? मुझे लगता है कि हमें डॉलर में ही बात करनी चाहिए, क्योंकि हार्वे मेटकाल्फ भी इसी मुद्रा में व्यवहार करता है।"

टीम के प्रत्येक सदस्य ने स्टीफन को अपना-अपना चेक सौंप दिया। जेम्स को संतोष हुआ कि कम-से-कम इस काम में तो वह सबके बराबर रहा।

"अब तक हुआ खर्च?"

सबने स्टीफन की ओर अपनी-अपनी चिट बढ़ा दी और वह अपने नए ढंग के एचपी 65 कैलकुलेटर पर हिसाब करने लगा। कमरे की मंद रोशनी में कैलकुलेटर पर लिखे लाल रंग के अंक चमक रहे थे।

उसने दोहराया, "शेयरों की कीमत है 1 मिलियन डॉलर। हमारा अब तक का खर्च रहा है 142 डॉलर, अर्थात् मेटकाल्फ पर हमारे 1,000,142 डॉलर बकाया हैं। न एक पैसा ज्यादा, न एक पैसा कम। अब हम अपने व्यक्तिगत योजना पर बात करते हैं। हम इसे इस क्रम में वर्णित करेंगे।" स्टीफन को यह कहते हुए बहुत प्रसन्नता हुई। "जीन-पियरे, रॉबिन, मैं व अंत में जेम्स। चलो जीन-पियरे, शुरू हो जाओ।"

जीन-पियरे ने एक बड़ा सा लिफाफा खोला और उसमें से एक दस्तावेज के चार सेट निकाले। वह दिखाना चाहता था कि हार्वे मेटकाल्फ के मामले में वह स्टीफन से कम नहीं है। उसने सबको वेस्ट ऐंड व मेफेयर के चित्र व रोड मैप दर्शाए। हर सड़क को नंबर दिया गया था, जो यह बताता था कि वहाँ से निकलने में कितनी देर लगती है। जीन-पियरे ने अपनी संपूर्ण योजना पूरे विस्तार से बयान की। उसने डेविड स्टेन के साथ हुई अपनी अत्यावश्यक मीटिंग के बारे में बताते हुए अन्य लोगों को उनकी भूमिका समझा दी।

"आप सबकी आवश्यकता केवल एक दिन ही होगी। रॉबिन पत्रकार बनेंगे, जेम्स साउथ-बे के प्रतिनिधि और स्टीफन आप एक खरीददार की भूमिका में होंगे। आपको जर्मन लहजे में अंग्रेजी बोलना सीखना होगा। मुझे विंबलडन के पूरे पखवाड़े के लिए हार्वे मेटकाल्फ के डिबेंचर बॉक्स के ठीक सामने वाले सेंटर कोर्ट की टिकट की भी आवश्यकता होगी।"

जीन-पियरे ने अपने नोट्स देखकर कहा, "उसके ठीक सामने वाले बॉक्स का नंबर 17 है। जेम्स, क्या आप यह कर सकते हैं?"

"कोई समस्या नहीं। मैं सुबह ही क्लब के रेफरी माइक गिब्सन से बात कर लूँगा।"

''बढ़िया है। इसके अलावा आप सभी को इन छोटे से चमत्कारी बक्सों का उपयोग भी सीखना होगा। इन्हें पे-पॉकेट फोन्स कहते हैं, याद रखिएगा, इनका उपयोग व इन्हें रखना अवैध है।''

जीन-पियरे ने चार छोटे से सेट निकाले और उनमें से तीन स्टीफन के हवाले कर दिए।

''कोई और प्रश्न?''

सब ने बुदबुदाते हुए हामी भर दी। जीन-पियरे की योजना में कोई कमी नहीं थी।

''मेरी शुभकामनाएँ,'' स्टीफन ने कहा, ''यह एक अच्छी शुरुआत रहेगी। रॉबिन आप क्या करने वाले हैं?''

रॉबिन ने अपनी पिछले चौदह दिन के शोध के बारे में बताते हुए अपनी विशेषज्ञ से हुई मुलाकात का जिक्र किया तथा एंटीकोलिन्ट्रेस दवाओं के विषैले असर पर भी चर्चा की।

''इसे अंजाम देना थोड़ा कठिन होगा; हम सबको पूरा धैर्य रखते हुए सही समय की प्रतीक्षा करनी होगी। साथ ही हमें सही मौके के लिए हर समय तैयार भी रहना होगा। जब मेटकाल्फ मोंटे कार्लो में होगा तो हम हर समय तैयार रहेंगे।''

''हम मोंटे कार्लो में रहेंगे कहाँ?'' जेम्स ने पूछा, ''मैं आमतौर पर मेट्रोपोल में ठहरता हूँ, लेकिन इस बार वहाँ जाना ठीक नहीं रहेगा।''

''ठीक है जेम्स, हम वहाँ नहीं जाएँगे। मेरी 29 जून से 4 जुलाई तक के लिए होटेल डे पेरिस में अंतिम रिजर्वेशन है। इसके पूर्व आप सभी को सेंट थॉमस अस्पताल में कुछ प्रशिक्षण कार्य-सत्रों में आना होगा।''

''सबने इन बातों को अपनी डायरी में लिख लिया, और पुनः मीटिंग के लिए सहमत हो गए।''

''मैं आप सबके लिए ह्यूस्टन की शॉर्ट टैक्स्टबुक ऑफ मेडिसिन की कॉपी लाया हूँ। आप को इसमें से गंभीर रूप से कटने व छिलने के बारे में ही पढ़ना है। मैं नहीं चाहता कि जब हम डॉक्टर के वस्त्र पहने हों तो आप में से कोई भी अजीब दिखाई दे। स्टीफन आपको दो हफ्ते बाद हार्ले स्ट्रीट आना होगा, जहाँ आप एक गंभीर चिकित्सीय कोर्स में भाग लेंगे, जिससे आपका चिकित्सक होने का अहसास बना रहेगा।''

रॉबिन ने स्टीफन को इसलिए चुना, क्योंकि अपनी अकादमिक बुद्धि के चलते वह कम समय में ही सबकुछ सरलता से सीख जाएगा।

''जीन-पियरे, आपको अगले एक महीने तक हर शाम किसी गेमिंग क्लब में जाकर बकार्ट व ब्लैकजैक सीखने के साथ ही उसे लंबे समय तक बिना धन गँवाए खेलना भी सीखना होगा। आपको हैचर्ड के पीटर अर्नाल्ड द्वारा लिखित द एन्साइक्लोपीडिया ऑफ गैंबलिंग से काफी मदद मिलेगी। जेम्स आपको भारी ट्रैफिक के बीच तेज गति से वैन चलाना सीखना होगा। आपको भी इसके पूर्वाभ्यास हेतु अगले हफ्ते हार्ले स्ट्रीट आना होगा।''

''सबकी आँखें फटी रह गईं। यदि उन लोगों ने यह कर दिखाया तो उनके लिए कुछ भी मुश्किल नहीं होगा।'' रॉबिन को उनके चेहरे पर व्यग्रता साफ दिख रही थी।

''चिंता मत कीजिए,'' उसने कहा, ''मेरे पेशे को हजारों वर्षों तक ओझाओं ने चलाया है। किसी प्रशिक्षित व्यक्ति का सामना होने पर लोग कभी उससे बहस नहीं करते। स्टीफन आप इसे बहुत जल्दी सीखकर निपुण हो जाओगे।''

स्टीफन ने हाँ में सिर हिलाया। शिक्षाविद् अकसर बहुत सीधे-सादे होते हैं। हालाँकि प्रॉस्पेक्टा ऑयल के मामले में तो वे सभी ऐसे ही निकले।

रॉबिन ने कहा, ''आपको दी गई फाइल की पृष्ठ संख्या 33 पर लिखी स्टीफन की टिप्पणी को हमेशा याद रखिए···हमें हर समय हार्वे मेटकाल्फ की तरह ही सोचना होगा।''

तत्पश्चात् रॉबिन ने अन्य प्रक्रियाओं से जुड़े विवरण बताए। इसके बाद उसने लगभग अट्ठाईस मिनट तक विभिन्न प्रश्नों के उत्तर दिए। अंततः जीन-पियरे ढीला पड़ गया।

''मुझे नहीं लगता था कि आप में से कोई भी मुझे हरा पाएगा, लेकिन रॉबिन की योजना सबसे उत्तम है। यदि हमने सारा कार्य सही समय पर अंजाम दिया तो हमें सौभाग्य की जरूरत नहीं होगी।''

जैसे-जैसे जेम्स की बारी निकट आती जा रही थी उसकी बेचैनी बढ़ रही थी। उसे लग रहा था कि उसे डिनर के पहले निमंत्रण को ही स्वीकार नहीं करना चाहिए था। उसे इस बात का भी मलाल था कि स्टीफन की बात पर सहमति जताने वाला सबसे पहला व्यक्ति वही था। शुक्र है कि इन दोनों योजनाओं में उसे दी गई भूमिका उसके बस में थी।

''मित्रो, आपकी योजनाएँ कमाल की हैं, और उनकी सराहना भी होनी चाहिए। लेकिन निश्चित ही आप लोगों को मेरा प्रस्ताव अधिक पसंद आएगा।'' स्टीफन ने कहा।

इसके बाद स्टीफन ने पिछले दिनों में किए गए अपने शोध के परिणाम तथा अपनी योजना में उनकी भूमिका बतानी शुरू की। जब वह बोल रहा था तो लग रहा था मानो कुछ छात्र अपने प्रोफेसर की बात सुन रहे हों। स्टीफन की वाणी में निहित लेक्चर की ध्वनि सोद्देश्य नहीं थी; वो उसके बोलने का स्वाभाविक ढंग था, जिसे वो व्यक्तिगत बातचीत में भी रोक नहीं पाता था। उसने एक ट्रिनिटी टर्म विकसित की थी, जो बताती थी कि किसी भी विश्वविद्यालय में हफ्ते-दर-हफ्ते क्या काम होता है तथा कुलाधिपति व उप-कुलाधिपति, रजिस्ट्रार व विश्वविद्यालय के कोषागार सचिव की क्या भूमिका होती है। जीन-पियरे की भाँति उसने भी टीम के सभी सदस्यों को नक्शे प्रदान किए, जो ऑक्सफोर्ड से संबंधित थे। उसने शेलडोनियन थिएटर से लिंकन कॉलेज तथा लिंकन से रैंडॉल्फ होटल तक का मार्ग बहुत ध्यानपूर्वक दरशाया था। हार्वे के वहाँ पहुँचने में एकल-मार्गीय प्रणाली की जगह कार के उपयोग की संभावना पर भी उसने एक आकस्मिक योजना तैयार कर रखी थी।

''रॉबिन आपको एन्केनिया के उप-कुलाधिपति की कार्यों का अध्ययन करना होगा, क्योंकि वह कैंब्रिज से बिल्कुल भिन्न है। दोनों विश्वविद्यालयों की कार्यशैली समान होने पर भी बिल्कुल एक-जैसी नहीं है। आपको उनके उस दिन के भ्रमण पथ व अन्य सभी कार्यों पर नजर रखनी होगी। आखिरी दिन आपके वहाँ से निकलने के पूर्व मैं आपके लिए लिंकन में एक कमरा बुक करा दूँगा। जीन-पियरे आपको ऑक्सफोर्ड विश्वविद्यालय के रजिस्ट्रार के दायित्वों का अध्ययन करने के अतिरिक्त उनके वैकल्पिक मार्गों पर भी निगाह रखनी होगी, जिससे आप रॉबिन से सीधे सामना न हो। जेम्स, आपको यह जानना होगा कि विश्वविद्यालय के कोषागार का सचिव अपना काम किस तरह करता है, उसका ऑफिस कहाँ पर है, उसका किन बैंकों से कामकाज है और चेक किस तरह भुनाए जाते हैं। आपको यह भी देखना होगा कि एन्केनिया के दिन किन मार्गों का उपयोग होता है और कहीं वो आपके पिता की इस्टेट में तो नहीं पड़ते। मेरा काम सबसे आसान होगा। क्योंकि मैं जो हूँ, मुझे वही रहना है, मुझे केवल नाम ही बदलना होगा। आपको एक-दूसरे को उचित ढंग से संबोधित करना सीखना होगा। इस सत्र के नवम हफ्ते में विश्वविद्यालय में अधिक लोग नहीं होंगे, इसलिए हम उसी दिन एक फुल-ड्रेस रिहर्सल करेंगे। कोई प्रश्न ?''

वहाँ चुप्पी छाई रही। लेकिन उस चुप्पी का कारण केवल सम्मान था। उन सभी ने देखा कि स्टीफन की योजना में समय की बहुत कीमत है। किसी भी तरह

के प्रतिरोधों से बचने के लिए कई बार उन्हें दौड़ भी लगानी पड़ेगी। लेकिन यह उनका अभिनय विश्वसनीय रहा तो वे जरूर सफल होंगे।

''मेरी योजना में एस्कॉट वाला भाग सबसे सरल है। मुझे सदस्य प्रभाग में केवल जीन-पियरे व जेम्स चाहिए होंगे। जिसके लिए केवल दो प्रभाग टिकटों की आवश्यकता होगी, जिनका इंतजाम मेरे विचार से जेम्स करवा सकते हैं।''

''स्टीफन, आप बैज के बारे में बात कर रहे हैं न?'' जेम्स ने उसे सुधारा।

''ओह, हाँ!'' स्टीफन ने कहा, ''मुझे लंदन में एक ऐसा व्यक्ति चाहिए, जो समय-समय पर आवश्यक टेलीग्राम भेज सके। रॉबिन, यह काम आपके जिम्मे रहेगा।''

''ठीक है!'' रॉबिन ने कहा।

इस योजना से स्टीफन जितना ही परिचित होने के लिए अगले एक घंटे तक सब लोगों ने कई तरह के प्रश्न पूछे।

जेम्स ने कुछ नहीं पूछा। क्योंकि उसका दिमाग कहीं और ही था। वो कल्पना कर रहा था कि धरती फट जाए और वह उसी में समा जाए। अब तो वह यह भी मानने लगा था कि काश वह एनी से मिला ही नहीं होता। हालाँकि इसमें एनी का कोई दोष नहीं था, बल्कि वह तो उससे फिर मिलने को लालायित था। अपनी बारी पर वह क्या बोलेगा…

''जेम्स जागो भाई, कहाँ खो गए,'' स्टीफन ने जरा तेज आवाज में कहा, ''हम सब प्रतीक्षा कर रहे हैं।''

छह आँखें उसकी ओर टकटकी लगाए देख रही थीं। उन्होंने पान, ईंट व हुकुम के इक्के चल दिए थे। लेकिन क्या उसके पास इनके लिए तुरुप का इक्का है? जेम्स घबरा गया और अपने लिए एक और ड्रिंक बना लिया।

''तुम बहुत बड़े पाखंडी हो,'' जीन-पियरे ने कहा, ''तुमने कोई तरीका नहीं सोचा, नहीं सोचा न?''

''दरअसल, मैंने इस समस्या पर बहुत सोचा, लेकिन मुझे कुछ सूझा नहीं।''

''बेकार—बिल्कुल बेकार आदमी।'' रॉबिन ने कहा।

अब जेम्स हकलाने लगा था। स्टीफन ने उसे शांत किया।

''सुनो जेम्स, ध्यान से सुनो, चौबीस दिन बाद हम सब एक बार फिर यहीं मिलेंगे। इस दौरान हमें एक-दूसरे की योजनाओं को अच्छी तरह समझ लेना होगा। किसी एक की भी गलती सबकी योजनाएँ चौपट कर सकती है। समझ रहे हो न?''

जेम्स ने हाँ में सिर हिलाया, वह इस बार उन्हें निराश नहीं करेगा।

और इसके अलावा स्टीफन ने दृढता से कहा, ''तुम्हें इस दौरान अपने लिए भी कोई योजना तैयार कर लेनी होगी, ताकि हम उस पर चर्चा कर सकें। क्या आप समझ गए?''

''हाँ!'' जेम्स अप्रसन्नता से बुदबुदाया।

''कोई और प्रश्न?'' स्टीफन ने पूछा।

कोई नहीं बोला।

''ठीक है, हम तीनों योजनाओं को एक बार फिर से दोहरा लेते हैं।''

उनके अस्पष्ट प्रतिरोध पर स्टीफन ने कोई ध्यान नहीं दिया।

''याद रखिए, हम एक ऐसे व्यक्ति के खिलाफ खड़े हुए हैं, जिसने कभी हारना नहीं सीखा। हमें इसके लिए दूसरा अवसर नहीं मिलेगा।''

अगले लगभग डेढ घंटे में उन्होंने प्रत्येक योजना से जुड़े हर सूक्ष्म विवरण पर चर्चा की। सबसे पहले विंबलडन पखवाड़े में अंजाम दी जाने वाली जीन-पियरे की योजना, दूसरे नंबर पर मोंटे कार्लो में रॉबिन की योजना और तीसरी, एस्कॉट के दौरान स्टीफन की योजना।

बहुत देर हो चुकी थी, सब इतना थक गए थे कि अब वे कुरसी से उठना चाहते थे। वहाँ से निकलने तक उन सभी को नींद आने लगी थी। अपनी अगली मीटिंग के पूर्व उन्हें बहुत से कार्य निपटाने थे। शुक्रवार को सेंट जेम्स थॉम्स अस्पताल के जेरिको थिएटर में एक बार फिर से मिलने के वादे के साथ सब ने विदा ली।

❑

8

अगले बीस दिन उन चारों के लिए बहुत भारी रहे। उन सभी को अपनी योजना के अतिरिक्त दूसरों की योजना को भी पूरी तरह समझ लेना था। शुक्रवार को सेंट थॉमस अस्पताल में कई आगामी सत्रों वाले पहले सत्र की शुरुआत हुई। यदि जेम्स अपने स्वयं को सँभाल पाता तो यह सत्र पूरी तरह कामयाब रहता। वह खून नहीं बल्कि चाकू देखकर ही बेहोश हो गया। जेम्स के लिए यह इसलिए अच्छा रहा कि इस दौरान किसी ने उससे उसकी योजना के बारे में नहीं पूछा।

अगला पूरा हफ्ता व्यस्त रहा। जहाँ हार्ले स्ट्रीट पर स्टीफन चिकित्सा संबंधी उच्च-स्तरीय संक्षिप्त कोर्स कर रहा था। वहीं जेम्स ने सेंट थॉमस से हार्ले स्ट्रीट तक भारी ट्रैफिक के बीच वाहन चलाने का अभ्यास किया। इसका अंतिम परीक्षण मोंटे कार्लो में होना था। जेम्स को यह कार्य बहुत सरल लगा। उसने एक सप्ताह ऑक्सफोर्ड जाकर विश्वविद्यालय के कोषागार सचिव के ऑफिस की काररवाई को समझने के साथ ही स्वयं सचिव के हाव-भाव का भी निरीक्षण किया।

मेटकाल्फ के खाते से 25 डॉलर व 48 घंटे की प्रतीक्षा के बाद जीन-पियरे लंदन के सबसे विख्यात गेमिंग क्लब, द क्लेयरमॉन्ट का विदेशी सदस्य बन गया। इसके बाद वह हर शाम आलसी व अमीर लोगों को बैक्कार्ट व ब्लैकजैक खेलते देखता, जिनके दाँव अकसर 1000 डॉलर तक पहुँच जाते। तीन सप्ताह लगातार इस खेल को देखने के बाद वह सोहो स्थित गोल्डन नगेट कैसिनो का सदस्य बन गया, जहाँ दाँव 5 पाउंड से अधिक नहीं जाता था। महीने के अंत तक उसे 56 घंटों का खेल अनुभव हो चुका था। इस दौरान वह इतना हाथ खींचकर खेला कि उसे बहुत कम मौकों पर हार का मुँह देखना पड़ा।

व्यक्तिगत योगदान के नाम पर जेम्स अभी तक केवल चिंता ही दे सका था। वह जितना समस्याओं को काबू करने का प्रयास करता, उतना ही वे उस पर

हावी होने लगती। लंदन में अपनी तेज गति की कार चलाते समय भी यही विषय उसके दिमाग में घूमता रहता। एक रात चेल्सी स्थित लॉट्स रोड के कार्नी में वैन लौटाने के बाद जब वह अपनी अल्फा रोमियो में एनी के नदी किनारे स्थित फ्लैट की ओर जा रहा था तो इस ऊहापोह में था कि इस मामले में एनी पर भरोसा किया जा सकता है या नहीं।

उस दिन एनी ने जेम्स के लिए विशेष भोजन बनाया था। वह जानती थी कि अच्छा भोजन केवल उसका शौक ही नहीं बल्कि जीवन भर जारी रहने वाली इच्छा है। घर के बने गजपैको से शानदार सुगंध आ रही थी तथा *Coq au vin* भी लगभग तैयार ही था। उसने प्रत्येक क्षण जेम्स के साथ बिताने के लिए लंदन से बाहर के सभी मॉडलिंग प्रस्तावों को ठुकराना आरंभ कर दिया था। वह समझ गई थी कि आज तक वह जिसकी प्रतीक्षा में थी, वह जेम्स ही है, जिसे पाने के लिए उसे बस अब अपनी पाककला का ही प्रदर्शन करना है।

जेम्स उपहार के तौर पर 1971 में निर्मित बियोन मॉण्टी रोग की बोतल लाया था। उसकी शराब की अलमारी भी लगभग खाली हो चली थी। वह आशा कर रहा था कि इन योजनाओं के पूरा होने से पहले ही वह बिल्कुल खाली न हो जाए। हालाँकि यदि वह योजना नहीं बना सका तो उसे इससे कोई सीधा लाभ नहीं होने वाला था।

एनी बेहद खूबसूरत लग रही थी। उसने किसी नरम कपड़े की बनी काले रंग की पोशाक पहन रखी थी, जिसमें उसके शरीर की रूपरेखा स्पष्ट दिख रही थी। जेम्स को वह इतनी मोहक लगी कि उसके मुख से शब्द नहीं निकल रहे थे। उसने मैकअप नहीं किया था और न ही वह कोई आभूषण पहने थी। मोमबत्ती की रोशनी में उसके लंबे बाल चमक रहे थे। एनी का बनाया भोजन उसे बहुत पसंद आया। उसके मन में एनी के लिए अगाध प्रेम उमड़ने लगा। दोनों के लिए कॉफी बनाते समय एनी थोड़ा घबराई हुई थी। वह क्या सोच रही है ? जेम्स नहीं चाहता था कि उसकी किसी गलत बात से माहौल खराब हो जाए। जेम्स का अनुभव प्रेमी नहीं बल्कि प्रेमपात्र बनने का रहा है। आज तक वह हमेशा ऐसी ही लड़कियों से मिला था, जो मनुहार कर उसे बिस्तर तक ले जातीं और अगले दिन सुबह वितृष्णा दरशातीं। एनी ने उसके मन को बिल्कुल अलग ढंग से छुआ था। वह उसके नजदीक रहना चाहता था, उसे प्यार करना चाहता था। वह चाहता था कि जब वह सुबह उठे तो भी एनी उसे इतना ही प्यार करती हो।

भोजन के बाद एनी ने जेम्स से नजरें चुराते हुए मेज साफ की। इसके बाद

वह साथ बैठकर ब्रांडी पीते हुए लीना हॉर्न का 'आइ गैट अलॉन्ग विद्आउट यू वैरी वैल' गीत सुनने लगे। जेम्स के पैरों के पास जमीन पर अपने घुटनों पर हाथ रखे बैठी एनी वहाँ जल रही आग को घूर रही थी। जेम्स हिम्मत करते हुए उसके बालों को सहलाने लगा। एक क्षण उसने कोई प्रतिक्रिया नहीं दी। फिर उसने अपना सिर पीछे झुकाया और अपने हाथ बढ़ाकर जेम्स का चेहरा अपने चेहरे के नजदीक ले आई। जेम्स ने साथ देने के लिए उसके चेहरे को अपने हाथों में थामा और उसके गालों व नाक को अपने होंठों से छूने लगा। जेम्स की उँगलियाँ धीमे से एनी के कान व गले तक पहुँच गईं। एनी के शरीर से जैस्मिन की भीनी सी महक आ रही थी। वहाँ जल रही आग के प्रकाश में उसका खुला हुआ मुँह मुसकराता सा प्रतीत होता था। जेम्स ने उसका चुंबन लिया और उसके हाथ एनी के शरीर पर फिसलने लगे। एनी को उसके हाथों में अपना शरीर बहुत नर्म व हल्का महसूस हो रहा था। उसने बहुत प्यार से उसके स्तनों को सहलाया और एनी के शरीर पर झुकते हुए नीचे उसके पास बैठ गया। थोड़ी ही देर में उसने पीछे से एनी की पोशाक की जिप खोली व उसे एक ओर हटा दिया। एनी की आँखों में देखते हुए वह खड़ा हुआ और अपने वस्त्र उतार दिए। उसका निर्वस्त्र शरीर देखकर एनी शरमाते हुए मुसकरा दी।

वह बहुत धीमे से बोली, 'मेरे प्यारे जेम्स!' उन दोनों ने ऐसे प्यार किया जैसे वे प्रेमी नहीं, स्वयं प्रेम का प्रतिरूप हो गए हों। अंततः एनी का सिर जेम्स के कंधे पर था और वह अपनी अंगुली के छोर से उसकी छाती के बालों से खेल रही थी।

"क्या हुआ जेम्स, मैं जानती हूँ कि मैं कुछ संकोची हूँ। लेकिन यह बहुत..."

"तुम बहुत सुंदर हो। ईश्वर जानता है कि तुम हर तरह से श्रेष्ठ हो। मेरी परेशानी का कारण तुम नहीं हो एनी, मैं तुम्हें कुछ बताना चाहता हूँ, तुम आराम से लेट जाओ और सुनो।"

"क्या तुम विवाहित हो?"

"नहीं, यह उससे भी बुरा है।" यह कहकर जेम्स एक क्षण तक चुपचाप लेटा रहा। फिर उसने एक सिगरेट सुलगाई और गहरी साँस भरी। जीवन में ऐसे बहुत से मौके आते हैं जब हालात आपको अपनी बात कहने पर मजबूर कर देते हैं; वह सब मुँह से स्वतः ही निकल जाता है। "एनी डार्लिंग, मैंने बहुत बड़ी गलती कर दी, मैंने अपना बहुत सा पैसा ऐसी जगह निवेश कर दिया, जहाँ कुछ धूर्त लोग उसे उड़ा ले गए। मेरे परिवार को अभी इस बात की जानकारी नहीं है, इस बात का पता चलने पर वो बुरी तरह निराश हो जाएँगे। जिससे हालात और

खराब हो सकते हैं। मुझे तीन लोग मिले हैं, जो मेरी ही तरह इसमें फँसे हुए हैं, अब हम सब मिलकर अपना पैसा वापस पाने के प्रयास में लगे हैं। वे सभी अच्छे आदमी हैं, विचारों से भरपूर, लेकिन मैं अभी तक अपना पैसा निकालने का कोई तरीका नहीं सोच पाया हूँ। 150,000 पाउंड को नाले में बहाने के बाद से मेरे दिमाग में चिंता कुछ ऐसे घर कर गई है कि मुझे कोई अच्छा विचार नहीं सूझ रहा। मैं लगभग आधा पागल हो गया हूँ। पिछले माह तुमसे मिलने के बाद ही मैं अपने दिमाग को काबू कर सका।''

''जेम्स, जरा फिर से बताओ, लेकिन इस बार जरा धीरे कहना।'' एनी ने कहा।

तब जेम्स ने प्रॉस्पेक्टा ऑयल, डेविड केस्लर से एनाबेल में अपनी मुलाकात तथा मागडालेन में स्टीफन द्वारा दिए गए भोज के बाद अंत में यह स्पष्ट किया कि आखिर क्यों वह भीड़ भरे ट्रैफिक में पागलों की तरह किराए की वैन चला रहा था। जेम्स ने उसे केवल अपने शिकार का नाम ही नहीं बताया। उसे लगा कि नाम बता देने से वह टीम के साथ किए समझौते का उल्लंघन कर बैठेगा।

यह सब सुनने के बाद एनी ने एक गहरी साँस भरी।

''मुझे समझ नहीं आ रहा कि मैं क्या कहूँ। यह सब बहुत अजीब है। यह इतना अविश्वसनीय है कि मुझे इसके हर शब्द पर विश्वास है।''

''मुझे बस यह बात किसी से कहनी थी, लेकिन साथ ही यह डर भी था कि यदि कोई और यह बात जान गया तो मेरा क्या होगा।''

''जेम्स तुम्हें यह भरोसा तो है न कि मैं किसी को कुछ नहीं बताऊँगी। तुम इतनी मुसीबत में हो, मुझे वाकई बहुत बुरा लग रहा है। मैं भी तुम्हारी इस समस्या पर विचार करूँगी। हम दोनों बिना किसी को पता चले, मिल-जुलकर इसका कोई न कोई हल जरूर खोज लेंगे।''

जेम्स को अभी से अच्छा महसूस हो रहा था।

वह प्रेमपूर्वक एनी का पैर सहलाने लगा। बीस मिनट बाद वे दोनों विश्रांति की ऐसी नींद में डूब गए, जहाँ वे हार्वे मेटकाल्फ को हराने की योजनाओं के सपने देख रहे थे।

❑

9

लिंकन मैसाचुसेट्स में हार्वे मेटकाल्फ अपनी आगामी लंदन यात्रा की तैयारी कर रहा था। वह इस दौरान खूब मजे करना चाहता था।

उसने अपने ज्यूरिख के खाते से लांबार्ड स्ट्रीट स्थित बार्क्ले बैंक में पैसा हस्तांतरित करने की योजना बनाई थी। इन पैसों से वह किसी अपनी केंटकी स्थित घुड़साल के लिए आयरिश अस्तबल से एक और घोड़ा खरीदना चाहता था। अर्लीन ने इस बार उसके साथ आने से इनकार कर दिया था। उसे न तो एस्कॉट से प्यार था और न ही उसे मोंटे कार्लो से कुछ लेना-देना था। वह यह समय वेरमाउंट में अपनी उस बीमार माँ की देखरेख में बिताना चाहती थी, जिसके मन में अभी भी अपने समृद्ध दामाद के लिए थोड़ी इज्जत बाकी थी।

हार्वे ने अपनी सेक्रेटरी से यात्रा के सभी इंतजाम पूरे होने के बाबत पूछा। मिस फिश के रहते उसे किसी बात की चिंता नहीं करनी पड़ती, बल्कि अब तक वह हार्वे की आदतों में शुमार हो चुकी थी। मिस फिश उसके साथ पिछले पच्चीस वर्षों से थी। तब से जब उसने लिंकन ट्रस्ट का स्वामित्व हासिल किया था। जैसे ही ट्रस्ट की बागडोर हार्वे के हाथों में आए, बहुत से कर्मचारी नौकरी छोड़ गए, बाकी बचा सम्मानित स्टाफ कुछ समय बाद नौकरी से अलग हो गया। लेकिन मिस फिश अपने अनाकर्षक सीने में आगे कभी हार्वे से विवाह की संभावित आशा लिये नौकरी करती रहीं। अर्लीन के परिदृश्य में आविर्भाव तक मिस फिश उसे इतनी अच्छी तरह समझ चुकी थीं कि उनके बिना हार्वे का काम नहीं चलता। हार्वे उन्हें इतना अच्छा वेतन देता था कि वो श्रीमती मेटकाल्फ बनने का विचार पी गईं और अपनी नौकरी जारी रखी।

मिस फिश ने हार्वे के लिए पहले ही न्यूयॉर्क के लिए कम दूरी की फ्लाइट और क्यूई2 का ट्रेफेल्गर सूइट बुक कर दिए थे। अटलांटिक की इस यात्रा के दौरान ही हार्वो को लंबे समय तक टेलीफोन व टेलेक्स से दूर रहने का मौका मिल

पाता था। बैंक कर्मियों से विशेष तौर पर कोई महत्त्वपूर्ण बात होने पर ही उससे संपर्क करने को कहा गया था। साउथंपटन पहुँचने पर हमेशा की तरह लंदन ले जाने के लिए रॉल्स रॉयस तथा क्लेरिज में निजी सुइट बुक थे। हार्वे के मुताबिक कनॉट व ब्राउंस के अलावा क्लेरिजिस ही एक ऐसा होटल था, जहाँ वह अपने पैसे के बल पर अपनी नजर में ए क्लास लोगों का हिस्सा बन सकता था।

हार्वे ने बहुत प्रसन्नतापूर्वक न्यूयॉर्क की उड़ान भरी। जहाँ रास्ते में उसने मैनहट्टन निवासी दंपती के साथ खूब ड्रिंक पी व आनंद मनाया। जहाज का प्रबंधन हमेशा की तरह त्रुटिहीन था। जहाज का कप्तान पीटर जैकसन हमेशा ट्रेफ्लेगर सुइट व क्वीन एनी सुइट में ठहरने वाले यात्रियों को पहली रात अपनी कैप्टन की टेबल पर भोजन के लिए आमंत्रित करता। कनार्ड की असाधारण व्यवस्था को देखते हुए उसके सुइट का 1250 डॉलर प्रतिदिन का किराया कुछ अधिक नहीं था। इस तरह के आयोजन में शामिल होते समय हार्वे अपने सबसे अच्छे व्यवहार का प्रदर्शन करता। इसके बावजूद उससे मिलने वालों का मन अकसर खट्टा हो जाता।

ऐसे लोगों में लंबे, सुनहरे बालों तथा उन्नत सीने वाली वह इटेलियन स्टीवर्ड भी थी, जो हार्वे का कुछ अलग ढंग से विशिष्ट खयाल रखती। इस कार्य के लिए जहाँ वह अन्य लोगों से एक रात के 200 डॉलर वसूलती, वहीं हार्वे के लिए उसका शुल्क 250 डॉलर था, बावजूद इसके वह हार्वी से बचती फिरती थी। 5 फुट 7 इंच की काया व 102 किलो वजन वाले हार्वे की किसी डिस्कोथेक में जवान लड़की से परिचय होने की संभावनाएँ अत्यंत क्षीण थीं। वह ड्रिंक व डिनर पर चाहते जितने पैसा खर्च कर दे, बदले में उसे कुछ प्राप्त नहीं होता। हार्वे जैसे पुरुषों के जीवन में असफलता का कोई स्थान नहीं है। वह मानते हैं कि पैसे से सबकुछ खरीदा जा सकता है। जहाज की यात्रा पाँच दिन की थी। प्रबंधक इस दौरान हार्वे को पूरी तरह व्यस्त रखना चाहते थे। वह इस बात पर प्रसन्न होते कि हार्वे ने तीन हफ्ते की यात्रा वाले भूमध्यसागर क्रूज में अपनी बुकिंग नहीं कराई है।

हार्वे अपने दिन का अधिकांश हिस्सा उन उपन्यासों को पढ़ने में बिताता, जिनके बारे में उसने यह सुना था कि उसे इन्हें जरूर पढ़ना चाहिए। इसके अलावा वह थोड़ी कसरत करता, जिसमें सुबह तैराकी तथा दिन में जिम। वह चाहता था कि इस यात्रा के दौरान अपने वजन में कम–से–कम 45 किलो की कटौती कर ले। जो संभव भी हो जाता, लेकिन क्लेरिजिस का खाना इस कमी को उसके अमेरिका वापस लौटने से पहले ही परिपूर्ण कर देता। सौभाग्यवश, उसने सूटों की सिलाई

मेफेयर के डोवर स्ट्रीट स्थित बर्नार्ड वेदरिल ने की थी, जिसकी विशिष्ट कुशलता तथा सूक्ष्म बुद्धि के चलते वह खूब मोटा होने के बाद भी सुडौल दिखाई देता था। प्रति सूट 300 डॉलर लेने वाले से यह आशा तो रखी ही जा सकती है।

पाँच दिन बीतने के बाद हार्वे पुनः जमीन पर उतरने के लिए तैयार था। महिलाओं, कसरत तथा ताजा हवा ने उसे पुनः तरोताजा कर दिया था और इस यात्रा के दौरान उसने अपना वजन 50 किलो घटा लिया था। उसकी इस यात्रा का सबसे बेहतरीन हिस्सा पिछली रात उस युवा भारतीय लड़की के साथ गुजरा, जिसने उसके साथ स्वनिर्मित लघु कामसूत्र का अभ्यास किया।

अमीर होने का सबसे बड़ा लाभ यही है कि आपके सभी छोटे-मोटे काम कोई दूसरा निपटाता है। हार्वे को याद नहीं कि उसने अपने सूटकेस को अंतिम बार कब बाँधा या खोला था। जब उसका जहाज ओशियन टर्मिनल पर पहुँचा तो उसे यह देखकर कोई आश्चर्य नहीं हुआ कि उसका सामान पहले ही पैक होकर कस्टम में जा चुका है। मुख्य सेवक को दिए 100 डॉलर उसे किसी भी किनारे से खींचकर आप तक ला सकते हैं।

हार्वे को साउथंपटन के तट पर उतरना अच्छा लगता था। उसे अंग्रेज बहुत पसंद थे, हालाँकि वह जानता था कि वे उसे नहीं समझ पाते। द्वितीय विश्वयुद्ध के बाद अपनी औपनिवेशक शक्ति को किसी अमेरिकी व्यापारी को उसके बोर्ड रूम से निकाले जाने से भी बुरी हालत में छिनता देखने के बाद से अंग्रेज स्वयं को दुनिया में सबसे दबा हुआ महसूस करते हैं। वर्ष 1967 में पाउंड का भाव गिरने के बाद से हार्वे ने व्यापार की ब्रिटिश प्रणाली सीखने से तौबा कर ली। दुनिया के हर नए उभरते सट्टेबाज ने इस आंतरिक जानकारी का फायदा उठाया था। हार्वे मंगलवार सुबह से ही जानता था कि हैरोल्ड विल्सन शुक्रवार को ग्रीनविच मीन टाइम के अनुसार शाम 5 बजे, बैंक ऑफ इंग्लैंड की साप्ताहिक बंदी शुरू होने के बाद कभी भी पाउंड के अवमूल्यन की घोषणा कर सकते हैं। गुरुवार को तो लिंकन ट्रस्ट का एक जूनियर क्लर्क इस बात से अवगत था। इसमें कोई आश्चर्य नहीं कि थ्रेडनीडल स्ट्रीट की 1½ बिलियन पाउंड जमा करवाने वाली बूढ़ी महिला अगले कुछ ही दिनों में बरबाद हो गई। हार्वे कई बार सोचता था कि यदि ब्रिटिश अपने बोर्डरूम से बाहर निकल अपने टैक्स ढाँचे पर काम करें तो वह द इकॉनामिस्ट की अरब राष्ट्रों द्वारा नब्बे दिन की तेल की कमाई से खरीदा जाने वाले देश की संज्ञा से उबरकर दुनिया का सबसे अमीर देश बन सकते हैं। समाजवाद के फेर में पड़कर ब्रिटोन जिस *folie de grandeur* भव्यता के भ्रम में फँसे हैं,

उसमें इनके भाग्य में केवल डूबना ही बदा है। इन सबके बावजूद वे लोग हार्वे को बहुत पसंद थे।

वह जहाज से उतरने के तख्ते पर ऐसे चल रहा था मानो यहाँ किसी उद्‌देश्य से आया है। हार्वे ने पूरी तरह आराम करना कभी नहीं सीखा था, चाहे वह छुट्टियों पर ही क्यों न हो। उसने दुनिया से कटकर केवल चार दिन बिताए थे, यदि वह क्यूई-2 पर कुछ देर और रुकता होता तो अवश्य ही कनार्ड स्टीमशिप कंपनी को खरीदने के लिए सौदेबाजी का प्रयास करता। एस्कॉट के दौरान एक बार हार्वे की मुलाकात कनार्ड के चेयरमैन, विक मैथ्यूज़ से हुई थी, जहाँ वह इस कंपनी की प्रसिद्धि व साख के बारे में सुनकर चकित रह गया था। हार्वे को आशा थी कि वह अपनी बैलेंस शीट के बारे में भी डींग मारेगा। हार्वे के लिए किसी कंपनी की साख से अधिक उसके द्वारा लगाई गई अपनी कीमत अधिक महत्त्वपूर्ण थी।

कस्टम क्लीयरेंस सामान्य गति से निपट गई। हार्वे अपनी यूरोपिय यात्रा के दौरान अपने पास ऐसा कुछ नहीं रखता था, जो उसे डिक्लेयर करना पड़े। उसके गुच्ची के दो सूटकेसों की जाँच के बाद उन्होंने अन्य सात को बिना जाँच के ही पास कर दिया। उसके बाहर निकलते ही ड्राइवर ने कॉर्निक रॉल्स रॉयस का दरवाजा खोल दिया। उसकी कार हैंपशायर से होते हुए मात्र दो घंटों में लंदन पहुँच गई। जिससे हार्वे को रात्रिभोज से पहले आराम का पर्याप्त समय मिल गया।

जैसे ही कार क्लेरिजिस पहुँची, मुख्य द्वारपॉल अल्बर्ट ने खड़े होकर सावधान की मुद्रा में उसे सलाम ठोका। वह हार्वे को बहुत पहले से जानता था, उसे पता था कि वह हमेशा की तरह विंबलडन व एस्कॉट के लिए आने वाला है। सफेद रॉल्स का दरवाजा खोलते ही अल्बर्ट को 50 पेंस की टिप मिलना तय था। हार्वे 10 पेंस व 50 पेंस के बीच अंतर नहीं कर पाता था, लेकिन अल्बर्ट इसे तब से पहचानता था जब से ब्रिटेन में दशमलव की शुरुआत हुई थी। इसके अलावा, विंबल्डन पखवाड़े के अंत में किसी अमेरिकी खिलाड़ी के एकल श्रेणी में जीतने पर भी हार्वे अल्बर्ट को 5 पाउंड देता। हमेशा कोई-न-कोई अमेरिकी फाइनल तक पहुँच ही जाता। तब अल्बर्ट लैडब्रोक्स के माध्यम से हमेशा दूसरे खिलाड़ी पर दाँव लगाता। इस तरह से किसी के भी जीतने पर उसे धनलाभ हो जाता। हार्वे व अल्बर्ट दोनों को ही सट्‌टेबाजी पसंद थी। बस उनके द्वारा इसमें लगाई जाने वाली रकम में बहुत बड़ा अंतर होता।

अल्बर्ट ने हार्वे का सामान रॉयल सुइट में भिजवाने का इंतजाम कर दिया, जिसमें पिछले वर्ष ग्रीस नरेश कॉन्सेन्टाइन, मोनाको की राजकुमारी ग्रेस तथा

इथोपिया के महाराज हेल सेलासी निवास कर चुके थे, जो निस्संदेह हार्वे से कहीं अधिक विख्यात थे। हार्वे का मानना था कि क्लेरिजिस में उसकी छुट्टियाँ उन सब से कहीं अधिक बेहतर गुजरने वाली हैं।

क्लेरिजिस के प्रथम तल पर स्थित रॉयल सुइट में पहुँचने के लिए चौड़ी सीढ़ियों के अलावा एक विशाल लिफ्ट भी थी, जिसमें बैठने के लिए सीट भी मौजूद थी। हार्वे हमेशा ऊपर जाने में लिफ्ट का तथा नीचे आने में सीढ़ियों का उपयोग करता था। इस तरह कम-से-कम स्वयं को तो सांत्वना दे लेता था कि उसका व्यायाम करना अभी भी जारी है। सुइट में चार कक्ष थे, जिनमें एक ड्रेसिंग-रूम, एक बेडरूम, एक स्नानघर तथा एक शानदार ड्राइंग-रूम था, जहाँ से ब्रूक स्ट्रीट दिखाई देती थी। दीवारों पर लगीं तस्वीरें तथा फर्नीचर को देखकर लगता मानो आप आज भी विक्टोरियाई इंग्लैंड में उपस्थित हों। केवल टेलीफोन व टेलीविजन ही इस भ्रम को दूर करते प्रतीत होते। कमरे इतने बड़े थे कि उनमें राष्ट्र प्रमुखों से मुलाकात के अलावा कॉकटेल या बड़ी पार्टियाँ भी आयोजित की जा सकती थीं। अभी एक हफ्ता पूर्व ही हेनरी किस्सिन्गर ने वहाँ हैरोल्ड विल्सन से मुलाकात की थी। हार्वे को यह बात बहुत अच्छी लगी। इससे उसे स्वयं के उन दोनों के निकट होने की अनुभूति हुई।

नहाने व कपड़े बदलने के बाद हार्वे ने अपने बैंक की भेजी प्रतीक्षारत चिट्ठियाँ व टेलेक्स देखे, सभी औपचारिक थे। उसने भोजन के लिए मुख्य रेस्टोरेंट में जाने के पूर्व एक झपकी लेने का निर्णय लिया।

एक बड़े से प्रकोष्ठ में कुछ संगीतकार अपने वाद्यों के साथ मौजूद थे। जो हंगरी से आए सेवानिवृत्त शरणार्थी लगते थे। हार्वे उनमें से चार संगीतकारों को जानता था। वे अपने जीवन के ऐसे भाग में पहुँच चुके थे, जहाँ उन्हें किसी तरह का बदलाव पसंद नहीं था; क्लेरिजिस जानता था कि उसके ग्राहकों में अधिकांश पचास वर्ष से अधिक आयु के होते हैं, इसी कारण उनकी नौकरी बची हुई थी। मुख्य वेटर फ्रेंकोइस ने हार्वे को उसके हमेशा वाली टेबल तक पहुँचाया।

हार्वे ने श्रिम्प कॉकटेल व मध्यम आकार के माँस के टुकड़े सहित मॉउटन कैडेट की बोतल मँगवाई। उस खूबसूरत ट्रॉली का मुआयना करने के लिए उसकी ओर झुकते हुए हार्वे ने एल्कोव में बैठकर भोजन कर रहे चार युवकों पर कोई ध्यान नहीं दिया।

स्टीफन, रॉबिन, जीन-पियरे व जेम्स की नजरें हार्वे मेटकॉल्फ पर ही टिकी

हुई थीं। वहीं उन्हें देखने के लिए हार्वे को बहुत अधिक मुड़ने के बाद हल्का सा पीछे झुकना पड़ता।

स्टीफन ने टिप्पणी की, ''यह वैसा नहीं लगता जैसा मैंने सोचा था।''

जीन-पियरे बोला, ''तुम्हारी दिखाई तसवीरों से तो कुछ और अधिक मोटा हो गया है।''

रॉबिन ने कहा, ''भरोसा नहीं होता कि हमने इस जैसे के लिए यह सब तैयारी की है।''

''यही कमीना है,'' जीन-पियरे ने कहा, ''और हमारी बेवकूफी के कारण अब इसने कई मिलियन डॉलर बना लिए हैं।''

जेम्स कुछ नहीं बोला। वह अंतिम मीटिंग में हुई बातचीत के बाद हरसंभव प्रयास व क्षमादान के बावजूद अब तक कुछ नहीं सोच पाया था, हालाँकि उसके सहयोग को तीनों में से कोई भी नकार नहीं सकता था। क्लेरिजिस में उसकी उपस्थिति इसी बात का प्रमाण थी।

''विंबलडन कल से शुरू है'', जीन-पियरे ने कहा, ''मैं सोच रहा हूँ कि पहला राउंड कौन जीतेगा?''

जीन-पियरे का गुस्सा कम करने और अपने श्रम को दरशाने के लिए जेम्स ने चुटकी ली, ''निस्संदेह तुम ही जीतोगे।''

''जेम्स, अगर तुमने प्रवेश-पत्र भर दिया होता तो हम तुम्हारा राउंड भी जीत लेते।''

जेम्स एक बार फिर चुप हो गया।

''कहना होगा, एक बार जरा मेटकाल्फ का आकार तो देखो, रॉबिन हमें संभवत: तुम्हारी योजना पर फिर से विचार करना चाहिए।'' स्टीफन ने कहा।

''यदि यह हमारी योजना के परवान चढ़ने के पूर्व ही लीवर सिरैसस से नहीं मर गया को निस्संदेह हमें कुछ अलग करना होगा।'' रॉबिन ने जवाब दिया। ''इसे देखने के बाद अब ऑक्सफोर्ड के बारे में तुम्हारा क्या विचार है, स्टीफन?''

''मैंने अभी इस बारे में कुछ सोचा नहीं है। एस्कॉट के दौरान इस बिल्ली के गले में घँटी बाँधने के बाद ही मैं कुछ कह सकूँगा। मैं उसे बोलते हुए सुनना चाहता हूँ। उसे उसके सामान्य परिवेश में देखना चाहता हूँ। मैं उस व्यक्ति को महसूस करना चाहता हूँ। डाइनिंग रूम के इस ओर से यह सब करना संभव नहीं है।''

''तुम्हें इसके लिए अधिक प्रतीक्षा नहीं करनी होगी। इस बार हमें कल वो सब जानकारी मिल जाएगी, जितनी हमें या वेस्ट ऐंड सेंट्रल पुलिस स्टेशन को

चाहिए।'' रॉबिन ने कहा, ''हमें उसे ऐसे ही नहीं जाने देना चाहिए, उसके 200 पाउंड खर्च हो चुके हैं।''

''हमें ऐसा ही करना होगा, मेरे पास जमानत लायक पैसे नहीं हैं।'' जीन-पियरे ने कहा।

हार्वे ने रेमी मार्टिन वीएसओपी का एक बड़ा घूँट भरा और टेबल से उठकर मुख्य वेटर को टिप में एक पाउंड का बिल्कुल नया व कड़कता हुआ नोट दिया।

''कमीना कहीं का,'' जीन-पियरे ने दुखी होकर कहा, ''इस चोर को देखकर पहले ही बुरा लग रहा था, उसे इस तरह पैसे उड़ाता देखना तो बहुत ही अपमानजनक लग रहा है।''

उनका काम हो गया था, इसलिए उन चारों ने वहाँ से जाने का फैसला किया। स्टीफन ने बिल चुकाया और बहुत सावधानी से उस रकम को हार्वे मेटकाल्फ की खर्च सूची में डाल दिया। इसके बाद वे एक-एक कर चुपचाप होटल से निकल गए। हालाँकि जेम्स के लिए ऐसा करना कठिन रहा, क्योंकि जैसे ही वह जाने के लिए उठा, वहाँ मौजूद सभी वेटर व पोर्टर उसे देखकर कह उठे, शुभरात्रि, लॉर्ड महोदय!

हार्वे जब बार्क्ले स्क्वेयर पर घूम रहा था, तब भी एक लंबा युवक उसकी नजरों से बचने के लिए वहाँ स्थित मोयेसिस स्टीवन्स की फूलों की दुकान में सरक गया, लेकिन उसका इसपर भी ध्यान नहीं गया। न्यूयॉर्क के पुलिसकर्मियों से तुलना करने के लिए हार्वे ने कमर में पिस्तौल लगाए, च्यूंगगम चबाते हुए लैंपपोस्ट का सहारा लेकर खड़े पुलिसकर्मी से बकिंघम पैलेस का मार्ग पूछा। लेनी ब्रूस ने इंग्लैंड से निष्कासित होते हुए कहा था, तुम्हारे सुअर हमारे सुअरों से कहीं अधिक बेहतर हैं। हाँ, हार्वे को इंग्लैंड बहुत पसंद है।

रात 11:15 बजे क्लेरिजिस लौटकर उसने स्नान किया और बिस्तर पर लेट गया। बिस्तर बेहद बड़ा था जिसपर बहुत ही नर्म व स्वच्छ चादर बिछी थी। क्लेरिजिस में उसके साथ कोई महिला नहीं थी। यहाँ यह सुविधा होती तो उसके लिए विंबलडन व एस्कॉट के दिनों में रॉयल सुइट मिलना सरल नहीं था। उस होटल की यही एक कमी थी। एक हिलते-डुलते समुद्री जहाज में पाँच दिन गुजारने के बाद रात को स्थिर होकर सोना सरल नहीं था। बावजूद इसके वह सब चिंताओं को परे हटाकर नींद के आगोश में चला गया।

❑

10

हार्वे की नींद सुबह ठीक 7:30 पर खुल गई, उसे यह आदत लंबे समय से थी। छुट्टियों का मजा लेने के लिए उसने बिस्तर में ही नाश्ता करने का फैसला किया। दस मिनट बाद उसने रूम सर्विस को फोन किया और कुछ ही देर में वेटर एक ट्रॉली लेकर आ गया, जिस पर मौसंबी, बेकन व अंडे, टोस्ट, गरमागरम ब्लैक कॉफी और पिछले दिन का वॉल स्ट्रीट जनरल तथा द टाइम्स, फाइनेंशियल टाइम्स, इंटरनेशनल हेराल्ड टाइम्स की उसी सुबह की प्रतियाँ थीं।

हार्वे समझ नहीं पाता था कि यदि यूरोप यात्रा के दौरान उसे व्यापार जगत् में ट्रिब के नाम से विख्यात इंटरनेशनल हेराल्ड टाइम्स नहीं मिलता, तो उसका काम कैसे चलता। न्यूयॉर्क टाइम्स व वॉशिंगटन पोस्ट के संयुक्त स्वामित्व वाला यह विशिष्ट अखबार पेरिस से छपता है। एक संस्करण व 120,000 प्रतियाँ छापने वाला यह अखबार न्यूयॉर्क स्टॉक एक्सचेंज के बंद होते ही काम करना शुरू कर देता। जिससे यूरोप में रहने वाले हर अमेरिकी को सुबह होते ही वहाँ की हर खबर मिल जाती। जब 1966 में न्यूयॉर्क हेराल्ड ट्रिब्यून बंद हुआ तो, जॉन एच. व्हिट्नी को इंटरनेशनल हेराल्ड ट्रिब्यून को यूरोप ले जाने से रोकने वालों में हार्वे भी शामिल था। इस बार भी हार्वे का आकलन सही साबित हुआ। इंटरनेशनल हेराल्ड ट्रिब्यून ने अपने लड़खड़ाते शत्रु व यूरोप में अपनी जगह बनाने में अक्षम रहे न्यूयॉर्क टाइम्स को पछाड़ दिया। तब से यह अखबार दिनों-दिन तरक्की के पथ पर अग्रसर था।

हार्वे ने वॉल स्ट्रीट जनरल तथा फाइनेंशियल टाइम्स में छपी स्टॉक एक्सचेंज की सूची पर अपनी अनुभवी नजर दौड़ाई। उसके पास बैंक में बहुत कम शेयर बचे थे। ये कुछ वैसा ही था, जैसा इंग्लैंड के डोउ-जोन्स सूचकांक गिराने के आरोपी जिम स्लेटर ने किया था। वह अपने सारे पैसे दक्षिण अफ्रीका के कुछ गोल्ड शेयर तथा आंतरिक जानकारी प्राप्त कुछ चुनिंदा शेयरों को लेकर गायब हो

गया था। उसके केवल एक ही मौद्रिक लेन–देन ने बाजार को हिलाकर रख दिया। उसने लघु अवधि में डॉलर बेचकर सोने की खरीद शुरू कर दी, जिससे डॉलर गिर गया व सोने की कीमत आसमान पर पहुँच गई। इससे पहले वॉशिंगटन में यह अफवाह गरम थी कि कोषागार सचिव जार्ज श्खूल्टज ने अमेरिकी राष्ट्रपति से वर्ष के अंत या आगामी वर्ष की शुरुआत में अमरीकियों की खरीद हेतु खुले बाजार में सोना उतारने की राय दी थी। हार्वे पिछले लगभग पंद्रह वर्षों से सोना खरीद रहा था, राष्ट्रपति के इस कदम से उसकी अवैध खरीद बेमानी हो जाती। हार्वे मानता था कि अमरीकियों के सोना खरीदना शुरू करते ही यह बुलबुला फूट जाएगा और सोने के दाम जमीन पर आ जाएँगे, जबकि मोटी कमाई तभी संभव थी, जब सट्टेबाज सोने का दाम बढ़ने की हवा बना दें। हार्वे चाहता था कि अमरीकी बाजारों के खुलने के पूर्व ही वो अपना सारा सोना बेच दे। राष्ट्रपति द्वारा इसे कानूनी घोषित करना हार्वे के लिए नुकसादेह साबित होता।

हार्वे शिकागो के स्वर्ण बाजार पर अपनी निगाह रखने लगा। पिछले वर्ष उसने यहीं से ताँबे की सौदेबाजी में अच्छा मुनाफा कमाया था। एक अफ्रीकी राजदूत द्वारा दी गई अंदरूनी जानकारी से ही यह संभव हो सका। उस राजदूत ने यह सूचना बहुत से लोगों को दी थी। हार्वे को यह जानकर कोई आश्चर्य नहीं हुआ कि अंततः उस राजदूत को उसके गृहदेश वापस बुला लिया गया और फिर वहाँ उसे गोली मार दी गई।

वह प्रॉस्पेक्टा ऑयल के शेयरों की कीमत देखने से खुद को रोक नहीं पाता था। फिलहाल वह अपनी अब तक की सबसे कम कीमत 1/8 डॉलर पर थे। इन शेयरों का क्रय–विक्रय नहीं हो रहा था, चूँकि बाजार में केवल उसे बेचने वाले ही मौजूद थे, खरीददार कोई नहीं था। वस्तुतः वे शेयर बेकार हो गए थे। वह व्यंग्यपूर्वक मुसकराया और द टाइम्स का खेल पृष्ठ खोल लिया।

रेक्स बेलामी ने अपने लेख में आगामी विंबलडन चैंपियनशिप में सबके चहेते जॉन न्यूकॉम्ब तथा हाल ही में इटेलियन ओपन जीतने वाले नए अमेरिकी स्टार जिमी कॉर्नर को दाँव खेलने के लिए सबसे बेहतर बताया था। वहीं ब्रिटिश मीडिया 39 वर्षीय केन रोजवेल की जीत चाहता था। हार्वे को 1954 में रोजवेल व ड्रॉब्नी के बीच हुआ विलक्षण फाइनल याद आ गया, जिसमें 58 गेम हुए थे। वहाँ मौजूद अधिकांश दर्शकों की भाँति वह भी 33 वर्षीय ड्रॉब्नी के समर्थन में था। तीन घंटे के खेल में 13–11, 4–6, 6–2, 9–7 के बाद अंततः ड्रॉब्नी विजयी रहा। हार्वे चाहता था कि इस बार इतिहास एक बार फिर खुद को दोहराए और जीत रोजवेल

की ही हो। हालाँकि उसे पता था कि विंबलडन में शामिल होने पर लगी 10 वर्षों की रोक के बाद लौटे इस विख्यात आस्ट्रेलियाई खिलोड़ी के लिए जीतना सरल कार्य नहीं था। बावजूद इसके वह मानता था कि यह पखवाड़ा मनोरंजन से भरपूर रहेगा, रोजवेल के असफल रहने पर भी किसी अन्य अमेरिकी खिलाड़ी के जीत हासिल करने की पूरी संभावना थी।

हार्वे ने नाश्ता खत्म करने से पहले कला समीक्षाओं पर भी नजर डाली और अखबारों को जमीन पर ही छोड़कर चलता बना। हार्वे की इन आदतों को रीजेंसी फर्नीचर, शिष्टतापूर्ण सेवाएँ व रॉयल सुइट भी नहीं बदल सके थे। वह स्नानघर में घुसा और शेव करके स्नान करने लगा। अर्लीन का कहना था कि अधिकांश लोग इससे उल्टा करते हैं, वे पहले स्नान करते हैं तत्पश्चात नाश्ता करते हैं। उसकी इस बात पर हार्वे सदा यही कहता कि उन लोगों की तरह काम करने का कोई फायदा नहीं, जो अपने जीवन में कहीं नहीं पहुँच पाए।

हार्वे की आदत थी कि वह विंबलडन पखवाड़ा शुरू होने की पहली सुबह पिक्काडिले की रॉयल अकादमी में होने वाली समर एक्जिबीशन देखने जाता था। इसके बाद वह वेस्ट ऐंड स्थित—एगन्यू, टूथ्स, द मालबोरो, वाइल्डेंस्टीन जैसी कई गैलरियों का दौरा करता, जो सभी क्लेरिजिस से पैदल की दूरी पर स्थित थीं। इस सुबह भी उसने यही किया। हार्वे दरअसल आदतों का गुलाम था और टीम ने यह बात बहुत जल्दी पकड़ ली थी।

जब वो तैयार हो गया तो रूम सर्विस को फोन कर कैबिनेट में शराब की अपर्याप्त मात्रा की शिकायत करने के बाद वो सीढ़ियों से उतरा व डेविस स्ट्रीट की ओर खुलने वाले घूमते दरवाजे से बाहर निकलकर सीधा बार्क्ले स्क्वेयर की ओर बढ़ गया। टू-वे रेडियो लिए सड़क पार खड़े पढ़ाकू से दिखने वाले युवक पर हार्वे ने कोई ध्यान नहीं दिया।

वह डेविस स्ट्रीट वाले दरवाजे से बाहर निकल गया है, स्टीफन ने अपने पाइ-पॉकेटफोन पर धीमे से बोला, "और जेम्स, वो तुम्हारी ओर आ रहा है।"

"उसके बार्क्ले स्क्वेयर पहुँचते ही मैं तुरंत उसके पीछे लग जाऊँगा, रॉबिन, तुम मुझे सुन पा रहे हो?"

"हाँ!"

"जैसे ही वो मुझे दिखाई देगा, मैं तुम्हें सूचित कर दूँगा। तुम रॉयल अकादमी में ही रहना।"

"ठीक है!" रॉबिन ने कहा।

हार्वे टहलता हुआ बार्क्ले स्क्वेयर पहुँचा और पिक्काडिले होता हुआ पेलेडियन आर्चिज के पास से निकलकर बरलिंग्टन हाउस पहुँच गया। वह बुरा सा मुँह बनाते हुए प्रांगण में खड़े अन्य लोगों के साथ कतार में चलते हुए एस्ट्रोनॉमिकल सोसायटी तथा सोसायटी ऑफ एंटीक्वेरिज से आगे निकल गया। एक बार फिर उसने सामने वाली कैमिकल सोसायटी के द्वार पर कैमिस्ट्री इन ब्रिटेन मैग्जीन के पीछे छिपे युवक को नहीं देखा। अंततः हार्वे, रॉयल अकादमी में बिछे लाल कालीन तक पहुँच गया। उसने 5.00 पाउंड निकाले और संभवतः तीन या चार बार पुनः यहाँ आने की बात सोचकर सीजन टिकट खरीद लिया। उसने अपनी बाकी की सुबह 1,182 चित्रों का अध्ययन करने में बिताई, जिन्हें अकादमी के कठोर नियमों के चलते आज की प्रदर्शनी के पूर्व दुनिया में किसी ने नहीं देखा था। इस नियम के बाद भी हैंगिग कमेटी के समक्ष 5,000 से अधिक आवेदन आए, जिनमें से उन्होंने इन चित्रों को चुना था।

प्रदर्शनी के शुरुआत से एक माह पूर्व हार्वे ने अपने एजेंट के माध्यम से 350 पाउंड में अल्फ्रेड डेनिएल्स द्वारा जलीय-रंगों से निर्मित हाउस ऑफ कॉमन्स का तथा 125 पाउंड प्रत्येक की कीमत पर बर्नार्ड डुनस्टन के अंग्रेजी प्रांतीय दृश्यों पर बने दो तैलचित्र खरीदे थे। समर एक्जिबीशन अभी भी जारी थी, जो हार्वे के मतानुसार दुनिया में सबसे बेजोड़ थी। भले ही वो सारे चित्र अपने ही पास न रख सके, लेकिन अमेरिका लौटने पर यह बेहतरीन उपहार साबित होंगे। डेनिएल्स को देखकर उसे लाउरी की याद आ गई जिसे उसने कोई बीस वर्ष पूर्व इसी अकादमी से 80 पाउंड में खरीदा था और जो आगे चलकर उसके लिए बढ़िया निवेश साबित हुई।

हार्वे के लिए इस प्रदर्शनी का मुख्य आकर्षण बर्नार्ड डुनस्टन था। जाहिर है कि उनकी सभी पेंटिंग्स बिक चुकी थीं। डुनस्टन उन कलाकारों में से थे, जिनके चित्र प्रदर्शनी खुलने के शुरुआती मिनटों में ही बिक जाते हैं। हार्वे उस दौरान लंदन में नहीं था, लेकिन फिर भी उसे अपनी इच्छित वस्तु पाने में कोई समस्या नहीं हुई। उसका आदमी वहाँ लगी कतार में सबसे आगे खड़ा था। जिसके पास अपने दिमाग से खरीदारी करने की जगह कैटेलॉग में चिह्नित उन कलाकारों के नाम थे, जिन्हें हार्वे के मुताबिक पुनः बेचना सरल होता था। जैसे ही ठीक सुबह 10 बजे प्रदर्शनी खुली, वह एजेंट सीधा विक्रय डेस्क पर पहुँचा और अपने कैटलॉग में चिह्नित पाँच या छह चित्रों को स्वयं या किसी भी अन्य अकादमिक व्यक्ति के देखने के पूर्व ही खरीद लिया। हार्वे अपनी इस प्रतिनियुक्ति खरीद का बहुत ध्यान

रखता। इस ढंग से खरीदे गए सभी चित्रों को अपने पास रखने में उसे प्रसन्नता होती। यदि उनमें से कोई चित्र उसके संग्रह में जँचता नहीं, तो वो उस चित्र को इस शर्त के साथ पुन: बिक्री के लिए भेज देता कि यदि कोई अन्य व्यक्ति इसे नहीं खरीदेगा तो वो इसे वापस ले लेगा। बीते बीस वर्षों में उसने इस विधि से सैकड़ों चित्र संगृहीत कर लिए थे। जिनमें से मात्र कुछ दर्जन ही वापस भेजे थे और उनमें से भी सब चित्र बिक गए थे। हार्वे के पास हर काम के लिए निश्चित प्रणाली थी।

एक संतोषप्रद सुबह बिताने के बाद जब वह दोपहर 1 बजे रॉयल अकादमी से निकला तो बाहर प्रांगण में उसकी सफेद रॉल्स रॉयस उसकी प्रतीक्षा कर रही थी।

"विंबलडन…"

"सत्यानाश!"

"क्या कहा?" स्टीफन ने पूछा।

"सवा सत्यानाश, वो विंबलडन जा रहा है, यानि आज का दिन बेकार हो गया।" रॉबिन ने कहा।

इसका मतलब था कि हार्वे अब शाम सात या आठ बजे से पहले क्लेरिजिस नहीं पहुँचने वाला। उस पर नजर रखने के लिए बनाए गए क्रम के हिसाब से फिलहाल रॉबिन की बारी थी। उसने सेंट जेम्स स्क्वेयर से अपनी रोवर 3500 वी8 निकाली और विंबलडन की ओर चल पड़ा। जेम्स ने चैंपियनशिप में हार्वे मेटकाल्फ के डिबेंचर बॉक्स के ठीक सामने वाली दो टिकटें प्रतिदिन के लिए ले रखी थीं।

हार्वे के कुछ मिनट बाद ही रॉबिन विंबलडन पहुँच गया और सेंटर कोर्ट पर चेहरों की भीड़ के बीच स्थित अपनी सीट पर चुपचाप बैठ गया। उद्घाटन मैच के लिए वातावरण पहले से ही तैयार था। विंबलडन की बढ़ती लोकप्रियता का अंदाजा इसी बात से लग सकता था कि सेंटर कोर्ट का वह हिस्सा अपनी क्षमतानुसार पूरा भरा हुआ था। राजकुमारी एलेक्जेंड्रा व प्रधानमंत्री अपने रॉयल बॉक्स में बैठे योद्धाओं की प्रतीक्षा कर रहे थे। कोर्ट के दक्षिणी हिस्से में लगे छोटे से हरे स्कोरबोर्ड पर दो नाम चमक रहे थे—कोड्स तथा स्टीवार्ट। अंपायर कोर्ट के मध्य में बनी अपनी ऊँची कुसी पर नेट की ओर मुँह किए बैठ गया। जब दोनों खिलाड़ी सफेद पोशाक में चार-चार रैकट लिये कोर्ट में प्रविष्ट हुए तो दर्शकों ने उनका तालियों से स्वागत किया। विंबलडन में खिलाड़ियों को सफेद के अलावा अन्य कोई रंग पहनने की अनुमति नहीं है। हालाँकि महिला खिलाड़ियों को विभिन्न रंग पहनने की छूट प्राप्त है।

रॉबिन को कोड्स व अमेरिका से आए एक गैर वरीयता प्राप्त खिलाड़ी के बीच के हुए इस उद्घाटन मैच को देखकर बहुत मजा आया। नए खिलाड़ी ने इस चेक चैंपियन से 6–3, 6–4, 9–7 से हारने के पूर्व उसे कड़ी टक्कर दी।

जब हार्वे एक रोमाचंक युगल मैच के बीच ही उठकर जाने लगा तो रॉबिन को बहुत बुरा लगा। चलो भाई, ड्यूटी निभाएँ, उसने खुद से कहा और सफेद रॉल्स का सुरक्षित दूरी से पीछा करता हुआ क्लेरिजिस आ गया। वापस लौटकर उसने लंदन में अपने हेडक्वार्टर के तौर पर निर्मित जेम्स के घर फोन किया व स्टीफन को सबकुछ बता दिया।

''आज के लिए इतना ही काफी है,'' स्टीफन ने कहा, ''कल फिर कोशिश करेंगे।'' बेचारे जीन-पियरे के दिल की धड़कन आज सुबह 150 पर जा पहुँची। वह संभवत: अब और अधिक प्रतीक्षा नहीं कर सकता।

अगले दिन हार्वे क्लेरिजिस से निकलकर बार्क्ले स्क्वेयर होता हुआ ब्रूटन स्ट्रीट पहुँचा और फिर वहाँ से बांड स्ट्रीट की ओर चल दिया। वो जीन-पियरे की गैलरी से महज 150 फुट दूर रुक गया। लेकिन इसके बाद वह पश्चिम की जगह पूर्व की ओर मुड़कर एगन्यू में प्रविष्ट हो गया। वहाँ उसे पारिवारिक फर्म के मुखिया सर ज्योफ्रे एगन्यू से मिलकर बाजार में मौजूद प्रभाववादी चित्रों की खबरें प्राप्त करनी थीं। सर ज्योफ्रे को किसी अन्य मीटिंग में जाने की जल्दी थी, इसलिए वह हार्वे के साथ कुछ मिनट से अधिक नहीं बिता सके। उनके पास हार्वे के लिए कोई खास खबर नहीं थी।

कुछ देर बाद हार्वे ने सांत्वना पुस्कार के तौर पर रोडिन के लघु चित्र को 800 पाउंड के तुच्छ मूल्य पर खरीदने के बाद ही उनका पिंड छोड़ा।

वह बाहर निकल रहा है, रॉबिन ने कहा, और दाईं ओर जा रहा है। जीन-पियरे की साँस अटक गई। लेकिन हार्वे एक बार फिर ठहर गया, इस बार वह मार्लबोरो गैलरी में रुककर वहाँ चल रही बारबरा हेपवर्थ की प्रदर्शनी देखने लगा। वह लगभग एक घंटे तक उन खूबसूरत चित्रों को निहारता रहा, लेकिन उसे उनकी कीमत कुछ अधिक लगी। उसने दस वर्ष पहले हेपवर्थ के दो चित्र केवल 800 पाउंड में खरीदे थे। मालबोरो आज उनके काम के 7,000 पाउंड तथा 10,000 पाउंड माँग रहा है। इसलिए वो वहाँ से बाहर निकला और बांड स्ट्रीट पर घूमने लगा।

''जीन-पियरे?''

''हाँ,'' एक घबराहट भरी आवाज ने उत्तर दिया।

वो कॉनडुइट स्ट्रीट के कोने पर पहुँच गया है और तुम्हारे दरवाजे से केवल 150 फुट की दूरी पर है।

जीन-पियरे फौरन अपनी विंडो तैयार करने लगा और उसने वहाँ से ग्राहम सुथरलैंड की जलरंगों से निर्मित थेम्स ऐंड बोटमैन हटा दी।

गैलरी के बिल्कुल सामने खड़े जेम्स ने कहा, दुष्ट बाएँ मुड़ गया। अब वह दाएँ हाथ पर ब्रूटन स्ट्रीट की ओर जा रहा है।

जीन-पियरे ने एक बार फिर सुथरलैंड को विंडो में खूँटी पर टाँगा और बड़बड़ाता हुआ शौचालय की ओर चल पड़ा।

मैं ये दोनों तनाव एक साथ नहीं झेल सकता।

इस दौरान हार्वे चुपचाप ब्रंटन स्ट्रीट में प्रविष्ट हुआ और टूथ्स की सीढ़ियाँ चढ़ने लगा। अपने प्रभाववादी चित्रों के लिए विख्यात इस गैलरी में उसके मतलब का कुछ जरूर होना चाहिए। वहाँ क्ली, पिकासो व साल्वाडोर डालिस के दो चित्र ही थे, जिनमें से कोई भी हार्वे की पसंद नहीं था। अच्छी तरह प्रदर्शित की जाने के बाद भी क्ली उतनी अच्छी नहीं लग रही थी, जितनी उसके मैसाचूसेट्स के भोजन-कक्ष में लगी है। साथ ही यह अर्लीन की साजसज्जा से बेमेल रहेगी। गैलरी के मैनेजिंग डायरेक्टर निकोलस टूथ ने उससे वादा किया कि वह अपनी आँखें खोल-कर रखेगा और कुछ भी शानदार मिलने पर क्लेरिजिस फोन करके हार्वे को इसकी सूचना देगा।

वह एक बार फिर सड़क पर है, लेकिन इस बार शायद वह क्लेरिजिस वापस लौट रहा है।

जेम्स चाहता था कि वह एक बार फिर घूमकर जीन-पियरे की गैलरी की ओर जाने लगे। लेकिन हार्वे ओहाना गैलरी का दौरा करने के लिए बार्क्ले स्क्वेयर की ओर बढ़ने लगा। मुख्य द्वारपॉल अल्बर्ट ने उसे बताया कि विंडो में रिन्योर का एक चित्र लगा है, वह वहीं लगा था। लेकिन यह चित्र अधूरा ही बना था। संभवतः रिन्योर ने इसे अभ्यास हेतु उपयोग किया होगा या उसे यह पसंद नहीं आया और उसने इसे बीच में ही छोड़ दिया। हार्वे को उसकी कीमत जानने की इच्छा हुई और वह अंदर प्रविष्ट हो गया।

30,000 पाउंड, असिस्टेंट ने ऐसे बोला जैसे वह 10 डॉलर बोल रही हो तथा उसके लिए कोई बड़ी रकम न हो।

हार्वे ने अपने आगे के दाँतों के बीच से सीटी मारी। उसने कल्पना भी नहीं की थी कि जहाँ किसी प्रथम श्रेणी के विख्यात व्यक्ति के अधूरे बने चित्र की

कीमत 30,000 पाउंड होगी तो वहीं किसी अनजान चित्रकार का चित्र कुछ सौ डॉलर में बिक रहा होता है। उसने असिस्टेंट को धन्यवाद दिया और वहाँ से बाहर आ गया।

''आपसे मिलकर प्रसन्नता हुई, श्रीमान मेटकाल्फ।''

हार्वे को वे लोग बहुत पसंद आते थे, जिन्हें उसका नाम याद रहे। लेकिन इसे तो याद होना ही चाहिए, उसने गत वर्ष यहीं से 62,000 डॉलर में मोनेट जो खरीदी थी।

''इस बार निस्संदेह वह होटल ही जा रहा है।'' जेम्स ने कहा।

हार्वे क्लेरिजिस में केवल कुछ मिनट रुका। उसने वहाँ से विंबलडन में खाने के लिए विशेष तौर पर बना विख्यात लंचलन हैंपर पैक करवाया, जिसमें केवियार, बीफ, हैम तथा चीज के बने सैंडविच व चॉकलेट केक शामिल थे।

चैंपियनशिप्स के दौरान नजर रखने की बारी जेम्स की थी, उसने अपने साथ एनी को ले जाने का फैसला किया। आखिर क्यों नहीं, अब उसे भी सब पता है। उस दिन महिलाओं का मैच था, जो जोश से भरपूर अमेरिकी चैंपियन बिली जीन किंग ने जीता। उसके खिलाफ गैर-वरीयता प्राप्त अमेरिकी खिलाड़ी कैथी मे थी, जिसको इस मैच में कड़ी मेहनत करनी पड़ी। बिली जीन वाकई तारीफ के काबिल थी, बावजूद इसके वह कभी भी विंबलडन में सबकी चहेती नहीं बन सकी। हार्वे के साथ उसका एक अतिथि भी था, जो जेम्स को बहुत सुस्त सा मध्य-यूरोपियाई लगा।

''तुम्हारा शिकार कौन है ?'' एनी ने पूछा।

''वो जो बिल्कुल हमारे सामने बैठा है। वही जो उस हल्के ग्रे सूट वाले ईईसी के सरकारी कर्मचारी जैसे लगने वाले व्यक्ति के साथ बात कर रहा है।''

''वो छोटे कद का मोटा सा आदमी ?'' एनी ने पूछा।

''हाँ!'' जेम्स ने कहा।

इसके बाद एनी जो कुछ भी कहना चाहती थी, वो अंपायर के प्ले कहते ही शोर में दब गया और वहाँ मौजूद हर व्यक्ति की आँखें बिली जीन पर टिक गईं। अब दोपहर के ठीक दो बजे थे।

''हार्वे, क्या आपने मुझे विंबलडन देखने के लिए बुलाया है,'' जॉर्ग बिरेर ने पूछा, ''वैसे भी मुझे आजकल आराम का जरा भी समय नहीं मिलता। दुनिया में इतनी आपा-धापी मची है कि कहीं कुछ भी अचानक हो जाने के चलते आप बाजार से कुछ घंटों के लिए भी अलग नहीं हो सकते।''

''यदि तुम्हें ऐसा लगता है, तो इसका अर्थ है कि अब तुम्हारे रिटायर होने का समय आ गया है,'' हार्वे ने कहा।

''मेरी जगह लेने वाला कोई नहीं है,'' बिरेर ने कहा, ''मैं गत दस वर्षों से बैंक का चेयरमैन हूँ और मेरे लिए सबसे कठिन काम अपने किसी उत्तराधिकारी को खोजना रहा है।''

पहला गेम श्रीमती किंग ने जीता है। श्रीमती किंग पहले सेट में बराबरी से एक गेम आगे।

''हार्वे, पहले मुझे यह बताओ कि क्या वाकई मुझे यहाँ मजे कराने बुलाया है या इसका कोई अन्य कारण भी है?''

''तुम बहुत चालाक हो, जॉर्ग।''

''मेरे पेशे में ऐसा होना जरूरी है।''

''मैं पहले अपने तीनों अकाउंट्स के बारे में जानना चाहता हूँ। इसके बाद ही मैं तुम्हें बताऊँगा कि आनेवाले कुछ महीनों के लिए मैंने क्या योजना बनाई है।''

श्रीमती किंग ने गेम जीता। पहले सेट में बराबरी के लिए श्रीमती किंग अब दो गेम आगे।

''आपके आधिकारिक अकाउंट नंबर 1 में कुछ हजार डॉलर हैं तथा आपके संख्या आधारित कॉमोडिटी अकाउंट में बिरेर ने एक कागज का छोटा सा रहस्यमयी टुकड़ा खोला, जिस पर बहुत सफाई से कुछ संख्याएँ लिखीं थीं—फिलहाल 3,726,000 डॉलर की कमी आई है। लेकिन आपके 37,000 औंस (लगभग 1049 कि.ग्रा) सोने की आज की कीमत 135 डॉलर प्रति औंस है।''

''तुम्हारा क्या विचार है, क्या करना चाहिए?''

''अभी इसे ऐसे ही बनाए रखो हार्वे, मुझे पूरी उम्मीद है कि आपके राष्ट्रपति या तो सोने के लिए नवीन मानक बनाएँगे या फिर अगले वर्ष आपके देशवासियों के लिए खुले बाजार से सोना खरीदने की अनुमति देने वाले हैं।''

''मैं भी यही सोचता हूँ। लेकिन मुझे लगता है कि हमें इसे लोगों के खरीदारी की शुरुआत के पूर्व ही बाजार में उतार देना चाहिए। मेरे इस संबंध में अपने सिद्धांत हैं।''

''हार्वे, मुझे लगता है कि आप इस बार भी हमेशा की तरह सही साबित होंगे।''

श्रीमती किंग ने एक और गेम जीता। अब वे पहले सेट में बराबरी से तीन गेम आगे हैं।

''बैंक के आंतरिक शुल्क से डेढ़ फीसदी अधिक, जो वर्तमान में 13.25 फीसदी है, इसका अर्थ है कि आपको प्रतिवर्ष 14.75 फीसदी देना होगा, जबकि सोने के दामों में प्रतिवर्ष 70 फीसदी उछाल आ रहा है। ऐसा हमेशा नहीं चलता रहेगा। लेकिन अभी आने वाले कुछ महीनों तक तो यह ऐसे ही जारी रहेगा।''

''ठीक है'', हार्वे ने कहा, ''इसे नवंबर के पहले हफ्ते तक जमा रहने दें। उसके बाद हम एक बार फिर परिस्थितियों की समीक्षा करेंगे। जाहिर है, इसके लिए कोडयुक्ट टेलेक्स का ही उपयोग होगा। यदि स्विस नहीं होता तो न जाने दुनिया का क्या होता!''

''अब और अधिक सावधान रहा करो, हार्वे। क्या आपको पता है कि हमारी पुलिसफोर्स में हत्या से अधिक फ्रॉड की जाँच करनेवाले विशेषज्ञों की संख्या कितनी बढ़ गई है?''

''तुम अपने स्तर पर सावधान रहो, जॉर्ग, और मैं अपने स्तर पर रहूँगा। जब भी मुझे ज्यूरिख के कुछ कम वेतन वाले डरपोक सरकारी अधिकारियों का पता लगेगा तो मैं तुम्हें सूचित करूँगा। अब अपने दोपहर के भोजन का आनंद लो और गेम देखो। अन्य अकाउंट्स के बारे में हम बाद में बात करेंगे।''

श्रीमती किंग ने गेम जीता। अब वो पहले सेट में बराबरी से चार गेम आगे हो गई हैं।

''वह शायद विंबलडन को उसकी लागत कीमत पर खरीदना चाहता है,'' जेम्स ने हँसते हुए कहा, ''किसी आदमी को रोज देखते रहने से वह दिल में उसके लिए थोड़ी इज्जत जगह बना ही लेता है। ये मेरा देखा आज तक का सबसे नियमपरायण व्यक्ति है। जब यह छुट्टियाँ इस तरह बिताता है तो काम के दिनों में कैसा व्यवहार करता होगा?''

''मैं सोच भी नहीं सकती।'', एनी ने कहा।

मिस–मे ने गेम जीता। अब श्रीमती किंग पहले सेट में चार गेम से आगे हैं।

''जरा उस केक को देखो, जो उसके अपने प्लेट में भर रखा है। कोई आश्चर्य नहीं कि यह इतना मोटा है।'' जेम्स ने अपने जीस्स दूरबीन से देखते हुए कहा, ''यह देखकर मुझे याद आया, डार्लिंग, तुम लंच के लिए क्या लाई हो?''

एनी ने अपना बैग खोला और कुरमुरे सलाद से भरी फ्रेंच ब्रेड जेम्स की ओर बढ़ा दी। एनी ने अजवाइन की बनी डंडी सी निकाली और उसे कुतरते हुए स्वयं को संतुष्ट करने लगी।

''मैं तो मोटापे से दूर ही अच्छी।'' एनी ने कहा, ''मैं अगर ऐसी होती तो अगले हफ्ते मैं जिन सर्दियों के कपड़ों की मॉडलिंग कर रही हूँ, वो मुझे कभी नहीं मिलता।'' जेम्स का घुटना छूकर मुसकराते हुए बोली, ''हो सकता है कि मैं खुशी से फूल जाऊँ।''

''बहुत ज्यादा खुश मत होना। तुम मुझे पतली ही अच्छी लगती हो।''

श्रीमती किंग ने एक और गेम जीता। अब वो पहले सेट में बराबरी के लिए पाँच गेम आगे हैं।

''वो बहुत आसानी से जीत जाएँगी,'' जेम्स ने कहा, ''खैर, उद्‌घाटन मैच में तो ऐसा ही होता है। इनमें लोग केवल यही देखने आते हैं कि वर्तमान चैंपियन अभी फॉर्म में हैं या नहीं और मुझे लगता है कि इस बार इन्हें हराना बाकियों के लिए टेढ़ी खीर साबित होगा। फिलहाल वे हेलेना मूडी के आठ विंबलडन चैंपियनशिप जीतने के रिकॉर्ड के केवल एक पायदान दूर हैं।''

श्रीमती किंग की गेम व पहले सेट में जीत। इसके साथ ही स्कोर 6–1 है, जिसमें श्रीमती किंग बराबरी से एक सेट आगे हैं। कृपया नई बॉल्स निकालें। इस बार मिस–मे की सर्विस है।

''क्या हम सारे दिन यही देखते रहेंगे?'' एनी ने पूछा।

''हाँ, हमें ध्यान रखना होगा कि वह इसके बाद होटल ही जाए तथा अपनी योजना में अचानक कोई बदलाव या ऐसी ही कोई मूर्खता न कर बैठे। यदि इस बार वह जीन–पियरे की गैलरी के आगे से नहीं निकला तो हमारे लिए फिर कभी ऐसा करना शायद संभव नहीं हो सकेगा।''

''यदि उसने अपनी योजना बदल दी तो तुम क्या करोगे?''

''ईश्वर जाने, या सच कहूँ तो स्टीफन जाने, वही है इस खेल का मास्टरमाइंड।''

श्रीमती किंग ने गेम जीता। श्रीमती किंग दूसरे सेट में बराबरी से एक गेम आगे हैं।

''बेचारी मिस–मे, वो भी उतनी ही सफल है जितने तुम हो। जीन–पियरे की योजना कैसी चल रही?''

''बेकार, मेटकाल्फ ने उसकी गैलरी की ओर झाँका तक नहीं। आज उसकी विंडो से केवल 90 फीट दूर पहुँचने के बाद वह अचानक दूसरी दिशा में बढ़ गया। बेचारे जीन–पियरे को तो दिल का दौरा पड़ने वाला था। लेकिन हमने अभी

उम्मीद नहीं छोड़ी है। हमें पूरा यकीन है कि पिक्काड्ली व बांड स्ट्रीट की खाक छानते हुए हार्वे मेटकाल्फ वहाँ भी पहुँच जाएगा। कभी-न-कभी तो वह हमारे जाल में फँसेगा ही।''

''तुम चारों को अपना 1 मिलियन डॉलर का जीवन बीमा करवा लेना चाहिए, जिसमें अन्य तीनों को लाभार्थियों के रूप में नामित कर दो।'' एनी ने कहा, ''इससे यदि आप सब में से किसी को दिल का दौरा पड़ा तो कम-से-कम अन्य सभी को तो उनके हिस्से का पैसा मिल ही जाएगा।''

''यह हँसने की बात नहीं है, एनी। यह नजर रखने का कार्य बहुत तनावपूर्ण है, खासतौर पर तब, जब सभी चालें सामने वाले ने चलनी हों।''

श्रीमती किंग ने गेम जीता। अब श्रीमती किंग दूसरे सेट में बराबरी से दो गेम आगे हैं तथा एक सेट बराबरी पर छूटा है।

''तुमने क्या योजना बनाई?''

''कोई नहीं, सब बेकार रहा। वैसे भी अन्य लोगों के साथ काम करते समय मुझे इसके लिए बिल्कुल समय नहीं मिल रहा।''

''क्यों न मैं उसे अपने रूप के झाँसे में फँसा लूँ?''

''विचार अच्छा है, लेकिन जब उसे हिल्टन या शेपर्ड मार्केट में 30 पाउंड में वो चीज मिल सकती है तो उससे उसके लिए 100,000 पाउंड वसूलने के लिए तुम्हें बहुत चतुर बनना होगा। इस व्यक्ति के बारे में हमने अब तक यह जाना है कि उसे पैसे की कीमत पता है। हर रात के 30 पाउंड की दर से उससे हमारा पैसा निकालने में तुम्हें पंद्रह वर्ष लग जाएँगे, और मुझे नहीं लगता कि बाकी तीनों इतने वर्ष तक रुकने के लिए तैयार होंगे, बल्कि मुझे तो लगता है कि अब उनसे पंद्रह दिन भी नहीं रुका जाएगा।''

''हम कुछ-न-कुछ सोच ही लेंगे, चिंता मत करो।'' एनी ने कहा।

मिस-मे ने गेम जीता। श्रीमती किंग अब दो-एक से आगे और एक सेट बराबरी पर छूटा।

''अरे वाह! मिस-मे ने एक और गेम जीत लिया। लंच बहुत बढ़िया था हार्वे। ये क्लेरिजिस द्वारा विशेष तौर पर बनाया गया है,'' हार्वे ने कहा, ''ये उससे कहीं अधिक बेहतर है कि आप रेस्टोरेंट में भीड़ के बीच बैठे हों और टेनिस देखने का सारा मजा किरकिरा हो जाए।''

''बिली जीन ने तो इस बेचारी लड़की को कुचलकर रख दिया।''

''मुझे यही उम्मीद थी,'' हार्वे ने कहा, ''जॉर्ग अब मेरे दूसरे अकाउंट के बारे में बताओ।''

उसने एक बार फिर गुप्त परची निकाली, जिसपर बहुत सी संख्याएँ लिखी थीं। इसी ईमानदारी के चलते स्विस ने आधी दुनिया में राष्ट्र प्रमुखों से लेकर अरब के शेखों तक अपनी धनसंबंधी साख बना रखी थी। बदले में इसने स्विस वित्तीय व्यवस्था को दुनिया में सबसे मजबूत कर रखा था। इतनी बढ़िया प्रणाली को छोड़कर कोई भी कहीं और क्यों जाए? बिरेर ने कुछ सेकेंड तक उन आँकड़ों का अध्ययन किया।

''हार्वे, आपके द्वारा चुनी गई तिथि 1 अप्रैल को आपने अपने नंबर 2 अकाउंट में 7,486,000 डॉलर हस्तांतरित किए, जिनमें से 2,791,428 पहले से थे। 2 अप्रैल को आपके निर्देश के मुताबिक हमने 1 मिलियन डॉलर श्री सिलवरमैन व श्री इलियट के नाम से बैंकों डो मिनास गिरेस में जमा करवा दिए। हमने रीडिंग ऐंड बेट्स की रिग का 420,000 डॉलर का किराया चुका दिया, इसके अतिरिक्त, 104,112 डॉलर के अन्य बिल चुकाने के बाद अब फिलहाल आपके अकाउंट में 8, 753,316 डॉलर हैं।

श्रीमती किंग ने गेम जीता। श्रीमती किंग दूसरे सेट में तीन–एक से आगे और एक सेट बराबरी पर छूटा।

''ठीक है!'' हार्वे ने कहा।

''टेनिस या पैसा?'' बिरेर ने कहा।

''दोनों ही। जॉर्ग, मुझे लगता है कि आनेवाले छह हफ्तों में मुझे लगभग 2 मिलियन डॉलर की आवश्यकता होगी। मुझे लंदन में एक या शायद दो चित्र खरीदने हैं। मैंने क्ली का एक चित्र देखा है, जो मुझे बहुत पसंद आया। इसके अलावा मुझे अभी और कई गैलरियों का दौरा करना है। मुझे जरा भी अंदाजा होता कि प्रॉस्पेक्टा ऑयल का बिजनेस इतना बढ़िया चल निकलेगा तो मैं पिछले वर्ष सूथबे–पार्क बर्नेट में वॉन गॉग के लिए आर्माण्ड हैमर से भी ऊँची बोली लगाता। मुझे एस्कॉट ब्लड स्टॉक से कुछ नए घोड़े खरीदने के लिए भी पैसों की जरूरत होगी। मेरा स्टड फार्म लगातार खाली होता जा रहा है और मैं चाहता हूँ कि इस बार किंग जॉर्ज व एलिजाबेथ स्टेक्स का विजेता मैं बनूँ। (जेम्स चौंक उठा, उसने इससे पहले कभी हार्वे को इन दौड़ों के बारे में इतनी गलत बयानी करते नहीं देखा था)। तुम जानते ही हो कि अपने सबसे बेहतरीन प्रदर्शन के बावजूद मैं अभी तक केवल तीसरे स्थान तक ही पहुँचा हूँ, लेकिन यह काफी नहीं है। इस वर्ष मेरी कई वर्षों से

पाली–पोसी सबसे बेहतरीन घोड़ी रोजेलिन हिस्सा लेगी। यदि मैं हार गया तो मुझे अपने स्टड फार्म का पुनर्निर्माण करना होगा। लेकिन मुझे पूरा विश्वास है कि इस बार जीत मेरी ही होगी।

श्रीमती किंग ने गेम जीता। श्रीमती किंग चार–एक से आगे और एक गेम बराबरी पर छूटा।

"लगता है, श्रीमती किंग जीत जाएँगी।" बिरेर ने कहा,

"मैं अपने वरिष्ठ कैशियर से कह दूँगा कि आप आनेवाले कुछ हफ्तों में बड़ी रकम निकाल सकते हैं।"

"मैं नहीं चाहता कि बाकी बची रकम यों ही पड़ी रहे, इसलिए तुम आनेवाले हफ्तों में नववर्ष की बिक्री के मद्देनजर पूरी सावधानी से जितना हो सके, उतना अधिक सोना खरीद लो। यदि मुझे बाजार गिरता दिखाई दिया तो मैं तुम्हें ज्यूरिख में फोन कर इसकी सूचना दे दूँगा। तुम बैंक बंद होने के रोज के समय के पूर्व बची रकम को रातोरात फर्स्ट क्लास बैंकों तथा ट्रिपल ए के व्यावसायिक नाम पर ऋण के रूप में दरशा देना।"

"अगर तुम्हारी सिगार तुम्हें इससे पहले ही लील गई, तो तुम इतने पैसे का क्या करोगे, हार्वे?"

"अरे छोड़ो, जॉर्ग। तुम मेरे डॉक्टर की तरह बात कर रहे हो। मैंने तुम्हें सैकड़ों बार बताया है कि अगले वर्ष मैं रिटायर हो रहा हूँ, मैं यह सब छोड़ दूँगा, बस अब सब समाप्त।"

"हार्वे, मुझे नहीं लगता कि तुम इस चूहा दौड़ को कभी अपने आप छोड़ोगे। मुझे अंदाज नहीं हो पाता कि आपके पास कितना पैसा है?"

हार्वे हँस पड़ा।

"मैं तुम्हें कभी नहीं बताऊँगा, जॉर्ग। मेरे लिए यह वैसा ही है जैसा एरिस्टोटल ओनासिस ने कहा था, यदि तुम इसे गिन सकते हो तो तुम्हारे पास कुछ नहीं है।"

श्रीमती किंग ने गेम जीता। श्रीमती किंग पाँच–एक से आगे और एक गेम बराबरी पर छूटा।

"रोजालिन कैसी हैं? हमारे पास आज भी आपके वो निर्देश मौजूद हैं, जिनके मुताबिक यदि आपको कुछ हो जाता है तो आपका सारा पैसा बॉस्टन में उसे सौंप दिया जाए।"

"वो ठीक है। उसने आज सुबह मुझे फोन किया था कि किसी जरूरी काम

में फँसे होने के कारण वे मेरे साथ विंबलडन नहीं आ सकती। मैं चाहता हूँ कि वह किसी अमीर अमेरिकी से विवाह कर ले, जिससे उसे काम न करना पड़े। बहुत से लोग उसका हाथ माँग चुके हैं। लेकिन वो यह नहीं समझ पाती कि लोग उसे चाहते हैं या मेरे पैसों को। हमारे बीच कई वर्ष पहले झगड़ा हुआ था जिसके लिए उसने मुझे आज भी माफ नहीं किया है।''

गेम सेट, श्रीमती किंग ने मैच 6–1, 6–1 से जीत लिया।

दोनों महिलाएँ जब ऑल इंग्लैंड क्लब के प्रेसिडेंट, महारानी तथा ड्यूक ऑफ कैंट के रॉयल बॉक्स के सौजन्य से आयोजित इस कोर्ट से बाहर निकलीं तो वहाँ मौजूद दर्शकों के साथ ही हार्वे, जॉर्ग, जेम्स और एनी ने भी तालियाँ बजाईं। हार्वे और जॉर्ग बिरेर अगला युगल मैच देखने के लिए वहाँ थोड़ी देर रुके, तत्पश्चात् वे डिनर के लिए क्लेरिजिस की ओर चल दिए।

जेम्स व एनी ने विंबलडन की उस दोपहर का आनंद लेने के बाद जब हार्वे को अपने अर्ध-यूरोपियाई मित्र के साथ सुरक्षित रूप से क्लेरिजिस लौटते देख लिया तो वह भी वापस जेम्स के फ्लैट पर लौट गया।

''स्टीफन, मैं वापस लौट आया हूँ। मेटकाल्फ रात भर के लिए शांत हो गया है। अब अगले दिन की परेड सुबह 8.30 से शुरू होगी।''

''बहुत अच्छा जेम्स। शायद कल वो फँस जाए।''

''यही आशा है।''

पानी चलने की आवाज सुनकर जेम्स एनी को खोजता हुआ रसोई में पहुँच गया। एनी के हाथ कोहनियों तक साबुन वाले पानी में डूबे हुए थे और वो एक झामे से प्लेट को रगड़कर साफ कर रही थी। वो जेम्स की ओर घूमी और उसे डाँटते हुए कहा, ''डार्लिंग, मुझे तुम्हारी दिनचर्या से कोई शिकायत नहीं, लेकिन मैंने आजतक केवल यही एक रसोई देखी है, जहाँ खाना बनाने से पहले बरतन माँजने पड़ते हैं।''

''मुझे पता है कि तुम जब से आई हो, हमेशा इस फ्लैट का कोना-कोना साफ करती रहती हो। तुम्हारी कुछ हफ्तों की मेहनत से अब तुम्हारा काम बहुत हल्का हो गया है।''

यह कहते हुए वह रसोई में रखी मेज पर बैठकर उसके छरहरे शरीर को निहारने लगा।

''अगर मैं डिनर से पहले नहाने जाऊँ तो क्या तुम इसी तरह मेरी पीठ भी रगड़ दोगी?''

"हाँ, वो भी इस झामे से।"

पानी पूरा भरा हुआ व आरामदेह मात्रा तक गरम था। जेम्स उसमें राजा की भाँति बैठा था और एनी उसे नहला रही थी। तभी वो बिल्कुल भीगी हालत में ही बाथटब से बाहर निकल आया और बोला, "एनी डार्लिंग, बतौर बाथरूम सहायिका तुमने बहुत अधिक कपड़े पहन रखे हैं।" जेम्स ने कहा, "इसका कुछ इंतजाम करना होगा?"

जब जेम्स अपना बदन पौंछ रहा था तो एनी ने अपने वस्त्र उतार दिए। जब जेम्स शयनकक्ष में पहुँचा तो एनी वहाँ पहले ही चादर ओढ़े बैठी थी।

"मुझे ठंड लग रही है।" एनी ने कहा।

"डरो मत," जेम्स ने कहा, "जल्द ही तुम्हारी यह छह फुट की हॉट वाटर बोतल तुम्हारे पास होगी।" यह कहते हुए उसने एनी को बाँहों में भर लिया।

"झूठे, तुम तो बिल्कुल ठंडे हो।"

जेम्स ने उसके पूरे शरीर को अपनी बाँहों में भरने का प्रयास करते हुए कहा, "और तुम बहुत प्यारी हो।"

"जेम्स, तुम्हारी योजना कैसी चल रही है?"

"मुझे नहीं पता, मैं तुमसे इस बारे में बीस मिनट बाद बात करूँगा।"

इसके बाद एनी ने कुछ नहीं पूछा, लगभग आधे घंटे बाद उसने कहा, "अब उठो भी, पनीर पक गया होगा और मुझे बिस्तर भी साफ करना है।

"अरे इसकी क्या जरूरत है।"

"नहीं, करना होगा। कल पूरी रात मुझे नींद नहीं आई। तुमने पूरा कंबल अपनी ओर खींच लिया और मैं पूरी रात ठंड में ठिठुरते हुए तुम्हें बिल्ली की तरह आराम से सोते हुए देखती रही। तुम्हारे लिए प्यार करने की शायद वो परिभाषा नहीं है, जो हेरॉल्ड रॉबिन्स ने बताई है।"

"जब तुम्हारी बातें खत्म हो जाएँ तो सुबह 7 बजे का अलार्म लगा देना।"

"सात बजे? तुम्हें तो सुबह 8.30 बजे क्लेरिजिस पहुँचना है।"

"पता है, लेकिन मुझे कल सुबह अंडे देने जाना है।"

"जेम्स, तुम ये बचकानी बातें करना कब छोड़ोगे?"

"अरे, मजाक कर रहा था।"

"ठीक है डार्लिंग। लेकिन इससे पहले कि डिनर जलकर कोयला हो जाए, उठो और कपड़े पहन लो।"

जेम्स सुबह ठीक 8:29 पर क्लेरिजिस पहुँच गया। अपनी अयोग्यता के

बावजूद वह दूसरों की योजना सफल बनाने के लिए प्रतिबद्ध था। उसने बार्क्ले स्क्वेयर में स्टीफन तथा बांड स्ट्रीट में रॉबिन की उपस्थिति जाँचने के लिए अपना हैंडसेट चालू किया।

''सुप्रभात,'' स्टीफन ने कहा, ''रात कैसी रही?''

''बहुत बेहतरीन!'' जेम्स ने कहा।

''नींद अच्छी आई तुम्हें?'' स्टीफन ने पूछा।

''पलक भी नहीं झपकी।''

''हमें चिढ़ाना बंद करो,'' रॉबिन ने कहा, ''और हार्वे मेटकाल्फ पर ध्यान दो।''

जेम्स चमड़े के विक्रेता स्लाटर के दरवाजे पर खड़ा हुआ, तड़के सफाई करने वालों को घर जाते तथा दफ्तरों में सबसे पहले आनेवाले कर्मचारियों को आते-जाते देख रहा था।

हार्वे मेटकाल्फ ने सामान्य दिनों की तरह ही नाश्ता किया और अखबार पढ़ा। रात को सोने के लिए जब वह बिस्तर पर लेटा था तो बॉस्टन से उसकी पत्नी का फोन आया था। जब सुबह नाश्ते के समय बेटी का फोन आ गया तो उसका दिन बहुत ही अच्छे ढंग से शुरू हुआ। उसने कार्क स्ट्रीट व बांड स्ट्रीट की गैलेरियों में अपने प्रभाववादी चित्रों की खोज जारी रखने का फैसला किया। संभवत: सूथबे में ही कुछ मिल जाए।

सुबह 9:47 पर वह होटल से बाहर निकला और अपनी हमेशा वाली धीमी गति से चलने लगा।

''सभी स्टेशन सावधान।''

स्टीफन और रॉबिन जैसे किसी दिवास्वप्न से जाग गए।

''वो अभी ब्रंटन स्ट्रीट पर दाखिल हुआ है तथा बांड स्ट्रीट की ओर बढ़ रहा है।''

हार्वे धीरे-धीरे चलता हुआ बांड स्ट्रीट पर पहुँच गया, तथा जिन स्थानों पर वो जा चुका था, उन्हें पीछे छोड़ता गया।

''जीन-पियरे, अब वो केवल 150 फीट दूर हैं,'' जेम्स ने कहा, ''120 फीट, 90 फीट, 60 फीट···ओह नहीं, वो सूथबे में घुस गया। वहाँ आज केवल मध्यकालीन पैनल वाले चित्रों की सेल लगी थी। मुझे नहीं पता कि हार्वे इसमें दिलचस्पी रखता है या नहीं।''

उसने सड़क पर खड़े स्टीफन पर नजर डाली, जो लगातार तीसरे दिन एक

मोटे व बड़ी आयु के धनी मध्यवर्गीय व्यापारी का रूप बनाए हुए था। अपने कॉलर के कट तथा फ्रेम रहित चश्मे की बदौलत वह पश्चिमी जर्मन लग रहा था। स्पीकर में से स्टीफन की आवाज आई—

''मैं जीन–पियरे की गैलरी में जा रहा हूँ। जेम्स, तुम सूथबे के उत्तरी हिस्से वाली सड़क पर दूर खड़े होकर हमें हर पंद्रह मिनट में रिपोर्ट करते रहो। रॉबिन तुम अंदर जाओ और हार्वे को काँटे में फँसाने का प्रयास करो।''

''लेकिन स्टीफन इस योजना में शामिल नहीं था'' रॉबिन ने हकलाते हुए कहा।

''तुम्हें भी उसका साथ देना होगा, देर हो गई तो जीन–पियरे के दिल का इलाज तुम्हें ही करना होगा और वो भी बिना फीस के। इसलिए जल्दी करो।''

''ठीक है,'' रॉबिन ने व्यग्रतापूर्वक कहा।

रॉबिन सूथबे में प्रविष्ट हुआ और वहाँ अपने छल का जाल फैलाने लगा। वह अभी भी रूप बदले हुए था। उसने सीढ़ियों के ऊपर बिक्री कक्ष के पीछे की ओर हार्वे को खड़े देखा और वह उसके पीछे जाकर खड़ा हो गया।

मध्ययुगीन चित्रित पैनलों की बिक्री जोरों पर थी। हार्वे जानता था कि उसे इन्हीं में से किसी को पसंद करना होगा, जबकि उसे गौथिक आभूषणों पर चढ़े चमकदार व स्वर्णिम रंग के पानी में कोई मेल नहीं दिख रहा था। उसके पीछे खड़े रॉबिन ने कुछ संकोच के साथ धीमी आवाज में अपने उस पड़ोसी से बातचीत शुरू की।

''मुझे ये अच्छी तो लग रही हैं, लेकिन मुझे उस काल से संबंध में कोई जानकारी नहीं है। मुझे आधुनिक काल के चित्र अधिक पसंद हैं। लेकिन फिर भी मुझे अपने पाठकों के पढ़ने के लिए कुछ मसौदा तो जुटाना ही होगा।''

रॉबिन के नजदीक खड़ा वह व्यक्ति शिष्टतापूर्वक मुसकरा दिया।

''क्या आपको सभी नीलामियों के बारे में लिखना पड़ता है ?''

''हाँ, लगभग सभी, विशेषतौर पर जब उसमें कुछ विशेष मौजूद हो। प्राय: सूथबे में आपको हर जगह की घटना पता चल जाती है। आज सुबह ही एक असिस्टेंट ने मुझे टिप दी है कि लेमंस गैलरी में प्रभाववादी युग की कुछ विशिष्ट सामग्री उपलब्ध है।''

रॉबिन ने फुसफुसाते हुए यह जानकारी बहुत ध्यानपूर्वक हार्वे के दाएँ कान में कही और फिर पीछे हटकर उसका असर देखने लगा। कुछ देर बाद उसे यह देखकर प्रसन्नता हुई कि हार्वे कतार में से अपने स्थान से निकल गया है। तीन और

नीलामी देखने के बाद रॉबिन पूरी आशा सहित वहाँ से बाहर निकला।

बाहर जेम्स बहुत धैर्यपूर्वक नजर रखे हुए था।

10.30— वो नहीं दिखा।

रॉजर

10.45— अब तक नहीं दिखा।

रॉजर

11.00— वो अभी भी अंदर है।

रॉजर

11.12— सभी सावधान, सभी सावधान।

जेम्स फौरन लेमंस गैलरी में प्रविष्ट हुआ, जहाँ जीन-पियरे ने एक बार विंडो से सुथरलैंड की जलरंगों से बनी थेम्स ऐंड दि बोटमैन को हटाकर उसकी जगह वॉन गॉग का तैलचित्र लगा रहा था। यह चित्र लंदन गैलरी में उस महान् चित्रकार के शानदार काम का अब तक का सबसे बेहतरीन उदाहरण था। अब रासायनिक परीक्षण की बारी थी, वह लिट्मस पेपर अब किसी विशेष आशय से बांड स्ट्रीट पर उसी ओर बढ़ रहा था।

इस चित्र को डेविड स्टेन ने बनाया था। वह कला की दुनिया में 300 से अधिक विख्यात प्रभावकारी पेंटिंगों व चित्रों की नकल तैयार करने के लिए बदनाम था। इस काम से उसने चार वर्षों के भीतर ही 864,000 डॉलर कमा लिए थे। उसकी पोल तब खुली जब उसने 1969 में मेडिसन एवेन्यू स्थित निवेए गैलरी में चागाल के चित्रों की प्रदर्शनी लगाई। स्टेन नहीं जानता था कि उस समय वह लिंकन सेंटर में अपने विख्यात चित्रों के प्रदर्शन हेतु न्यूयॉर्क में मौजूद है। निवेए गैलरी की जानकारी मिलते ही चागाल ने क्रोधावेश में डिस्ट्रिक्ट अटॉर्नी के दफ्तर में इन चित्रों के नकली होने की रिपोर्ट कर दी। इससे पहले स्टेन ने चागाल के एक चित्र की अनुकृति को लुइस डे. कोहन को लगभग 100,000 डॉलर में बेच दिया था। वर्तमान में वह मिलान की गैलेरिया डीआर्टे मॉडरेना का स्टेन चागाल व स्टेन पिकासो हो गया था। जीन-पियरे को इस बात का पूरा विश्वास था कि उसने इसके पूर्व जो न्यूयॉर्क व मिलान में कर दिखाया था, वो उसे लंदन में भी दोहरा सकेगा।

स्टेन अभी भी प्रभाववादी चित्र बना रहा था, लेकिन अब वो इन पर अपना नाम लिखता था; अपनी कला की बदौलत उसे इनके लिए भी बढ़िया दाम मिल रहे थे। वो जीन-पियरे को कई वर्षों से जानता था और उसका प्रशंसक था। जब

उसने प्रॉस्पेक्टा ऑयल और मेटकाल्फ की कहानी सुनी तो वो 10,000 डॉलर में वॉन गॉग की कलाकृति बनाने और उसपर विंसेंट के तौर पर विख्यात कलाकार के हस्ताक्षर करने को तैयार हो गया।

जीन–पियरे ने कठोर श्रम द्वारा स्टेन से बनवाने हेतु वॉन गॉग के रहस्यमयी परिस्थितियों में लुप्त हुए चित्रों की जानकारी एकत्र की। इसकी शुरुआत उसने डी ला फेली के *oeuvres* कैटेलॉग, दि वर्क्स ऑफ विंसेंट वॉन गॉग से की तथा उनमें से तीन चित्रों को चुन लिया, जो फिलहाल बर्लिन की नेशनल गैलरी में द्वितीय विश्वयुद्ध के पहले से टँगे थे। ये तीन चित्र थे, डी ला फेली में दर्ज 485 नंबर पर *Les Amoureux* (दो प्रेमी), 628 पर *La Moisson* (फसल की कटाई) तथा 766 नंबर पर *La Jardin de Daubigny* (डुबिग्ने का बगीचा)। अंतिम दोनों के बारे में माना जाता था कि उन्हें 1929 में बर्लिन गैलरी ने खरीदा था तथा लगभग उसी समय *Les Amoureux* के भी विक्रय की खबर थी। लेकिन विश्वयुद्ध के शुरू होते ही ये तीनों गायब हो गईं।

इसके बाद जीन–पियरे ने प्रीयूशिचर कुलकुरबेस्टिज के प्रोफेसर वॉरमिट से संपर्क किया। विश्व भर में लुप्त चित्रों के विषय में विशेषज्ञ प्रोफेसर ने एक संभवाना को निरस्त कर दिया। उन्होंने स्पष्ट किया कि युद्ध की समाप्ति के फौरन बाद *La Jardin de Daubigny* न्यूयॉर्क में सिग्फ्राइड क्रमरस्काई के संग्रह में शामिल थी। वो वहाँ तक कैसे पहुँची, यह आज भी रहस्य है। बाद में क्रमरस्काई ने वह पेंटिंग टोक्यो की निकिडो गैलरी को बेच दी, जहाँ वो आज भी मौजूद है। लेकिन प्रोफेसर ने यह भी निश्चित किया कि वॉन गॉग के बाकी दो चित्र कहाँ हैं, ये जानकारी किसी को नहीं है।

तत्पश्चात् जीन–पियरे ने डच रिजक्सब्यूरो वूर कुनस्थिस्त्रोरिश्क़ डॉक्यूमेंटिटी की मादाम टेलेजन हूजेनडूर्म से मुलाकात की। मदाम टेलेजन को वॉन गॉग से जुड़े मामलों का विशेषज्ञ माना जाता था। उनसे प्राप्त प्रामाणिक जानकारी के टुकड़ों की मदद से जीन–पियरे ने उन खोए चित्रों के संबंध में एक कहानी गढ़ ली। कहानी कुछ ऐसी थी, वर्ष 1937 में तत्कालीन डायरेक्टर, डॉ. हानफिस्टिंग्ल और चित्रों की देखरेख करने वाले डॉ. हेंटजेन के प्रबल विरोध के बाद भी नाजी अन्य बहुत से चित्रों के साथ इन्हें भी बर्लिन की नेशनल गैलरी से निकाल ले गए। नेशनल सोशिलिस्ट के फूहड़ व्यक्तियों ने इन चित्रों को पतित करने वाला मानकर कलंक घोषित कर रखा था। उनसे बचाने के लिए इन चित्रों को बर्लिन स्थित एक डिपो कोपेनिकर्स्त्रास में सहेजकर रखा गया था। वर्ष 1938 में हिटलर के उस डिपो का

दौरा कर उन्हें वैध बताते हुए उन सभी को आधिकारिक रूप से जब्त कर लिया।

इसके बाद वॉन गॉग के उन दोनों चित्रों का क्या हुआ, इस संबंध में किसी को जानकारी नहीं है। हरमन गोइरिंग के एजेंट जोसेफ एंगरर ने फ्यूहरर के लिए अति-आवश्यक विदेशी मुद्राएँ जुटाने के लिए नाजियों द्वारा जब्त की गई इन कलाकृतियों को विदेशों में बेच दिया। इनमें से कुछ को 30 जून 1939 को लुकर्न स्थित फिशर आर्ट गैलरी में बेचा गया। बावजूद इसके कोपेनिकर्स्त्रास डिपो में एकत्र बहुत से चित्र या तो जला दिए गए या चोरी हो गए और या अभी तक खोए हुए हैं।

जीन-पियरे ने किसी तरह *Les Amoureux* और *La Moisson* के श्याम-श्वेत चित्र का जुगाड़ किया, क्योंकि अगर इसका रंगीन चित्र कहीं पर था भी, तो अब वो उपलब्ध नहीं था। जीन-पियरे का मानना था कि 1938 में अंतिम बार देखे गए इन दोनों चित्रों की रंगीन अनुकृति कहीं मौजूद नहीं होगी। उसे इन दोनों में से किसी एक को चुनना था।

इन दोनों में 76×91 सें.मी. की *Les Amoureux* आकार में बड़ी थी। यद्यपि वॉन गॉग कभी इस चित्र से संतुष्ट नहीं हुए। वर्ष 1889 के अक्तूबर में लिखे एक पत्र में उन्होंने इसका उल्लेख मेरे विगत कैनवास का एक बहुत खराब स्कैच के तौर पर किया था। साथ ही, इसमें पृष्ठभूमि के रंगों को भाँपना भी कठिन था, जबकि इसके ठीक उलट *La Moisson* वॉन गॉग को बहुत पसंद थी। सितंबर 1889 में इस तैलचित्र को बनाने के बाद उन्होंने लिखा, मैं अपनी माँ के लिए एक बार फिर फसल काटने का काम करना चाहता हूँ (पत्र संख्या 604)। बल्कि उन्होंने कृषि कार्य से जुड़े फसल कटाई के इस जैसे तीन अन्य चित्र भी बनाए थे। जीन-पियरे ने रंग संयोजन हेतु बाकी दोनों चित्रों की रंगीन तस्वीरें हासिल कीं। जिनमें से एक लोवेर से मिली तो दूसरी रिजक्स म्यूजियम से, जहाँ वो चित्र तब तक मौजूद था। उसने इनकी तारतम्यता का अध्ययन किया। सूर्य का स्थान तथा दृश्य में रोशनी का उपयोग देखा, जिनमें बहुत थोड़ा विभेद था। इसके बाद जीन-पियरे के दिमाग में वह चित्र उभरा, जिससे वह समझ गया कि *La Moisson* रंगों में कैसी दिखती होगी।

स्टेन जीन-पियरे के इस अंतिम चुनाव से सहमत था। उसने कार्य शुरू करने के पूर्व समय लगाकर *La Moisson* की श्याम-श्वेत अनुकृति तथा उसी श्रेणी के अन्य दो चित्रों की रंगीन तसवीरों का पूरी सूक्ष्मता से लंबे समय तक अध्ययन किया। तत्पश्चात् उसने उन्नीसवीं सदी के अंत में निर्मित अविख्यात फ्रेंच चित्र

खोजा और बड़ी कुशलतापूर्वक उस पर से सारा रंग उतार दिया। जिससे वह पूरा कैनवास साफ हो गया और उसके पीछे एक छोटी सी मुहर ही बची, जिसे स्टेन भी नहीं बना सकता था। उसने कैनवास पर 48.5×53 सें.मी. का सटीक निशान लगाया तथा उसी ढंग के पैलेट नाइफ व ब्रश को चुना, जैसा वॉन गॉग उपयोग करते थे। उसने छह हफ्तों में *La Moisson* तैयार हो गई। स्टेन ने उस पर वार्निश लगाया और उसे पुराना दिखाने के लिए ओवन में लगभग 29 डिग्री के धीमे तापमान पर चार दिन के लिए रख दिया। जीन-पियरे ने सोने का पानी चढ़े प्रभाववादी फ्रेम का इंतजाम किया और उसे हार्वे मेटकाल्फ की नजर में आने के लिए तैयार कर दिया।

हार्वे को प्राप्त हुई टिप के चलते लेमंस गैलरी जाने में कोई हानि नहीं दिखी। वो वहाँ से पाँच कदम ही दूर था कि उसे विंडो में लगे उस चित्र की पहल झलक दिखाई दी। उसे अपनी आँखों पर विश्वास नहीं हुआ। निस्संदेह यह वॉन गॉग ही थी। यह बहुत अच्छी हालत में थी। *La Moisson* को डिस्प्ले में लगे अभी केवल दो मिनट ही हुए थे।

हार्वे लगभग दौड़ता हुआ गैलरी में घुस गया। वहाँ उसने जीन-पियरे को स्टीफन व जेम्स से गंभीरतापूर्वक बातें करते देखा। उनमें से किसी ने भी उसपर ध्यान नहीं दिया। स्टीफन बहुत भारी आवाज में जीन-पियरे से बात कर रहा था।

यद्धपि यह बहुत खूबसूरत चित्र है, लेकिन इसके लिए 170,000 गिन्नी बहुत अधिक हैं। क्या आपको विश्वास है कि यह चित्र वही है, जो 1937 में बर्लिन से गायब हो गया था?

कुछ भी यकीन से नहीं कहा जा सकता, लेकिन आप इस चित्र के पीछे कैनवास पर बर्लिन नेशनल गैलरी की मुहर देख सकते हैं, साथ ही बर्नीहीम जेऊन ने भी पुष्टि की है कि उन्होंने ही इसे 1927 में जर्मनों को बेचा था। इसका बाकी इतिहास वर्ष 1890 तक जाता है। पक्के तौर पर कहा जा सकता है कि इसे युद्ध की उथल-पुथल के दौरान संग्राहलय से चुरा लिया गया था।

"आपको यह चित्र कैसे मिला?"

"यह ब्रिटेन के एक कुलीन वर्ग के सदस्य के निजी संग्रह में था, जो अपना नाम प्रकट नहीं करना चाहते।"

"बहुत बढ़िया," स्टीफन ने कहा, "मैं चार बजे तक ड्रेसडर बैंक एजी का 170,000 गिन्नियों का चैक लेकर वापस आता हूँ। क्या यह ठीक रहेगा?"

"जी हाँ सर," जीन-पियरे ने कहा, "मैं इस पर लाल बिंदु का चिह्न लगा देता हूँ।"

स्टीफन के पीछे खड़ा जेम्स अपने शानदार सूट व खूबसूरत टोप में बहुत बुद्धिमान लग रहा था।

उसने बहुत अनुग्रहपूर्वक कहा, ''निश्चित ही यह उस कुशल व्यक्ति का बहुत बेहतरीन काम है।''

''हाँ, मैंने इस बारे में सूथबे के जुलियन बैरॉन से भी बात की थी और उन्हें भी यह पसंद आई थी।''

इसके बाद जेम्स स्वयं को इस विषय का विशेषज्ञ दरशाने के लिए बहुत अदा से चलता हुआ गैलरी के अंत तक गया। जब रॉबिन अंदर आया तो उसकी जेब से 'गार्डियन' मैगजीन झाँक रही थी।

''गुड मॉर्निंग लेमंस महोदय! मैंने सूथबे में वॉन गॉग से जुड़ी एक अफवाह सुनी है, जो मेरे विचार से रूस में मौजूद है। मैं कल के अखबार के लिए इस पेंटिंग के इतिहास तथा आप तक इसके पहुँचने की कहानी के संबंध में कुछ लिखना चाहता हूँ। क्या आप इसकी इजाजत देंगे?''

''मुझे बहुत खुशी होगी,'' जीन-पियरे ने कहा, ''लेकिन मैंने अभी इस चित्र को विख्यात जर्मन डीलर हेर्र ड्रॉसर के लिए 170,000 गिन्नी में रिजर्व किया है।''

यह सुनकर जेम्स ने गैलरी के अंत से कहा, ''ठीक कीमत लगाई है। मेरे विचार से यह लंदन में *Mademoiselle Ravoux* के बाद अब तक देखी गई वॉन गॉन की सबसे बेहतरीन पेंटिंग है, मुझे दुख है कि इसकी नीलामी मेरा हाउस नहीं कर रहा। ड्रॉसर महोदय, आप बहुत भाग्यवान हैं। यदि आप कभी भी इसे बेचने का मन बनाएँ तो कृपया मुझसे अवश्य संपर्क करें।'' जेम्स ने जीन-पियरे को देखकर मुसकराते हुए स्टीफन को अपना कार्ड पकड़ा दिया।

जीन-पियरे जेम्स की ओर देख रहा था, उसका अभिनय कमाल का था। रॉबिन लगातार नोट्स लिख रहा था, जो उसके मुताबिक शॉर्टहैंड में लिखे थे। उसने जीन-पियरे से कहा, ''क्या आपके पास इस चित्र की कोई तसवीर है?''

''हाँ, क्यों नहीं।''

जीन-पियरे ने तसवीर के साथ ही उसका टाइप हुआ विवरण दराज से निकाला और रॉबिन को दे दिया।

''लेमंस के नामाक्षरों का ध्यान रखिएगा। लोग हमारे जैसे ही नाम वाली एक फ्रेंच मोटरकार रेस से अकसर भ्रमित हो जाते हैं।''

इसके बाद वह स्टीफन की ओर मुड़ा।

"हर्र ड्रॉसर आपको प्रतीक्षा करवाने के लिए क्षमा चाहता हूँ। आप इस चित्र को कहाँ प्राप्त करेंगे?"

"आप इसे कल सुबह डॉरचेस्टर के कमरा नंबर 120 में भिजवा दें।"

"ठीक है सर!"

तब स्टीफन वहाँ से जाने लगा।

"जरा सुनिए सर, क्या मैं आपके नाम के अक्षर जान सकता हूँ?"

"डी.आर.ओ.एस.एस.ई.आर।"

"क्या मैं अपने लेख में आपका नाम दे सकता हूँ?"

"मुझे इसे खरीदकर बहुत अच्छा लगा। आप मेरे नाम का उल्लेख कर सकते हैं।"

स्टीफन ने हौले से अपना सिर झुकाया और बाहर निकल गया। जैसे ही वह बांड स्ट्रीट की ओर बढ़ा, यह देखकर जीन-पियरे, रॉबिन और जेम्स की साँस अटक गई की हार्वे भी उसके पीछे ही बाहर निकल गया है।

जीन-पियरे अपनी महोगनी लकड़ी के बने डेस्क पर धाराशायी हो गया और कातर दृष्टि से रॉबिन व जेम्स की ओर ताकने लगा।

"हे ईश्वर, छह हफ्तों की तैयारी, तीन दिन का संताप, सब बेकार गया, और वो बाहर चला गया।" यह कहते हुए जेम्स ने कटुता से *La Moisson* की ओर देखा।

"मुझे लगा था कि स्टीफन के कहे मुताबिक हार्वे रुकेगा और जीन-पियरे के साथ भाव-ताव करेगा। उसकी यही आदत है। वह कभी भी इस चित्र को अपने हाथ से नहीं निकलने देगा।" जेम्स ने दुखी होकर कहा।

"यह मूर्खतापूर्ण योजना किसकी थी?" रॉबिन बड़बड़ाया।

"स्टीफन," उन सब ने समवेत स्वर में कहा और खिड़की की ओर दौड़े।

हेनरी मूर का बनाया कितना खूबसूरत मैक्वेट है, शानदार वस्त्र पहने एक मध्य आयु की महिला ने वहाँ रखी एक नग्न कलाबाज की ताँबे की कलाकृति की जंघा पर हाथ रखते हए कहा। "जब वो तीनों कुढ़ रहे थे तो वह चुपचाप गैलरी में दाखिल हो गई थी। इसकी क्या कीमत है?" उसने पूछा।

"मैं अभी आता हूँ, मैडम।" जीन-पियरे ने कहा। हे ईश्वर, मेरे खयाल से मेटकाल्फ स्टीफन का पीछा कर रहा है। रॉबिन उसके पॉकेट रेडियो पर उसे तुरंत सूचित करो।

"स्टीफन, सुन रहे हो? पीछे मुड़कर मत देखना। हमें लगता है कि हार्वे

तुम्हारा पीछा कर रहा है, वह तुम्हारे पीछे थोड़ी ही दूरी पर है।''

''मुझसे थोड़ा ही पीछे है से तुम्हारा क्या मतलब है ? इस समय तो उसे तुम लोगों के साथ गैलरी में वॉन गॉग पर मोल-भाव करते हुए होना चाहिए था। तुम कह क्या रहे हो ?''

''हार्वे ने हमें मौका ही नहीं दिया। हममें से कोई कुछ कर पाता, इसके पूर्व ही वह तुम्हारे पीछे बाहर निकल गया।''

''बहुत चालाक है, अब मैं क्या करूँ ?''

जीन-पियरे ने मोर्चा सँभाला।

''अगर वो वाकई तुम्हारा पीछा कर रहा है तो तुम्हें डॉरचेस्टर जाना चाहिए।''

''मुझे तो यह भी नहीं पता कि डॉरचेस्टर है कहाँ!'' स्टीफन ने कहा।

अब रॉबिन ने कमान अपने हाथ में ली।

''स्टीफन, सबसे पहले दाएँ मुड़ जाना, इससे तुम ब्रूटन स्ट्रीट पर पहुँच जाओगे, इसके बाद तब तक सीधे चलते जाना जब तक तुम बार्क्ले स्क्वेयर न पहुँच जाओ। लाइन पर बने रहना और पीछे मुड़कर मत देखना, वरना तुम पत्थर के हो जाओगे।''

जेम्स, जीन-पियरे ने समझदारी से काम लेते हुए कहा, ''तुम इसी वक्त टैक्सी से डॉरचेस्टर पहुँचो और वहाँ कमरा नंबर 120 को ड्रॉसर के नाम बुक करवा दो। जब स्टीफन वहाँ प्रवेश करे और उसे चाभी मिल जाए, तो उसके बाद तुम गायब हो जाना। स्टीफन, तुम लाइन पर हो ?''

''हाँ!''

''तुमने सब सुन लिया ?''

''हाँ, जेम्स से कहना कि यदि 120 नंबर न मिले तो 119 या 121 नंबर बुक कर ले।''

''ठीक है,'' जीन-पियरे ने जवाब दिया, ''जेम्स तुम फौरन निकल जाओ।''

जेम्स उसी समय गैलरी से बाहर निकला और उस महिला की टैक्सी में बैठ गया। उसने पहले कभी भी ऐसा नहीं किया था।

''डॉरचेस्टर चलो,'' उसने कहा, ''जितना जल्दी हो सके।''

टैक्सी गंतव्य की ओर चल दी।

''स्टीफन, जेम्स निकल गया है। मैं रॉबिन को तुम्हारे पीछे भेज रहा हूँ, जिससे वह हार्वे पर नजर रखने के अलावा तुम्हें डॉरचेस्टर पहुँचने का रास्ता भी बता सके। मैं यहीं पर हूँ। तुम्हें और कुछ कहना है ?''

"नहीं, स्टीफन ने जवाब दिया। बस प्रार्थना करते रहो। मैं बार्क्ले स्ट्रीट पहुँच गया हूँ। अब क्या करूँ?"

"बगीचे को पार करके हिल रोड की ओर चलो।"

रॉबिन तुरंत गैलरी से निकला और ब्रूटन स्ट्रीट की ओर दौड़ गया। यद्यपि वह हार्वे से केवल 150 फीट ही पीछे था।

"अब हैनरी मूर पर बात करें?" उस बढ़िया पोशाक वाली महिला ने कहा।

जीन-पियरे ने उसकी ओर न देखते हुए कहा, "भाड़ में जाए हैनरी मूर।"

उसकी साँस धौंकनी की तरह चल रही थी।

"जवान, मैंने आज तक कभी इस तरह···"

लेकिन तब तक जीन-पियरे शौचालय में घुसकर दरवाजा बंद कर चुका था।

"अभी तुम साउथ ऑडले स्ट्रीट पर हो, इसके बाद डीनेरी स्ट्रीट पर चले जाना। सीधे चलते रहो, दाएँ-बाएँ कहीं नहीं मुड़ना और पीछे मुड़कर बिल्कुल नहीं देखना। हार्वे अभी भी तुमसे लगभग 150 फीट दूर है। और मैं तुमसे 150 फीट से कुछ ही अधिक की दूरी पर हूँ।" रॉबिन ने कहा। वहाँ से गुजरने वाले लोग एक छोटे से यंत्र पर बात करने वाले इस व्यक्ति को घूरकर देखने लगे।

"क्या कमरा नंबर 120 खाली है?"

"हाँ सर, आज सुबह ही खाली हुआ है। लेकिन अभी रहने के हिसाब से तैयार हुआ है या नहीं, यह देखना होगा। शायद अभी उस कमरे की सफाई हो रही है। मुझे चैक करना होगा।" यह उत्तर सुबह की शिफ्ट में कार्य कर रहे रिसेप्शनिस्ट ने दिया, जिससे उसके फ्लोर स्टाफ में सबसे वरिष्ठ होने का पता चलता था।

"कोई बात नहीं," जेम्स ने कहा, जर्मन बोलने का उसका लहजा स्टीफन से कहीं अधिक बेहतर था। "मैं हमेशा वही कमरा लेता हूँ। क्या आप उसे मेरे नाम से एक रात के लिए बुक कर देंगे। मेरा नाम ड्रॉसर है, हर्र···उह···हेलमट ड्रॉसर।" यह कहते हुए उसने काउंटर पर एक पाउंड रख दिया।

"जी हाँ, सर क्यों नहीं।"

"स्टीफन , यह पार्क लेन है। अपने दाईं ओर देखो, तुम्हारे सामने कोने पर एक बड़ा सा होटल है। यही डॉरचेस्टर है। सामने वाला अर्ध-गोलाकार हिस्सा इसका मुख्य प्रवेश द्वार है। सीढ़ियाँ चढ़ो, हरा ओवरकोट पहने उस व्यक्ति के पास से निकलो, घूमने वाले दरवाजे से भीतर घुसते ही तुम्हारे दाएँ हाथ पर रिसेप्शन होगा। वहाँ जेम्स तुम्हारी प्रतीक्षा कर रहा होगा।"

रॉबिन को प्रसन्नता हुई कि पिछले वर्ष रॉयल सोसायटी फॉर मेडिसिन का वार्षिक रात्रिभोज डॉरचेस्टर में ही हुआ था।

''हार्वे कहाँ है ?'' स्टीफन ने पूछा।

''तुमसे मात्र 120 फीट पीछे।''

स्टीफन ने अपनी गति बढ़ाई और दौड़ते हुए डॉरचेस्टर की सीढ़ियाँ चढ़ गया। उसने घूमने वाले दरवाजे को इतनी जोर से धकेला कि उसका उपयोग कर रहे अन्य लोग कुछ ज्यादा ही जल्दी सड़क पर आ गए। शुक्र है कि जेम्स वहाँ चाबी लिये खड़ा था।

''लिफ्ट वहाँ है,'' जेम्स ने इशारा करते हुए कहा, ''तुमने इस होटल का सबसे महँगा सुइट चुना है।''

स्टीफन ने जेम्स की इंगित दिशा में देखा और उसे धन्यवाद कहने के लिए मुड़ा। लेकिन तब तक जेम्स अमेरिकन बार की ओर बढ़ गया था, जिससे वहाँ पहुँचने पर हार्वे उसे न देख सके।

स्टीफन पहले फ्लोर पर लिफ्ट से बाहर निकला तो उसने देखा कि हालाँकि वो इससे पहले कभी भी डॉरचेस्टर नहीं आया था, लेकिन यह बिल्कुल क्लेरिजिस जैसा ही पारंपरिक है। वहाँ बिछा गहरे चमकदार नीले व सुनहरे रंग का कालीन आपके ऐसे कॉर्नर सुइट तक ले जाता है, जहाँ से आप हाईड पार्क के उपेक्षित हिस्से को देख सकते हैं। वहाँ रखी आरामकुरसी पर वह ढेर हो गया। वह समझ नहीं पा रहा था कि आगे क्या होगा। कुछ भी योजना के मुताबिक नहीं हो रहा था।

जीन-पियरे गैलरी में प्रतीक्षा कर रहा था। जेम्स अमेरिकन बार में बैठा था तथा रॉबिन डॉरचेस्टर के प्रवेश-द्वार से 150 फीट दूर पार्क लेन स्थित बार्क्ले बैंक की ट्यूडर की नकल वाली बिल्डिंग से आसपास मटरगश्ती कर रहा था।

''क्या आपके होटल में श्री ड्रॉसर ठहरे हैं ? शायद वो कमरा नंबर 120 में हैं।'' हार्वे ने पूछा।

रिशेप्सनिस्ट ने अपने रजिस्टर में देखा और कहा, ''जी सर, क्या वो आपकी प्रतीक्षा कर रहे हैं ?''

''नहीं, लेकिन मैं आपके आंतरिक फोन पर उनसे बात करना चाहूँगा।''

''जरूर कीजिए सर, इस छोटे से नक्काशीदार दरवाजे के पार आपको पाँच टेलीफोन लगे दिखेंगे। उनमें से एक हमारा आंतरिक फोन है।''

हार्वे बताए गए रास्ते पर चला गया।

उसने कॉलर पर सुनहरे महल वाली डॉरचेस्टर की हरी वरदी पहनकर

अपनी सीट पर बैठे ऑपरेटर से कहा, ''कमरा नंबर 120 में बात करनी है।''

''कृपया क्यूबिकल नंबर 1 में जाएँ सर।''

''ड्रॉसर साहब बोल रहे हैं?''

''जी,'' स्टीफन ने अपने लहजे को भरपूर जर्मन बनाने का प्रयास करते हुए कहा।

''मेरा नाम हार्वे मेटकाल्फ है। क्या मैं ऊपर आकर आपसे कुछ बात कर सकता हूँ? आपने आज सुबह वॉन गॉग का जो चित्र खरीदा है, मुझे उसी के संबंध में आपसे कुछ बात करनी है।''

''माफ कीजिएगा, अभी यह संभव नहीं हो सकेगा। फिलहाल मैं नहाने जा रहा हूँ और इसके बाद लंच पर मुझे किसी से मिलना है।''

''मुझे ज्यादा देर नहीं लगेगी।''

इससे पहले कि स्टीफन कोई जवाब देता, फोन बंद हो गया। कुछ ही देर बाद किसी ने कमरे का दरवाजा खटखटाया। स्टीफन के पैर काँपने लगे। उसने घबराते हुए उत्तर दिया। उसने फौरन डॉरचेस्टर का सफेद गाउन पहना और अपने भूरे बालों को अस्त-व्यस्त कर लिया, जिससे वे काले लगें। हार्वे के समक्ष न आने की वास्तविक योजना में हुए इस अचानक परिवर्तन के निपटने के लिए वह केवल यही भेष बनाने की सोच सका।

''इस तरह आने के लिए माफी चाहता हूँ, ड्रॉसर साहब, लेकिन मेरा आपसे तुरंत मिलना आवश्यक था। मुझे पता है कि आपने लेमंस गैलरी से वॉन गॉग का एक चित्र खरीदा है और चूँकि मुझे ज्ञात है कि आप स्वयं भी विक्रेता हैं तो क्या आप इसे त्वरित लाभ पर बेचना चाहेंगे।''

स्टीफन ने शांति की साँस ली और कहा, ''जी नहीं शुक्रिया! मैं वर्षों से अपनी म्यूनिख की गैलरी के लिए वॉन गॉग का एक चित्र चाहता था। इसलिए क्षमा कीजिएगा मेटकाल्फ साहब, यह बिक्री के लिए नहीं है।''

''आपने इस चित्र के लिए 170,000 गिन्नी दी हैं। वो डॉलर में कितनी हो जाएँगी?''

स्टीफन एक पल को रुका।

''लगभग, 435,000 डॉलर।''

''यदि आप यह चित्र मुझे दे देते हैं तो मैं आपको इसके 15,000 डॉलर दूँगा। आपको बस यह करना होगा कि आप गैलरी पर फोन करें व उन्हें बता दें कि वह चित्र अब मेरा है और उसका बिल मैं चुकाऊँगा।''

स्टीफन चुपचाप बैठा रहा, वह समझ नहीं पा रहा था कि बिना गड़बड़ किए इस स्थिति को कैसे सँभाले। उसने स्वयं से कहा, हार्वे मेटकाल्फ की तरह सोचो।

''20,000 डॉलर नकद दें और चित्र आपका हुआ।''

हार्वे थोड़ा सकुचाया। स्टीफन के पाँव एक बार फिर काँपने लगे।

''मंजूर है,'' हार्वे ने कहा, ''इसी वक्त गैलरी पर फोन कीजिए।''

स्टीफन ने फोन उठाया और बोला।

''क्या जितना जल्दी हो सके, मेरी बांड स्ट्रीट स्थित लेमंस गैलरी में बात करवाएँ। कृपया जल्दी कीजिएगा, मुझे लंच में किसी से मिलने जाना है।''

कुछ ही सेकेंड में फोन आ गया।

''लेमंस गैलरी, मैं हर्र ड्रॉसर बोल रहा हूँ। याद है, आज सुबह मैं आपकी गैलरी में आया था।''

''यकीनन मुझे याद है बेवकूफ। तुम क्या कहना चाहते हो स्टीफन?'' मैं जीन-पियरे बोल रहा हूँ?

''मेरे सामने श्री मैटकाल्फ बैठे हैं।''

''हे ईश्वर, माफ करना स्टीफन। मुझे पता नहीं…।''

''ये कुछ ही मिनट बाद आपके पास आएँगे।''

स्टीफन ने यह कहते हुए हार्वे की ओर देखा, जिसने हाँ में अपना सिर हिलाया।

''मैंने आज सुबह आपसे जो वॉन गॉग खरीदी थी, वो आप इन्हें दे दें और यह आपको उसकी पूरी कीमत 170,000 गिन्नी का चैक दे देंगे।''

''ये मारा मैदान!'' जीन-पियरे ने धीमे से कहा।

''मुझे उस चित्र को प्राप्त न कर पाने का दुख है, लेकिन यहाँ मैं वो अमेरिकी उक्ति कहना चाहूँगा कि ये एक ऐसा मौका था, जिससे मैं इनकार न कर सका। ''आपकी सहायता के लिए धन्यवाद।'' स्टीफन ने यह कहकर फोन काट दिया।

हार्वे ने स्टीफन को 20,000 डॉलर का चैक सौंप दिया।

''धन्यवाद ड्रॉसर साहब, आपने मुझे प्रसन्न कर दिया।''

''मुझे भी स्वयं से कोई शिकायत नहीं है,'' स्टीफन ने पूरी ईमानदारी से कहा। इसके बाद वह हार्वे को दरवाजे तक छोड़ने आया और उन्होंने हाथ मिलाया।

''गुडबाय सर!''

''गुडबाय मेटकाल्फ!''

स्टीफन ने दरवाजा बंद किया और आकर कुरसी पर ढेर हो गया, उसमें हिलने तक की ताकत शेष नहीं थी।

रॉबिन और जेम्स ने हार्वे को डॉरचेस्टर से निकलते देखा। रॉबिन उसका पीछा करते हुए गैलरी की दिशा में चल दिया। उसके हर कदम के साथ रॉबिन की आशा बढ़ती जाती। जेम्स लिफ्ट लेकर प्रथम तल पर पहुँचा और लगभग दौड़ता हुआ कमरा नंबर 120 के सामने जा खड़ा हुआ। उसने दरवाजा खटखटाया। उस धमक से स्टीफन घबरा गया। वह फिर से हार्वे का सामना करना नहीं चाहता था। उसने दरवाजा खोला।

''ओह, जेम्स तुम हो। पहले जाकर रूम कैंसिल करवाओ, एक रात का शुल्क दो और फिर मुझसे आकर कॉकटेल बार में मिलो।''

''क्यों, किसलिए?''

''क्रूग 1964 प्रिवि क्यूवी की बोतल के लिये।''

''एक सफलता, तीन बाकी।''

❑

11

लॉर्ड ब्रिगस्ले के किंग्स रोड स्थित फ्लैट पर पहुँचने वालों में अंतिम व्यक्ति जीन-पियरे था। उसे महसूस हुआ कि वह देर से आने का हकदार है। हार्वे का चैक भुन गया था और अब इस समय लेमंस गैलरी के अकाउंट में 447,560 डॉलर जमा थे। पेंटिंग हार्वे के पास थी और कोई पहाड़ नहीं टूटा था। जीन-पियरे ने बीते दो महीनों में इस अपराध से जितनी रकम जमा की थी, उतनी वह दस वर्षों की वैध ट्रेडिंग से नहीं कर सका था।

अन्य तीनों ने उसका ऐसे स्वागत किया, जैसे आमतौर पर खिलाड़ियों का किया जाता है। उन सबने जेम्स के पास रखी वीयूव क्लिक्योट 1959 की अंतिम बोतल से अपने जाम भर लिये।

''हम सौभाग्यशाली रहे कि सबकुछ ठीक-ठाक निपट गया।'' रॉबिन ने कहा।

''हम सौभाग्यशाली नहीं थे,'' स्टीफन ने कहा, ''हमने भारी तनाव का सामना किया है, लेकिन इससे हमें यह सबक मिल गया कि हार्वे कभी भी खेल के बीच में ही नियम परिवर्तित कर सकता है।''

''स्टफीन, देखा जाए तो उसने गेम बिल्कुल पलट दिया है।''

''हाँ, इसलिए हमें याद रखना चाहिए कि एक बार नहीं, हमें चारों बार ऐसा ही कर दिखाना होगा। तभी हम स्वयं को सफल मान सकते हैं, अन्यथा नहीं। चूँकि हमने पहला राउंड जीत लिया है, इसलिए हमें अपने दुश्मन को कमजोर नहीं समझना चाहिए।''

''अरे, आराम से प्रोफेसर साहब,'' जेम्स ने कहा, ''डिनर के बाद हम लोग फिर काम पर लग जाएँगे। एनी इस दोपहर को विशेष तौर पर हमारे लिए सालमॉन मूस बना गई है और हार्वे मेटकाल्फ के साथ उसका स्वाद बिगड़ जाएगा।''

''उस सुशील महिला से हमें कब मिलवा रहे हो?'' जेम्स-पियरे ने पूछा।

''जब हम इस सब में सफल होकर बाहर निकल जाएँगे।''

''उससे शादी मत करना, जेम्स। वह हमारे पैसों के कारण हमारे साथ है।''

सब हँस पड़े। जेम्स सोचने लगा कि आखिर वह दिन कब आएगा जब उन्हें बता सकेगा कि एनी इन सबके बारे में बहुत पहले से जानती थी। उसने इकेजॉक्स 1970 की दो बोतलें निकालने के साथ ही *bouef en croute* परोस दिया। जीन-पियरे ने सालन को सूँघा और उसकी तारीफ करते हुए बोला, ''अगर वह प्रेम करने में भी वैसी ही है, जैसी खाना बनाने में तो उससे विवाह का इरादा बुरा नहीं है।''

''जीन-पियरे, यह जाँचने का मौका तुम्हें कभी नहीं मिलने वाला। तुम खुद को उसकी फ्रेंच पोशाकों की सराहना तक ही सीमित रखो।''

इस बातचीत को जीन-पियरे के मनपसंद विषय से हटाने के लिए स्टीफन ने कहा, ''जेम्स, आज सुबह तुम्हारा काम सबसे बढ़िया रहा। तुम्हें तो अभिनय के क्षेत्र में काम करना चाहिए। ब्रिटेन के अभिजात वर्ग का होने से तुम्हारी यह योग्यता व्यर्थ हो रही है।''

''मैं तो चाहता हूँ, लेकिन मेरे पिताजी इसकी इजाजत नहीं देते। जो लोग बड़ी वसीयत को हासिल करना चाहते हों, उन्हें संतान का फर्ज निभाना ही पड़ता है।''

''क्यों न हम मोंटे कार्लो में की जाने वाली चारों भूमिकाएँ इसे ही करने दें।'' रॉबिन ने अपनी राय प्रकट की।

मोंटे कार्लो का नाम सुनकर उन सबके होश ठिकाने आ गए।

''काम पर लगें,'' स्टीफन ने कहा, ''अब तक हमने 447,560 डॉलर निकाल लिये हैं। चित्र पर हुआ खर्च व डॉरचेस्टर में हुए एक रात के अनपेक्षित खर्च के बाद मेटकाल्फ पर अब हमारे 563,582 डॉलर बकाया हैं। हमने जो खोया है, अपना ध्यान उसी पर केंद्रित रखें, न कि जिसे हम जीत चुके हैं। अब मोंटे कार्लो योजना पर बात करते हैं, जो प्रति सेकेंड की सटीकता तथा हमारे द्वारा अपनी भूमिका को लंबे समय तक जारी रखने पर निर्भर करती है। रॉबिन हमें इस बारे में अधिक जानकारी देंगे।

रॉबिन ने अपने पास रखे ब्रीफकेस से हरे रंग की एक फाइल निकाली और कुछ देर तक उसमें लिखे नोट्स को पढ़ता रहा।

''जीन-पियरे तुम्हें, आज से ही दाढ़ी बढ़ाना शुरू करना होगा। जिससे कि तीन हफ्ते बाद तुम पहचान में न आ सको। तुम्हें अपने बाल भी छोटे करवाने

होंगे।'' जीन-पियरे को मुँह बनाता देख रॉबिन मुसकरा दिया। ''तुम इस भेष में बहुत क्रांतिकारी लगोगे।''

''मुझे नहीं लगता।'' जीन-पियरे ने कहा।

''तुम्हारी बकार्ट व ब्लैकजैक की तैयारी कैसी चल रही है?'' रॉबिन ने बोलना जारी रखा।

''पाँच हफ्तों में मैं 37 डॉलर हार गया। इसमें मेरे क्लेमाउंट और गोल्डन नगेट का सदस्यता शुल्क भी शामिल था।''

''वह सब खर्च में जुड़ेगा,'' स्टीफन ने कहा, ''अब बिल हो गया है 563,619 डॉलर।''

सभी हँस पड़े। केवल स्टीफन के ही होंठ बंद रहे। वह जितना हो सके, उतना गंभीर दिखना चाहता था।

''जेम्स, तुम्हें वैन चलाने में कितनी निपुणता हासिल हुई?''

''मैं हार्ले स्ट्रीट से सेंट थॉमस तक 14 मिनट में पहुँच सकता हूँ। मोंटे कार्लो में मैं यह काम 11 मिनट में कर सकता हूँ, हालाँकि इसके लिए मैं अभी कुछ और दिन अभ्यास करूँगा। मुझे सड़क पर उल्टी दिशा में ड्राइविंग करने में महारत हासिल करनी होगी।''

जीन-पियरे ने कहा, ''मुझे समझ नहीं आता कि ब्रिटिश लोगों के अलावा बाकी सभी सड़क की उल्टी दिशा में कैसे ड्राइव कर लेते हैं।''

जेम्स ने उसकी बात पर ध्यान नहीं दिया।

''इसके अतिरिक्त मुझे महाद्वीपीय मार्ग चिह्नों की भी कोई जानकारी नहीं है।''

''मैंने तुम्हें फाइल के साथ जो मिशेलिन गाइड दी है, उसमें तुम्हें इसका विस्तारपूर्वक वर्णन मिल जाएगा।''

''मुझे पता है। लेकिन मुझे इन बेकार नक्शों की जगह व्यक्तिगत अनुभव अधिक आसान लगता है। मोनाको में बहुत सी सड़कें वन-वे हैं। मैं नहीं चाहता कि अपनी पिछली सीट पर बेहोश हार्वे मेटकाल्फ को लिये हुए मैं किसी गलत सड़क में घुस जाऊँ।''

''चिंता मत करो। इस काम के लिए अभी काफी समय है। अब बाकी बचा स्टीफन, जो मेरा अब तक का सबसे बुद्धिमान मेडिकल छात्र है। मुझे लगता है, तुम्हें अपने ज्ञान पर पूरा भरोसा होगा?''

''रॉबिन, मैं अपने प्रति उतना ही आश्वस्त हूँ, जितना तुम्हारे अमेरिकी

लहजे से बोलने पर। मुझे भरोसा है कि जब हार्वे मेटकाल्फ से हमारी मुलाकात होगी तो उसकी दिमागी स्थिति ऐसी नहीं होगी कि वह इन छोटी बातों पर ध्यान दे सके।''

''चिंता मत करो, स्टीफन। विश्वास रखो कि यदि उससे मिलने पर तुम उसे अपना नाम वॉन गॉग वाला हर्र ड्रॉसर बताकर भी गले लग जाओगे, तो वो भी बेसुध ही रहेगा।''

रॉबिन ने एक बार फिर अपनी हरी फाइल को देखा और हार्ले स्ट्रीट व सेंट थॉमस में अंतिम रिहर्सल के बारे में बताने लगा।

''मैंने होटल डे पैरिस के चार भिन्न फ्लोर पर चार सिंगल रूम बुक किए हैं तथा सेंटर हॉस्पिटेलर प्रिंसिएस ग्रेस में भी सारी व्यवस्थाएँ चाक-चौबंद कर ली हैं। यह होटल दुनिया भर में विख्यात है, इसलिए निस्संदेह इसका किराया भी बहुत अधिक है, लेकिन उसमें कैसिनो होने के चलते हमारे लिए यही ठीक रहेगा। हम हार्वे के अपने यॉट पर पहुँचने से एक दिन पूर्व सोमवार को फ्लाइट से नाइस पहुँच जाएँगे।''

''अब बाकी बचे हफ्ते हम क्या करेंगे?'' जेम्स ने भोलेपन से पूछा।

स्टीफन ने एक बार फिर बातचीत का नियंत्रण अपने हाथ में लेते हुए कहा, ''हम इस शुक्रवार को होने वाले अंतिम अभ्यास के पूर्व इस हरी फाइल में लिखी हर बात के लिए ऊपर से लेकर नीचे तक, और आगे से लेकर पीछे तक हर ओर से तैयारी करेंगे। जेम्स इसमें तुम्हारा सबसे महत्त्वपूर्ण कार्य स्वयं को सँभालना तथा कुछ भी महसूस होने पर हमें बताना होगा।''

जेम्स को एक बार फिर उदासी ने घेर लिया।

स्टीफन ने अपनी फाइल जल्दी से बंद कर ली।

''लगता है, आज रात के लिए बातचीत पूरी हुई।''

''एक मिनट रुको, स्टीफन,'' रॉबिन ने कहा, ''हमें एक बार फिर यह जाँच करनी होगी कि हम 90 सेकेंड के भीतर तुम्हारे सारे कपड़े उतार पाते हैं या नहीं।''

स्टीफन अनिच्छापूर्वक कमरे के बीच में लेट गया और जेम्स व जीन-पियरे ने सावधानीपूर्वक उसके सारे वस्त्र उतार दिए।

''सत्तासी सेकेंड, बहुत बढ़िया!'' रॉबिन ने स्टीफन की ओर देखते हुए कहा, जिसके शरीर पर अब उसकी घड़ी के अतिरिक्त और कुछ नहीं था।

''हे ईश्वर, जरा समय देखो। मुझे न्यूबरी वापस लौटना है। अन्यथा मेरी

पत्नी सोचेगी कि मेरी कोई रखैल भी है और मैं तुम में से किसी को भी इस नजर से नहीं देखता हूँ।''

स्टीफन ने फौरन अपने कपड़े पहने और बाकी सबके साथ बाहर निकल गया। जेम्स थोड़ी देर तक दरवाजे पर खड़ा होकर उन सबको एक-एक कर जाते हुए देखता रहा। स्टीफन के नजरों से ओझल होते ही वह फौरन सीढ़ियों से नीचे उतरकर रसोई की ओर लपका।

''सुना तुमने?''

''हाँ डार्लिंग, वे सभी लोग सभ्य हैं और निस्संदेह तुम्हारी तरह उन्हें भी धोखा देना बहुत सरल है। जहाँ वे सब पेशेवराना अंदाज में बात कर रहे थे, वहीं तुम उनके सामने नौसिखिया लग रहे थे। हमें जल्दी ही तुम्हारे लिए भी उनके जैसी कोई योजना बनानी होगी। मेटकाल्फ महोदय के मोंटे कार्लो जाने में अभी एक हफ्ते का समय है। हमें इस बीच कुछ न कुछ अवश्य सोच लेना होगा।''

जेम्स ने गहरी साँस लेते हुए कहा, ''चलो, आज की रात जश्न मनाते हैं। कम-से-कम आज सुबह तो सफलता मिली।''

''हाँ, लेकिन तुम्हें नहीं। कल हम इस पर काम करेंगे।''

❑

12

हीथ्रो हवाइअड्डे के टर्मिनल नंबर 1 पर लाउडस्पीकर से आवाज आई, ''नाइस जाने वाली फ्लाइट संख्या 017 के सभी यात्रियों से निवेदन है कि वे सभी विमान में सवार होने के लिए गेट नंबर 7 पर पहुँच जाएँ।''

''हमारे लिए है।'' स्टीफन ने कहा।

चारों एक्सेलेटर द्वारा पहले फ्लोर पर पहुँचकर लंबे गलियारे की ओर बढ़ गए। स्टीफन ने उन्हें पहले ही सचेत कर दिया था कि इस फ्लाइट में हार्वे के बहुत से मित्रों के होने की संभावना है, इसलिए अपने साथ बैठे हर यात्री को उसका मित्र मानकर ही व्यवहार करें।

जेम्स ने उदास भाव से मेघ रहित आकाश को निहारा और चिंता में डूब गया। एनी और उसने पैसे ठगने व कपटपूर्ण घटनाओं से जुड़ी जो भी पुस्तक हाथ लगी, उसे पढ़ डाला, लेकिन उन्हें उसमें साहित्यिक चोरी के अलावा कुछ नहीं मिला। यहाँ तक कि सेंट थॉमस में निर्वस्त्र होने के अभ्यास के दौरान स्टीफन भी जेम्स की सफलता हेतु कोई योजना बनाने में नाकाम रहा।

ट्राइडेंट ने ठीक 13:40 पर नाइस की धरती को छुआ, जिसके बाद नाइस से मोंटे कार्लो की रेल यात्रा में उन्हें बीस मिनट लगे। टीम के प्रत्येक सदस्य ने विख्यात होटल डे पेरिस के प्लेस डयू कैसिनो पहुँचने के लिए अलग मार्ग लिया। शाम 7 बजे वे सभी कमरा नंबर 217 में उपस्थित थे।

''सब अपने कमरों में पहुँच गए?''

अन्य तीनों ने 'हाँ' में सिर हिलाया। रॉबिन ने कहा, ''अभी तक तो सब ठीक है। अब हम टाइमिंग पर बात कर लेते हैं। जीन-पियरे, तुम आज रात कैसिनो में जाकर बकार्ट व ब्लैकजैक के कुछ हाथ खेलोगे। इस दौरान तुम माहौल में रमने के अतिरिक्त आसपास की जानकारी प्राप्त करने का भी प्रयास करना। विशेष रूप से क्लेयरमॉण्ट के नियमों में से किसी में महारत हासिल करने का प्रयास करना और

अंग्रेजी बिल्कुल मत बोलना। क्या तुम्हें इसमें कोई समस्या है?''

''मैं नहीं कर सकता, यह कहना संभव नहीं है, रॉबिन। बल्कि मैं तो अभ्यास करने के लिए अभी जाना चाहता हूँ।''

''हमारा ज्यादा पैसा मत उड़ाना,'' स्टीफन ने कहा।

लंबी दाढ़ी व डिनर जैकेट पहने हुए जीन-पियरे मुसकराया और कमरा नंबर 217 से बाहर निकलकर लिफ्ट को छोड़कर सीढ़ियों की ओर बढ़ गया। इसके बाद उसके होटल से उस मशहूर कैसिनो तक का छोटा सा रास्ता पैदल ही तय किया।

रॉबिन ने बोलना जारी रखा—''जेम्स, तुम एक टैक्सी लेकर कैसिनो से अस्पताल पहुँचो। वहाँ पहुँचने के बाद कुछ देर मीटर चलने दो और फिर वापस कैसिनो लौट आओ। वैसे तो टैक्सी सबसे छोटे रास्ते से ही ले जाती है। लेकिन फिर भी आश्वस्त होने के लिए ड्राइवर को कहना कि किसी आपात स्थिति के चलते तुम्हें वहाँ जल्दी पहुँचना है। इस तरह तुम समझ जाओगे कि दबाव होने पर किन छोटे रास्तों का उपयोग किया जा सकता है। जब वह तुम्हें कैसिनो वापस ले आए, तो वहाँ से अस्पताल तक का रास्ता एक बार पैदल जाकर भी देख लेना। तब तुम उसपर अपने गाड़ी चलाने के सही समय का अंदाज लगा पाओगे। जब तुम इसे भली-भाँति समझ जाओ तो अस्पताल से हार्वे के यॉट तक का रास्ता जानने में इसी प्रक्रिया का उपयोग करना। इस दौरान तुम न तो कैसिनो में प्रवेश करना और न ही यॉट के बहुत नजदीक जाना। अभी देखे जाने का अर्थ है बाद में पहचाना जाना।''

''योजना की रात मेरे प्रशिक्षण की कैसिनो में क्या भूमिका रहेगी? इसे जीन-पियरे सँभालेगा। वो तुम्हें दरवाजे पर ही मिल जाएगा, क्योंकि स्टीफन हार्वे को अकेला नहीं छोड़ना होगा। मुझे नहीं लगता कि तुम्हारे सफेद कोट व स्ट्रेचर को देखकर भी वो तुमसे 12 फ्रेंक का प्रवेश शुल्क माँगेंगे। लेकिन तुम्हें इसके लिए भी तैयार रहना होगा। जब तुम्हारा काम पूरा हो जाए तो अपने कमरे में लौट जाना और कल सुबह 11 बजे तक वहीं पर हमारे लौटने की प्रतीक्षा करना। स्टीफन और मैं यह देखने के लिए अभी अस्पताल जा रहे हैं कि हमारे लंदन से भेजे निर्देशों के केबल के अनुसार ही तैयारी हुई है या नहीं। यदि इस दौरान हम तुम्हें कहीं भी दिख जाएँ तो हमें नजरअंदाज कर देना।''

जब जेम्स कमरा नंबर 217 से बाहर निकला, तब तक जीन-पियरे कैसिनो पहुँच गया था।

मोंटे कार्लो के ठीक दिल में बसे बागीचों से घिरे इस कैसीनो से समुद्र साफ दिखाई देता है। वर्तमान बिल्डिंग में कई हिस्से हैं, जिनमें सबसे पुराने का डिजाइन पैरिस ओपेरा हाउस के आर्किटेक्ट चार्ल्स गार्नियर ने बनाया था। वर्ष 1910 में निर्मित जुए के नए कक्ष सैले गार्नियर प्रांगण द्वारा जुड़े हुए थे, जहाँ अकसर ऑपेरा व बैले कार्यक्रम आयोजित होते रहते थे।

जीन-पियरे मार्बल की बनी सीढ़ियों पर चढ़ा और 12 फ्रेंक का प्रवेश शुल्क जमा करवा दिया। जुए के कमरे बेहद खुले व बड़े थे, जहाँ यूरोप में सदी के परिवर्तन के समय हुए पतन व भव्यता को दरशाया गया था। लाल रंग के बड़े कालीन, मूर्तियाँ, पेंटिंग्स व टेपिस्ट्री (चित्रित कपड़ा) ने बिल्डिंग को बहुत वैभवपूर्ण बना दिया था। वहाँ लगे पोट्रेट्स से ग्रामीण परिवेश की अनुभूति होती। जीन-पियरे ने ध्यान दिया कि वहाँ के ग्राहकों में हर देश के लोग मौजूद हैं। रूले व्हील पर अरब और यहूदी न केवल साथ बैठे थे बल्कि आपस में बातचीत भी कर रहे थे, ऐसा तो राष्ट्र संघ में होना भी संभव नहीं है। जीन-पियरे को अमीर लोगों की इस अवास्तविक दुनिया में बहुत अच्छा लग रहा था। रॉबिन ने उसकी भूमिका बहुत ध्यानपूर्वक गढ़ी थी, जिसे वह पूरे संयम के साथ अंजाम दे सकता था।

जीन-पियरे ने कैसिनो के आमूल-चूल अध्ययन में तीन घंटे लगाए, उसने वहाँ के जुआ कक्ष, बार, रेस्टोरेंट, टेलीफोन, प्रवेश व निकास के मार्ग देखे। तब उसने अपना पूरा ध्यान जुआ खेलने पर केंद्रित कर दिया। उसे पता चला कि सैलून प्रिवी में दोपहर 3 बजे तथा रात 11 बजे बकार्ट के दो शू खेले जाते हैं। उसे कैसिनो के प्रमुख जन संपर्क अधिकारी पियरे कैटेलानो से यह भी मालूम कर लिया कि हार्वे मेटकाल्फ किस निजी कक्ष में खेलना पसंद करता है।

सैलून डेस अमेरिक्यूस में प्रतिदिन सुबह 11 बजे से ब्लैकजैक खेला जाता है। वहाँ तीन मेजें थीं और जीन-पियरे को बताया गया कि हार्वे हमेशा मेज संख्या 2 की 3 नंबर कुरसी पर बैठकर ही खेलता है। जीन-पियरे ने क्लेयरमांट के नियमों से विभेद को परखने के लिए ब्लैकजैक व बकार्ट के छोटे से गेम खेले। नियम बिल्कुल वही थे, जैसे क्लेयरमांट अभी भी फ्रेंच नियमों से चिपटा हुआ हो।

रात 11 बजे शोरगुल करता हार्वे मेटकाल्फ दाखिल हुआ और सिगार के धुएँ की लकीर छोड़ता हुआ अपनी बकार्ट की मेज की ओर बढ़ गया। जीन-पियरे बार में अप्रकट बैठा उसे देख रहा था। मुख्य क्रोपियर ने भद्रतापूर्वक हार्वे को उसकी रिजर्व सीट दिखाई और कुछ ही देर में सैलून डेस अमेरिक्यूस में ब्लैकजैक

की मेज नंबर 2 की एक कुरसी पर सफेद रंग का रिजर्व लिखा बोर्ड रख दिया। निस्संदेह हार्वे उनका पसंदीदा ग्राहक था। जीन-पियरे के अतिरिक्त वहाँ का प्रबंधन भी इस बात से अवगत था कि हार्वे मेटकाल्फ को किन खेलों में रुचि है। रात 11.37 पर जीन-पियरे चुपचाप बाहर निकला और अपने निर्जन कमरे में चला गया, जहाँ उसे अगले दिन सुबह 11 बजे तक बंद रहना था। इस दौरान उसने न तो रूम सर्विस को फोन किया और न ही किसी अन्य व्यक्ति को।

जेम्स की शाम भी अच्छी गुजरी। टैक्सी ड्राइवर बहुत होशियार था। आपातस्थिति शब्द ने उसके भीतर छिपे वाल्टर मिटी को जगा दिया, जिसके बाद उसने मोंटे कार्लो तक की यात्रा इतनी तेज गति से की, मानो वह किसी कार रैली में दौड़ रहा हो। उसने जेम्स को मात्र 8 मिनट और 44 सेकेंड में अस्पताल पहुँचा दिया, जिसके बाद जेम्स को इतनी कमजोरी महसूस हुई कि उसके टैक्सी में वापस लौटने के पूर्व ऐंट्री डेस पेशेंट्स में कुछ देर आराम करने का मन करने लगा।

''वापस कैसिनो चलो, लेकिन इस बार कृपया धीरे चलाना।''

रूग्रिमाल्डी से वापसी का रास्ता ग्यारह मिनट में तय हुआ तब, जेम्स ने निर्णय लिया कि वह इस रास्ते को लगभग 10 मिनट में पूरा करने का प्रयास करेगा। उसने टैक्सी ड्राइवर को किराया दिया और दिए गए निर्देशों के दूसरे भाग पर काररवाई शुरू कर दी।

उसे अस्पताल तक जाकर वापस लौटने में एक घंटे से कुछ अधिक लगा। रात की ठंडी हवा उसके चेहरे को छू रही थी, सड़क गपशप कर रहे उत्साहपूर्ण लोगों से भरी हुई थी। इस राज्य की कमाई का मुख्य स्रोत पर्यटन है और मोनाको अपने आगंतुकों के कुशलक्षेम के प्रति बहुत गंभीर है। अपनी यात्रा के दौरान जेम्स ने सड़क पर बने बहुत से छोटे रेस्टोरेंट व स्मारिका वस्तुओं की दुकान देखीं, जिनमें ऐसी बहुत सी छोटी वस्तुएँ भरी थीं, जिन्हें महँगे दामों पर खरीदने के बावजूद आप एक हफ्ते के भीतर ही या तो उन्हें खो देते हैं या उनके बारे में बिल्कुल भूल जाते हैं। सड़क पर बनी इन दुकानों के बीच छुट्टियाँ बिताने आए लोग शोर मचाते हुए टहल रहे थे। उनके भिन्न भाषाओं वाले निरर्थक शब्दों के बीच जेम्स को एनी की याद आने लगी। कैसिनो वापस लौटने के बाद जेम्स ने टैक्सी पकड़ी और बंदरगाह पर हार्वे की यॉट मैसेंजर बॉय को तलाश किया। तत्पश्चात् उसने टैक्सी को वहीं से अस्पताल की ओर मोड़ दिया। इसके बाद उसने पुनः उसी मार्ग का पैदल मुआयना किया व जीन-पियरे की तरह आधी रात तक अपने कमरे में सुरक्षित लौट आया।

रॉबिन व स्टीफन को होटल से अस्पताल तक पैदल पहुँचने में 40 मिनट से कुछ अधिक लगे। वहाँ रॉबिन ने रिसेप्शनिस्ट से सुपरिंटेंडेंट से मिलने की इच्छा जताई।

स्वच्छ पोशाक पहने उस फ्रेंच नर्स ने बताया कि रात्रीकालीन सुपरिंटेंडेंट ड्यूटी पर है। मैं उन्हें आपका क्या नाम बताऊँ?

उसका अंग्रेजी उच्चारण स्पष्ट था, इसलिए उसकी छोटी गलतियों को वह मुसकराकर नजरअंदाज कर रहे थे।

''यूनिवर्सिटी ऑफ कैलिफोर्निया के डॉक्टर विली।''

रॉबिन प्रार्थना करने लगा कि रात्रीकालीन सुपरिंटेडेंट, राष्ट्रपति निक्सन के चिकित्सक तथा दुनिया के सबसे सम्मानित सर्जन विली बार्कर को न पहचानता हो। जो फिलहाल ऑस्ट्रेलिया के प्रमुख विश्वविद्यालयों में लेक्चर दे रहे थे।

'Bonsoir, Doctor Baker. Monsieur Bartise a votre Service. Votre visite fait grand honneur a notre hospital humble' (''गुड ईवनिंग, डॉक्टर बार्कर। आपके इस सेवक का नाम बार्टिस है। हमारे इस छोटे से अस्पताल में आपका आना हमारे लिए बहुत सम्मान की बात है।)''

रॉबिन के नए-नवेले अमेरिकी उच्चारण ने उसे इससे अधिक फ्रेंच बोलने से रोक दिया, उसने कहा, ''मैं आपके यहाँ का ऑपरेशन थिएटर देखना चाहता हूँ। साथ ही मैं कल से लेकर अगले पाँच दिनों के लिए रात 11 बजे से सुबह 4 बजे तक की प्रावधिक बुकिंग करना चाहता हूँ।''

''बहुत अच्छा, डॉक्टर बार्कर।'' सुपरिंटेंडेंट ने क्लिप-बोर्ड की ओर देखते हुए कहा, ''ऑपरेशन थिएटर इसी गलियारे के पीछे है, कृपया मेरे पीछे आएँ।''

ये ऑपरेशन थिएटर भी वैसा ही था जैसे चार थिएटरों में उन्होंने सेंट थॉमस में अभ्यास किया था—एक बड़ा कक्ष, जिसे रबर स्विंग दरवाजे द्वारा दो कक्षों में विभाजित किया गया था। मुख्य थिएटर में सभी आवश्यक उपकरण मौजूद थे, जिन्हें देखकर रॉबिन ने स्टीफन को सिर के इशारे से वहाँ सभी जरूरी चीजें होने की बात बता दी। उसे देखकर रॉबिन बहुत प्रभावित हुआ। केवल 200 बिस्तरों वाला अस्पताल होने के बावजूद उसका ऑपरेशन थिएटर उच्च स्तर का था। निस्संदेह वहाँ आने वाले रोगियों में मुख्यतः धनवान लोग ही होते होंगे।

''डॉक्टर बार्कर, क्या आपको सहायता के लिए एनेस्थेटिस्ट या किसी नर्स की आवश्यकता होगी?''

''नहीं,'' रॉबिन ने कहा, ''मेरे साथ मेरे अपने एनेस्थेटिस्ट व स्टाफ होगा।

लेकिन मैं चाहता हूँ कि यहाँ हर रात लेप्रोटॉमी उपकरणों से लैस ट्रे मौजूद रहे। हालाँकि आपको अपनी तैयारी पूर्ण करने के लिए मैं आपको एक घंटे पूर्व अवश्य सूचित कर दूँगा।''

''इतना समय काफी रहेगा, क्या आप कुछ और भी चाहते हैं, सर?''

''हाँ, मैंने एक निजी एंबुलेंस का ऑर्डर भी दिया था। क्या वह कल दोपहर 12 बजे तक मेरे ड्राइवर को मिल सकती है?''

''जी डॉक्टर बार्कर। आपके ड्राइवर को वो अस्पताल के पीछे बनी छोटी सी पार्किंग में मिल जाएगी। उसकी चाबी रिसेप्शन पर मौजूद होगी।''

''क्या आप मुझे कोई ऐसी एजेंसी बता सकते हैं, जहाँ से मैं ऑपरेशन के बाद देखभाल के लिए किसी नर्स को अनुबंधित कर सकूँ?''

''बेशक, एक छोटी सी फीस लेकर ऑक्जिलरी मेडिकल ऑफ नाइस को आपकी सहायता करने में प्रसन्नता होगी।''

''निस्संदेह,'' रॉबिन ने कहा, ''इससे मुझे याद आया, क्या आपका शुल्क प्राप्त हो गया?''

''जी, डॉक्टर। हमें पिछले गुरुवार को ही कैलिफोर्निया से जारी हुआ 7,000 डॉलर का चैक मिल गया था।''

इससे रॉबिन को बहुत शांति मिली। यह बहुत आसानी से हो गया। स्टीफन ने हार्वर्ड स्थित अपने बैंक से संपर्क किया और उनसे सैन फ्रांसिस्को के फर्स्ट नेशनल सिटी बैंक में मोंटे कार्लो के अस्पताल सचिव के नाम ड्राफ्ट भेजने का निर्देश दे दिया।

''आपके सहयोग के लिए धन्यवाद, श्रीमान बार्टिस। आपने हमारी बहुत सहायता की। मैं बताना चाहता हूँ कि हमें मरीज को यहाँ किस रात लाना पड़ेगा इसकी मुझे जानकारी नहीं है। वह व्यक्ति अपनी बीमारी से अनभिज्ञ है, लेकिन मुझे उसके ऑपरेशन हेतु हमेशा तैयार रहना पड़ता है।''

''ओह डॉक्टर, आप बिल्कुल चिंता न करें।''

''और अंत में, यदि आप मेरे मोंटे कार्लो में होने की जानकारी कम-से-कम लोगों को दें तो अच्छा है। मैं काम के दौरान ही छुट्टी मना लेना चाहता हूँ।''

''मैं समझता हूँ डॉक्टर बार्कर। आप मुझपर भरोसा कर सकते हैं।''

रॉबिन और स्टीफन ने श्रीमान बार्टिस को अलविदा कहा और होटल वापस लौटने के लिए टैक्सी ले ली।

स्टीफन ने कहा, ''मुझे यह देखना बहुत बुरा लगता है कि फ्रेंच लोग हमारी

भाषा जिस शुद्धता से बोलते हैं, हम वैसा नहीं कर पाते।''

''यह सब तुम्हारे मूर्ख अमरीकियों का किया-धरा है।'' रॉबिन ने कहा।

''नहीं, ऐसा नहीं है। यदि फ्रांस ने अमेरिका को जीत लिया होता तो तुम्हारी फ्रेंच भी अव्वल दर्जे की होती। इस बात के लिए अपने कट्टरपंथी पादरियों को दोष दो।''

रॉबिन हँस पड़ा। तत्पश्चात् किसी को भनक लग जाने के भय से वे दोनों कमरा नंबर 217 में लौटने तक चुप रहे। रॉबिन की योजना में निहित जिम्मेदारी व जोखिम के प्रति अब स्टीफन पूरी तरह आश्वस्त था।

हार्वे मेटकाल्फ अपने यॉट के डेक पर बैठा धूप सेंकते हुए सुबह का अखबार पढ़ रहा था। फ्रेंच भाषा का अखबार नाइस-माटिन उसे पसंद नहीं था। वह उसे एक शब्दकोष की सहायता से पढ़ने का प्रयास कर रहा था। वह यह जानना चाहता था कि क्या कोई ऐसा सामाजिक उत्सव है, जिसमें वह शामिल हो सके। पिछली रात उसने बहुत देर तक जुआ खेला था। फिलहाल वह अपनी गुदगुदी पीठ पर पड़ रही धूप का आनंद ले रहा था। अगर पैसों से खरीदना संभव होता तो वह अपने लिए 6 फुट का 170 पौंड वाला शरीर तथा सिर के लिए खूबसूरत बाल खरीद लेता। तब वह अपनी गंजी खोपड़ी को जलने से बचाने के लिए आज के सनटैन तेल के उपयोग की जगह ऐसी टोपी खरीदता, जिसपर 'मैं सेक्सी हूँ' लिखा होता। यदि मिस फिश उसे इस समय देख लेती तो...सुबह 11 बजे जब हार्वे अपने मोटे पेट को धूप दिखाने के लिए करवट बदल रहा था, जेम्स कमरा नंबर 217 में प्रविष्ट हुआ, जहाँ बाकी टीम उसकी प्रतीक्षा कर रही थी।

जीन-पियरे कैसिनो के नक्शे के अलावा हार्वे की वहाँ की दिनचर्या के बारे में भी बता रहा था। जेम्स ने उन्हें शहर में एक रात पहले प्राप्त किए अपने गति संबंधी अनुभवों की वर्तमान स्थिति बताते हुए कहा कि वह यह दूरी केवल ग्यारह मिनट में तय कर लेगा।

''उत्तम,'' रॉबिन ने कहा, ''स्टीफन और मुझे होटल से अस्पताल तक टैक्सी में पहुँचने में 15 मिनट लगे थे। यदि जीन-पियरे कैसिनो में काम पूरा होते ही मुझे खबर कर दे तो मुझे तुम लोगों के वहाँ पहुँचने से पहले ही सब इंतजाम चाक-चौबंद करने का मौका मिल जाएगा।''

''मैं आशा करता हूँ कि कैसिनो में मैं अपने काम में कामयाब रहूँ।'' जीन-पियरे ने टिप्पणी की।

''मैंने एक एजेंसी की नर्स को कल रात से आगे के लिए बुक कर लिया है,

जो फोन करने पर आ जाएगी। अस्पताल में वे सभी सुविधाएँ मौजूद हैं, जिनकी मुझे आवश्यकता होगी। प्रवेश-द्वार से ऑपरेशन थिएटर तक स्ट्रेचर ले जाने में दो मिनट लगते हैं, इस तरह जब जेम्स के एंबुलेंस पार्क करने के बाद मेरे पास तैयारी के लिए 16 मिनट बचे होंगे। जेम्स तुम कल दोपहर 12 बजे अस्पताल की कार पार्किंग से एंबुलेंस उठा लेना। रिसेप्शन पर डॉ. बार्कर का नाम लेने से तुम्हें इसकी चाबी मिल जाएगी। कुछ-एक बार से अधिक अभ्यास मत करना, मैं नहीं चाहता कि सबका ध्यान तुम्हारी ओर आकर्षित हो। तुम कृपया इस पार्सल को अपनी पिछली सीट पर रख लेना।''

''इसमें क्या है ?''

''डॉक्टर के तीन लंबे सफेद कोट तथा स्टीफन के लिए स्टैथोस्कोप। गाड़ी लाने के बाद तुम लोग एक बार स्ट्रेचर के सरलता से खुलने की जाँच कर लेना। एंबुलेंस का काम खत्म होने के बाद तुम इसे यहीं पार्क कर देना और रात 11 बजे तक अपने कमरे में लौट जाना। इसके बाद जीन-पियरे तुम्हें सुबह 4 बजे 'सावधान या सब ठीक है' का सिग्नल देकर कार पार्किंग में तुम्हारी प्रतीक्षा करेगा। सब लोग अपने ट्रांसमीटरों में नई बैटरी लगा लें। मैं नहीं चाहता कि दस रुपए की बैट्री के पीछे पूरी योजना बरबाद हो जाए। जीन-पियरे आज शाम तक तुम्हारे लिए कोई काम नहीं है, इसलिए तुम आराम करो। मुझे लगता है कि तुम्हारे पास पढ़ने के लिए कुछ अच्छी पुस्तकें अवश्य होंगी।''

''क्या मैं प्रिंसिस सिनेमा में फ्रेंकोइस ट्रोफट की *La nuit Americane* देखने जा सकता हूँ। मुझे *Vive La France* जैक्लीन बिसेट बहुत पसंद है।''

''प्यारे जीन-पियरे! तुम मिस बिसेट को केवल पढ़ ही सकते हो।''

''मुझे परवाह नहीं है। मैं बस इसे देखना चाहता हूँ।''

जेम्स ने उसे चिढ़ाते हुए कहा, ''राजकुमारी के प्यार में पड़ गया मेढक।''

''जरूर जा सकते हो,'' रॉबिन ने कहा, ''मुझे नहीं लगता कि हार्वे ऐसी फ्रेंच फिल्म देखने जाएगा, जिसमें सब-टाइटल्स न हों। जीन-पियरे, जाओ मजे करो। आज रात के लिए शुभकामनाएँ।''

जीन-पियरे उन सभी को कमरा नंबर 217 में छोड़कर अपने कमरे में वैसे ही चुपचाप लौट गया जैसे वो आया था।

''जेम्स तुम जब ठीक समझो तब एंबुलेंस चलाने का अपना अभ्यास कर लेना। बस यह ध्यान रखना कि तुम्हें पूरी रात जागे रहना है।''

''ठीक है, मैं जाकर अस्पताल के रिसेप्शन से चाबी ले लेता हूँ। आशा

करता हूँ, कोई मुझे किसी वास्तविक आपात स्थिति के लिए न पकड़ ले।''

''स्टीफन, सबकुछ एक बार फिर दोहरा लेते हैं। यदि हम इस बार चूके तो हमें पैसों से कहीं अधिक बड़ा नुकसान हो सकता है। हम शुरू से शुरू करते हैं। बताओ यदि निट्रस ऑक्साइड पाँच लीटर से कम हो जाए तो तुम क्या करोगे?''

''स्टेशन चैक-स्टेशन चैक-ऑपरेशन मेटकाल्फ। मैं जीन-पियरे बोल रहा हूँ। मैं कैसिनो की सीढ़ियों पर हूँ। जेम्स, क्या तुम मुझे सुन पा रहे हो?''

''हाँ, मैं अस्पताल के बाहर कार पार्किंग में हूँ, आउट।''

''रॉबिन बोल रहा हूँ। मैं कमरा नंबर 217 की बालकनी में हूँ। जीन-पियरे क्या स्टीफन तुम्हारे साथ है?''

''हाँ, वह बार में अकेला बैठा अपनी मनपसंद चीज पी रहा है।''

''सबको शुभकामनाएँ, आउट।''

जीन-पियरे को शाम 7 बजे से रात 11 बजे तक हर घंटे स्टेशन चैक करना था। उसका काम केवल जेम्स व रॉबिन को हार्वे के वहाँ आने की सूचना देना था।

अंततः रात के 11.16 पर हार्वे वहाँ पहुँच गया और सीधा जाकर बकार्टे टेबल पर अपनी रिजर्व की गई कुरसी पर बैठ गया। स्टीफन ने अपना टमाटर का जूस पीना छोड़ दिया और जीन-पियरे उसके निकट जाकर धैर्य सहित हार्वे के दाएँ या बाएँ बैठे किसी व्यक्ति के जाने की प्रतीक्षा करने लगा। एक घंटा बीत गया। हार्वे अब तक कुछ रकम हार चुका था, लेकिन उसने खेलना जारी रखा। यही हाल उसके दाईं ओर बैठे पतले व लंबे अमेरिकी तथा बाईं और बैठे फ्रेंच व्यक्ति का था। एक घंटा और बीत गया, पर कुछ नहीं हुआ। तभी अचानक हार्वे के बाईं और बैठा फ्रेंच व्यक्ति की हालत कुछ पतली होने लगी और वह अपने चिप्स लेकर उस टेबल से उठ गया। जीन-पियरे इसी मौके की तलाश में था।

''माफ कीजिए श्रीमान, यह कुरसी रिजर्व है'' बैंकर ने कहा, ''आपको टेबल के दूसरी ओर बिना रिजर्व हुआ स्थान मिल जाएगा।''

''कोई बात नहीं,'' जीन-पियरे ने कहा और ध्यानाकर्षित करने से बचने के लिए पीछे हट गया। साथ ही वह मोनाको में अमीरों के प्रति किए जाने वाले विशिष्ट व्यवहार को भी कोसने लगा। स्टीफन ने बार से इसे देखा और उसे गुपचुप वहाँ से हट जाने का इशारा कर दिया। वे सभी रात दो बजे तक कमरा नंबर 217 में लौट आए।

''क्या बेवकूफी की मैंने, लानत है, लानत है, लानत है। हार्वे की रिजर्वेशन

का पता चलते ही मुझे भी तुरंत ऐसा ही करना चाहिए था।''

''नहीं, ये मेरी गलती है, दरअसल मुझे मालूम ही नहीं था कि कैसिनो में किस तरह काम होता है। मुझे रिहर्सल के दौरान यह पड़ताल कर लेनी चाहिए थी।'' रॉबिन ने अपनी हाल ही में उगाई मूँछों पर हाथ फेरते हुए कहा।

''किसी की गलती नहीं है,'' स्टीफन ने बात काटते हुए कहा, ''हमारे पास अभी तीन रातें शेष हैं, इसलिए घबराने की जरूरत नहीं है। हमें बैठने की इस रीति का कोई तोड़ निकालना होगा। लेकिन फिलहाल हम सब को सोना चाहिए, कल सुबह 10 बजे इसी कमरे में मुलाकात होगी।''

''सब खिन्न मन से विदा हुए। पिछले चार घंटे रॉबिन ने होटल में उत्तेजित अवस्था में, जेम्स ने अस्पताल की कार पार्किंग में निराशा व ऊबते हुए बिताए। स्टीफन की टमाटर के जूस में रुचि एकदम समाप्त हो गई, वहीं जीन-पियरे एक ऐसी बार्केट टेबल पर स्थान पाने की प्रतीक्षा करता रहा, जो उपलब्ध ही नहीं थी।

हार्वे फिर धूप स्नान कर रहा था। अब उसका रंग हल्का गुलाबी हो गया था। उसे आशा थी कि सप्ताह का अंत होने तक उसका रंग बहुत बेहतर हो जाएगा। उसने न्यूयॉर्क टाइम्स में सोने के लगातार बढ़ते दामों की खबर पढ़ी थी। जहाँ ड्यूशमार्क और स्विस फ्रेंक की कीमत गिर रही थी, वहीं डॉलर मजबूती के मामले में केवल स्टर्लिंग से पीछे था। स्टर्लिंग फिलहाल 2.42 डॉलर का था और हार्वे को उम्मीद थी कि वो 1.80 डॉलर की अधिक की वास्तविक कीमत पर पहुँच जाएगा। यह कार्य जितना जल्दी हो जाए, उतना ही अच्छा है।

जब वह कुछ नया करने की सोच रहा था, तभी उसके फ्रेंच फोन की तीखी घंटी बज उठी। उसे इन विदेशी फोनों की आवाज कभी अच्छी नहीं लगी। उसकी सेवा करने वाला स्टीवर्ड लंबी तार वाला फोन लिये डेक पर हाजिर हो गया।

''हैलो लॉयड। मुझे पता नहीं था कि तुम मोंटे···आज हम मिल सकते हैं?···रात आठ बजे?···मेरे लिए भी···मैं भी सुस्त होता जा रहा हूँ···शायद बूढ़ा हो रहा हूँ···क्या?···अच्छा, रात को मिलते हैं।''

हार्वे ने फोन का रिसीवर रखा और स्टीवर्ड से व्हिस्की का एक बड़ा पैग लाने को कहा। अब वो सुबह की आर्थिक बुरी खबर से उबर गया था।

''यही एक रास्ता दिखाई देता है।'' स्टीफन ने कहा।

सबने 'हाँ' में सिर हिलाया।

बकार्ट टेबल का विचार छोड़कर जीन-पियरे सैलोन डेस अमेरिक्यूस में हार्वे मैटकाल्फ की ब्लैकजैक टेबल पर अपना रिजर्वेशन करवा लेगा और वहाँ

हार्वे के खेल बदलने की प्रतीक्षा करेगा। हमें हार्वे की वहाँ की दोनों सीटों का नंबर पता है, हम उसी हिसाब से अपनी योजना में बदलाव करेंगे।

जीन-पियरे ने उसी समय कैसिनो का नंबर डायल किया और पियरे केटेलानो से बात करने की इच्छा जताई :

'Réservez-moi la deuxième place à la table 2 pour le vingt et-un ce soir et demain soir, s'il vous plaît.'

(कृपया आज और कल रात के लिए ब्लैकजैक की टेबल नंबर 2 की दो नंबर कुरसी मेरे लिए बुक कर दें)

'Je pense que cette place est déjà réservée. Monsieur. Un instant, s'il vous plaît, je vais vérifier'

(लगता है, यह जगह पहले से ही आरक्षित है। कृपया एक क्षण रुकिए, मैं देखता हूँ।)

'Peut-être que 100 francs la rendra libre,' जीन-पियरे ने उत्तर दिया।

(शायद 100 फ्रेंक जगह खाली करवा सकते हैं।)

'Mais certainement, Monsieur. Présentez-vous à moi des votre arrivée, et le nécessaire sera fait. '

(निश्चित रूप से महाशय। जब आप अपने आगमन की मुझे व्यक्तिगत रूप से जानकारी देंगे तो जो आवश्यक होगा, किया जाएगा।

'Merci' जीन-पियरे ने कहा और फोन काट दिया। सब नियंत्रण में है।

जीन-पियरे पसीने से नहा गया था। हालाँकि इस फोन का परिणाम केवल सीट सुरक्षित होना ही था, जिसमें घबराकर पसीना बहाने जैसा कुछ नहीं था। इसके बाद वे सभी अपने कमरों में चले गए।

जब टाउन स्क्वेयर की घड़ी ने 12 घंटे बजाए, उस समय रॉबिन चुपचाप कमरा नंबर 217 में प्रतीक्षा कर रहा था, जेम्स कार पार्किंग में खड़ा 'आइ गेट अलॉन्ग विद्आउट यू वेरी वेल' गुनगुना रहा था, सैलून डेस अमेरिक्यूस में बैठा स्टीफन एक बार फिर टमाटर का जूस पी रहा था और जीन-पियरे टेबल नंबर 2 की सीट नंबर 2 पर बैठा ब्लैकजैक खेल रहा था। तभी स्टीफन और जीन-पियरे ने हार्वे को दरवाजे से प्रवेश करते देखा। वह एक व्यक्ति से बात कर रहा था, जिसने ऐसे बड़े चैक वाला कोट पहना था, जिसे अपने घर के पिछवाड़े के अलावा कहीं

और पहनने की हिम्मत केवल एक टैक्सास वासी में ही हो सकती है। हार्वे व उसका मित्र बकार्ट टेबल पर जा बैठे। जीन-पियरे बहुत आतुरता से बार में प्रविष्ट हुआ और बोला, ''हे ईश्वर, नहीं हो सकेगा।''

''अभी मत करना,'' स्टीफन ने फुसफुसाते हुए कहा, ''वापस कमरे में चलो।''

जब इस बार वे सब कमरा नंबर 217 में एकत्र हुए तो उनकी हिम्मत टूट चुकी थी। सच्चाई यही थी कि स्टीफन का फैसला सही था। वह इस तयशुदा प्रक्रिया में हार्वे के मित्र को शामिल नहीं कर सकते थे।

''पहली योजना तो बहुत आसानी से निपट गई थी।'' रॉबिन ने कहा।

''यह गलत है,'' स्टीफन ने कहा, ''हम दो बार चूके थे, लेकिन हमने अंतिम क्षण में परिस्थितियों के मुताबिक अपनी योजना में परिवर्तन कर दिया। हम उसके पास से सरलता से पैसा निकलवाने की उम्मीद नहीं कर सकते। अब आप सभी इसे भूल जाओ और जाकर आराम से गहरी नींद लो।''

वह सब अपने-अपने कमरों में लौट गए। लेकिन नींद उनकी आँखों से कोसों दूर थी। दबाव का असर अब दिखने लगा था।

''अच्छा लॉयड, आज के लिए इतना ही। तुम्हारी शाम अच्छी बीते।''

''शाम तो तुम्हारी अच्छी बीती, हार्वे। तुम हमेशा जीतते हो।''

''यह सुनकर हार्वे बहुत देर तक उसके चैक के कोट से ढके कंधे को थपथपाता रहा। उसे अपनी सफलता से अधिक खुशी केवल एक ही चीज से मिलती थी, अन्य लोगों की हार से।''

''लॉयड, क्या तुम आज रात मेरे यॉट पर बिताना चाहोगे?''

''नहीं, मुझे आज नाईस लौटना होगा। कल दोपहर फ्रांस में किसी के साथ मेरा लंच है। फिर मिलेंगे हार्वे, अपना ध्यान रखना।'' इसके साथ ही उसने हार्वे की मोटी कमर पर चिकोटी काटते हुए व्यंग्पूर्वक कहा, ''वैसे ये काम आसान नहीं है।''

हार्वे ने थोड़ी कठोरता से कहा, ''गुडनाइट लॉयड।''

अगले दिन जीन-पियरे रात 11 बजे तक कैसिनो नहीं गया। हार्वे मेटकाल्फ बकार्ट टेबल पर बिना लॉयड के निपट अकेला बैठा था। स्टीफन गुस्से में भरा बार में बैठा था। जब जीन-पियरे आकर अपनी ब्लैकजैक टेबल पर बैठा था, उसने क्षमायाचना सहित उसकी ओर देखा। उसके रवाँ होने के लिए कुछ हाथ

खेले। जिसमें उसने अपने शिकार का ध्यान आकर्षित होने से बचने के लिए हार की राशि को कम रखने का प्रयास किया। अचानक हार्वे अपनी बकार्ट टेबल से उठा और सैलून डेस अमेरिक्यूस में प्रविष्ट हो गया। वह हैरान होकर रोमांचपूर्ण दृष्टि से चारों ओर देखने के बाद रूले टेबल को घूरने लगा। वो उस खेल से घृणा करता था, जबकि बकार्ट व ब्लैकजैक को युक्तिपूर्ण खेल मानता था। वह टेबल नंबर 2 पर सीट नंबर 3 की ओर बढ़ गया, जो जीन-पियरे के बाईं ओर थी। जीन-पियरे को अपने शरीर में एड्रनेलिन का स्तर बढ़ता महसूस हुआ और उसके दिल की धड़कन 120 से भी अधिक हो गई। स्टीफन कैसिनो से थोड़ी देर के लिए बाहर निकला और जेम्स व रॉबिन को हार्वे के ब्लैकजैक टेबल पर जीन-पियरे के पास बैठा होने की सूचना दी। इसके बाद वह पुन: बार लौट आया और प्रतीक्षा करने लगा।

ब्लैकजैक टेबल पर सात पंटर मौजूद थे। बॉक्स नंबर 1 पर एक मध्य आयु वाली हीरों से लदी महिला थी, जो संभवत: वहाँ अपना वक्त काट रही थी, चूँकि उसका पति रूले या शायद बकार्ट खेलने में व्यस्त था। बॉक्स नंबर 2 पर जीन-पियरे था। बॉक्स नंबर 3 पर हार्वे था। बॉक्स नंबर 4 पर अय्याश युवक बैठा था, जिसकी लापरवाही देखकर स्पष्ट था कि उसे विरासत में बड़ी संपत्ति मिली है। बॉक्स नंबर 5 पर अपनी पूरी पोशाक पहने एक अरब व्यक्ति था। बॉक्स नंबर 6 पर औसत व्यक्तित्व की अदाकारा बैठी थी, जो जीन-पियरे के मुताबिक बॉक्स नंबर 5 वाले व्यक्ति पर निर्भर थी। बॉक्स नंबर 7 पर बड़ी उम्र का स्वस्थ फ्रेंच अधिकारी इवनिंग ड्रेस में बैठा था।

''कॉफी का एक मग देना।'' हार्वे ने खूबसूरत भूरी जैकेट पहने दुबले से वेटर से कहा।

मोंटे कार्लो में शराब पीने तथा लड़कियों द्वारा टेबल पर सेवा लेने की सख्त मनाही थी। लॉस वेगास के बिल्कुल उलट, यहाँ के कैसिनो का काम मात्र जुआ खिलवाना था, न कि शराब या लड़की मुहैया करवाना। हार्वे को जवानी के दिनों में वेगास बहुत पसंद था। लेकिन उम्र बढ़ने के साथ ही उसे फ्रेंच लोगों का परिष्कृत ढंग पसंद आने लगा। उसे विशेषरूप से इस कैसिनो का औपचारिक वातावरण व शिष्टाचार बहुत पसंद था। टेबल नंबर 3 पर बैठे लोगों में केवल उसने, जीन-पियरे ने व उस फ्रेंच व्यक्ति ने ही डिनर-जैकेट पहन रखी थी, लेकिन किसी भी पोशाक को सामयिक घोषित करने का अधिकार केवल प्रबंधन को ही था।

थोड़ी ही देर में हार्वे के लिए एक सुनहरे कप में पाइप युक्त गरम कॉफी

हाजिर हो गई। जब हार्वे ने जीन-पियरे की 3 फ्रेंक की चिप के पास अपने 100 फ्रेंक रखे तो उसके हाथ-पाँव फूल गए। यह यहाँ की सबसे न्यूनतम व अधिकतम चिप थीं। डील करने वाला 30 वर्ष से भी कम का युवक था, जिसे इस बात का गर्व था कि वह एक घंटे में सौ हाथ खिलाने के अलावा अपने शू से बहुत चतुराई से पत्ते निकालता है। जीन-पियरे के पास राजा आया, हार्वे के पास चार, हार्वे के बाईं ओर बैठे युवक के पास पाँच तथा डीलर का छह आया। जीन-पियरे का दूसरा कार्ड सत्ती थी। वह फँस गया। हार्वे के खींचे गए पत्ते में दस आया और वह भी फँस गया। हार्वे के बाईं ओर बैठे युवक के पास भी दस आया, उसने डीलर से पुनः पत्ता खींचने की अनुमति ले ली। इस बार उसकी अट्ठी आई और वह हार गया।

हार्वे को किसी भी क्षेत्र में नौसिखियों से बहुत चिढ़ थी, एक मूर्ख भी जानता होगा कि यदि डीलर के खुले हुए कार्ड में तीन, चार, पाँच या छह हों और आपके पास बारह या अधिक हों तो फिर से पत्ता नहीं खींचना चाहिए। उसका मुँह बन गया। डीलर के दस व छह आए। हार्वे व जीन-पियरे जीत गए। जीन-पियरे ने अन्य खिलाड़ियों के दुर्भाग्य पर कोई ध्यान नहीं दिया।

वह अगला राउंड नहीं जीत सके। जीन-पियरे अठारह पर अटक गया, उसके दो बार नौ आए, जिसे उसने बदलने की कोशिश नहीं की, क्योंकि डीलर के पास इक्का था। हार्वे अठारह, आठ व गुलाम पर अटक गया तथा उसकी बाईं ओर बैठा युवक एक बार फिर मात खा गया। तभी बैंकर की रानी निकल गई, ब्लैकजैक और टेबल पर मौजूद पूरा पैसा जीत गया।

अगली बाजी में जीन-पियरे का तीन आया, हार्वे का सात व युवक का दस। डीलर का सात आया। जीन-पियरे का आठ आया और उसने अपने दाँव को दुगना करते हुए 6 फ्रेंक कर दिया, तत्पश्चात् उसका दस निकला ब्लैकजैक। जीन-पियरे पलक भी नहीं झपक रहा था। वह यह नहीं समझ पा रहा था कि बढ़िया खेलकर वो सबका ध्यान अपनी ओर आकर्षित कर लेगा, हार्वे को वह सामान्य ही लगना चाहिए। हार्वे का ध्यान उसपर नहीं बल्कि अपने बाईं ओर बैठे युवक की ओर था, जिसकी प्रत्येक हार प्रबंधन के लिए उपहार साबित होती। डीलर ने खेल जारी रखा, इस बार हार्वे का दस व युवक का आठ आया, जिसके बाद उन दोनों के पास रुक जाने के अलावा कोई रास्ता नहीं था। डीलर का दस निकला और उसके कुल सत्रह हो गए। उसने जीन-पियरे और युवक को उनकी जीती हुई राशि दी। इस दाँव में हार्वे को कुछ नहीं मिला। यदि युवक वहाँ बैठकर सारी रात खेलता रहे

तो प्रबंधन को एक-आध बार उसे भी जीतने देने में कोई हानि नहीं थी।

शू के सभी कार्ड समाप्त हो गए थे। डीलर ने कलाबाजी दिखाते हुए चार गड्डियाँ फेंटी और उन्हें शू में रखने के पूर्व काटने के लिए हार्वे के आगे कर दिया। इस बार की बाजी में जीन-पियरे का दस आया, हार्वे का पाँच, युवक का छह और डीलर का चार आया। तत्पश्चात् जीन-पियरे का आठ आया। इस बार पत्ते बढ़िया थे। हार्वे का दस आया और वह पंद्रह पर अटक गया। युवक का दस आया और उसने एक और पत्ता निकालने की बात कही। हार्वे को उसकी मूर्खता देखकर अपनी आँखों पर विश्वास नहीं हो रहा था, वह अपने सामने के दाँतों के बीच के अंतर से सीटी बजाने लगा। निस्संदेह अगला पत्ता राजा ही था। युवक एक बार फिर हार गया। डीलर का पहला पत्ता गुलाम था और दूसरा अट्ठी, जिसको जोड़ बाईस हो गया, लेकिन युवक को यह चालाकी दिखाई नहीं दी। हार्वे उसकी ओर घूरता रहा कि युवक कब समझ पाएगा कि कार्ड के बावन पत्तों में से कम-से-कम सोलह पत्तों का प्रत्यक्ष मूल्य दस होता है?

हार्वे की इस बेध्यानी से जीन-पियरे जिस मौके की प्रतीक्षा में था, वह उसे मिल गया। उसने जेब में हाथ डालकर रॉबिन की दी हुई प्रोस्टिग्मिन की गोली अपनी दाईं हथेली में छिपा ली। उसने छींक मारी और पूर्वाभ्यास की भाँति दाएँ हाथ से अपनी ऊपरी जेब से रूमाल निकाल लिया। इसी दौरान नजर बचाकर उसने वो टैबलेट हार्वे की कॉफी में डाल दी। रॉबिन ने अनुसार दवा का असर होने में लगभग एक घंटा लगेगा। शुरुआत में हार्वे को बेचैनी सी महसूस होगी; तत्पश्चात यह दर्द उसकी बरदाश्त से बाहर हो जाएगा और अंततः वह दर्द के कारण बेहोश हो जाएगा।

जीन-पियरे फौरन बार में गया, अपने दाएँ हाथ की मुट्ठी तीन बार खोली व बंद की और फिर अपना हाथ जेब में रख लिया। स्टीफन उसी समय बाहर निकला और उसने रॉबिन को जीन-पियरे द्वारा हार्वे की कॉफी में टैबलेट मिलाने की सूचना दे दी। अब रॉबिन के तनाव में काम करने की परीक्षा शुरू हुई। सबसे पहले उसने अस्पताल फोन किया और ड्यूटी पर तैनात नर्स को ऑपरेशन थिएटर को तैयार करने को कहा। इसके बाद उसने अनुबंधित नर्स की एजेंसी में फोन किया और नर्स को ठीक नब्बे मिनट बाद अस्पताल के रिसेप्शन पर हाजिर होने को कहा। अब वह अकेला बैठा बेचैनी से कैसिनो से फोन आने की प्रतीक्षा करने लगा।

स्टीफन वापस बार में लौट गया। हार्वे को बेचैनी महसूस होने लगी थी,

लेकिन फिर भी वह वहाँ से जाना नहीं चाहता था। दर्द बढ़ने के बावजूद उसका लालच उसे खेलने के लिए मजबूर किए रहा। उसने वह कॉफी खत्म की और यह सोचकर एक और कॉफी मँगवा ली कि संभवतः उससे तबीयत में सुधार महसूस हो। उसे कॉफी से कोई मदद नहीं मिली और धीरे-धीरे उसकी तबीयत और बिगड़ने लगी। लेकिन पहले इक्का, फिर राजा और फिर सात, चार व दस और उसके बाद आने वाली दो रानियों ने उसे टेबल पर ही बने रहने में मदद दी। जीन-पियरे का पूरा प्रयास था कि उसकी नजर घड़ी पर न जाए। डीलर ने जीन-पियरे को सत्ती दी, हार्वे को एक और इक्का और युवक को दुक्की। ठीक एक घंटे बाद, अचानक। हार्वे से दर्द बरदाश्त नहीं हुआ और वह टेबल छोड़ने के लिए उठने लगा।

डीलर ने कहा, *'Le jeu à commence, Monsieur'* (महोदय, अभी खेल शुरू हुआ है)।

''भाड़ में जाओ,'' हार्वे ने कहा और अपना पेट पकड़कर दर्द के मारे वहीं जमीन पर ढेर हो गया। जीन-पियरे स्तब्ध बैठा रहा, जबकि क्रोपियर व सभी जुआरी असहाय होकर इधर-उधर दौड़ने लगे। स्टीफन ने हार्वे को घेरकर खड़ी भीड़ के बीच से अपने लिए जगह बनाई और उसके पास पहुँच गया।

''सब पीछे हो जाएँ, मैं डॉक्टर हूँ।''

भीड़ तुरंत पीछे हट गई, ताकि एक पेशेवर व्यक्ति अपना काम कर सके।

''मुझे क्या हुआ है, डॉक्टर?'' हार्वे ने हाँफते हुए पूछा, जिसे दुनिया खत्म होती दिख रही थी।

''अभी मुझे भी नहीं पता,'' स्टीफन ने उत्तर दिया। रॉबिन ने उसे चेताया था कि उसके गिरने व बेहोश होने के बीच केवल दस मिनट की लघु अवधि होगी। इसलिए उसे तेजी से काम करना होगा। उसने हार्वे की टाई ढीली की और उसकी नाड़ी देखने लगा। उसके बाद उसने हार्वे की कमीज के बटन खोलकर उसके पेट की जाँच करनी शुरू कर दी।

''क्या आपको पेट में दर्द महसूस हो रहा है?''

''हाँ!'' हार्वे ने कराहते हुए कहा।

''क्या यह अचानक हो गया?''

''हाँ।''

''क्या आप बता सकते हैं कि दर्द किस तरह का है—चुभने वाला, जलन या मरोड़ जैसी है?''

"मरोड़ जैसी।"

"दर्द सबसे अधिक कहाँ पर हो रहा है?"

हार्वे ने अपने पेट के दाएँ हिस्से पर हाथ लगाया। स्टीफन ने पसली की नवीं हड्डी पर हल्का सा दबाव दिया, जिससे हार्वे दर्द के मारे उछल पड़ा।

"ओह", स्टीफन ने कहा, "मर्फी का चिह्न है।" संभवत: आपके पित्ताशय में सूजन आ गई है। शायद पित्त की पथरी भी हो सकती है। उसने हार्वे के मोटे पेट को धीमे से दबाते हुए कहा, "ऐसा लग रहा है कि पथरी आपके पित्ताशय से निकलकर आपकी अँतड़ियों की नली में चली गई है, उससे आपकी नली में दबाव पड़ रहा है, यही दर्द का कारण है। मुझे लगता है कि आपके पित्ताशय व पथरी को तुरंत निकालना होगा। देखता हूँ कि अस्पताल में इस आपातकालीन ऑपरेशन के लिए कोई चिकित्सक मिल जाए।"

तभी जीन-पियरे भी बीच में कूद पड़ा—

"डॉ. विली बार्कर इस समय होटल में मौजूद हैं।"

"विली बार्कर, वो अमेरिकी सर्जन?"

"हाँ, वही", जीन-पियरे ने कहा, "वही जो राष्ट्रपति निक्सन के चिकित्सक हैं।"

"हे ईश्वर, क्या सौभाग्य है। उनसे बेहतर तो कोई नहीं है, लेकिन उनकी फीस संभवत: बहुत अधिक होगी।"

"मुझे पैसों की परवाह नहीं है।" हार्वे ने बिसूरते हुए कहा।

"यह संभवत: 50,000 डॉलर होगी।"

"अगर यह 100,000 डॉलर भी हो तो भी मुझे कोई परवाह नहीं," हार्वे ने चिल्लाते हुए कहा।

इस समय वह अपने भाग्य से लड़ने के लिए तैयार था।

"ठीक है", स्टीफन ने कहा। उसने जीन-पियरे की ओर देखते हुए कहा, "महोदय, आप कृपया एंबुलेंस बुला दीजिए तथा डॉक्टर बार्कर से फोन पर बात करके उनसे तुरंत अस्पताल आने की गुजारिश कीजिए। उन्हें इस आपातस्थिति के बारे में बताएँ। इन सज्जन को उनके जैसे ही योग्य डॉक्टर की आवश्यकता है।"

"यकीनन है।" हार्वे ने कहा और बेहोश हो गया।

रॉबिन होटल डे पेरिस से निकला और एक टैक्सी में बैठ गया। कार तेजी से चलाने के लिए वो इस समय ड्राइवर को 100,000 डॉलर देने को भी तैयार था। लेकिन कार बिना आग्रह तेज गति से अस्पताल की ओर दौड़ पड़ी। अब वापस

लौटने का कोई रास्ता शेष नहीं था।

जेम्स ने एंबुलेंस को पहले गेयर में शुरू किया और सायरन बजाते व दौड़ाते हुए कैसिनो की ओर चल दिया। इस बार काम की जटिलता के मामले में वह रॉबिन से कहीं अधिक सौभाग्यशाली था।

वह ग्यारह मिनट व इकतालीस सेकेंड में कैसिनो पहुँच गया। वह ड्राइवर की सीट से कूदकर उतरा, पीछे का दरवाजा खोला, अपना सफेद लंबा कोट पहना और स्ट्रेचर निकालकर कैसिनो की ओर दौड़ पड़ा। जीन-पियरे पहली सीढ़ी पर खड़ा बड़ी बेचैनी से उनकी प्रतीक्षा कर रहा था। उन्होंने कोई बात नहीं की तथा जेम्स को तुरंत सीधे सैलून डेस अमेरिक्यूस की ओर ले आया, जहाँ हार्वे के ऊपर स्टीफन झुका हुआ था। उसने स्ट्रेचर को जमीन पर रखा और तीनों ने मिलकर 227 पौंड से भी अधिक के हार्वे मेटकाल्फ को उठाकर स्ट्रेचर पर लिटा दिया। अब स्टीफन व जेम्स ने स्ट्रेचर उठाया और उसे तुरंत बाहर खड़ी एंबुलेंस की ओर ले गए। उनके पीछे चलते हुए जीन-पियरे भी बाहर निकल गया।

तभी एक आवाज गूँजी, ''आप लोग मेरे बॉस को लेकर कहाँ जा रहे हैं?''

वे तीनों चौंक गए और पीछे घूमकर देखा। वहाँ सफेद रॉल्स रॉयस के निकट हार्वे का ड्राइवर खड़ा था। थोड़ी झिझक के बाद जीन-पियरे ने मोर्चा सँभाला।

''मेटकाल्फ जी, बेहोश हो गए हैं और हम उन्हें आपात ऑपरेशन के लिए अस्पताल ले जा रहे हैं। तुम इसी समय उनकी यॉट पर जाओ और वहाँ स्टाफ के लोगों को उनका कैबिन तैयार रखने के लिए कहो तथा आगे के निर्देशों की प्रतीक्षा करो।''

ड्राइवर ने अपनी टोपी को छुआ और भागकर रॉल्स रॉयस में बैठ गया। इधर जेम्स अपनी ड्राइविंग सीट पर बैठ गया तथा स्टीफन व जीन-पियरे हार्वे के साथ पीछे बैठ गए।

''बस पकड़े ही गए थे, बहुत बढ़िया जीन-पियरे। मेरी तो बोलती बंद हो गई थी।'' स्टीफन ने स्वीकार किया।

जीन-पियरे ने अपने चेहरे से पसीना पोंछते हुए कहा, ''अरे, ये कोई बड़ी बात नहीं थी।''

इसी के साथ एंबुलेंस किसी चपल बिल्ली की तरह वहाँ से दौड़ पड़ी। स्टीफन व जीन-पियरे ने अपनी जैकेट उतारकर वहीं रखे लंबे सफेद लैब कोट पहन लिए। स्टीफन ने स्टैथस्कोप भी लगा लिया।

''मुझे लगता है कि ये मर गया है।'' जीन-पियरे बोला।

''रॉबिन ने कहा था कि वो मरेगा नहीं।'' स्टीफन ने कहा।

''वह चार मील दूर से यह कैसे बता सकता है?''

''मुझे नहीं पता। लेकिन हमें उसकी बात का विश्वास करना होगा।''

जेम्स ने अस्पताल के दरवाजे पर जोर से ब्रेक लगाया। स्टीफन व जीन-पियरे ने फौरन अपने मरीज को ऑपरेशन थिएटर में पहुँचा दिया। जेम्स वापस लौटा एंबुलेंस को कार पार्किंग में खड़ा किया और उन सबके पास वापस ऑपरेशन थिएटर लौट आया।

रॉबिन अपना सफेद कोट पहने हुए उनसे दरवाजे पर ही मिल गया। जब वो मेटकाल्फ को ऑपरेशन टेबल पर लिटा रहे थे, तब रॉबिन ने पहली बार उनसे बात की, ''तुम सब अपने कपड़े बदल लो, और जीन-पियरे, तुम्हें जैसे बताया था वैसे इसे साफ कर दो।''

तीनों ने फौरन अपने कपड़े बदले और जीन-पियरे ने तुरंत उसे साफ करने का काम शुरू कर दिया—यह एक लंबी प्रक्रिया थी, जिसे सिखाते हुए रॉबिन ने उसे छोटा करने से मना किया था। ऑपरेशन के पूर्व सेप्टिसीमिया होना उनकी योजना का हिस्सा नहीं था। जीन-पियरे के सफाई-कक्ष से वापस लौटते ही सब कार्य के लिए तैयार हो गए।

''सब शांति से सुनें। हम इसके पूर्व ऐसा नौ बार कर चुके हैं। इस बार भी हमें बिल्कुल वैसा ही करना होगा जैसा हमने सेंट थॉमस में किया था।''

स्टीफन मोबाइल बॉयल्स मशीन के पीछे चला गया। उसने इसका चार हफ्तों तक प्रशिक्षण लिया था, जिस दौरान उसने इसके पहले सेंट थॉमस अस्पताल में जेम्स व हल्के विरोध के बाद जीन-पियरे को भी दो बार एनेस्थिजिया दिया था। उसे अपने इस नए कौशल को अब हार्वे मेटकाल्फ पर आजमाने का मौका मिल गया।

रॉबिन ने प्लास्टिक की थैली में से एक सीरिंज निकाली और उसमें 250 एम.जी. थियोपेंटोन भरकर हार्वे के हाथ में सुई लगा दी। मरीज और गहरी बेहोशी में चला गया। इस दौरान जेम्स व जीन-पीयरे ने हार्वे को नग्न कर उसे चादर से ढक दिया। स्टीफन ने बॉयल्स मशीन से मास्क निकालकर उसे मेटकाल्फ की नाक पर चढ़ा दिया। मशीन के पीछे लगे दो फ्लो-मीटरों में निट्रस ऑक्साइड 5 लीटर तथा ऑक्सीजन की मात्रा 3 लीटर बता रहा था।

''उसकी नब्ज की जाँच करो?'' रॉबिन ने कहा।

स्टीफन ने उसके कनपटी पर हाथ रखकर प्री-एक्यूलर नब्ज की जाँच की, वो 70 थी।

''इसे थिएटर में ले जाओ।'' रॉबिन ने कहा।

जेम्स ट्रॉली को धकेलते हुए दूसरे कक्ष में ले गया और वहाँ उसे ऑपरेशन लाइट्स के नीचे लिटा दिया। स्टीफन भी भारी कदमों से बॉयल्स मशीन को उसके पीछे ले गया।

ऑपरेशन कक्ष में कोई खिड़की नहीं थी और वे बहुत ठंडा तथा कीटाणुरहित था। जमीन से दीवारों तक सब जगह सफेद रंग की टाइल्स लगी थीं। वहाँ केवल एक ऑपरेशन के योग्य सभी जरूरी उपकरण मौजूद थे। जीन-पियरे ने हार्वे को कीटाणुरहित हरी चादर से ढक दिया, जिसमें से केवल उसका सिर और बायाँ हाथ ही बाहर निकल रहा था। ऑपरेशन थिएटर की नर्स ने उस ट्रॉली पर रखे सभी उपकरण, परदे व तौलिए कीटाणुरहित कर दिए थे तथा उसपर बिछा कपड़ा भी कीटाणुरहित था। रॉबिन ने मानक के अनुसार निर्मित अंत:शिरा द्रव्य की बोतल को टेबल के सिरहाने लटकाया और प्रक्रिया को पूर्ण करने के लिए उसे हार्वे की बाईं बाँह से ट्यूब द्वारा जोड़ दिया। स्टीफन टेबल के सिरहाने बॉयल्स मशीन के पास बैठा था, उसने हार्वे की नाक और मुँह पर लगे मास्क को ठीक से लगाया। हार्वे के ऊपर लगी तीन में से केवल एक ही ऑपरेशन लाईट जल रही थी, जिससे उसके उभरे हुए पेट पर स्पाट-लाइट जैसा प्रकाश पड़ रहा था।

आठ आँखें अपने शिकार को देख रही थीं। रॉबिन ने कहा, ''मैं वहीं बातें दोहराऊँगा, जो इससे पहले अभ्यास सत्र में कहता रहा हूँ, इन्हें ध्यान रखें। सबसे पहले, मैं आयोडीन से साफ करके पेट को तैयार करूँगा।''

हार्वे के पैरों के पास खड़ी टेबल पर रॉबिन के लिए सभी जरूरी उपकरण मौजूद थे। जेम्स ने हार्वे के ऊपर से चादर हटाई और उसे मोड़कर उसके पैरों पर रख दिया। इसके बाद उसने उपकरणों की ट्रॉली से कीटाणुरहित चादर को हटाया और आयोडीन को एक छोटे से जार में भर दिया। रॉबिन ने चिमटी से रुई का टुकड़ा उठाया और उसे आयोडीन के तरल में डुबोकर उसे पेट के आसपास व उसके ऊपर घुमाते हुए साफ करने लगा। इस तरह रॉबिन ने हार्वे के विशालकाय शरीर का लगभग 1 वर्ग फुट हिस्सा साफ करके रुई को कूड़ेदान में डाल दिया। तत्पश्चात् उसने रुई के नए टुकड़े से यही प्रक्रिया एक बार फिर दोहराई। इसके बाद उसने कीटाणुरहित तौलिया उठाकर हार्वे के गले के नीचे फँसाकर उसकी छाती ढक दी और दूसरा तौलिया उसके कूल्हों व जाँघों के बीच लगा दिया। इसके बाद तौलियों को लंबवत् करके उसके शरीर की बाईं व दाईं ओर लगा दिया। अंतिम तौलिया उसके दाईं ओर नीचे लगाया, जिससे उसकी मोटी तोंद का 9 इंच

हिस्सा ऊपर को उठ गया। इसके बाद उसने तौलिए को गिरने से बचाने के लिए उसके हर कोने पर चिमटियाँ लगा दीं और फिर ऑपरेशन किए जाने वाले स्थान को सुरक्षित करते हुए उसपर लेपेरोटॉमी ड्रेप्स लगाईं। रॉबिन की तैयारी पूरी हो गई थी।

''स्कैल्पल!''

जीन-पियरे ने उस चीज को उठाया जिसे वो चाकू कहता था और उसे रॉबिन की फैली हुई हथेली में इस तरह रख दिया, मानो वह दौड़ में अपने साथी को बेटेन सौंप रहा हो। स्टीफन का ध्यान लगातार हार्वे की साँसों पर बना हुआ था। जेम्स की भयभीत नजरें ऑपरेशन टेबल के पार खड़े जीन-पियरे से टकराईं। रॉबिन एक क्षण को ठिठका, फिर उसने 10 सें.मी. का पैरामीडियन प्रवेशक बनाया, जिसमें 3 से.मी. चरबी थी। रॉबिन ने आज तक इतना बड़ा पेट नहीं देखा था: उसे लगा कि उसे 8 सें.मी. अंदर तक कोई पेशी नहीं, बल्कि चरबी की ही परत मिलेगी। हर ओर से खून बहने लगा, जिसे रॉबिन ने डिथेरमी द्वारा अवरुद्ध किया। रॉबिन ने प्रवेशन पूर्ण होने व रक्तस्राव को नियंत्रित करने के बाद टाँके लगाने की प्रक्रिया आरंभ कर दी व मरीज के घाव में 3/0 की बाँधने वाली तार से दस टाँके लगा दिए।

''ये एक हफ्ते में स्वत: घुल जाएँगे।'' उसने स्पष्ट किया।

इसके बाद उसने एट्रामेटिक सुई द्वारा सिल्क के सामान्य बाँधने वाले 2/0 के धागे से त्वचा को बंद कर दिया। तत्पश्चात् उसने घाव को साफ करके उसपर लगे खून के धब्बे साफ कर दिए। अंत में उसने अपने कार्य के ऊपर हल्की सी दवा लगाकर पट्टी बाँध दी।

जब रॉबिन व जीन-पियरे, मेटकाल्फ को अस्पताल का गाउन पहनाकर उसके कपड़े पूरी सावधानी से ग्रे रंग की थैली में पैक कर रहे थे, उस दौरान जेम्स ने वहाँ रखे सभी परदे व कीटाणुनाशक तौलिए उठाकर उन्हें कूड़ेदान में डाल दिया।

''वो होश में आ रहा है।'' स्टीफन ने कहा।

रॉबिन ने उसे 10 एम.जी. डायजीपाम का इंजेक्शन लगा दिया।

''अब यह कम-से-कम आधे घंटे तक सोता रहेगा'' उसने कहा, ''और अगले तीन घंटों तक यह इसी तरह भ्रमित अवस्था में रहेगा इस दौरान जो कुछ भी होगा, उसका इसे बिल्कुल पता नहीं चलेगा। जेम्स तुम फटाफट जाकर एंबुलेंस निकालो व उसे अस्पताल के प्रवेश द्वार पर ले आओ।''

जेम्स ऑपरेशन थिएटर से बाहर निकला और केवल 90 सेकेंड में अपने

कपड़े पहन लिये। जिसके बाद वह कार पार्किंग की ओर चल दिया।

"और तुम दोनों अपने कपड़े बदलो और हार्वे को बहुत-बहुत ध्यान से एंबुलेंस में पहुँचा दो। जीन-पियरे तुम पीछे उसके साथ बैठना तथा स्टीफन तुम अपनी अगली काररवाई शुरू कर दो।"

स्टीफन व जीन-पियरे ने तुरंत लंबे सफेद कोट पहने और उनींदे हार्वे मेटकाल्फ को बहुत आराम से स्ट्रेचर पर लिटाकर एंबुलेंस की ओर ले गए। हार्वे को सुरक्षित पहुँचाने के बाद स्टीफन अस्पताल के प्रवेश में बने सार्वजनिक फोन की ओर दौड़ा व अपने पर्स में रखे एक कागज पर लिखे नंबर को डायल किया।

"हेलो नाईस-माटिन? मेरा नाम टैरी रॉबर्ट्स है और मैं न्यूयॉर्क टाइम्स में काम करता हूँ। मैं यहाँ छुट्टियों पर आया हूँ तथा मेरे पास आपके लिए एक छोटी सी खबर है…"

रॉबिन ऑपरेशन थिएटर में वापस पहुँचा और अपने द्वारा उपयोग की गई उपकरणों की ट्रॉली को कीटाणुनाशन कमरे में ऑपरेशन थिएटर की सुबह की पारी में काम करने वालों के लिए छोड़ दिया। उसने हार्वे के कपड़ों वाला प्लास्टिक का थैला उठाया और उसे लेकर सीधा वस्त्र परिवर्तन-कक्ष में घुस गया। वहाँ उसने अपना पहना ऑपरेशन का गाउन, टोपी व मास्क उतारकर अपने कपड़े पहन लिये। इसके बाद उसने ऑपरेशन थिएटर की नर्स को खोजा और उससे मुसकराते हुए कहा, "सब ठीक-ठाक निपट गया। मैंने सभी उपकरण कीटाणुनाशक में रख दिए हैं। कृपया आप श्रीमान बार्टिस को मेरी ओर से एक बार फिर धन्यवाद कहिएगा।"

'Oui, Monsieur, Notre plaisir. Je suis heureuse d'être à même de vous aider. Votre infirmière de l'Auxiliaire Médicale est arrivée'

(हाँ महोदय, हमें भी इस बात की प्रसन्नता है। मैं खुश हूँ कि सहायक नर्स के रूप में मैं आपके काम आ सकी।)

जब रॉबिन एंबुलेंस की ओर बढ़ रहा था तो एजेंसी की नर्स भी उसके साथ ही थी। नर्स को पीछे बैठने में मदद देकर वो बोला, "बहुत सँभालकर व धीमी गति से ड्राइविंग करते हुए बंदरगाह की ओर चलो।"

जेम्स ने हामी भरी और शवयात्रा की गति से एंबुलेंस चलाने लगा।

"नर्स फॉबर्ट।"

"जी, डॉक्टर बार्कर।" उसके हाथ का अधिकांश हिस्सा उसकी नीली टोपी से ढका हुआ था और उसका फ्रेंच उच्चारण बहुत मोहक था। रॉबिन को लगा कि

हार्वे को अपनी यह परिचारिका बहुत पसंद आएगी।

"मेरे मरीज का अभी पित्त की पथरी का ऑपरेशन हुआ है, उसे आराम की सख्त जरूरत है।"

रॉबिन ने अपनी जेब से संतरे जितनी बड़ी पित्त की पथरी निकालकर दिखाई, जिस पर हार्वे मेटकाल्फ के नाम का अस्पताल का टैग लगा था। रॉबिन पहले ही सेंट थॉमस अस्पताल से यह बड़ा सा पत्थर ले आया था। इस पथरी का वास्तविक रोगी 14 नंबर रूट पर चलने वाली बस का 6 फुट 6 इंच की कदकाठी वाला वेस्ट इंडीज मूल का व्यक्ति था। स्टीफन व जीन-पियरे उसे अविश्वास से घूरने लगे। नर्स ने अपनी नवीन जिम्मेदारी निभाते हुए उसकी नाड़ी व श्वास की जाँच की।

जीन-पियरे ने कहा, "नर्स फॉबर्ट, यदि मैं आपका मरीज होता तो मैं पूरा ध्यान रखता कि कहीं मैं निरोग न हो जाऊँ।"

यॉट पर पहुँचकर रॉबिन ने नर्स को रोगी के आराम व आहार संबंधी जानकारी दी और उसे कहा कि वह अगले दिन सुबह 11 बजे रोगी को देखने आएगा। इसके बाद वह हार्वे को उसके विशाल कैबिन में, उसके स्टीवर्ड व स्टाफ की सेवा के बीच गहरी नींद में सोता छोड़कर चले गए।

जेम्स उन तीनों को लेकर अस्पताल आया। एंबुलेंस को कार पार्किंग में खड़ा करने के बाद चाबी रिसेप्शन पर सौंप दी। इसके बाद वे सभी अलग-अलग मार्गों से होटल की ओर रवाना हो गए। रॉबिन सबसे देर में सुबह के 3:30 के बाद कमरा नंबर 217 में पहुँचा। वहाँ पहुँचते ही वह कुरसी का सिरहाना लगाकर लेट गया।

"क्या मैं व्हिस्की पी सकता हूँ?" स्टीफन।

"हाँ, जरूर!"

"हे ईश्वर, उसके साथ यही होना चाहिए था," रॉबिन ने कहा, और अपने लिए जॉनी वॉकर का एक बड़ा पैग भरकर बोतल जीन-पियरे को पकड़ा दी।

"वो ठीक हो जाएगा, है ना?" जेम्स ने पूछा।

"तुम्हें उसकी बहुत चिंता हो रही है। हाँ, और उसे लगे दस टाँकों के निशान भी हफ्ते भर में चले जाएँगे और केवल एक भद्दा सा निशान ही रह जाएगा, जिसे दिखाकर वह अपने मित्रों के आगे डींग मार सकेगा। मुझे बहुत नींद आ रही है। मुझे कल सुबह 11 बजे फिर से अपने शिकार को देखने जाना है। उसका सामना करना उसके ऑपरेशन से कहीं अधिक कठिन काम है। तुम सबको शुभरात्रि।

अच्छा हुआ जो हमने सेंट थॉमस में इतने अधिक अभ्यास सत्र किए। अब मुझे जब भी कभी क्रोपियर, ड्राइवर या एनेथिस्ट की आवश्यकता होगी तो मैं जानता हूँ कि मुझे किसे फोन करना है।''

तीनों के जाते ही रॉबिन थकान से चूर होकर अपने बिस्तर पर लेट गया। वह गहरी नींद सोया, सुबह 8 बजे उठने पर ही उसे ज्ञात हुआ कि वह कपड़े पहने हुए ही सो गया था। अपने अस्पताल में इंटर्न के तौर पर लगातार चौदह घंटे तक रात की ड्यूटी के बाद भी उसने ऐसा कभी नहीं किया। रॉबिन बहुत देर तक मुदित अवस्था में गरम पानी से नहाता रहा। तत्पश्चात् वह साफ शर्ट व सूट पहनकर अपने मरीज हार्वे मेटकाल्फ से आमने-सामने मिलने के लिए तैयार हो गया। अपनी नई मूँछ व फ्रेमरहित चश्मे तथा कल रात के सफल ऑपरेशन के बाद उसे खुद में उस विख्यात सर्जन का अंश दिखाई दे रहा था। अगले एक घंटे में वे तीनों भी उसे शुभकामनाएँ देने के लिए हाजिर हो गए तथा उन सभी ने उसके लौटने तक कमरा नंबर 217 में ही उसकी प्रतीक्षा करने का निर्णय लिया। स्टीफन ने सभी के लिए उसी दोपहर को होटल छोड़ने व लंदन के लिए हवाई जहाज की टिकट का इंतजाम करवा दिया था। रॉबिन बाहर निकल गया और इस बार फिर उसने लिफ्ट की जगह सीढ़ियों का उपयोग किया। होटल से बाहर निकलकर वह कुछ दूर पैदल चला और फिर वहाँ से बंदरगाह जाने के लिए उसने टैक्सी पकड़ ली।

मैसेंजर बॉय को खोजना कठिन नहीं था। अपने नए पेंट से चमचमाती हुई वह 100 फुट की यॉट बंदरगाह के पूर्वी छोर पर खड़ी थी। उसके मस्तूल की सबसे ऊपरी भाग पर पनामा का झंडा लगा था, जो रॉबिन के विचार से टैक्स कारणों से लगाया गया होगा। जहाज पर जाने के लिए बने लकड़ी के तख्ते पर चढ़ते ही उसकी मुलाकात नर्स फॉबर्ट से हुई।

''सुप्रभात! डॉक्टर बार्कर!''

''गुड मॉर्निंग, नर्स। अब मेटकाल्फ कैसे हैं?''

''वो सारी रात आराम से सोए, सुबह उन्होंने हल्का सा नाश्ता किया और कुछ टेलीफोन किए। क्या आप उनसे अभी मिलना चाहेंगे?''

''जी, जरूर।''

उस खूबसूरत कैबिन में दाखिल होते ही रॉबिन का सामना उस व्यक्ति से हुआ, जिसके खिलाफ षड्यंत्र रचने में उसे आठ हफ्ते लग गए। हार्वे फोन पर किसी से बात कर रहा था।

''हाँ डीयर, अब मैं बिल्कुल ठीक हूँ। लेकिन उस समय एकदम

आपातस्थिति हो गई थी। चिंता मत करो। मैं अभी जीवित रहूँगा।'' यह कहकर उसने फोन रख दिया। ''डॉक्टर बार्कर, मैं अभी अपनी पत्नी से मैसाच्यूसेट्स में बात कर रहा था। मैंने उसे बताया कि मेरा जीवन आपकी देन है। वहाँ सुबह के 5 बजे हैं, बावजूद इसके वह आपकी बहुत शुक्रगुजार है। मुझे पता है कि मेरा जीवन बचाने के लिए ही आपने निजी सर्जरी व निजी एंबुलेंस का उपयोग किया है। यही बात नाईस-माटिन भी कह रहा है।''

उसमें हार्वी की मैसेंजर बॉय के डेक पर बर्मूडा पहनकर खड़े वही तसवीर छपी थी, जिसे रॉबिन ने स्टीफन की दी फाइल में भी देखा था। समाचार का शीर्षक था, *'Millionaire s'évanouit au Casino'* (कैसिनो से गायब हुआ करोड़पति) और उसके नीचे लिखा था *'La Vie d'un Millionnaire Américain à été sauvée par une Opération Urgente Dramatique'* (एक करोड़पति अमेरिकी का जीवन नाटकीय ऑपरेशन द्वारा बचाया गया)! स्टीफन वाकई बहुत होशियार है।

''मुझे बताइए डॉक्टर, क्या वास्तव में मेरे प्राण संकट में थे?'' हार्वे ने चिरौरी करते हुए पूछा।

''आपकी स्थिति सचमुच बहुत नाजुक थी, यदि हम इसे आपके पेट से वह पथरी नहीं निकालते तो उसके परिणाम बहुत गंभीर होते।'' यह कहते हुए रॉबिन ने बहुत आडंबर सहित अपनी जेब से वो टैग लगी पथरी निकालकर दिखाई।

हार्वे की आँखें फटी रह गईं!

''उफ्फ, मैं इसे अपने पेट में लिये घूमता रहता था? यह बहुत बड़ी बात है। मैं आपका कैसे धन्यवाद दूँ? डॉक्टर साहब, यदि मैं आपके किसी काम आ सकूँ तो आप बिना झिझक कहिएगा।'' उसने रॉबिन की ओर अंगूर बढ़ाते हुए कहा, ''मुझे नहीं लगता कि नर्स मेरी बीमारी की गंभीरता को समझ सकेगी। आपने मेरी बहुत अच्छे से सेवा की है।''

रॉबिन अपने विचारों के घोड़े दौड़ाने लगा।

''मेटकाल्फ साहब, मैं संभवत: आपके साथ अधिक देर तक नहीं रुक सकूँगा। मेरी छुट्टियाँ आज समाप्त हो रही हैं, इसलिए मुझे कैलिफोर्निया लौटना होगा। कोई आवश्यक बात नहीं है: कुछ चुनिंदा सर्जरी करने के अलावा लेक्चरों की लंबी सूची है।'' उसने कंधे उचकाते हुए कहा, ''यह कोई बड़ी बात नहीं है, लेकिन मैं इसी ढंग की दिनचर्या का आदी हूँ।''

हार्वे अपने पेट को थामे हुए उठकर बैठा।

''मेरी बात सुनिए डॉक्टर बार्कर। मुझे छात्रों की जरा भी परवाह नहीं है। मैं बीमार हूँ और मैं चाहता हूँ कि आप मेरे ठीक होने तक मेरे पास ही रहें। मैं आपके यहाँ ठहरने की पूरी कीमत चुकाऊँगा। आप उसकी जरा भी चिंता न करें। जब बात मेरे स्वास्थ्य की होती है तो मैं पैसे की बिल्कुल परवाह नहीं करता। बस मैं यह कहना चाहता हूँ कि मैं आपकी फीस चैक की जगह नकद देना चाहूँगा। मैं नहीं चाहता कि अंकल सैम को मेरे पैसे की भनक भी लगे।''

रॉबिन बहुत अदा से खाँसा, उसे आश्चर्य हो रहा था कि अमेरिकी डॉक्टर अपने रोगियों के साथ फीस के मामले पर किस तरह बातचीत कर लेते हैं।

''यहाँ रुकने पर मेरे नुकसान की कीमत बहुत अधिक होगी। शायद 80,000 डॉलर से भी अधिक।'' यह कहकर रॉबिन ने एक गहरी साँस ली।

हार्वे जरा भी नहीं चौंका और बोला, ''निस्संदेह, आप सर्वश्रेष्ठ हैं। लेकिन पैसा जीवन से बड़ा नहीं होता।''

''ठीक है, मैं अपने होटल जाकर आपके अनुसार अपने कार्यक्रम में परिवर्तन की गुंजाइश तलाशता हूँ।''

रॉबिन उस बीमार व्यक्ति के कमरे से बाहर निकला और उसकी सफेद रॉल्स रॉयस में बैठकर होटल वापस लौट आया। जब कमरा नंबर 217 में उसने यह सारी कहानी सुनाई तो उन तीनों को रॉबिन की बात पर विश्वास नहीं हुआ।

''स्टीफन, ईश्वर की शपथ, ये आदमी रोगभ्रम से पागल हो गया है। वो चाहता है कि उसके पूरी तरह से ठीक होने तक मैं यहीं रहूँ। यह हमारी योजना का हिस्सा नहीं है।''

स्टीफन ने शांति से कहा, ''तुम यहीं रुको और इस खेल को आगे बढ़ाओ। क्यों नहीं उसे उसके ही खर्च पर पैसे की कीमत का अहसास करवाओ। जाओ और उस रोंदू से कहो कि तुम रोज सुबह 11 बजे उसका हाथ थामने वहाँ पहुँच जाओगे। हमें तुम्हारे बिना ही वापस लौटना होगा। और होटल का बिल कम ही रखना, ठीक है?'' रॉबिन ने फोन उठा लिया।

अगले दिन वो तीनों कमरा नंबर 217 में बहुत देर तक दोपहर का भोजन करने के बाद होटल डे पेरिस से निकल गए। चलने से पहले उन्होंने क्रूग 64 की एक और बोतल ली व नाईस हवाई अड्डे के लिए टैक्सी पकड़कर 16.10 पर लंदन के हीथ्रो हवाईअड्डे जाने वाली बी.ए. फ्लाइट 012 पकड़ने के लिए रवाना हो गए। इस बार भी वे सब अलग सीटों पर बैठे थे।

रॉबिन द्वारा हार्वे मेटकाल्फ से हुई बातचीत का एक अंश रह–रहकर स्टीफन के दिमाग में गूँज रहा था।

''यदि मैं आपके किसी काम आ सकूँ तो आप बिना झिझक कहिएगा।''

रॉबिन दिन में एक बार सफेद टायरों वाली सफेद कॉर्निश में बैठकर सफेद वरदी वाले ड्राइवर के साथ जाकर अपने मरीज को देख आता। उसने सोचा, केवल हार्वे ही इतना नाजुक हो सकता था। तीसरे दिन नर्स फॉबर्ट ने उससे अकेले में बात करने की इच्छा जताई।

उसने दुखी होकर कहा, ''जब मैं अपने मरीज के कपड़े बदलने लगती हूँ तो वह मेरे साथ गलत हरकत करता है।'' रॉबिन ने डॉक्टर विली बार्कर को यह गैरपेशवर टिप्पणी करने की इजाजत देते हुए कहा।

''नर्स, हम केवल उसे दोष नहीं दे सकते। लेकिन आप अपना काम जारी रखिए। मुझे लगता है कि संभवत: आप पहले भी इस तरह की समस्याओं से दो–चार हुई होंगी।''

''स्वाभाविक रूप से, लेकिन उनमें से किसी भी मरीज की मात्र तीन दिन पहले ही इतनी बड़ी सर्जरी नहीं हुई थी। लेकिन उनका ढंग बहुत अजीब है।''

''मैं आपको एक तरीका बताता हूँ, कुछ दिन के लिए उन्हें दस्त लगवा दें। इससे वो ढीले पड़ जाएँगे।'' वह मुसकरा दी। ''आपके लिए यहाँ सारा दिन रहना बहुत उबाऊ हो जाता होगा।'' रॉबिन ने कहा, ''क्यों न आज रात को मेटकाल्फ के सोने के बाद आप मेरे साथ डिनर करें।''

''यह अच्छा रहेगा डॉक्टर, हम कहाँ मिल सकते हैं ?''

''होटल डे पेरिस, कमरा नंबर 217।'' रॉबिन ने बेशर्मी से कहा, ''तो रात 9 बजे मिलते हैं।''

''जी, डॉक्टर!''

''एंजेलिन, थोड़ी चैब्लिस और लीजिए।''

''जी नहीं, शुक्रिया। विली, मुझे यह दावत हमेशा याद रहेगी। मुझे लगता है, शायद अभी तुम्हें वो नहीं मिला है, जिसकी तुम्हें तलाश है ?''

इसके बाद वो उठी और दो सिगरेट जलाकर उनमें से एक अपने होंठों के बीच फँसा ली। वहाँ से जाते समय उसकी लंबी स्कर्ट कूल्हों पर से हिल रही थी। उसने अपनी गुलाबी कमीज के नीचे ब्रा नहीं पहन रखी थी। वह सिगरेट का धुआँ छोड़ती हुई उसकी तरफ देखने लगी।

रॉबिन के दिमाग में वर्तमान में ऑस्ट्रेलिया में मौजूद बेकसूर डॉक्टर बार्कर, न्यूबेरी में बैठे अपने पत्नी व बच्चों तथा लंदन में उपस्थित टीम के अन्य सदस्य घूमने लगे।

''यदि मैं आपके साथ अनुचित व्यवहार करूँ तो क्या आप उसकी शिकायत मेटकाल्फ महोदय से करेंगी?''

उसने मुसकराते हुए जवाब दिया, ''विली, आपका ऐसा करना अनुचित नहीं होगा।''

अब हार्वे की सेहत में काफी सुधार था, रॉबिन ने छठे दिन उसके टाँके काट दिए।

''मेटकाल्फ साहब, ये बहुत तेजी से ठीक हो रहे हैं। थोड़ा धैर्य रखिए, आप अगले हफ्ते के मध्य तक अपनी सामान्य दिनचर्या का पालन करने लगेंगे।''

''बहुत बढ़िया। जल्द ही मुझे एस्कॉट में शामिल होने के लिए इंग्लैंड जाना है। मेरी घोड़ी रोजेली सभी की बहुत प्रिय है। क्या आप मेहमान बनकर मेरे साथ चलना चाहेंगे? यदि मैं फिर बेहोश हो गया तो क्या होगा?''

रॉबिन ने बहुत मुश्किल से अपनी हँसी रोकी।

''चिंता न करें। आप ठीक हो गए हैं। माफ कीजिएगा, मैं एस्कॉट में रोजेली का प्रदर्शन देखने के लिए रुक नहीं सकूँगा।''

रॉबिन ने मन में बोला, और न ही आप फिर से ऐसा कर सकेंगे। उसके उच्चारण में अमेरिकी झलक दिखाई दे रही थी। इसके बाद उसने हार्वे से राहत सहित व एंजेलिन से आहत अवस्था में विदा ली और लौटते समय हार्वे के ड्राइवर के हाथों बहुत सफाई से लिखा बिल भेज दिया :

डॉ. विली बार्कर

श्री हार्वे मेटकाल्फ को शुभकामनाएँ देते हुए

यह सूचना देना चाहते हैं कि उनकी सर्जरी व ऑपरेशन-पूर्व उपचार की पेशेवर सेवाओं का कुल शुल्क हुआ 80,000 डॉलर। ड्राइवर एक ही घंटे में 80,000 डॉलर के नकद भुगतान का चेक लेकर लौट आया। रॉबिन जीत की दुर्दुभी बजाता हुआ लंदन वापस लौट गया।

''दो सफलताएँ, दो बाकी।''

❑

13

अगले दिन शुक्रवार को हार्ले स्ट्रीट पर रॉबिन की रोगी-जाँच-कुरसी पर बैठकर स्टीफन ने अपने सेनानियों को संबोधित करना शुरू किया।

"मोटे कार्लो की काररवाई पूरी व हर तरह से सफल रही, इसमें रॉबिन का धैर्य प्रशंसनीय है। हालाँकि इसमें खर्च कुछ अधिक हो गया। अस्पताल व होटल का खर्च मिलाकर कुल बिल हुआ 11,351 डॉलर, और हमें प्राप्त हुए 80,000 डॉलर। यानि अब तक हमारे पास 527560 डॉलर वापस आ चुके हैं, जबकि अब तक हमारा खर्च रहा है 22,530 डॉलर, यानि हमें अभी मेटकाल्फ महोदय से 494,970 डॉलर और लेने हैं। क्या सभी मेरी बात से सहमत हैं?"

सभी लोगों ने हामी भरी। उन्हें स्टीफन की गणितीय क्षमता पर पूरा भरोसा था, हालाँकि अधिकतर गणितज्ञों की भाँति उसे भी यह काम बहुत थकाऊ लगता था।

प्रसंगवश बात उठी है, "रॉबिन, तुमने अंतिम बुधवार की रात भोजन पर 73.50 डॉलर खर्च किए हैं। तुमने क्या खाया था कैवियर और शैंपियन?"

रॉबिन ने स्वीकार करते हुए कहा, "उस दिन मैंने कुछ विशिष्ट खाया था। क्योंकि उस समय ऐसा करना जरूरी था।"

जीन-पियरे ने अपनी जेब से अपना पर्स निकाला और मेज पर पटकते हुए बोला, "मैंने मोंटे कार्लो में जो कुछ कमाया है, उसे दाँव पर लगाकर कहता हूँ कि मुझे पता है कि भोजन पर तुम्हारे साथ कौन थी और मैं इस पर भी शर्त लगाने को तैयार हूँ कि उसने उस रात तुम्हारे साथ भोजन से अधिक बहुत कुछ किया होगा। ये लो स्टीफन मेरी बुधवार रात कैसिनो में जीते गए 219 फ्रेंक। यदि तुम मुझे वहाँ अकेला छोड़ देते तो हमें रॉबिन के उस कसाईघर में शामिल हुए बिना ही सारी रकम वहीं से जीत लेता। मुझे लगता है, इतना सब करने के बाद मुझे कम-से-कम नर्स फॉबर्ट का नंबर तो मिलना ही चाहिए।

जीन-पियरे की यह टिप्पणी स्टीफन के सिर के ऊपर से गुजर गई।

''बहुत बढ़िया जीन-पियरे, आज की विनिमय दर के मुताबिक तुम्हारे 219 फ्रेंक से सारा खर्चा पूरा हो जाएगा। इसके बाद वह कुछ क्षण रुका और फिर अपने कैलकुलेटर पर गणना करने लगा, ये 46.76 डॉलर हुए। जिससे हमारा खर्च घटकर 22,483.24 डॉलर रह गया है।''

''एस्कॉट से जुड़ी मेरी योजना बहुत सरल है। जेम्स ने 10 डॉलर की दर से सदस्य प्रभाग के दो बैज हासिल कर लिये हैं। हमें मालूम है कि इसमें शामिल घोड़े के सभी मालिकों की भाँति हार्वे मेटकाल्फ के पास भी बैज है। इसलिए यदि हम सही समय पर सामान्य तौर पर काम करेंगे तो वह हमारे जाल में अवश्य फँस जाएगा। जेम्स हमें मेटकाल्फ के वहाँ आने से लेकर जाने तक की एक-एक जानकारी वॉकी-टॉकी से देता रहेगा। जीन-पियरे सदस्य प्रभाग पर मेटकाल्फ की प्रतीक्षा करेगा और उसका पीछे लगा रहेगा। रॉबिन हीथ्रो हवाई अड्डे से दोपहर 1 बजे एक टेलीग्राम भेजेगा, जिसे रिसीव करने के लिए हार्वे को लंच के दौरान अपने निजी बॉक्स से बाहर आना होगा। योजना का यह हिस्सा आसान है। यदि हम उसे ऑक्सफोर्ड के प्रलोभन में फँसाना चाहते हैं तो हमें बिल्कुल चाक-चौबंद रहना होगा। मैं कहना चाहता हूँ कि यदि हमने एस्कॉट की काररवाई को सही प्रकार से निपटाया तो सबकुछ आसान हो जाएगा।'' यह कहकर स्टीफन मुसकराने लगा।

''इससे हमें ऑक्सफोर्ड से जुड़ी आगे की काररवाई के लिए बहुत वक्त मिल जाएगा। क्या कोई कुछ पूछना चाहता है?'' रॉबिन ने स्टीफन के नोट्स पर नजर डालते हुए कहा, ''तुम्हें हमारी आवश्यकता ऑक्सफोर्ड योजना के भाग (अ) में नहीं बल्कि केवल भाग (ब) में होगी?''

''ठीक कहा, भाग (अ) मैं अकेला ही सँभाल लूँगा, बल्कि सबसे अच्छा यह रहेगा कि उस रात तुम सब वहाँ से दूर यहाँ लंदन में ही मौजूद रहो। इसके बाद हमारी अगली प्राथमिकता जेम्स के लिए कोई योजना तैयार करना होगी और यदि ईश्वर मेहरबान रहे तो वह स्वयं अपनी योजना तैयार कर लेगा। मुझे जेम्स की चिंता सता रही है।'' स्टीफन ने बोलना जारी रखा, ''आज तक हमारा उससे वहीं मुकाबला हुआ है, जहाँ हम चाहते थे; लेकिन उसके अमेरिका लौटने पर हमें उससे उसकी जमीन पर ही भिड़ना होगा। हम सबमें सबसे बेहतरीन अदाकार होने के बावजूद बॉस्टन में जेम्स की दाल नहीं गलेगी। हार्वे के शब्दों में कहें तो यह बिल्कुल अलग तरह का खेल होगा।''

जेम्स ने उदास होकर ठंडी साँस खींची व जमीन पर बिछे एक्समिनिस्टर कालीन को ताकने लगा।

रॉबिन ने कहा, ''बेचारा जेम्स, तुमने उस एंबुलेंस को बिल्कुल विमान की तरह उड़ाया था।''

''तुम विमान उड़ाना सीख लो तो हम हार्वे को हाईजैक कर लेंगे।'' जीन-पियरे ने सुझाव दिया।

मिस मीक्ले को डॉक्टर ऑक्ले के कमरे से आती हँसी की आवाजें बहुत बुरी लगीं, लेकिन उसे उन अजीब से तीन लोगों को जाते देखकर बहुत प्रसन्नता हुई। सबसे अंत में जेम्स के बाहर जाते ही वह रॉबिन के कमरे में दाखिल हुई और बोलीं, ''क्या अब आप मरीजों को देखना चाहेंगे, डॉक्टर ओक्ले?''

''अगर यह जरूरी है तो हाँ, मिस मीक्ले।''

मिस मीक्ले ने अपने होंठ बिचकाते हुए सोचा कि इन्हें क्या हो गया है। ये जरूर उन लोगों का असर है, जिनके साथ ये आजकल रह रहे हैं। अब तो ये बिल्कुल विश्वास के काबिल नहीं रहे।

''श्रीमती वेंटवर्थ-ब्रीवस्टर-डॉक्टर आक्ले आपसे मिलने को तैयार हैं, जाते समय आप वे दवाएँ ले लीजिएगा, जो आपको इटली जाने से पहले चाहिए थीं।''

स्टीफन स्वास्थ्य लाभ हेतु कुछ दिन के लिए मागडालेन कॉलेज चला गया। उसने आठ हफ्ते पहले यह कवायद शुरू की थी, जिसमें दो मामलों में उसकी टीम को उम्मीद से अधिक कामयाबी मिली। वह जानता था कि उसकी कामयाबी के पीछे ऑक्सफोर्ड की किंवदंती है, जो उसमें आज भी जीवित है।

जीन-पियरे बांड स्ट्रीट पर अपनी गैलरी में पहुँच गया। एस्कॉट में उसे केवल एक वाक्य ही बोलना था, इसलिए वह चिंतित नहीं था, लेकिन स्टीफन के ऑक्सफोर्ड प्लान के (ब) हिस्से को सफल बनाने हेतु वह रात को शीशे के आगे खड़े होकर अपनी भूमिका का अभ्यास करता।

जेम्स ने एनी को सप्ताहांत पर स्ट्रेटफोर्ड-अपॉन-एवॉन बुला लिया। जहाँ उन्होंने रॉयल शेक्सपीयर कंपनी का शानदार नाटक 'मच अडो अबाऊट नथिंग' देखा। इसके बाद हाथों में हाथ डालकर एवॉन नदी के किनारे घूमने लगे, तब जेम्स ने उसके सामने शादी का प्रस्ताव रखा। एनी का उत्तर केवल राजहंस ही सुन पाए। जेम्स ने विचार किया कि जीन-पियरे की गैलरी के बाहर हार्वे मेटकाल्फ की प्रतीक्षा करते हुए उसने कार्टियर की विंडो में जो हीरे की अंगूठी देखी थी, वह एनी की नाजुक अंगुली में और भी अधिक खूबसूरत लगेगी। जेम्स की खुशी का

ठिकाना नहीं था। अगर वह कोई योजना बनाकर सबको चौंका सके तो उसे इसके अलावा और कुछ नहीं चाहिए। उसने उस रात एनी के साथ मिलकर एक बार फिर हर नए-पुराने विचार पर मंथन किया, लेकिन सब व्यर्थ गया।

लेकिन अब उसके दिमाग में एक विचार ने आकार लेना शुरू कर दिया था।

❑

14

सोमवार को जेम्स ने एनी को वापस लंदन छोड़ा और अपना सबसे आकर्षक सूट पहन लिया। जेम्स ने एनी से अपने साथ एस्कॉट चलने को कहा था, पर एनी ने काम पर वापस लौटने की बात कहकर मना कर दिया। एनी का मानना था कि संभवत: बाकी लोगों को उसका वहाँ आना और जेम्स का उसे अपना रहस्य बता देना पसंद नहीं आएगा।

जेम्स ने एनी से मोंटे कार्लो की घटनाओं पर कोई चर्चा नहीं की थी, लेकिन उसे एस्कॉट योजना से जुड़े हर कदम की जानकारी थी। वह जानती थी कि जेम्स आज कुछ घबराया हुआ है। उससे हुई पिछली रात की मुलाकात में ही वह समझ गई थी कि जेम्स की स्थिति बहुत खराब है। उसे जेम्स खोया हुआ सा लगा। हालाँकि एनी को इस बात की संतुष्टि थी कि आज की इस रिले दौड़ में बेटेन मुख्यत: स्टीफन, रॉबिन व जीन-पियरे के हाथ में है, लेकिन एनी के दिमाग में चल रही योजना उन तीनों को अवश्य चौंका देगी।

उस सुबह स्टीफन जल्दी उठ गया। शीशे में अपने सफेद बाल देखकर उसे बहुत अच्छा लगा। डेबेनहैंस के केश श्रृंगार सैलून में एक दिन पूर्व खर्च की गई मोटी रकम का यह परिणाम हासिल हुआ। उसने पहनने के लिए अपना सबसे बढ़िया ग्रे सूट तथा नीले चैक वाली टाई निकाली। इसे उसने ससेक्स यूनिवर्सिटी में छात्रों से मुलाकात से लेकर अमेरिकी राजदूत के साथ रात्रिभोज जैसे खास अवसरों पर ही पहना था। उसे बताने वाला कोई नहीं था कि उस सूट का रंग अब धुँधला गया है तथा कोहनी व घुटनों से ढीले-ढाले सूट अब चलन से बाहर हो गए हैं। स्टीफन के लिए वह आज भी उतना ही आकर्षक था। वह ऑक्सफोर्ड से एस्कॉट तक ट्रेन से आया, जबकि जीन-पियरे लंदन से कार में पहुँचा। वे दोनों सुबह 11 बजे जेम्स से बेल्वेडेर आर्म्स में मिले। यह जगह घटनास्थल से लगभग एक मील की दूरी पर थी।

स्टीफन ने तत्काल रॉबिन को फोन मिलाया और अपने तीनों के वहाँ पहुँचने की सूचना देने के साथ ही उससे टेलीग्राम पढ़कर सुनाने को कहा।

''बहुत बढ़िया रॉबिन, अब तुम हीथ्रो जाओ और ठीक दोपहर एक बजे इसे भेज देना।''

''गुड लक स्टीफन, उस कमीने को धूल चटा दो।''

स्टीफन उन दोनों के पास लौटा और उन्हें लंदन की कमान पूरी तरह से रॉबिन के नियंत्रण में होने की बात बताई।

''जेम्स, अब तुम जाओ और हार्वे के आते ही हमें सूचित करना।''

जेम्स ने कार्ल्सबर्ग की बोतल खत्म की और वहाँ से चला गया। समस्या यह थी कि वह अपने इन सदा साथ रहने वाले मित्रों को अपने दूर रहने के प्रयास का कारण भी नहीं बता सकता था।

आधी दोपहर बीतने के बाद हार्वे की कार सदस्यों की पार्किंग में दाखिल हुई। उसकी सफेद रॉल्स रॉयस बिल्कुल पर्सिल के विज्ञापन की भाँति चमक रही थी। रेस में अकसर शामिल होने वाले अंग्रेजों की कार का घूरती तिरस्कृत दृष्टि को हार्वे उनकी प्रशंसा मान रहा था। वह अपने अतिथियों सहित निजी बॉक्स की ओर बढ़ गया। उसका नवनिर्मित सूट बर्नार्ड वेदरिल की उत्कृष्टता का परिचायक था। कोट में लगे गुलनार के लाल फूल व गंजी खोपड़ी को ढकने वाली हैट में वह बिल्कुल अलग लग रहा था। अगर वह अपनी सुपरिचित सफेद रॉल्स रॉयस में नहीं होता तो शायद जेम्स उसे पहचान भी नहीं पाता। जेम्स ने सुरक्षित दूरी बनाते हुए उसका तब तक पीछा किया जब तक वो श्री हार्वे मेटकाल्फ व अतिथि लिखे द्वार को पार नहीं कर गया।

''वह अपने निजी बॉक्स में पहुँच गया है।'' जेम्स ने बताया।

जीन-पियरे ने पूछा, ''तुम कहाँ हो?''

''मैं उसके ठीक नीचे भूतल पर सट्टा लगाने वाले सैम ओफ्लाहर्टी के साथ बैठा हूँ।''

जीन-पियरे ने कहा, ''आयरिशों के प्रति अशिष्टता जताने की जरूरत नहीं, हम कुछ ही मिनटों में वहाँ पहुँचने वाले हैं।''

जेम्स ने विशाल सफेद स्टैंड में बैठे उन 10,000 दर्शकों को देखा, जिन्हें वहाँ से रेसकोर्स स्पष्ट नजर आ रहा होगा। उसके लिए अपने मित्रों व परिचितों से बचते हुए इस काम को अंजाम देना कठिन था। उसे वहाँ सबसे पहले हैलीफैक्स के अर्ल मिले, तत्पश्चात् वह डरपोक लड़की मिली, जिसे वह पिछले वसंत में

मूर्खतावश क्वीन चैरलेट बॉल ले जाने को तैयार हो गया था। इस प्राणी का क्या नाम था? ओह हाँ, याद आया, माननीया सेलिना वैलोप। हाँ, यही नाम था। उसने चार वर्ष पहले ही फैशन से बाहर हो चुकी मिनी स्कर्ट तथा ऐसा हैट पहन रखा था, जो कभी भी फैशन में नहीं रहा। जेम्स ने अपने कान टोपी से ढक लिये व दूसरी ओर देखते हुए समय काटने के लिए सैम ओ फ्लेहर्टी से किंग जॉर्ज द्वितीय व क्वीन एलिजाबेथ स्ट्रेक में 3.20 पर दाँव लगाने से जुड़ी बातें करने लगा। ओ फ्लेहर्टी इस बार लगे सट्टे के बारे में पंचम स्वर में बताने लगा।

''एक अमेरिकी हार्वे मेटकाल्फ के घोड़े रोजेली का 6:4 का भाव है, उसके सवार का नाम पैट ऐड्डरी है।''

ऐड्डरी जल्द ही सबसे कम आयु का चैंपियन जॉकी बनने वाला था और हार्वे जीतने वालों का हमेशा साथ देता था।

स्टीफन व जीन-पियरे, सैम ओ फ्लेहर्टी के बैग के निकट जेम्स के साथ बैठ गए। नारंगी रंग के बॉक्स में खड़ा सैम का टिकटिकी सहायक ऐसे हाथ हिला रहा था, जैसे किसी डूबते जहाज का नाविक संकेत करता है।

''महोदय, आप किस पर दाँव लगाना चाहते हैं?'' सैम ने उन तीनों से पूछा।

जेम्स ने स्टीफन के मना करते इशारे पर ध्यान न देते हुए कहा, ''रोजेली की दोनों ओर की दौड़ पर 5 पाउंड।'' यह कहते हुए उसने 10 पाउंड का करारा नोट दिया, जिसके बदले उसे सीरीज नंबर लिखा हरा कार्ड मिला, जिसके बीचोबीच सैम ओफ्लाहर्टी के नाम की मुहर लगी थी।

''जेम्स, मेरे खयाल से यह तुम्हारी अव्यक्त योजना का कोई अंतर्निहित हिस्सा है,'' जीन-पियरे ने कहा, ''मैं बस यह जानना चाहता हूँ कि उसके जीतने पर हमें कितने पैसे मिलेंगे?''

''यदि रोजेली जीतती है, तो टैक्स काटकर 9.10 पाउंड।'' सैम ओ फ्लेहर्टी ने कहा। जब वो बोलता तो उसके दाँतों के बीच फँसी सिगार ऊपर-नीचे होने लगती।

''जेम्स, 1 मिलियन डॉलर की विशाल रकम के सामने तो यह कुछ भी नहीं है। कोई बात नहीं, हम सदस्यों के बैठने के स्थान पर जा रहे हैं। जैसे ही हार्वे अपने बॉक्स से निकले, हमें तुरंत सूचित करना। मुझे लगता है कि वह दौड़ते घोड़ों को देखने के लिए करीब 1.45 पर और सवारों से मिलने के लिए लगभग दो बजे बाहर निकलेगा, यही समय ठीक रहेगा।''

वेटर ने क्रूग 1964 की एक और बोतल खोली और हार्वे के अतिथियों के गिलास भरने लगा। इनमें तीन बैंकर, दो अर्थशास्त्री, कुछ जहाज के मालिक तथा एक विख्यात नगर संवाददाता शामिल थे।

अपने अतिथियों में गण्यमान्य व प्रभावकारी लोगों को प्राथमिकता देनेवाला हार्वे हमेशा ऐसे लोगों को आमंत्रित करता, जो उससे प्राप्त होने वाले आर्थिक लाभ के चलते उसे इनकार नहीं कर पाते। आज के विशिष्ट दिन इन लोगों के साथ से वह बहुत प्रसन्न था। उन सब में सबसे वरिष्ठ थे सर हावर्ड डॉड, जो उन्हीं के नाम वाले बैंक के वयोवृद्ध चेयरमैन थे। वास्तव में वह बैंक उनके नहीं बल्कि उनके परदादा के नाम पर था। सर हावर्ड 6 फुट 2 इंच के थे, और इस उम्र में भी वह इतने मजबूत थे कि किसी सम्मानित बैंकर की जगह ग्रेनेडियर गार्ड अधिक लगते थे। उनमें व हार्वे में निरंतर गंजी होती खोपड़ी के बाल या बालों की कमी ही एकमात्र समानता थी। उनके साथ उनका युवा सहायक जेम्स क्लार्क भी था। उसकी उम्र तीस वर्ष से कुछ ही अधिक थी और वह बहुत बुद्धिमान था। वह यहाँ इसलिए आया था, ताकि उनके बैंक के चेयरमैन किसी ऐसी बात पर राजी न हो जाएँ, जिसपर उन्हें बाद में पछताना पड़े। हार्वे के प्रति गुप्त प्रशंसा का भाव होने के बावजूद क्लार्क नहीं चाहता था कि बैंक उसके जैसे ग्राहकों के साथ बिजनेस करे। तथापि वह रेस के दौरान अपना एक दिन खराब करने के भी सख्त खिलाफ था।

दो अर्थशास्त्रियों में, हडसन इंस्टीट्यूट के श्री कोलिन एमसन और डॉक्टर माइकल होगन शामिल थे, जो वहाँ हार्वे को ब्रिटिश अर्थव्यवस्थाओं के जोखिमों से परिचित करवाने आए थे। वे भी उसके जैसे ही थे। एमसन ने 15 वर्ष की आयु में स्कूल छोड़कर स्वयं को शिक्षित किया था। अपने सामाजिक संबंधों का उपयोग कर उसने एक कंपनी बनाई थी, जो टैक्स मामलों की विशेषज्ञ थी और ब्रिटिश सरकार की लगभग हर सप्ताह नए फाइनेंस ऐक्ट लागू करने की आदत के चलते यह कंपनी काफी सफल भी थी। एमसन 6 फुट का मजबूत व प्रतिभाशाली व्यक्ति था, जिसका काम हार्वे की हर हार या जीत में उसका साथ देना था। उसके बिल्कुल उलट होगन की शिक्षा-दीक्षा विंचेस्टर, ट्रिनिटी कॉलेज, ऑक्सफोर्ड और पेंसिल्वेनिया के व्हार्टोन जैसे बिजनेस स्कूलों से हुई थी। लंदन के मैनेजमेंट कंसल्टेंट मेकेनस्की के साथ हुई छोटी सी चर्चा ने उसे यूरोप का सबसे जानकार अर्थशास्त्री बना दिया था। उसके छरहरे व बलवान शरीर को देखने वालों को उसके पूर्व में अंतरराष्ट्रीय स्कवैश चैंपियन होने पर कोई आश्चर्य नहीं होता। काले बाल व भूरी आँखों वाला वह व्यक्ति हमेशा हार्वे के साथ रहता, हालाँकि उसके

लिए अपनी घृणा छिपाए रखना सरल नहीं था; इस बार वो पाँचवीं बार एस्कॉट आया था, ऐसा प्रतीत होता था कि हार्वे को न सुनना पसंद नहीं है।

द्वितीय पीढ़ी के यूनानी कुंडा ब्रदर्स को घुड़दौड़ से जहाजों जितना ही लगाव था। उनके एक जैसे काले बाल, काले रंग की त्वचा व गहरी काली भौंह के चलते उनमें विभेद करना सरल नहीं था। उनकी उम्र का अंदाजा लगाना सरल नहीं था, और न ही उनकी संपूर्ण संपत्ति का आकलन कर सकता था। शायद यह उनके स्वयं के लिए भी संभव नहीं था। हार्वे का अंतिम अतिथि निक लॉयड न्यूज ऑफ द वर्ल्ड से था, जिसका काम अपने इस मेजबान पर उछली हर कीचड़ को साफ करना था। साठ के दशक के मध्य में तो हार्वे के पोल खोलने के बहुत नजदीक पहुँच गया था, लेकिन तब किसी अन्य घोटाले के चलते कुछ सप्ताह अन्य रसीली खबरों को प्रथम पृष्ठ पर जगह नहीं मिली, और इस दौरान हार्वे फिर बच निकला। लॉयड इस चाशनी में लपेटे इस थोड़े कड़वे स्वाद वाले आमंत्रण को ठुकरा नहीं सका और इसमें निहित पंचमेल गुच्छे को देखकर ललचा गया।

''सर, आपके लिए टेलीग्राम आया है।''

हार्वे ने उसे फाड़कर खोला। वो कोई भी काम सफाई से करने का आदी नहीं था।

''ये मेरी बेटी रोजेली ने भेजा है। बहुत प्यारी बात है कि उसे यह याद रहा, और ऐसा हो भी क्यों न, मैंने घोड़े को उसी का नाम जो दिया है। चलो, सब भोजन करने चलते हैं।''

वे सब भोजन करने बैठ गए, जिनमें ठंडा विचौसी, तीतर का गोश्त व स्ट्राबेरी शामिल थे। हार्वे आज हमेशा से कहीं अधिक बोल रहा था, लेकिन उसके अतिथियों ने इस बेचैनी का कारण दौड़ व इसके विजेता को मिलने वाली वह ट्रॉफी थी, जिसके मुकाबले का अमेरिका में कुछ नहीं था। अपने इस झुकाव को हार्वे भी कभी नहीं समझ पाया। संभवतः इसका कारण एस्कॉट का वह विशिष्ट वातावरण था, जो उसे बेहद पसंद था हरी-भरी घास व अनुकूल परिवेश, शिष्ट जनसमूह व कुशल प्रबंधन के कारण ही एस्कॉट दौड़ के जगत् में सबकी ईर्ष्या का कारण बना हुआ था।

वरिष्ठ बैंकर ने कहा, ''हार्वे इस बार पहले के मुकाबले आपकी जीत की संभावना कहीं अधिक है।''

''सर हावर्ड, आप शायद जानते नहीं, डेवोनशायर के ड्यूक के घोड़े का जॉकी लेस्टर पिग्गेट है तथा राजकुमारी व महारानी को घोड़ा हाईक्लेयर संयुक्त

रूप से सबके चहेते हैं। इसलिए मैं अपनी जीत के प्रति बहुत आशावान नहीं हूँ। पहले दो बार लगातार तीसरे नंबर पर रहे हों व किसी के भी चहेते न हों तो अपने किसी भी घोड़े की जीत के प्रति संशय हो ही जाता है।''

''एक और टेलीग्राम आया है, सर।''

एक बार फिर हार्वे की मोटी और छोटी अंगुलियों ने कागज का बुरा हश्र किया।

किंग जार्ज II व क्वीन एलिजाबेथ स्टेक्स के लिए बहुत शुभकामनाएँ। सर हावर्ड, यह आपके बैंक की ओर से है, बहुत बढ़िया।

हार्वे का पोलिश-अमेरिकी लहजे में अंग्रेजी बोलना बहुत हास्यास्पद लग रहा था।

''सबके लिए और शैंपेन लाओ।''

तभी एक और टेलीग्राम आया।

''यदि यह ऐसे ही चलता रहा तो हार्वे इन्हें आपके लिए डाकघर में एक विशेष कक्ष बनाना होगा।'' सर हावर्ड के इस हल्के-फुलके मजाक पर सभी हँस दिए। हार्वे ने इसे एक बार फिर जोर से बोलकर पढ़ा।

''एस्कॉट में आपके साथ शामिल न हो पाने का दुख है। कैलिफोर्निया जा रहा हूँ। वहाँ मेरे पुराने मित्र ऑक्सफोर्ड नोबल पुरस्कार विजेता प्रोफेसर रॉडनी पोर्टर से अवश्य मुलाकात करें। अंग्रेज बुकीज से सावधान रहिएगा। विली बी., हीथ्रो हवाई अड्डा। यह विली बार्कर ने भेजा है। इसी व्यक्ति ने मेरा मोंटे कार्लो में ऑपरेशन किया था। उसने मेरी जान बचाई। उसने मेरे शरीर में से इतना बड़ी पथरी निकाली, जितना बड़ा ब्रेड का टुकड़ा डॉ. होगन के हाथ में है। अब मैं इन प्रोफेसर पोर्टर को कहाँ खोजूँ?'' हार्वे ने मुख्य वेटर से कहा, ''मेरे ड्राइवर को बुला भेजो।''

कुछ ही सेकेंड में भली-भाँति तैयार हुआ गाय सैलमन वहाँ हाजिर हो गया।

''आज यहाँ ऑक्सफोर्ड के एक प्रोफेसर रॉडनी पोर्टर आए हुए हैं, जाओ जाकर उन्हें ढूँढ़ो।''

''वो कैसे दिखते हैं सर?''

''मुझे कैसे पता होगा,'' हार्वे ने तुनककर कहा, ''प्रोफेसर जैसे ही दिखते होंगे।''

ड्राइवर ने अपनी रेलिंग्स में दोपहर बिताने की योजना को खेदपूर्वक खारिज करते हुए फौरन वहाँ से हट गया, जहाँ हार्वे अभी भी अपने अतिथियों के साथ

स्ट्रॉबेरी, शैंपेन व लगातार आ रहे टेलीग्रामों के सिलसिले का लुत्फ उठा रहा था।

''आप जानते हैं कि जीतने पर आपको यह कप महारानी के हाथों मिलेगा।'' निक लॉयड ने कहा।

''निश्चित तौर पर वह मेरे जीवन का सबसे शानदार क्षण होगा, जब मैं किंग जार्ज व एलिजाबेथ स्टेक्स को जीतने के बाद महामहिम महारानी से मिल सकूँगा। यदि रोजेली जीत गई तो मैं अपनी बेटी के लिए प्रिंस चार्ल्स का हाथ माँग लूँगा, वे दोनों समान आयु के ही हैं।''

''हार्वे, मुझे नहीं लगता कि आपके लिए यह तय करना संभव हो सकेगा।''

''मेटकाल्फ महोदय, जीतने पर आप 81,000 डॉलर की रकम का क्या करेंगे?'' जेमी क्लार्क ने पूछा।

''इसे किसी परोपकार के कार्य में लगा दूँगा,'' हार्वे ने कहा। फिर इस बात से अपने अतिथियों के चेहरे पर आए भाव से रोमांचित हो उठा।

''हार्वे, आप बहुत दयालु हैं। यह बिल्कुल आपकी छवि के अनुरूप है।'' निकोल लॉयड ने माइगल होगन की ओर सुपरिचित दृष्टि से देखा। भले ही अन्य लोग इससे अवगत न हों, लेकिन वे दोनों भली-भाँति जानते थे कि हार्वे की वास्तविक छवि क्या है।

थोड़ी ही देर में ड्राइवर ने आकर खोजे गए प्रोफेसर के शैंपेन बार, बॉलकनी लंच रूम या पैड्डॉक बफेट में कहीं भी न होने की सूचना देते हुए कहा कि उसके सदस्य प्रभाग में प्रवेश न कर सकने के चलते वह उन्हें वहाँ नहीं खोज सका।

''निस्संदेह नहीं जा सकते,'' हार्वे ने कुछ आडंबरपूर्ण ढंग से कहा, ''मुझे उन्हें स्वयं ही खोजना होगा। आप सब लोग ड्रिंक ले मजे करो।''

हार्वे उठा और अपने ड्राइवर के साथ दरवाजे की ओर बढ़ गया। जैसे ही वो अपने अतिथियों की श्रवण परिधि से बाहर हुआ, वैसे ही उसने अपने ड्राइवर से कहा, ''मेरी नजरों से दूर हो जा और उन्हें खोज, अगर तू ऐसा नहीं कर सकता तो तुझे अपने लिए कुछ और खोजना पड़ जाएगा—एक नई नौकरी।''

यह सुनकर ड्राइवर पर जैसे वज्रपात हो गया। हार्वे ने मुड़कर अपने अतिथियों की ओर देखा और मुसकरा दिया।

''मैं 2 बजे धावकों व सवारों से मिलने जाऊँगा।''

''वह अपने बॉक्स से निकल रहा है।'' जेम्स ने खबर दी।

तभी एक रोबदार आवाज आई, ''तुम किससे बातें कर रहे हो जेम्स, अपने आप से?''

जेम्स ने देखा, यह कुलीन लॉर्ड समरसेट थे, प्रथम विश्वयुद्ध में एमसी व डीएसओ की भूमिका निभा चुके यह लॉर्ड अभी भी अपनी 6 फुट व 1 इंच की कद-काठी में तने हुए थे। उनमें निहित जोश व ऊर्जा के बावजूद उनके चेहरे की झुर्रियाँ उनके अपनी उम्र का बेहतरीन हिस्सा भोग लेने का इशारा कर रही थी।

"अरे नहीं सर, मैं बस···उहं···खाँस रहा था।"

इस क्षेत्रीय रईस ने उससे पूछा, "किंग जार्ज VI व क्वीन एलिजाबेथ स्टेक्स में तुमने किसपर दाँव लगाया"।

"सर, मैंने रोजेली की दोनों दौड़ में प्रत्येक पर 5 पाउंड लगाए हैं।"

"शायद संपर्क टूट गया है।" स्टीफन ने कहा।

"उसे एक बार फिर घंटी मारो।" जीन-पियरे ने कहा।

"ये आवाज कैसी है जेम्स? क्या तुमने सुनने की मशीन या ऐसा ही कुछ पहन रखा है?"

"नहीं, सर···ये···ये एक···ट्रांजिस्टर रेडियो है।"

"इन चीजों से निजता भंग होती है। इनपर तो प्रतिबंध लग जाना चाहिए।"

"आपने बिल्कुल ठीक कहा, सर।"

"वो क्या कर रहा है, स्टीफन।"

"पता नहीं, मुझे लगता है कुछ हो गया है।"

"हे ईश्वर, हार्वे सीधे हमारी ही ओर आ रहा है। स्टीफन तुम तुरंत सदस्यों के प्रभाग में पहुँच जाओ, मैं तुम्हारे पीछे आता हूँ। गहरी साँस लो और शांत रहना। उसने अभी हमें देखा नहीं है।"

हार्वे चलता हुआ सदस्य प्रभाग के आधिकारिक ब्लॉक के द्वार पर पहुँच गया।

"मेरा नाम हार्वे मेटकाल्फ है, मैं रोजेली का मालिक हूँ, और यह है मेरा बैज।"

अधिकारी ने हार्वे को प्रवेश की अनुमति दे दी। वह सोचने लगा कि आज से तीन वर्ष पूर्व यदि वह यहाँ दौड़ रहे सभी घोड़ों का मालिक होता तो भी उसे सदस्य प्रभाग में घुसने नहीं दिया जाता। उस समय एस्कॉट में यह दौड़ केवल वर्ष में चार दिन के लिए आयोजित होती थी और यह अमोद-प्रमोद के उद्देश्य से आयोजित होने वाला सामाजिक कार्यक्रम था। लेकिन अब समय बदल गया था। आज यह चौबीस दिनों तक चलने वाले बड़ा व्यवसाय बन गया था।

जीन-पियरे स्टीफन के पीछे चुपचाप गया और बिना कुछ बोले अधिकारी

को अपना पास दिखाकर अंदर प्रविष्ट हो गया।

एक फोटोग्राफर उन हैट्स की खोज में था, जिसके लिए एस्कॉट विख्यात है। किंग जार्ज VI स्टेक में रोजेली की जीत की संभावना के चलते उसने हार्वे की भी एक तसवीर खींच ली। फोटो खींचने के बाद वो तुरंत दूसरे द्वार की ओर दौड़ गया। वहाँ आजकल अमेरिका में हाउस फुल रह रही, लेकिन इंग्लैंड में प्रतिबंधित फिल्म डीप थ्रॉट की नायिका लिंडा लवलेस सदस्य प्रभाग में प्रवेश करने की कोशिश कर रही थी। सदस्य प्रभाग में प्रविष्ट हो रहे लंदन के एक जाने-माने बैंकर रिचर्ड शिस्प्रो द्वारा उनका परिचय दिए जाने के बावजूद उन्हें अंदर आने की अनुमति नहीं मिल रही थी। उन्होंने एक खूबसूरत हैट तथा मॉर्निंग सूट पहना था, जिसमें ऊपरी कोट के नीचे कुछ नहीं था। उनकी उपस्थिति में किसी का भी ध्यान हार्वे की ओर नहीं गया। जब मिस लवलेस वहाँ मौजूद लगभग सभी फोटग्राफरों द्वारा अपने असफल प्रवेश की तस्वीरें उतारने के प्रति आश्वस्त हो गईं तो वह अपना प्रचार प्रदर्शन समाप्त करते हुए तेज आवाज में कोसती हुई वहाँ से चली गई।

जब हार्वे घोड़ों को देखने पहुँचा तो स्टीफन उससे मात्र कुछ ही फिट की दूरी पर खड़ा हो गया।

"फिर शुरू करते हैं," जीन-पियरे ने फ्रेंच में कहा तथा बहुत चतुराई से स्टीफन की ओर बढ़ा तथा उन दोनों के बीच खड़ा होकर सबको सुनाई दे सकने जितनी तेज आवाज में बोला, "कैसे हैं, प्रोफेसर पोर्टर? मुझे नहीं पता था कि आप भी घुड़दौड़ में दिलचस्पी रखते हैं।"

"कुछ खास नहीं, मैं बस लंदन में आयोजित एक सेमिनार से लौट रहा था, मुझे लगा कि इसे देखने का यह बढ़िया मौका…"

"प्रोफेसर पोर्टर!" हार्वे चकित होकर चिल्लाया, "सर, आपको देखकर बहुत प्रसन्नता हुई। मेरा नाम हार्वे मेटकाल्फ है और मैं बॉस्टन, मैसाच्यूटेस में रहता हूँ। मेरे प्राणरक्षक व अच्छे मित्र डॉक्टर विली बार्कर ने मुझे आपके यहाँ होने की सूचना देते हुए आपके लिए इस दोपहर को शानदार बनाने को कहा था।"

इस दौरान जीन-पियरे वहाँ से चुपचाप खिसक गया। उसे विश्वास नहीं हो रहा था कि यह कितनी आसानी से हो गया। उस टेलीग्राम ने तो कमाल ही कर दिया।

तभी घोषणा हुई, "हर मैजिस्टी महारानी साहिबा; हिज रॉयल हाइनेस एडिनबर्ग के ड्यूक; हर मैजिस्टी राजमाता एलिजाबेथ व रॉयल हाईनेस राजकुमारी

एनी, रॉयल बॉक्स में तशरीफ ला रहे हैं।''

तत्पश्चात् ब्रिगेड ऑफ गार्ड के सामूहिक बैंड ने राष्ट्र-गीत गाया—

''गॉड सेव द क्वीन''

वहाँ मौजूद 25,000 लोगों का जनसमूह समवेत स्वर में पूरी निष्ठा के साथ यह गाने लगा।

हार्वे ने स्टीफन से कहा, ''हमारे अमेरिका में भी ऐसा कोई होना चाहिए। कोई ऐसा, जो रिचर्ड निकसन की जगह ले सके। इसके बाद हमें वॉटरगेट जैसी समस्याओं का सामना नहीं करना पड़ेगा।''

स्टीफन को अपने इस अमेरिकी साथी की बात कुछ अन्यायपूर्ण लगी। हार्वे मेटकाल्फ की तुलना में तो निक्सन संत माना जाएगा।

''प्रोफेसर साहब, कृपया मेरे साथ मेरे बॉक्स में चलिए, जहाँ मैं आपको अपने अन्य अतिथियों से मिलवाता हूँ। मैंने इस बॉक्स के लिए 750 पाउंड दिए हैं, इसलिए इसमें जितने अधिक लोग हों, उतना ही अच्छा है। क्या आपने लंच कर लिया है?''

स्टीफन ने झूठ बोला, ''हाँ, मैंने अभी बहुत शानदार लंच किया है, धन्यवाद।'' यह अदा भी उसने हार्वे से ही सीखी थी। जबकि वास्तविकता यह थी कि पिछले एक घंटे से सदस्य प्रभाग में प्रतीक्षा करते हुए अत्यधिक तनाव व चिंता के चलते उससे एक सैंडविंच भी नहीं निगला गया था, अब उसे भूख सता रही थी।

''तो चलिए, शैंपेन का आनंद लेते हैं!'' हार्वे ने कहा।

स्टीफन ने सोचा, खाली पेट पीना ठीक नहीं रहेगा।

''धन्यवाद, मेटकाल्फजी। मैं पहली बार रॉयल एस्कॉट आया हूँ, इसलिए मुझे कुछ खास समझ नहीं आ रहा।''

''प्रोफेसर, आज रॉयल एस्कॉट का दिन नहीं बल्कि एस्कॉट सप्ताह का अंतिम दिन है। हमेशा से ही आज के दिन किंग जार्ज व एलिजाबेथ स्टेक्स में राजपरिवार भी शिरकत करता है। इसीलिए सभी लोग आज सजे-धजे दिख रहे हैं।''

अपनी इस सोद्देश्य त्रुटी को स्टीफन ने कातरतापूर्वक स्वीकारा और बोला, ''अच्छा, मुझे अब पता चला।''

हार्वे ने उसका हाथ थामा और उसे अपने बॉक्स की ओर ले गया।

''मैं आप सभी लोगों को अपने विशेष मित्र रॉड्नी पोर्टर से मिलवाना चाहता

हूँ। जैसा कि आप सब जानते हैं कि ये नोबल पुरस्कार विजेता हैं। रॉड आपका विषय क्या है ?''

''बायोकैमिस्ट्री!''

स्टीफन अब हार्वे के ही कदमों पर चल रहा था। वह समझ गया था कि जब तक वो सीधा चलता रहेगा, तब तक वहाँ मौजूद बैंकरों, जहाज के मालिकों या उस पत्रकार को उसके आइंस्टाइन के बाद सबसे बुद्धिमान होने पर जरा भी संदेह नहीं होगा। वह आराम से बैठ गया तथा मौका मिलते ही उसने दूसरों की नजर बचाकर सोलमन भरे सैंडविच गटक लिये।

लेस्टर पिग्गेट ने दोपहर 2 बजे ओलंपिक कैसिनो और 2.30 पर रोस्साल्का पर बैठकर जीत हासिल की। यह उसकी 3,000 वीं जीत थी। हार्वे इस समय बहुत तनाव में था। वह बिना मतलब लगातार बोले जा रहा था। 2.30 बजे वह परिणाम के प्रति निरपेक्षता दरशाते हुए बैठा हुआ शैंपेन पीता रहा। 2.50 पर उसने सभी से अपनी मशहूर घोड़ी को देखने के लिए सदस्य प्रभाग चलने का आमंत्रण दिया। अन्य लोगों की तरह स्टीफन भी इस छद्म शाही यात्रा में शामिल हो गया।

जीन-पियरे व जेम्स कुछ दूरी से इस कार्यक्रम को देख रहे थे।

''वह भीड़ में बहुत अंदर है, अभी निकल नहीं सकता।'' जीन-पियरे ने कहा।

''मुझे तो वो शांत लग रहा है,'' जेम्स ने उत्तर दिया, ''चलो, हम भी भीड़ में घुल-मिल जाएँ। अभी हम उसके ठीक नीचे हैं।''

इसके बाद वह सब शैंपेन बार में चले गए, जहाँ बैठे कुछ लोगों का चेहरा इतना लाल था, मानो उन्होंने अपना सारा समय घुड़दौड़ देखने की जगह शराब पीने में बिताया हो।

''क्या वो खूबसूरत नहीं है प्रोफेसर? बिल्कुल मेरी बेटी जैसी ही खूबसूरत है। यदि वह आज नहीं जीती, तो मुझे नहीं लगता कि मैं ऐसा कभी कर पाऊँगा।''

तत्पश्चात् हार्वे ने अपने जॉकी पैट एड्डरी को शुभकामनाएँ दीं। प्रशिक्षक पीटर वालवेन जॉकी को घोड़े पर सवार होकर दौड़ में शामिल होने के लिए जाने के पूर्व के अंतिम निर्देश दे रहा था। तत्पश्चात्, दौड़ में शामिल होने वाले सभी दस घोड़ों ने स्टैंड के सम्मुख परेड की। यह प्रथा केवल एस्कॉट के किंग जार्ज VI व क्वीन एलिजाबेथ स्टेक्स में ही निभाई जाती है। इनमें सबसे आगे सुनहरे, बैंगनी व लाल रंगों से सजा महारानी का घोड़ा हाइक्लेर था। उसके बाद क्राउन प्रिंसेज था, जिसने लेस्टर पिग्गेट को खासा परेशान कर रखा था। इसके बिल्कुल पीछे रोजेली

थी, जो बहुत शांत, ताजादम व दौड़ने को तैयार दिख रही थी। रोजेली के पीछे बुऑय व डेन्कारो थे, और उनके बाद कतार में मेसोपोटामिया, रोपी व मिनोव थे। घोड़ों को देखकर जनसमूह द्वारा की गई वाहवाही से हार्वे की गरदन ऐसे तन गई, जैसे इन सब घोड़ों का मालिक वही हो।

ब्रॉडकास्ट कैमरा के साथ खड़े बीबीसी टीवी के संवाददाता जूलियन विलसन ने कहा और अभी हमारे साथ हैं दौड़ में शामिल घोड़े के प्रतिष्ठित अमेरिकी मालिक हार्वे मेटकाल्फ। मैं चाहता हूँ कि वे किंग जार्ज VI व क्वीन एलिजाबेथ स्टेक्स के बारे में उनके अनुभव बताने के साथ ही अपनी चहेती रोजेली के बारे में भी दो शब्द कहें। श्रीमान मेटकाल्फ आपका इंग्लैंड में बहुत स्वागत है। इस विख्यात घुड़दौड़ के बारे में आपके क्या विचार हैं?

"इस दौड़ में एक बार फिर प्रतिभागी के तौर पर यहाँ उपस्थित होकर मैं बहुत रोमांचित हूँ। रोजेली के लिए यह एक बहुत बड़ा मौका है। जीत ही नहीं बल्कि इसमें शामिल होना भी बहुत बड़ी बात है।"

स्टीफन चौंक उठा। 1896 के ओलंपिक में पहली बार यह बात कहने वाले बैरॉन डे कोबरटिन जरूर आज अपनी कब्र में बेचैनी से करवटें बदल रहे होंगे।

"वर्तमान दाँव के रुझान देखने से पता लगता है कि महारानी साहिबा के घोड़े हाइक्लेयर के बाद रोजेली ही सबकी चहेती है। आपको इसपर कैसा लग रहा है।"

मुझे केवल डेवनशायर के ड्यूक के क्राउन प्रिंसेस का ही भय है। इस दौड़ में लेस्टर पिग्गेट को हराना आसान नहीं है। वो पहले ही दो दौड़ जीत चुके हैं तथा वे इस दौड़ के लिए भी पूरी तरह तैयार हैं—क्राउन प्रिंसेस बहुत शानदार घोड़ी है।"

"क्या रोजेली डेढ़ मील की इस दौड़ के लिए तैयार है?"

"अब तक मिले परिणामों से हम जानते हैं कि वे इसके लिए पूरी तरह तैयार हैं।"

"यदि आप जीत जाते हैं तो ईनाम में मिली 81,240 की रकम का क्या करेंगे?"

"पैसा मेरे लिए बहुत महत्त्व नहीं रखता, इसलिए मैंने इस बारे में अभी कुछ सोचा नहीं है।"

लेकिन स्टीफन इस बारे में पहले ही बहुत कुछ सोच चुका था।

"मैटकाल्फ महोदय, धन्यवाद तथा आपको ढेर सारी शुभकामनाएँ।" और

अब एक बार फिर हम अब तक लग चुके दाँव पर नजर डालते हैं।

हार्वे एक बार फिर अपने समर्थकों के बीच आया और उसने सुझाव दिया की वो सब बॉक्स से बाहर निकलकर बालकनी से दौड़ का मजा लेंगे। हार्वे का इतने नजदीक से अध्ययन करने के बाद स्टीफन उसका मुरीद हो चुका था। आज वह अपने ठंडे व सबको भयभीत करने वाले कठोर स्वभाव के उलट घबराया हुआ तथा बनावटी लग रहा था। स्टीफन को यह व्यक्ति बहुत आम व अतिसंवेदनशील लगा, जिसे हराया जा सकता है।

घोड़ों को उनके स्थान पर खड़ा होते देखने के लिए सब लोग रेलिंग पर झुक गए। जहाँ अन्य सभी घोड़े दौड़ आरंभ होने की प्रतीक्षा में थे, उसी समय क्राउन प्रिंसेज बेकाबू हो रही थी। वहाँ तनाव असहनीयता की हद तक बढ़ गया था।

''दौड़ शुरू'' लाउडस्पीकर चीखा।

जैसे ही वहाँ मौजूद 25,000 लोगों के अपने धूप के चश्मे पहनते ही हार्वे बोला, ''उसने बढ़िया शुरुआत की, उसकी गति भी अच्छी है, वो दौड़ के आखिरी चरण तक सबको निरंतर आँखों देखा हाल सुनाने के बाद ही चुप हुआ।'' वहाँ बैठे सभी लोग दम साधे लाउडस्पीकर पर ध्यान लगाए हुए थे।

सीधी दौड़ जारी—पहले मोड़ पर मिनाव सबसे आगे, उसके पीछे बुऑय व डेन्कारो हैं इनके पीछे क्राउन प्रिंसेज, रोजेली व हाइक्लेर धीमी गति से दौड़ रहे हैं···।

छह फर्लांग का निशान पार करते ही रोजेली व क्राउन प्रिंसेज बराबरी पर आ गए, जबकि हाइक्लेर ने इन दोनों को पीछे छोड़ दिया है···

केवल आधे मील की दौड़ बाकी है, मिनाव सबसे आगे चल रहा है, उसके थोड़ा पीछे बुऑय व डेन्कारो हैं, जिनके बाद रोजेली, क्राउन प्रिंसेज पर लेस्टर पिग्गेट तथा महारानी का हाइक्लेर दौड़ रहे हैं···

दो फर्लांग का निशान पार करते ही हाइक्लेर व रोजेली की गति बुऑय के बराबर हो गई है, वहीं क्राउन प्रिंसेज अभी भी पीछे हैं···

अब केवल एक फलांग बाकी···

उद्घोषक की आवाज में गति व तेजी निरंतर बढ़ती जा रही थी।

हाइक्लेयर पर बैठे जो मर्सर सबसे आगे हैं, उनके ठीक पीछे रोजेली पर पैट एड्डेरी हैं, मात्र 600 फीट की दूरी शेष, दोनों में काँटे की टक्कर जारी, अब केवल 300 फीट की दौड़ बाकी, एक बेहतरीन दौड़ की बहुत रोमांचक मोड़ पर समाप्ति; हर मैजिस्टी महारानी के सुनहरे, बैंगनी व लाल तथा अमेरिकी मालिक

हार्वे मेटकाल्फ की हरे व काले चैक वाली घोड़ी ने बिल्कुल एक समय पर दौड़ पूरी की, एम. मौसेक का डेन्कारो तीसरे स्थान पर रहा।

हार्वे परिणाम की प्रतीक्षा में साँस रोके खड़ा था। स्टीफन को भी उसपर दया आ रही थी। हार्वे के सभी अतिथि मुँह से कुछ गलत निकल जाने के डर से चुप्पी साधे बैठे थे।

किंग जार्ज व क्वीन एलिजाबेथ स्टेक्स का परिणाम है···लाउडस्पीकर से गूँजे इस वाक्य से पूरे रेसकोर्स में सन्नाटा छा गया।

"विजेता है नंबर 5 रोजेली।"

लाउडस्पीकर से बताया जा रहा आगे का परिणाम लोगों के शोर-शराबे व हार्वे की चिल्लाहट में दब गया। हार्वे सबसे नजदीकी लिफ्ट की ओर दौड़ा। उसके सभी अतिथि उसके पीछे ही थे। उसने लिफ्ट चलाने वाली लड़की के हाथ पर एक पाउंड रखा और बोला, जितनी जल्दी हो सके इसे नीचे ले जाओ। लिफ्ट में केवल आधे अतिथि ही उसके साथ प्रविष्ठ हो सके। स्टीफन भी उन्हीं में था। जैसे ही लिफ्ट जमीन पर पहुँची, हार्वे किसी स्वस्थ घोड़े की तरह उसमें से बाहर कूदा और शैंपेन बार व सदस्य प्रभाग को पार करते हुए सीधा विजेता प्रभाग में जाकर रुका। उसने वहाँ जॉकी को लगभग नीचे गिराते हुए अपनी घोड़ी के गले के इर्द-गिर्द बाँहें कस दीं। तत्पश्चात् वो रोजेली को लेकर विजयी भाव से प्रथम लिखी सफेद पोस्ट की ओर चल दिया। उसके आसपास लोगों का जमावड़े से बधाइयों का ताँता लग गया था।

हार्वे के पास खड़ा रेसकोर्स का क्लर्क, कैप्टन ब्यूमांट उसे ईनाम मिलने तक की पूरी प्रक्रिया से परिचित करवा रहा था। तभी महारानी व उनके साथ उनका एस्कॉट प्रतिनिधि लॉर्ड एबरगेवेनी विजेता प्रभाग में दाखिल हुए।

किंग जार्ज VI व क्वीन एलिजाबेथ स्टेक्स की विजेता रोजेली के मालिक श्री हार्वे मेटकाल्फ।

हार्वे जैसे स्वप्नलोक में था। जब वो महारानी की ओर बढ़ा तो वहाँ मौजूद सभी फ्लैश बल्ब व कैमरा उसी की ओर घूम गए। उसने महारानी के समक्ष सिर झुकाया और उनसे ट्रॉफी प्राप्त की। नॉर्मन हार्टनेल के डिजाइन किए फिरोजा सिल्क के सूट तथा वैसी ही पगड़ी में देदीप्यमान महारानी ने दो शब्द कहे। जीवन में पहली बार हार्वे के मुँह से बोल नहीं फूट रहे थे। वह दो कदम पीछे हटा, महारानी के समक्ष सिर झुकाया और वापस अपने लिए निर्धारित स्थान पर जा खड़ा हुआ। इसी के साथ वहाँ तालियों की गड़गड़ाहट गूँजने लगी।

बॉक्स में वापस लौटने पर हार्वे ने वहाँ उपस्थित अपने सभी मित्रों के लिए शैंपेन की नदी बहा दी। स्टीफन को लगा कि यह चालाकी दिखाने के लिए सही समय नहीं है। उसे धैर्यपूर्वक इस बदले हुए वातावरण में उसकी प्रतिक्रिया देखनी चाहिए। उसने कोने में खड़े होकर इस उत्तेजना के शांत होने की प्रतीक्षा करते हुए हार्वे पर अपना ध्यान केंद्रित कर लिया।

जब एक दौड़ जितने समय बाद हार्वे पुनः अपनी सामान्य स्थिति में लौटा, तब स्टीफन काररवाई के लिए यह सही समय लगा। उसने ऐसा दरशाया, मानो वह जाने वाला हो।

''क्या आप जा रहे हैं प्रोफेसर?''

''जी मेटकाल्फ महोदय। मुझे ऑक्सफोर्ड जाकर कल सुबह से पहले कुछ कागज तैयार करने हैं।''

''मुझे आप जैसे लोगों का काम बहुत पसंद है। मैं आशा करता हूँ कि आपको बहुत आनंद आया होगा?'' प्रत्युत्तर में स्टीफन के मन में शॉ की बात गूँजी, ''मुझे आनंद आया, क्योंकि यहाँ आनंद के लिए और कुछ नहीं था।''

''जी, मेटकाल्फ महोदय, धन्यवाद। आपकी जीत बहुत शानदार रही। निश्चित ही आपको इसपर गर्व होगा।''

''जी हाँ, अवश्य है। इसे हासिल करने में बहुत लंबा समय लगा, लेकिन आज वह मेहनत सफल हो गई…रॉड, आपका जाना बहुत बुरा लग रहा है। क्या आप थोड़ी देर रुककर, मेरी क्लेरिजिस में दी गई पार्टी में शामिल हो सकते हैं?''

''मेटकाल्फ महोदय, यदि मैं रुक सकता तो अवश्य रुक जाता। यदि आप ऑक्सफोर्ड स्थित मेरे कॉलेज आते तो मैं आपको अपना विश्वविद्यालय दिखाता।''

''यह बहुत अच्छा रहेगा। एस्कॉट के बाद मैं अभी कुछ और दिन यहाँ हूँ। मैं हमेशा से ऑक्सफोर्ड देखना चाहता था, लेकिन मुझे कभी समय ही नहीं मिला।''

''अगले बुधवार को विश्वविद्यालय में गार्डन पार्टी है। क्यों न आप मंगलवार की शाम मेरे कॉलेज आ जाएँ। हम साथ में डिनर करेंगे और फिर अगला पूरा दिन विश्वविद्यालय घूमने व गार्डन पार्टी में बिताएँगे?'' इसी के साथ स्टीफन ने एक कार्ड पर सभी आवश्यक जानकारियाँ लिख दीं।

''बहुत बढ़िया, ये मेरी अब तक यूरोप में बिताई सबसे बेहतरीन छुट्टियाँ साबित हो रही हैं। आप ऑक्सफोर्ड कैसे जाएँगे प्रोफेसर?''

''ट्रेन से।''

''नहीं, नहीं,'' हार्वे ने कहा, ''आप मेरी रॉल्स रॉयस में चले जाइए। वो रेसकोर्स से वापस आ चुकी है।''

इससे पहले कि स्टीफन कुछ कहता, हार्वे ने ड्राइवर को बुला लिया था।

''प्रोफेसर पोर्टर को ऑक्सफोर्ड छोड़कर यहाँ वापस लौट आना। प्रोफेसर, यात्रा के लिए शुभकामनाएँ। मैं अगले मंगलवार रात 8 बजे तक आपके पास पहुँच जाऊँगा। आपसे मिलकर बहुत अच्छा लगा।''

''श्री मेटकाल्फ एक खूबसूरत दिन के लिए धन्यवाद और आपकी शानदार जीत के लिए एक बार फिर बधाई।''

एक बार रॉबिन की सवारी बनी इस सफेद रॉल्स रॉयस से ऑक्सफोर्ड लौटते समय पिछली सीट पर बैठा स्टीफन शांति का अनुभव करते हुए अपने आप में मुसकरा रहा था। उसने अपनी जेब से एक छोटी सी नोटबुक निकाली और उसमें लिखा।

एस्कॉट से ऑक्सफोर्ड तक सेकेंड-क्लास के टिकट का किराया बचने की एवज में हार्वे के खर्च में 98 पेंस की कटौती।

❑

15

"ब्राडले," वरिष्ठ शिक्षक ने कहा, "जवान, आपके बालों में तो सफेदी दिखने लगी है। क्या जूनियर डीन के ऑफिस में तुम्हें बहुत काम करना पड़ रहा है?"

स्टीफन को इस बात पर बहुत आश्चर्य हुआ कि सीनियर कॉमन रूम के किसी व्यक्ति को उसके सफेद होते बालों की परवाह है। इन वरिष्ठ शिक्षकों का पूरा ध्यान तो कॉलेज की काररवाई पर लगा रहता है।

"महोदय, मेरे पिताजी के बाल भी बहुत जल्दी सफेद हो गए थे, और आनुवंशिक असर रोका नहीं जा सकता।"

"कोई बात नहीं बच्चे, आप अगले हफ्ते होने वाली गार्डन पार्टी में सबसे अलग लगेंगे।"

"ओह हाँ, मैं तो उसके बारे में बिल्कुल भूल गया था।" यह बात उस स्टीफन ने कही, जिसके दिमाग में फिलहाल उस पार्टी के अलावा कुछ नहीं था।

तत्पश्चात् वह अपने कमरे में पहुँचा, जहाँ टीम के अन्य सदस्य उसके अगले निर्देशों की प्रतीक्षा कर रहे थे।

"बुधवार को एन्केनिया दिवस व गार्डन पार्टी है," स्टीफन ने बिना नमस्कार मित्रों के संबोधन बिना ही बोलना शुरू कर दिया। उसके छात्रों ने भी इसका कोई प्रतिरोध नहीं किया। हमने अपने करोड़पति मित्र के बारे में एक बात और जान ली है कि अपने परिचित क्षेत्र से बाहर निकलने पर भी वह मानकर चलता है कि उसे सब पता है। हम अब उसे उसके इस झूठ का मजा चखा सकते हैं, क्योंकि अगले जो होना है, उसके बारे में वह नहीं बल्कि हम लोग जानते हैं। उसने प्रॉस्पेक्टा ऑयल को आगे बढ़ाने में इसी युक्ति का उपयोग किया था, वो हम से हमेशा एक कदम आगे रहता था। लेकिन आज के अभ्यास तथा तथा कल के फुल ड्रेस अभ्यास के बाद हम उससे दो कदम आगे हो जाएँगे।

"टोह लेने में व्यर्थ ही इतना समय लगा," जेम्स बड़बड़ाया। उसके पास हेरो में बतौर सेना कैडेट गुजारे दिनों की बस यही याद बाकी थी।

"हमें शायद तुम्हारी योजना के लिए टोह नहीं लेनी होगी, क्यों?" जीन-पियरे ने कहा।

स्टीफन ने इस नोक-झोंक पर कोई ध्यान नहीं दिया।

अब उस दिन की पूरी काररवाई में मुझे सात और तुम सब को केवल चार घंटे देने होंगे। मैक-अप में लगने वाला समय इसी में शामिल है। हमें उससे एक दिन पहले जेम्स से इसका प्रशिक्षण लेना होगा।

"मुझे अपने दोनों बेटों को कब लाना होगा?" रॉबिन ने पूछा।

"केवल एक बार, बुधवार को। किसी कार्य को बार-बार करने से उसमें जड़ता व फूहड़ता आने लगती है।"

"हार्वे कितने बजे तक लंदन पहुँच जाएगा?" जीन-पियरे ने पूछा।

मैंने उसकी समय-सारिणी जानने के लिए गाय सैलमन को फोन किया था, उसने कहा कि उसने 7 बजे तक क्लेरिजिस वापस लौटने की बात कही है। तो मैं मानकर चल रहा हूँ कि हमारे पास 5:30 तक का समय होगा।

"तुम बहुत चतुर हो।" रॉबिन ने कहा।

"यह बहुत बुरा है।" स्टीफन ने कहा, "अब मैं भी हार्वे की तरह ही सोचने लगा हूँ। ठीक है, पूरी योजना को एक बार फिर दोहरा लेते हैं।"

इसके लिए लाल फाइल के 16 नंबर पृष्ठ के मध्य में, जहाँ जब मैंने सभी आत्माओं को मुक्त किया, पर जाएँ।

रविवार और सोमवार को उन्होंने पूरा अभ्यास दोहराया। मंगलवार तक उन्हें हार्वे के उन सभी संभावित मार्गों को चिह्नित कर लेना था, जिनपर हार्वे सुबह 9 बजे से शाम 5.30 के बीच कभी भी और कहीं भी जा सकता था। स्टीफन को आशा थी कि उन्होंने सभी संभावनाओं पर विचार कर लिया है। हालाँकि इसमें उनके चयन के लिए बहुत कुछ नहीं था। यह उनका अंतिम मौका था। मोंटे कार्लो जैसी कोई भी गलती होने पर उन्हें दूसरा मौका नहीं मिलेगा। उनकी फुल-ड्रेस रिहर्सल प्रति सेकेंड तक शुद्ध थी।

"मैंने छह वर्ष की आयु में एक फैंसी-ड्रेस पार्टी के बाद आज तक कभी ऐसे कपड़े नहीं पहने, जीन-पियरे ने कहा। हम इन कपड़ों में छिपे नहीं रह सकते।"

"उस दिन तुम्हारे चारों ओर लाल, नीला व काला रंग ही होगा," स्टीफन ने

बताया, ''ये एक मोरों के सर्कस जैसा होगा। हम पर कोई ध्यान नहीं देगा, बल्कि जीन-पियरे तुम भी ऐसा नहीं कर सकोगे।''

परदा उठने की प्रतीक्षा में उन सभी का तनाव बढ़ता जा रहा था। स्टीफन को उनकी बेचैनी देखकर अच्छा लगा; क्योंकि वो जानता था कि हार्वे मेटकाल्फ के सामने जरा सी भी लापरवाही उनका भंडा फोड़ सकती थी।

टीम का वो सप्ताह बहुत शांतिपूर्वक बीता। स्टीफन ने मागडालेन के गार्डन में कॉलेज ड्रामा सोसायटी का वार्षिक अभ्यास देखा। रॉबिन ग्लैंडेबार्न से अपनी पत्नी व बच्चों को ले आया था, इसलिए वह उसमें व्यस्त रहा, जीन-पियरे ने डेविड डगलस डंकन की गुडबाय पिकासो पढ़ डाली और जेम्स एनी को अपने पिता पंचम अर्ल से मिलवाने के लिए लिंकनशायर स्थित टैथवेल हॉल ले गया।

वह साप्ताहांत एनी के लिए भी बहुत तनावपूर्ण रहा।

हैरी?

डॉक्टर ब्राडले!

''आज रात मैं अपने एक अमेरिकी मित्र के साथ अपने कमरे में ही भोजन करूँगा। उनका नाम हार्वे मेटकाल्फ है। जब वे आएँ तो कृपया उन्हें मेरे कमरे तक पहुँचा दें।''

''ठीक है, सर।''

''हाँ, एक बात और। वे भूलवश मुझे ट्रिनिटी कॉलेज का प्रोफेसर पोर्टर समझते हैं। उन्हें सच मत बताना। इस मजाक को थोड़ा और चलने दें।''

''ठीक है, सर!''

पोर्टर के कमरे वाली बात सुनकर हैरी दुखित हो सिर हिलाने लगा। ये सभी शिक्षाविद् अंततः सनक ही जाते हैं, लेकिन डॉ. ब्राडले बहुत जल्द इसका शिकार बन गए हैं।

हार्वे आठ बजे तक पहुँच गया। इंग्लैंड में वह हर जगह सही समय पर पहुँचता था। मुख्य चपरासी ने उसे पुरानी पत्थर की सीढ़ियाँ चढ़ाने के बाद स्टीफन के एकांत में स्थित कमरे तक पहुँचा दिया।

''नमस्कार मेटकाल्फ साहब!''

''प्रोफेसर, आप कैसे हैं?''

''मैं ठीक हूँ, मेटकाल्फ साहब। आपको निश्चित समय पर यहाँ देखकर बहुत अच्छा लगा।''

''राजकुमारों के लिए समय की पाबंदी भी शिष्टता ही है।''

आपको ऐसी ही शिष्टता राजाओं में भी दिखाई देगी, विशेष तौर पर लुईस में। स्टीफन ने एक पल के लिए हार्वे को भी अपना छात्र ही समझ लिया।

''प्रोफेसर, मैं आपसे पूरी तरह सहमत हूँ।''

स्टीफन ने उसके लिए व्हिस्की का एक बड़ा गिलास तैयार किया। उसका मेहमान कमरे में चारों ओर नजर दौड़ाता हुआ मेज के पास रखी कुरसी पर बैठ गया।

''वाह! कितनी खूबसूरत तस्वीरें है। आप दिवंगत राष्ट्रपति कैनेडी के साथ हैं, एक अन्य तसवीर में आप के साथ क्वीन तथा एक में पोप भी हैं।''

ये जीन-पियरे की कारस्तानी थी। उसी ने डेविड स्टेन के साथ जेल में रहे एक फोटोग्राफर मित्र से स्टीफन का परिचय करवाया था। स्टीफन चाहता था कि उन तसवीरों को जल्दी-से-जल्दी आग में स्वाहा करके उनका संपूर्ण अस्तित्व समाप्त कर दिया जाए।

''चलिए, मैं आपके इस संग्रह में अपनी ओर से योगदान देता हूँ।''

यह कहते हुए उसने अपने कोट की अंदर वाली जेब से महारानी से किंग जार्ज VI व एलिजाबेथ स्टेक्स की ट्रॉफी लेते समय की अपनी तसवीर निकाल ली।

''यदि आप चाहें तो मैं आपके लिए इसपर हस्ताक्षर भी कर सकता हूँ।'' इसके बाद बिना उत्तर की प्रतीक्षा किए, उसने क्वीन के ऊपर तिरछे आकार में अपने बड़े से हस्ताक्षर कर दिए।

''धन्यवाद,'' स्टीफन ने कहा, ''मैं आपको विश्वास दिलाता हूँ कि मैं इस तसवीर को भी उतने ही प्यार से रखूँगा, जितना अन्य तसवीरों को रखता हूँ। मैटकाल्फ साहब, आप समय निकालकर मुझसे मिलने आए, इसके लिए आपका तहे दिल से शुक्रिया।''

''मेरे लिए ऑक्सफोर्ड आना बहुत सौभाग्य की बात है। यह सचमुच एक बहुत अच्छा प्राचीन कॉलेज है।''

स्टीफन को लगा कि उसने यह बात सच्चे मन से कही है। इससे उसे हार्वे को दिवंगत लॉर्ड नफ्फील्ड के मागडालेन में डिनर की कहानी सुनाने की प्रेरणा मिली। जिनकी उदारता के बावजूद उनके विश्वविद्यालय से कभी भी अच्छे संबंध नहीं रहे। एक बार कॉलेज समारोह से लौटते अतिथियों की सहायता कर रहे सेवक द्वारा दी गई हैट को असम्मानपूर्वक छीनते हुए नफ्फील्ड तुनककर बोले, ''क्या ये मेरी हैट है?'' तो उसने उत्तर दिया, ''लॉर्ड महोदय, मुझे नहीं पता।

लेकिन इसे यहाँ आप ही पहनकर आए थे।''

स्टीफ़न के शेल्फ पर सजी पुस्तकों को हार्वे चकित दृष्टि से देख रहा था। लेकिन उसे उन विशुद्ध गणित व विख्यात प्रोफेसर के विषय बायोकैमिस्ट्री के बीच का अंतर समझ नहीं आया।

''आप मुझे कल इस बारे में समझाएँ।''

''जरूर,'' स्टीफन ने कहा, ''क्यों नहीं ? उसे तो बाकी सब को भी समझाना होगा। पहले भोजन कर लेते हैं इसके बाद मैं आपको कल के लिए अपनी योजना बताऊँगा। देखें, आपको पसंद आती है या नहीं।''

''मेरे लिए सब ठीक है। यूरोप की इस यात्रा ने मुझे 10 वर्ष जवान कर दिया है, संभवतः इसका कारण वह ऑपरेशन है। अब यहाँ विश्वविद्यालय आकर तो मुझे और भी अच्छा लग रहा है।''

स्टीफन को लगने लगा कि क्या वाकई वह हार्वे मेटकाल्फ के साथ अगले सात घंटे बिता सकेगा। लेकिन 250,000 डॉलर की अगली किस्त तथा टीम के आगे अपना सम्मान बनाए रखने के लिए उसे ऐसा करना ही होगा···

कॉलेज का सेवक उनके लिए श्रिम्प कॉकटेल ले आया।

''मेरे मनपसंद,'' हार्वे ने कहा, ''आपको कैसे पता चला ?''

स्टीफन कहना चाहता था कि मैं तुम्हारे बारे में जितना जानता हूँ, उसके मुकाबले ये तो कुछ भी नहीं, लेकिन उसनें कहा, ''बस अंदाजा लगाया था। अब हम सुबह 10 बजे मिलेंगे। जिसके बाद हम विश्वविद्यालय के उस कार्यक्रम में शामिल होंगे, जिसे यहाँ का सबसे मनोरंजक दिन माना जाता है। इसे एन्केनिया कहते हैं।''

''इसमें क्या होता है ?''

''हर वर्ष अमेरिका के ग्रीष्मकालीन सत्र के दिनों में ही यहाँ ट्रिनिट सत्र का अंत होता है, जिसका विश्वविद्यालय के शैक्षिक वर्ष के समापन के तौर पर उत्सव मनाया जाता है। इस दौरान बहुत से कार्यक्रम होते हैं, जिनके बाद अंत में एक शानदार गार्डन पार्टी होती है, जिसमें विश्वविद्यालय के कुलाधिपति व उप-कुलाधिपति भी शामिल होते हैं। वर्तमान में पूर्व ब्रिटिश प्रधानमंत्री हेरोल्ड मैकमिलन हमारे कुलाधिपति तथा श्री हैबेक्कूक हमारे उप-कुलाधिपति हैं। मैं प्रयास करूँगा कि आपकी इनसे मुलाकात हो सके। हम यह सारा कार्य तय समय में पूरा कर लेंगे, जिससे आप शाम को ठीक 7 बजे तक लंदन वापस जा सकें।''

''मुझे 7 बजे तक वापस पहुँचना है, यह बात आपको कैसे पता ?''

यह बात आपने मुझे एस्कॉट में बताई थी। स्टीफन ने तुरंत बहुत सफाई से झूठ बोल दिया। अब उसे डर लगने लगा कि यदि उन्होंने हार्वे से अपने मिलियन डॉलर जल्द-से-जल्द नहीं निकलवाए तो संभव है, वह इसके समाप्त होने तक भीषण अपराधी न बन जाएगा।

हार्वे को भोजन पसंद आया। स्टीफन ने इसे इतनी चतुराई से तय किया था कि प्रत्येक कोर्स में एक डिश हार्वे की पसंदीदा थी। डिनर कर भारी मात्रा में ब्रांडी (स्टीफन ने उसकी कीमत 7.25 पाउंड लगाई) पीने के बाद हार्वे व स्टीफन मागडालेन क्लॉयिस्टर्स के नजदीक से होते हुए सॉन्ग स्कूल तक पहुँच गए। गैब्रियल समूह के अभ्यास की कोरस ध्वनि हवाओं में गूँज रही थी।

"अरे, मुझे नहीं पता था कि आपके यहाँ इतनी तेज आवाज में संगीत बजाने की अनुमति है।" हार्वे ने कहा।

अपने अतिथि को रैंडॉल्फ होटल ले जाते हुए स्टीफन ने उसे बैलोल कॉलेज के बाहर ब्रॉड स्ट्रीट पर लगा वो लोहे का क्रॉस दिखाया जहाँ 1556 में विधर्मियों ने आर्चबिशप क्रान्मर की जलाकर हत्या कर दी थी। हार्वे बामुश्किल अपने को यह कहने से रोक पाया कि उसने इन महाशय का कभी नाम भी नहीं सुना है।

रैंडॉल्फ की सीढ़ियों पर स्टीफन व हार्वे अलग हो गए।

"इस खूबसूरत शाम के लिए धन्यवाद प्रोफेसर, कल सुबह मिलते हैं।"

"धन्यवाद, मैं आपके पास सुबह 10 बजे तक पहुँच जाऊँगा। खूब आराम कीजिएगा, कल आपका सारा दिन व्यस्त रहने वाला है।"

जैसे ही स्टीफन मागडालेन लौटा उसने तुरंत रॉबिन को फोन लगाया।

"सब ठीक रहा, लेकिन मैंने कुछ अधिक ही कर दिया। मैंने भोजन में उसकी इच्छित वस्तुएँ रखने में कुछ अधिक ही समझदारी दिखा दी और ब्रांडी भी उसकी पसंद की थी। कल मुझे पूरी तरह चौकन्ना रहना होगा। हमारी अति हमारे लिए नुकसानदायक हो सकती है। ठीक है रॉबिन, कल मिलते हैं।"

यह रिपोर्ट जीन-पियरे व जेम्स को भी बताने के बाद स्टीफन आराम से बिस्तर पर लेट गया। कल इस समय तक उसकी चतुरता साबित हो चुकी होगी, लेकिन क्या वाकई वो अमीर बन सकेगा?

❑

16

सुबह 5 बजे सूर्य चेरवेल के ऊपर पहुँच गया था। सुबह जल्दी उठने वाले ऑक्सियंस इसे देखकर समझ जाते हैं कि विशेषज्ञ ऑक्सफोर्ड या कैंब्रिज के स्थान पर मागडालेन को सबसे खूबसूरत कॉलेज क्यों कहते हैं। नदी किनारे बसा उसका अधोलंब विन्यास मन को भाता था। यहाँ के छात्रों में किंग एडवर्ड VII, प्रिंस हैरी, कार्डिनल वोल्से, एडवर्ड गिब्बन और ऑस्कर वाइल्ड जैसी हस्तियाँ शामिल थीं। लेकिन सुबह जागने के बाद भी बिस्तर पर लेटे स्टीफन के दिमाग में केवल एक बात चल रही थी, हार्वे मेटकाल्फ को पाठ पढ़ाना।

वह अपने दिल की तेज होती धड़कनें सुन सकता था। आज उसे पहली बार ज्ञात हुआ कि रॉबिन व जीन-पियरे किस दौर से गुजरे हैं। ऐसा प्रतीत होता है कि उनकी पहली मीटिंग युगों पुरानी बात हो गई हो। वह इस बात को सोचकर मुसकराने लगा कि हार्वे मेटकाल्फ को हराने के इस सामूहिक लक्ष्य को प्राप्त करने की मुहिम में वह सब एक-दूसरे के कितने नजदीक आ गए हैं। जेम्स की ही तरह अब स्टीफन भी इस आदमी के गुप्त प्रशंसकों में से था। लेकिन अब उसका इस बात पर यकीन बढ़ गया था कि हार्वे को उसके घरेलू मैदान से बाहर मात दी जा सकती है। स्टीफन करीब दो घंटे तक बिस्तर में अविचल लेटा हुए अपनी योजना पर बारंबार विचार करते हुए गहरी सोच में डूबा रहा। जब सूर्य वहाँ के सबसे बड़े पेड़ से भी ऊँचा हो गया, तो वह उठा, नहाया, दाढ़ी बनाई और धीरे-धीरे व ध्यानपूर्वक तैयार होने लगा। उसके दिमाग में अभी आने वाले दिन का घटनाक्रम घूम रहा था।

उसने चेहरे का मैक-अप कर अपनी उम्र पंद्रह वर्ष बढ़ा ली। इसमें उसे काफी समय लगा। लेकिन साथ ही उसे यह आश्चर्य भी हुआ कि महिलाओं को इससे बिल्कुल उलट प्रभाव पैदा करने में इतना अधिक समय क्यों लग जाता है। उसने अपने गाउन पहना, जिसका चमकता लाल रंग उसके ऑक्सफोर्ड

विश्वविद्यालय से डॉक्टर ऑफ फिलॉसफी होने की घोषणा करता था। उसने ध्यान दिया कि ऑक्सफोर्ड इस मामले में सबसे अलग है। जहाँ दुनिया भर के अन्य विश्वविद्यालय शोध कार्य के लिए पी-एच.डी. की उपाधि देते हैं। ऑक्सफोर्ड में उसे डी.फिल. कहा जाता था। उसने एक बार फिर आईने में स्वयं को देखा।

अगर हार्वे मेटकाल्फ इससे प्रभावित नहीं हो सका तो किसी से नहीं हो सकेगा।

सबसे बड़ी बात यह थी कि वह इसे पहनने का अधिकारी था। वह अंतिम बार अपनी लाल फाइल का अध्ययन करने लगा। उसने उन नजदीक टाईप किए शब्दों को तेजी से पढ़ डाला, क्योंकि दरअसल वह अब तक उसके मन पर छप चुके थे।

वह नाश्ता करने नहीं गया। निश्चित ही उसके इस पचास वर्षीय व्यक्ति के रूप को देखकर उसके सहकर्मी जरूर चौंक जाते। हालाँकि वरिष्ठ शिक्षकों के लिए उसमें आए इस बदलाव को भाँपना सरल नहीं था।

स्टीफन, चौदहवीं-सदी के आर्चबिशपों जैसी पोशाकें पहने वहाँ घूम रहे हजारों छात्रों की नजर बचाकर तेजी से कॉलेज से बाहर निकल गया। हार्वे की विचारशक्ति शून्य करने के लिए उस दिन वहाँ व्याप्त अशांतता तथा प्राचीन विश्वविद्यालय की अनूठी परंपराएँ बहुत सहायक होंगी। इसीलिए स्टीफन ने अपनी लड़ाई के लिए एन्केनिया (वार्षिकोत्सव) का दिन चुना था।

वह सुबह 9.55 पर रैंडॉल्फ पहुँच गया। उसने एक किशोर बेल-बॉय को अपना नाम प्रोफेसर पोर्टर बताते हुए श्री मेटकाल्फ से मिलने की इच्छा जताई। तत्पश्चात् स्टीफन वहीं लाउंज में बैठ गया। वह किशोर दौड़ता हुए गया और थोड़ी ही देर में हार्वे को साथ लेकर लौट आया।

''मिस्टर मेटकाल्फ, प्रोफेसर पोर्टर।''

''धन्यवाद,'' स्टीफन ने कहा, ''उसने अपने दिमाग में बाद में लौटकर उस बेल-बॉय को टिप देने की बात दर्ज कर ली। भले ही यह उसकी नौकरी का हिस्सा हो, लेकिन ऐसा करना आवश्यक था।

''गुड मॉर्निंग प्रोफेसर,'' हार्वे ने बैठते हुए कहा, ''तो बताइए, अब आप मुझे कहाँ ले जाने वाले हैं ?''

''देखिए, वार्षिकोत्सव की आधिकारिक शुरुआत जीसस कॉलेज में विश्वविद्यालय के सभी प्रमुख व्यक्तियों द्वारा शैंपेन, स्ट्राबेरी व क्रीम के नाश्ते से होती है। इसे 'लॉर्ड नथानिएल क्रूज बेनेफिक्शन' कहा जाता है।''

''ये लॉर्ड क्रू कौन हैं? क्या नाश्ते पर ये भी होंगे?''

केवल उनकी आत्मा; इस महान् व्यक्ति की लगभग तीन सौ वर्ष पहले मृत्यु हो चुकी है। इस विश्वविद्यालय से डॉक्टरेट करने वाले लॉर्ड नथानिएल क्रू डुरहम के बिशप भी थे। विश्वविद्यालय को उनसे नाश्ते व व्याख्यान हेतु प्रतिवर्ष 200 पाउंड दान स्वरूप मिलते हैं। हम जल्द ही वह व्याख्यान सुनेंगे। हालाँकि बढ़ती कीमतों व मुद्रास्फीति के चलते अब इतने पैसों में काम नहीं चल पाता। इसलिए इस परंपरा को जीवित रखने के लिए विश्वविद्यालय अपनी जेब से खर्च करता है। नाश्ते के बाद शेल्डोनिएन थिएटर में शोभायात्रा व परेड निकलती है।

''इसके बाद क्या होता है?''

''इस परेड के बाद दिन का सबसे रोमांचक आयोजन होता है, जिसमें हॉनेरंडस को डिग्री प्रदान की जाती है।''

''किसे?'' हार्वे ने पूछा।

''हॉनेरंडस को,'' स्टीफन ने कहा, ''ये वे विशिष्ट पुरुष-स्त्री होते हैं, जिन्हें विश्वविद्यालय के वरिष्ठ सदस्यों ने ऑक्सफोर्ड की मानद डिग्री प्रदान करने के लिए चुना है।'' स्टीफन ने अपनी घड़ी की ओर देखा। ''कार्यक्रम को अच्छी तरह से देखने के लिए बैठने की अच्छी जगह हेतु हमें अभी निकलना होगा।''

स्टीफन उठा और अपने अतिथि का हाथ पकड़कर रैंडॉल्फ होटल से बाहर निकल गया। वे ब्रॉड पर टहलते हुए वहाँ पहुँच गए। पुलिसकर्मियों ने स्टीफन के लाल गाउन को देखकर उसके लिए जगह खाली करवा दी। जिससे उन्हें शेल्डोनियन थिएटर के ठीक सामने की सीट मिल गई। कुछ ही मिनट बाद टर्ल से कोने से जलूस आता दिख रहा था। पुलिस ने यातायात रोकने के साथ ही लोगों को फुटपाथ पर सीमित कर दिया।

''सबसे आगे क्लब लेकर चलने वाले लोग कौन हैं?'' हार्वे ने पूछा।

''वे विश्वविद्यालय के मार्शल व प्रबंधक हैं। उन्होंने कुलाधिपति की शोभायात्रा की सुरक्षा के प्रतीक के तौर पर छड़ी उठा रखी है।''

''हे ईश्वर, निस्संदेह वे यहाँ सुरक्षित हैं। यह न्यूयॉर्क का सेंट्रल पार्क नहीं है।''

''जी हाँ,'' स्टीफन ने कहा, ''लेकिन यह प्रक्रिया पिछले लगभग तीन सौ वर्ष से जारी है और इंग्लैंड में परंपराओं का अवसान मुश्किल से होता है।''

''प्रबंधकों के पीछे वे कौन हैं?''

''सुनहरे किनारे वाला काले गाउन पहने व्यक्ति विश्वविद्यालय के

कुलाधिपति हैं, और वे उनके साथ उनका सेवक है। 50 के दशक के अंत से 60 के शुरुआती दशक तक ग्रेट ब्रिटेन के प्रधानमंत्री रहे हेराल्ड मैकमिलन वर्तमान में हमारे माननीय कुलाधिपति हैं।''

''ओह हाँ, मुझे यह व्यक्ति याद है। इन्होंने ब्रिटेन को यूरोप में जोड़ने की कोशिश की थी लेकिन डी गॉल ने ऐसा होने नहीं दिया।''

''हाँ, कुछ लोग इन्हें इसलिए भी याद रखते हैं। उनके पीछे आ रहे उप-कुलाधिपति श्री हबेक्कूक, जीजस कॉलेज के प्रधानाचार्य भी हैं।''

''मुझे कुछ समझ नहीं आ रहा प्रोफेसर।''

''वही व्यक्ति कुलाधिपति बन सकता है, जो विख्यात अंग्रेज होने के साथ ही ऑक्सफोर्ड से शिक्षित हो; वहीं उप-कुलाधिपति विश्वविद्यालय का ही कोई प्रमुख सदस्य होता है, जिसे प्राय: कॉलेज के प्रधानाचार्यों के बीच से ही चुना जाता है।''

''अब कुछ-कुछ समझ आ रहा है।''

''उनके पीछे विश्वविद्यालय के रजिस्ट्रार श्री कैस्टन हैं, जो मेर्टन कॉलेज में प्राध्यापक हैं, इन्हें आप विश्वविद्यालय का सबसे उच्चस्तरीय प्रशासनिक कर्मचारी भी कह सकते हैं। ये सीधे उप-कुलाधिपति व हेब्डोमेडल काउंसिल को रिपोर्ट करते हैं, जो विश्वविद्यालय की कैबिनेट का दर्जा रखती है। उनके पीछे वरिष्ठ प्रॉक्टर, वॉरचेस्टर कॉलेज के श्री कैंपबेल तथा कनिष्ठ प्रॉक्टर, न्यू कॉलेज के रेवरेंड डॉक्टर बेनेट हैं।''

''प्रॉक्टर कौन होते हैं?''

''विगत 700 वर्षों से भी अधिक से प्रॉक्टर का कार्य विश्वविद्यालय में शालीनता व अनुशासन बनाए रखना है।''

''क्या? 9,000 हुल्लड़बाज युवाओं को ये दो बूढ़े काबू करते हैं?''

''हाँ, लेकिन इस कार्य में बुलडॉग भी इनकी मदद करते हैं।'' स्टीफन ने बताया।

''ओह, यह ठीक भी है। एक बड़े अंग्रेज बुलडॉग के काटने से कोई भी काबू में आ जाएगा।''

''नहीं, नहीं,'' स्टीफन ने अपने हँसी रोकते हुए प्रतिरोध जताया, ''बुलडॉग वे लोग हैं, जो व्यवस्था बनाए रखने में प्रॉक्टर की सहायता करते हैं। इस यात्रा के अंत में आपको जो मगरमच्छ दिख रहा है; उसका सिर उन लोगों का प्रतीक है, जो विश्वविद्यालयों के डॉक्टर होने के साथ ही कॉलेजों के प्रधान भी हैं तथा

उसका बाकी शरीर ऐसे डॉक्टरों, जो कॉलेज प्रमुख नहीं हैं और वे कॉलेज प्रमुख, जो डॉक्टर नहीं हैं, उनके तालमेल से बना है।''

''रॉड, मेरे लिए तो डॉक्टर का एक ही अर्थ है—दर्द व धनहानि।''

''ये उस तरह के डॉक्टर नहीं हैं।'' स्टीफन ने उत्तर दिया।

''चलो छोड़ो। मुझे यह सब बहुत अच्छा लग रहा है, लेकिन मुझे यह सब याद नहीं रह पाएगा।''

स्टीफन ने बहुत ध्यानपूर्वक हार्वे का मुँह देखा। वह इन दृश्यों के देखने के बावजूद उन्हें समझने में असमर्थ था।

अब यह लंबी कतार शेल्डोनिएन थिएटर में प्रविष्ट हो जाएगी और यात्रा में शामिल सभी लोग अपने निश्चित स्थान पर हेमीसाइकिल आकृति में बैठ जाएँगे।

''माफ कीजिएगा, यह हेमीसाइकिल किस तरह की होती है?''

''थिएटर के भीतर गोलाकार में लगी कुरसियों को हेमीसाइकिल कहते हैं, जिन्हें यूरोप में सबसे असुविधाजनक माना जाता है। लेकिन आप चिंता न करें। हार्वर्ड में आपके द्वारा दिखाए शैक्षिक रुझान के चलते मैंने हम दोनों के लिए विशेष तरह की सीटों का इंतजाम कर लिया है। कार्यक्रम शुरू होने के समय हम वहाँ पहुँच जाएँगे।''

''रॉड, सच बताओ, क्या वाकई यहाँ लोगों को पता है कि हार्वर्ड में क्या चल रहा है?''

''जी हाँ, मेटकाल्फ साहब। विश्वविद्यालय-जगत् में आपको ऐसे दानी व्यक्ति के रूप में जाना जाता है, जो अकादमिक उत्थान हेतु आर्थिक मदद देने में रुचि रखता है।''

''क्या आप भी ऐसा मानते हैं?''

''बिल्कुल नहीं।'' स्टीफन ने सोचा।

वह हार्वे को बालकनी में उसकी रिजर्व सीट पर ले गया। वो नहीं चाहता था कि हार्वे वहाँ बैठे हर स्त्री-पुरुष का चेहरा स्पष्ट देख सके। जबकि वास्तविकता यह थी कि हेमीसाइकिल में बैठे विश्वविद्यालय के सभी वरिष्ठ सदस्य सिर से पाँव तक अपनी टोपी, गाउन, बो-टाई व बैंड्स से इस तरह ढके हुए थे कि उनकी माँ भी उन्हें नहीं पहचान सकती थी। संगीतकार ने अंतिम धुन बजाई और सभी अतिथि अपनी सीटों पर विराजमान हो गए।

स्टीफन ने बताया, ''यह संगीतवादक मेरे ही कॉलेज का है। इसका नाम

क्रोगस है। यह हमारे गान समूह का प्रमुख होने के अलावा संगीत का डिप्टी प्रोफेसर भी है।''

हार्वे उस हेमीसाइकिल व उसमें बैठे लाल पोशाकों वाली आकृतियों से अपनी नजरें नहीं हटा पा रहा था। उसने अपने जीवन में कभी भी ऐसा कुछ नहीं देखा था। कुछ देर बाद संगीत रुक गया और कुलाधिपति उठे और अपनी मातृभाषा लैटिन में जनसभा को संबोधित करने लगे—

'Casua hujus convocationics est ut...'

''ये क्या कह रहे हैं?''

''वो बता रहे हैं कि हम सब यहाँ क्यों एकत्र हुए हैं,'' स्टीफन ने समझाया, ''मैं आपको इसे पूरी तरह समझाने की कोशिश करूँगा।''

कुलाधिपति ने अंत में कहा, *'Ite Bedelli,'* इसी के साथ वह विशाल द्वार खुला और प्रबंधक अपने साथ डिविनिटी स्कूल के हॉनेरंडस को अंदर ले आए। जब सार्वजनिक वक्ता श्री जे.जी. ग्रिफिथ ने कुलाधिपति को एक-एक कर उन सब की योग्यताओं व उपलब्धियों का शुद्ध व गद्यात्मक लेटिन में वर्णन करना आरंभ किया तो माहौल पूरी तरह से शांत हो गया।

स्टीफन का अनुवाद कुछ अधिक स्पष्टीकरण व सुझाव युक्त था, जिसका निहितार्थ यह था कि इन डॉक्टरों में शैक्षिक कौशल से अधिक आर्थिक उदारता मौजूद है।

''ये लॉर्ड एमॉरी हैं। ये इनके शिक्षा के क्षेत्र में दिए गए योगदान की सराहना कर रहे हैं।''

''इन्होंने कितना पैसा दिया था?''

''ये सरकारी कोष के कुलाधिपति हैं। और ये लॉर्ड हेलशैम हैं। इनके पास कैबिनेट में आठ विभाग हैं, जिसमें राज्य शिक्षा सचिव का पद भी शामिल है। वो अंत में बैठे हैं लॉर्ड चांसलर। इन्हें व लॉर्ड एमॉरी दोनों को डॉक्टर ऑफ सिविल लॉ की डिग्री प्राप्त हो रही है।''

हार्वे ने उन लोगों में डेम फ्लोरा रॉबसन को पहचान लिया। वो एक अभिनेत्री थी, जिन्हें थिएटर के क्षेत्र में जीवनभर विशिष्ट कार्य हेतु यह मानद उपाधि प्रदान की जा रही थी; स्टीफन ने बताया कि उन्हें व राजकवि सर जॉन बेटजामेन को डॉक्टर ऑफ लेटर्स की डिग्री प्रदान की जाएगी। कुलाधिपति इनमें से प्रत्येक से हाथ मिलाएँगे, डिग्री देंगे और फिर उन्हें हेमीसाइकिल में बैठाया जाएगा।

''सबसे अंत में डिग्री लेने वाले हॉनेरंड हैं, नोबल विजेता रॉयल इंस्टीट्यूशन के डॉयरेक्टर सर जार्ज पोर्टर। उन्होंने डॉक्टर ऑफ साइंस की डिग्री प्राप्त की है।''

''मेरे समान जातीनाम है, लेकिन मेरा इनसे कोई रिश्ता नहीं है। यह बस समाप्त होने ही वाला है।'' स्टीफन ने कहा। अंत में विश्वविद्यालय को चंदा देने वालों के सम्मानार्थ काव्यशास्त्र के प्रोफेसर जॉन वेन एक छोटा सा धन्यवाद भाषण देंगे।

श्री वेन ने क्रिविएन ऑरिएशन दिया, जिसमें उन्हें करीब बारह मिनट लगे। स्टीफन को उनकी भाषा इतनी जीवंत लगी कि उसे वे दोनों सरलता से समझ सके। इसके बाद स्नातक छात्रों को पुरस्कार मिलने थे, जिसमें उनकी कोई रुचि नहीं थी।

तत्पश्चात् विश्वविद्यालय के कुलाधिपति उठे तथा जुलूस के संग हॉल से बाहर निकल गए।

''अब ये सब कहाँ जा रहे हैं?'' हार्वे ने पूछा।

''ये सभी लोग दोपहर के भोजन के लिए ऑल सोल्स जा रहे हैं, जहाँ अन्य गण्यमान्य अतिथि भी मौजूद रहेंगे।''

''हे ईश्वर, क्या हम भी उस भोज में शामिल हो सकते हैं?''

''मैंने उसका इंतजाम कर दिया है'' स्टीफन ने कहा।

हार्वे प्रसन्न हो गया।

''प्रोफेसर, आपने यह कैसे किया?''

''हार्वर्ड में आपकी दिलचस्पी को देखकर रजिस्ट्रार बहुत प्रभावित हुए और मुझे लगता है कि वे शायद ऑक्सफोर्ड के लिए भी आपसे ऐसी ही कोई छोटी सी सहायता चाहते हैं। विशेषतौर पर अब जब आपको एस्कॉट में इतनी शानदार जीत हासिल हुई है।''

''बहुत बढ़िया विचार है। यह बात मेरे दिमाग में क्यों नहीं आई?''

स्टीफन के रुचि दरशाने का कारण हार्वे के दिमाग में इस विचार के लिए जगह बनाना था। लेकिन अधिक प्रयास का नतीजा वह पहले भी भुगत चुका था। सच तो यह था कि रजिस्ट्रार ने हार्वे मेटकाल्फ का नाम भी नहीं सुना था। स्टीफन का यह ऑक्सफोर्ड में अंतिम वर्ष था, इसलिए ऑल सोल्स में उसके एक मित्र प्राध्यापक ने आमंत्रण सूची में उसका नाम जुड़वा दिया था।

वे शेल्डोनिएन थिएटर से निकलकर सड़क पार बने ऑल सोल्स की ओर बढ़ गए। स्टीफन ने हार्वे को ऑल सोल्स के कार्य समझाने का असफल प्रयास

किया। जबकि बहुत से ऑक्सोनियंस के लिए यह कॉलेज अपने आप में एक पहेली था।

यह कार्पोरेट नाम है, स्टीफन ने शुरुआत की, इसका पूरा नाम कॉलेज ऑफ ऑल सोल्स ऑफ द फेथफुल डिपार्टेड ऑफ ऑक्सफोर्ड है, मूल रूप से यह एगिन्कोर्ट के विजेताओं की स्मृति को प्रतिध्वनित करता है। उन आत्माओं की शांति के लिए यहाँ अकसर समूह गान का आयोजन होता रहता है। शैक्षिक जीवन में इसकी आधुनिक भूमिका बहुत अनजानी है। ऑल सोल्स ऐसे स्नातकों की सोसायटी है, जिसमें शामिल लोगों ने देश या विदेश कहीं भी शिक्षा या किसी भी अन्य क्षेत्र में किसी विशिष्ट सहायता या उपलब्धि द्वारा अपनी पहचान स्थापित की है। इस कॉलेज में सभी स्नातक हैं, जो अपने विशाल आर्थिक व बौद्धिक संसाधनों के जरिए बाहरी जगत् को अधिक-से-अधिक लाभ पहुँचाते हैं।

स्टीफन व हार्वे ने सैंकड़ों अतिथियों सहित उस शानदार कॉडरिंग्टन लाइब्रेरी में बिछी बेहद लंबी टेबल पर स्थान ग्रहण कर लिया। स्टीफन की पूरी कोशिश थी कि हार्वे इतना व्यस्त रहे कि किसी का उसपर ध्यान न जाए। वह इस बात का शुक्रगुजार था कि प्राय: ऐसे अवसरों पर लोग किन से मिले या उन्होंने क्या कहा था, इसे याद नहीं रख पाते। इसलिए वह सभी से हार्वे का परिचय एक विशिष्ट परोपकारी अमेरिकी के रूप में करा रहा था। सौभाग्य से उसे उप-कुलाधिपति, रजिस्ट्रार व विश्वविद्यालय कोष के सचिव से भी मुलाकात का मौका मिल गया।

हार्वे को यह नवीन अनुभव बहुत अच्छा लग रहा था। उसके लगातार बोलने की आदत से भयभीत स्टीफन यह देखकर चकित रह गया कि वह अपने आसपास उपस्थित गण्यमान्य लोगों की बातचीत सुनने में रुचि ले रहा है। भोज के समापन के बाद जब सभी अतिथि खड़े हो गए तो स्टीफन ने शांति की साँस ली और अपना सबसे जोखिमपूर्ण पत्ता फेंका। वह हार्वे को लेकर सीधा कुलाधिपति के पास पहुँचा और बोला, ''कुलाधिपति महोदय,'' उसने हेरोल्ड मैकमिलन से कहा।

''हाँ युवक, बोलो।''

''मैं आपको बॉस्टन में रहने वाले श्री मेटकाल्फ से मिलवाना चाहूँगा, जो हार्वर्ड को बहुत बड़ी आर्थिक सहायता देते हैं।''

''ओह हाँ, आर्थिक मदद। मेटकाल्फ महोदय आप इंग्लैंड किस कारण से आए हैं?''

हार्वे की बोलती ही बंद हो गई।

''सर, ओह···मेरा मतलब था कुलाधिपति महोदय। मैं यहाँ किंग जार्ज व

एलिजाबेथ स्टेक्स में अपनी घोड़ी रोजेली को देखने आया था।''

स्टीफन इस समय हार्वे के पीछे खड़ा था और उसने कुलाधिपति को इशारे से बताया कि ''घुड़दौड़ हार्वे की घोड़ी ने ही जीती है।'' इस खेल में माहिर हेरोल्ड मैकमिलन तुरंत वह इशारा समझ गए और बोले, ''मेटकाल्फ महोदय, लगता है, परिणाम आपके पक्ष में रहे हैं।''

''जी सर, मुझे लगता है, भाग्य ने मेरा साथ दिया।''

''वैसे आप मुझे भाग्य के भरोसे बैठने वाले व्यक्ति नहीं लगते।''

स्टीफन ने एक बार फिर धीरे से कमान अपने हाथ में ले ली।

''कुलाधिपति महोदय, मैं श्री मेटकाल्फ को अपने ऑक्सफोर्ड में जारी कुछ शोधों के बारे में जानकारी देना चाहता था।''

''बहुत अच्छा विचार है।'' सात वर्ष तक सरकार में रही पार्टी की कमान सँभालने वाले हेरोल्ड मैकमिलन को इस तरह के कार्यक्रमों का उपयोग करना भली-भाँति आता था।

''मिलते रहना युवक। आप बॉस्टन से हैं न मेटकाल्फ साहब? कैनेडी बंधुओं को मेरा नमस्कार कहिएगा।''

अपनी अकादमिक पोशाक में देदीप्यमान मैकमिलन वहाँ से चले गए। हार्वे हक्का-बक्का देखता रह गया।

''क्या महान् व्यक्ति हैं। क्या शानदार आयोजन है। मुझे ऐसा लग रहा है, मानो मैं भी इतिहास का हिस्सा बन गया। मैं चाहता हूँ कि मैं भी इनका हिस्सा बन सकूँ।''

अपना कार्य पूर्ण हो जाने के बाद स्टीफन वहाँ से बिना कोई गलती किए निकल जाना चाहता था। वह जानता था कि हेरोल्ड मैकमिलन ने आज हजारों लोगों से बात की या हाथ मिलाया होगा और उनके लिए हार्वे को याद रखना लगभग नामुमकिन था। यदि उन्हें हार्वे याद भी रहता तो इससे कोई अंतर नहीं पड़ता, क्योंकि वो वास्तव में ही हार्वर्ड को आर्थिक मदद देता है।

''श्रीमान मेटाकाल्फ हमें अन्य वरिष्ठ सदस्यों से पहले जाना होगा।''

''क्यों नहीं रॉड, तुम बॉस हो।''

''मेरे विचार से शिष्टता का भी यही पैमाना है।''

जब वे दोनों बाहर निकले तो हार्वे ने अपनी जेब की कॉल्ट्रे की बड़ी सी घड़ी पर नजर डाली। इस वक्त दोपहर का ढाई बज रहा था।

अगले कदम से तीन मिनट पीछे चल रहे स्टीफन ने कहा, ''बहुत बढ़िया!

गार्डन पार्टी में अब केवल एक घंटा शेष है। चलिए, इस बीच हम एक-दो कॉलेज देख लेते हैं।''

वो टहलते हुए ब्रासीनोज कॉलेज के पास से गुजरे जिसके संबंध में स्टीफन ने बताया कि ''इस नाम का वास्तविक अर्थ ब्रास नोज (तांबे की नाक) है। उसने हार्वे को यह भी बताया की तेहरवीं सदी की दस्तक देने वाली वह पहली कुंडी आज भी इसके हॉल में लगी हुई है।'' लगभग 300 फीट आगे चलने के बाद स्टीफन, हार्वो को दाईं ओर ले गया।

''रॉबिन वो दाएँ मुड़ गया है और अब वह लिंकन कॉलेज की ओर बढ़ रहा है।'' जीजस कॉलेज के द्वार पर छुपकर खड़े जेम्स ने कहा।

''ठीक है,'' रॉबिन ने कहा और अपने सात व नौ वर्ष की उम्र के दोनों बेटों को तैयार कर लिया। अपने पिता के मंतव्य से अनजान वे दोनों बालक अनोखे ईटन सूट्स पहने हुए चकित खड़े उसे देख रहे थे।

''क्या तुम दोनों तैयार हो?''

''हाँ डैडी,'' उन दोनों ने समवेत स्वर में कहा।

स्टीफन धीरे-धीरे लिंकन कॉलेज की ओर बढ़ने लगा। अभी वो उससे कुछ ही दूर थे कि रॉबिन उप-कुलाधिपति की आधिकारिक पोशाक जैसे बैंड, कॉलर व सफेद टाई पहने अपने बच्चों के साथ सामने से आता दिखाई दिया। वह अपनी उम्र से पंद्रह वर्ष बड़ा तथा काफी-कुछ श्री हबेक्कूक जैसा लग रहा था। हालाँकि स्टीफन को उसके सिर पर बाल कुछ अधिक लगे।

''क्या आप उप-कुलाधिपति महोदय से मिलना चाहेंगे।'' स्टीफन ने पूछा।

''यह बहुत अच्छा रहेगा।'' हार्वे ने कहा।

''उप-कुलाधिपति महोदय नमस्कार, ये श्री हार्वे मेटकाल्फ हैं।''

रॉबिन ने अपनी अकादमिक टोपी उतारी और झुका। स्टीफन भी प्रत्युत्तर में उसी ढंग से झुका। स्टीफन के कुछ कहने से पहले ही रॉबिन बोल उठा।

''क्या आप वही हैं, जो अकसर हार्वर्ड विश्वविद्यालय को आर्थिक सहायता देते रहते हैं।''

हार्वे शरमाते हुए उप-कुलाधिपति का हाथ थामे हुए बच्चों को देखकर मुसकराने लगा। रॉबिन ने आगे कहा, ''मेटकाल्फ साहब, आपसे मिलकर बहुत प्रसन्नता हुई। आशा करता हूँ कि आपकी ऑक्सफोर्ड की यह यात्रा शानदार रही होगी। ध्यान रखिएगा, ऐसे बहुत कम लोग होते हैं जिन्हें नोबल विजेता का सान्निध्य मिलता है।''

''उप-कुलाधिपति महोदय, मुझे बहुत मजा आया। बल्कि मुझे तो लग रहा है कि मैं किसी तरह आपके विश्वविद्यालय की कुछ सहायता करूँ।''

''ये तो बहुत अच्छी बात है।''

''महोदय, मैं यहाँ के रैंडॉल्फ होटल में ठहरा हूँ। यदि आज शाम आप सब मेरे साथ चाय पिएँ तो मुझे बहुत प्रसन्नता होगी।''

रॉबिन व स्टीफन एक क्षण को अवाक् रह गए। उसने एक बार फिर अप्रत्याशित दाँव चल दिया था। निस्संदेह हार्वे जानता था कि एन्केनिया दिवस पर उप-कुलाधिपति के पास किसी निजी चाय पार्टी में शामिल होने का बिल्कुल वक्त नहीं होगा।

रॉबिन ने सबसे पहले अपने आप पर काबू पाया और बोला, ''आज तो यह संभव नहीं हो सकेगा। जैसा कि आप देख ही रहे हैं आज के विशेष दिन मुझे बहुत सी जिम्मेदारियाँ निभानी होती हैं। शायद आप भी यह समझते ही होंगे। लेकिन यदि आप आज शाम क्लेयरडन बिल्डिंग स्थित मेरे ऑफिस आ सकें तो इससे हमें कुछ अधिक निजी चर्चा का पूरा मौका मिल सकेगा?''

स्टीफन ने एक बार फिर कमान सँभाल ली—

''आपका बहुत-बहुत धन्यवाद उप-कुलाधिपति महोदय। क्या 4:30 का समय ठीक रहेगा?''

''हाँ प्रोफेसर, यही ठीक रहेगा।''

रॉबिन ने वहाँ से बच निकलने की मुद्रा छिपाए रखने का भरसक प्रयत्न किया। वहाँ गुजरे पाँच मिनट रॉबिन के लिए युगों के समान थे। उसे पत्रकार या अमेरिकी सर्जन बनने में कोई समय नहीं हुआ। लेकिन उप-कुलाधिपति की यह भूमिका उसे पसंद नहीं आई। वह डर रहा था कि यदि कोई वहाँ आ गया तो उसका भांडा फूट जाएगा। ईश्वर का शुक्र है कि पूर्वस्नातक छात्र एक हफ्ता पहले ही अपने घर लौट चुके थे। लेकिन वहाँ घूम रहे पर्यटक जब उनका चित्र लेने लगे तो यह रॉबिन के लिए बहुत असहज हो गया।

इस बार हार्वे ने उनकी योजना को उलटकर रख दिया था। स्टीफन को जीन-पियरे व जेम्स की चिंता सता रही थी, जो ट्रिनिटी कॉलेज के ग्राउंड में होने वाली गार्डन पार्टी में अपनी अभिनय प्रतिभा दरशाने के लिए टी-टैंट के पीछे खड़े थे।

''उप-कुलाधिपति महोदय, यदि रजिस्ट्रार महोदय व विश्वविद्यालय कोष के सचिव भी हमारे साथ शामिल हो सकें तो बहुत अच्छा रहेगा।''

"अच्छा विचार है प्रोफेसर। मैं उनको भी निमंत्रण भेज दूँगा। हार्वे जैसे विशिष्ट दानियों का आतिथ्य कभी-कभार ही मिलता है। अच्छा महोदय, मुझे गार्डन पार्टी में जाना है, इसलिए अभी के लिए मैं विदा चाहता हूँ। आपसे मिलकर बहुत अच्छा लगा। मेटकाल्फ साहब, आपसे 4.30 पर पुनः मुलाकात होती है।"

उनके पूरी गर्मजोशी से हाथ मिलाने के बाद स्टीफन हार्वे को एक्सटर कॉलेज की ओर ले गया। जबकि रॉबिन लपककर लिंकन स्थित अपने छोटे से कमरे में चला गया और वहाँ कुरसी पर ढेर हो गया।

उसके बड़े पुत्र विलियम ने पूछा, "डैडी, आप ठीक हैं न?"

"हाँ, मैं बिल्कुल ठीक हूँ।"

"आपने कहा था कि हम चुप रहेंगे तो आप हमें आइसक्रीम व कोका-कोला दिलवाएँगे।"

"हाँ, तुम्हें वो अवश्य मिलेंगे।" रॉबिन ने कहा।

रॉबिन ने गाउन हुड, बो-टाई व बैंड जैसी आडंबरपूर्ण वेषभूषा उतारी और उन्हें पुनः सूटकेस में रख दिया। वह सही समय पर सड़क पर लौट आया। उसने देखा कि असली उप-कुलाधिपति हबेक्कूक, जीजस कॉलेज से निकल सड़क पार करके गार्डन पार्टी की ओर आ रहे हैं। रॉबिन ने अपनी घड़ी देखी। पाँच मिनट की भी देर होने से पूरी योजना खटाई में पड़ जाती।

इस दौरान स्टीफन घूम-फिरकर शेफर्ड ऐंड वुडवर्ड की ओर बढ़ रहा था, जिसका काम विश्वविद्यालय के लिए अकादमिक पोशाकें तैयार करना था। इस समय वह किसी भी तरह जेम्स तक यह संदेश पहुँचाना चाहता था। उस दुकान की विंडो के सामने पहुँचते ही स्टीफन व हार्वे के कदम ठिठक गए।

"कितने खूबसूरत चोगे हैं।"

"ये डॉक्टर ऑफ लेटर्स का चोगा है। क्या आप इसे पहनकर देखना चाहेंगे?"

"मैं जरूर पहनना चाहूँगा। लेकिन क्या दुकानदार इसकी अनुमति देगा?" हार्वे ने पूछा।

"मुझे नहीं लगता कि उसे कोई आपत्ति होगी।"

वे दुकान में दाखिल हुए। स्टीफन ने अभी भी अपना डॉक्टर ऑफ फिलॉसफी का चोगा पहन रखा था।

मेरे सम्मानित अतिथि को डॉक्टर ऑफ लेटर्स का चोगा दिखाइए।

विश्वविद्यालय के प्रोफेसर से विवाद करने में असमर्थ उस युवा सहायक ने कहा, "जी सर।"

वह दुकान के पिछले हिस्से में गया और भूरे आवरण वाला लाल चोगा तथा काले रंग की बेडौल सी वेलवेट की टोपी लेकर वापस लौट आया। स्टीफन इस झूठ को अंजाम तक पहुँचाने के लिए बेशर्मी पर उतर आया था।

''मेटकाल्फ महोदय, आप इसे पहन लीजिए। देखें तो एक शिक्षाविद् के रूप में आप कैसे दिखते हैं।''

सहायक चकित दृष्टि से यह सब देख रहा था। वो प्रार्थना कर रहा था कि श्री वेनाबेल्स अपने भोजनावकाश से जल्दी लौट आएँ।

''सर, आप हमारे फिटिंग-रूम का उपयोग कर सकते हैं।''

हार्वे अंदर प्रविष्ट हो गया। स्टीफन फौरन दुकान से बाहर निकल गया।

''जेम्स, सुन रहे हो? ओफ्फ, जेम्स ईश्वर के लिए फोन उठाओ।''

''जरा धीरे से मित्रवर, यह अजीब सा चोगा अपने में एक मुसीबत है। खैर कोई बात नहीं, अगले सत्रह मिनट में तो यह खेल समाप्त होने ही वाला है।''

''नहीं होगा।''

''हाँ, जीन-पियरे को भी बता देना। तुम दोनों फौरन रॉबिन से बात करो तथा जितनी जल्दी हो सके, उससे मिलो। वह तुम्हें नई योजना बता देगा।''

''नई योजना। स्टीफन, सब ठीक है न?''

''हाँ, मैंने जितना सोचा था, उससे भी कहीं अधिक बेहतर।''

तत्पश्चात्, स्टीफन ने तुरंत अपना फोन बंद किया और फिर से दर्जी की दुकान में घुस गया।

हार्वे वहाँ डॉक्टर ऑफ लेटर के रूप में प्रकट हुआ; स्टीफन ने आज तक इससे बुरा कभी कुछ नहीं देखा था।

''आप बहुत अच्छे दिख रहे हैं।''

''यह कितने का है?''

''मेरे विचार से शायद 100 पाउंड का होगा।''

''नहीं-नहीं, मुझे इसके लिए दान में कितनी धनराशि देनी होगी?''

''मुझे नहीं पता। आप गार्डन पार्टी के बाद स्वयं ही उप-कुलाधिपति से पूछ लीजिएगा।''

हार्वे ने आईने में स्वयं को निहारा और वापस ड्रेसिंग रूम में लौट गया। स्टीफन ने सहायक को धन्यवाद दिया और कहा कि वह इस चोगे तथा टोपी को पैक कर क्लेयरडन बिल्डिंग में सर जॉन बेट्जामेन के नाम पर भिजवा दे। साथ ही उसने नकद में उसकी कीमत चुका दी। सहायक हक्का-बक्का रह गया। वह बोला, ''जी सर।''

वह अब भी श्री वेनाबेल्स के लौटने की प्रार्थना के अतिरिक्त कुछ और नहीं कर सकता था। कुल दस मिनट बाद उसकी प्रार्थनाओं पर सुनवाई हुई। लेकिन तब तक स्टीफन व हार्वे गार्डन पार्टी में शामिल होने के लिए ट्रिनिटी कॉलेज की ओर जा चुके थे।

''सर, मुझे क्लेयरडन बिल्डिंग में सर जॉन बेट्जामेन को अभी डी.लिट् की पूरी पोशाक भेजने को कहा गया है।''

''अच्छा। हमने तो उनके आज के समारोह की पोशाक कई हफ्तों पहले ही तैयार कर दी थी। उन्हें एक और किसलिए चाहिए?''

''उन्होंने नकद भुगतान किया है।''

''तो ठीक है एक और भेज दो। लेकिन इसे क्लेयरडन में उन्हीं के नाम पर भेजना।''

जब दोपहर 3:30 के कुछ ही देर बाद स्टीफन व हार्वे ट्रिनिटी कॉलेज पहुँचे, तब तक वहाँ से शानदार हरी घास व क्रॉकेट हुप्स को हटाया जा चुका था और वहाँ हजारों लोगों का जमावड़ा लग गया था। विश्वविद्यालय के सदस्यों ने नव-पुरातन के मेल वाली अजीब पोशाकें पहन रखीं थीं; जिसमें उन्होंने अपने बेहतरीन लाउंज सूट के ऊपर सिल्क के गाउन, हुड्स व टोपियाँ पहने हुए थे। चाय के कप व स्ट्रॉबेरी तथा खीरे के सैंडविंच जितनी तेजी से आ रहे थे, उसी गति से समाप्त भी हो रहे थे।

हार्वे ने अनजाने में ही फ्रेंक सिंनात्रा की उक्ति दोहराते हुए कहा, ''कितनी बढ़िया पार्टी है। प्रोफेसर, आपके यहाँ की हर अदा निराली है।''

''हाँ, गार्डन पार्टी हमेशा से ही मजेदार रही है। विश्वविद्यालय के लिए यह वर्ष का सबसे विशिष्ट सामाजिक कार्यक्रम होता है, जो जैसा कि मैंने बताया, अपने अंतिम चरण पर है। पूर्व-स्नातक की अंतिम वर्ष की परीक्षाएँ अभी समाप्त हुई हैं। यहाँ मौजूद अधिकांश वरिष्ठ शिक्षक परीक्षा-पत्रों की जाँच के बीच एक दोपहर का समय निकालकर यहाँ उपस्थित हुए हैं।''

स्टीफन का पूरा ध्यान इस बात पर केंद्रित था कि हार्वे उप-कुलपति, रजिस्ट्रार व विश्वविद्यालय कोष के सचिव से दूर रहे। इसलिए वह उसकी मुलाकात विश्वविद्यालय के अधिकाधिक वरिष्ठ सदस्यों से करवाते हुए प्रार्थना कर रहा था कि उनमें से किसी को भी यह मुलाकात याद न रहे। वे लगभग पौने घंटे तक यहाँ-वहाँ घूमकर लोगों से मिलते रहे। स्टीफन को लग रहा था कि वह एक ऐसे नकारा उच्चपदाधिकारी का संदेशवाहक है, जो किसी भी राजनयिक

दुर्घटना के भय से अपना मुँह सिए रहता है। स्टीफन की इस व्याकुलता के बावजूद हार्वे अपने जीवन का सबसे शानदार दिन गुजार रहा था।

''रॉबिन, रॉबिन, सुन रहे हो?''

''हाँ, जेम्स।''

''तुम कहाँ हो?''

''मैं ईस्ट-गेट रेस्टोरेंट में हूँ। तुम जीन-पियरे को लेकर यहीं आ जाओ।''

''ठीक है। मैं वहाँ पाँच मिनट में पहुँच जाऊँगा। नहीं, दस मिनट में। इस भेष में मेरे लिए धीमे चलना ही ठीक रहेगा।''

रॉबिन ने बिल चुकाया। बच्चों ने पुरस्कार-स्वरूप मिली आईसक्रीम समाप्त की। तब रॉबिन ने उन्हें आज के लिए विशेष रूप से अनुबंधित ड्राइवर के साथ ईस्ट गेट के बाहर प्रतीक्षा कर रही कार में बैठाया और न्यूबरी के लिए रवाना करने लगा। उन्होंने अपनी भूमिका निभा दी थी, इसलिए अब उनका चले जाना ही ठीक था।

जेमी ने कहा, ''डैडी, आप हमारे साथ नहीं आ रहे?''

''नहीं, मैं रात तक पहुँच जाऊँगा। अपनी माँ को बता देना कि मैं सात बजे तक आ सकूँगा।''

जब वह जीन-पियरे व जेम्स से मिलने के लिए ईस्ट गेट वापस लौटा तो वे उसे सामने से आते दिख गए।

''योजना क्यों बदल दी?'' जीन-पियरे ने पूछा, ''पता है, मुझे यह पोशाक पहनकर तैयार होने में एक घंटे से भी ज्यादा लगा।''

''कोई बात नहीं। तुम्हें अभी भी यह पोशाक पहननी है। योजना को एक झटका लगा है। जब मैंने सड़क पर हार्वे से बातचीत की तो उस कमीने ने मुझे अपने होटल रैंडॉफ में चाय के लिए बुला लिया। मैंने मना करके उसे क्लेयरडन में बुला लिया। स्टीफन की सलाह थी कि मैं तुम दोनों को भी चाय पार्टी के लिए बुला भेजूँ।''

''बहुत चतुरता दिखाई,'' जेम्स ने कहा, ''अब गार्डन पार्टी वाले कपट की कोई आवश्यकता नहीं।''

''आशा करता हूँ कि यह चतुराई उल्टी न पड़ जाए।'' जीन-पियरे ने कहा।

''चलो, अब कम-से-कम हमें यह पहेली बंद दरवाजे के पीछे सुलझानी होगी।'' रॉबिन बोला, ''जीन-पियरे, तुम 4:20 के बाद आना और जेम्स तुम इसके बाद शाम 4:25 पर पहुँचना। पूर्व निश्चित समय-सारिणी का ही पालन

करना, ऐसा दरशाना कि यह मीटिंग योजना के अनुरूप गार्डन पार्टी में ही हुई है, इसके बाद हम सब एक साथ क्लेयरडन चलेंगे।''

स्टीफन ने हार्वे को सुझाव दिया कि उप-कुलाधिपति के बाद वहाँ पहुँचना अभद्रता होगी, इसलिए उन्हें इसी समय क्लेयरडन बिल्डिंग पहुँच जाना चाहिए।

''ठीक है, हार्वे ने अपनी घड़ी पर नजर डाली, हे ईश्वर, 4:30 तो यहाँ हो रहे हैं।''

वे फौरन ही गार्डन पार्टी से निकले और ब्राड के किनारे स्थित क्लेयरडन बिल्डिंग की ओर तेज कदमों से चल पड़े। रास्ते में स्टीफन ने हार्वे को बताया कि ऑक्सफोर्ड के लिए क्लेयरडन बिल्कुल व्हाइट हाउस जैसा है। जहाँ विश्वविद्यालय के सभी अफसरों व अधिकारियों के कमरे मिले हुए हैं।

क्लेयरडन, अठारहवीं सदी की इमारतों जैसी भव्य है, जिसे वहाँ आने वाले पर्यटक अकसर कोई कॉलेज समझ लेते हैं। कुछ सीढ़ियाँ चढ़ते ही एक बहुत आकर्षक दालान है, जहाँ से अंदर प्रविष्ट होने पर आप ऐसी शानदार व प्राचीन बिल्डिंग में पहुँच जाते हैं, जिसमें न्यूनतम बदलावों द्वारा दफ्तर के कक्षों का निर्माण किया गया है।

वहाँ पहुँचने पर पोर्टर ने उन्हें सलाम किया।

''हमें उप-कुलाधिपति महोदय से मिलना है।''

पंद्रह मिनट पहले जब रॉबिन ने उस पोर्टर से श्री हबेक्कूक के अपने कमरे में उसे प्रतीश्रा करने की बात कही थी, तब वह चकित रह गया था। रॉबिन के शिक्षाविदों जैसी पोशाक में होने के बाद भी उसे पोर्टर उसपर नजर रखे हुए था। क्योंकि वह जानता था कि अगले लगभग एक घंटे तक उप-कुलाधिपति या उनके स्टाफ का कोई भी व्यक्ति गार्डन पार्टी से नहीं लौटने वाला। स्टीफन के वहाँ पहुँचने पर उसे थोड़ा भरोसा हुआ। बिल्डिंग की मार्गदर्शन यात्रा पर मिले एक पाउंड को वो भूला नहीं था।

पोर्टर ने स्टीफन व हार्वे को उप-कुलाधिपति के कमरे तक पहुँचाया व पाउंड का एक और नोट अपनी जेब में रखते हुए उन्हें वहाँ अकेला छोड़ गया।

उप-कुलाधिपति का कमरा, अपने मटमैले कालीन व सफेद दीवारों के चलते किसी भी मध्य-स्तरीय सरकारी अधिकारी के कमरे जितना ही आडंबरयुक्त था। वहाँ संगमरमर के फायरप्लेस के ऊपर विल्सन स्टीर द्वारा बनाई गई फ्रांस के किसी गाँव की खूबसूरत तसवीर टँगी हुई थी।

रॉबिन वहाँ की विशाल खिड़की से बाहर बॉडलियन लाइब्रेरी की ओर ताक रहा था।

''उप-कुलाधिपति महोदय, नमस्कार!''

रॉबिन घूमा और बोला, ''ओह···प्रोफेसर, आपका स्वागत है।''

''आपको श्री मेटकाल्फ याद होंगे।''

''हाँ, क्यों नहीं। आपसे एक बार फिर मिलकर बहुत अच्छा लगा। रॉबिन ने काँपती आवाज में कहा।'' वो इस समय केवल अपने घर जाना चाहता था। उन्होंने कुछ मिनट ही बातचीत की थी कि दरवाजे पर खटखटाहट हुई और जीन-पियरे ने प्रवेश किया।

''नमस्कार रजिस्ट्रार साहब!''

''उप-कुलाधिपति महोदय, प्रोफेसर पोर्टर, नमस्कार।''

''इनसे मिलिए, यह श्री हार्वे मेटकाल्फ हैं।''

''नमस्कार महोदय।''

''रजिस्ट्रार महोदय क्या आप थोड़ी···''

''ये मेटकाल्फ साहब कौन से हैं?''

जब छड़ी की सहायता से चलने वाले एक नब्बे वर्षीय व्यक्ति ने वहाँ प्रविष्ट होकर यह प्रश्न पूछा तो वे तीनों स्तब्ध रह गए। वह रॉबिन की ओर मुड़ा, उसे आँख मारी और झुकते हुए बोला, ''उप-कुलाधिपति महोदय, नमस्कार।''

''नमस्कार, हॉर्सले साहब।''

जेम्स ने हार्वे की शरीर उपस्थिति को जाँचने के लिए उसे अपनी छड़ी से टटोला और कहा, ''युवक, मैंने तुम्हारे बारे में बहुत पढ़ा है।''

हार्वे को गत तीस वर्षों में किसी ने भी युवक नहीं कहा था। अन्य सभी लोग आँखों ही आँखों में जेम्स की सराहना कर रहे थे। उनमें से कोई नहीं जानता था कि जेम्स ने पिछले वर्ष विश्वविद्यालय में अपने अभिनय के लिए खूब तारीफ बटोरी थी। कोष सचिव की यह भूमिका केवल उसका ही दोहराव था। यदि मॉलियर उसे देख लेता तो स्वयं भी उसकी तारीफ करता। जेम्स ने कहना जारी रखा—

''आपने हार्वर्ड को बहुत सहायता दी है।''

''उसका उल्लेख करने के लिए आपका हार्दिक धन्यवाद सर!'' हार्वे ने सम्मानपूर्वक कहा।

''मुझे सर मत कहो युवक। मुझे आप बहुत अच्छे लगे···'' मुझे हॉर्सले कहो।

हार्वे नासमझी में बोल उठा, ''जी, हॉर्सले सर।''

अन्य लोग बामुश्किल अपनी हँसी रोक सके।

''उप-कुलाधिपति महोदय,'' जेम्स ने कहना जारी रखा, ''आपने मुझे शहर के आधे रास्ते के बीच से मेरा हाल पूछने तो नहीं बुलाया होगा। क्या बात है? मेरी शैरी कहाँ है?''

स्टीफन को लगा कि जेम्स कुछ अधिक कर रहा है। लेकिन जब उसने हार्वे का चेहरा देखा तो उसे महसूस हुआ कि वह पूरी तरह इस दृश्य में खोया हुआ है। उसने सोचा कि एक व्यक्ति जो अपने विषय में माहिर हो, वह किसी अन्य क्षेत्र में इतना बचकाना कैसे हो सकता है। अब वह समझ गया कि वेस्टमिनिस्टर ब्रिज को विगत बीस वर्षों में किस तरह चार विभिन्न अमेरिकियों को बेचा गया होगा।

हम चाहते थे कि श्री मेटकाल्फ हमारे विश्वविद्यालय में जारी कार्यों को भी किसी तरह की सहायता प्रदान करें और मुझे इसमें हमारे विश्वविद्यालय कोष के सचिव का उपस्थिति आवश्यक लगी।

''ये कोष क्या है?'' हार्वे ने पूछा।

जेम्स ने बहुत तेज, गंभीर व विश्वस्त आवाज में उत्तर दिया, ''यह विश्वविद्यालय के लिए खजाने जैसा है।''

तत्पश्चात् उसने हार्वे के समक्ष ऑक्सफोर्ड यूनिवर्सिटी कलेंडर रख दिया। जिसे हार्वे ब्लैकवेल्स बुकशॉप से 2 पाउंड में खरीद सकता था, जेम्स भी इसे वहीं से लाया था। जेम्स ने कहा, ''आप इसे पढ़ें।''

स्टीफन समझ नहीं पा रहा था कि अब उसे क्या करना चाहिए, तभी उसे यह देखकर तसल्ली हुई की अब कमान हार्वे ने सँभाल ली थी। वो बोला, ''सज्जनो, मुझे यहाँ आज आपके बीच उपस्थित होकर बहुत गर्व की अनुभूति हो रही है। मेरे लिए यह वर्ष बहुत बढ़िया रहा। मुझे एक अमेरिकी व्यक्ति की विंबल्डन में जीत देखने का मौका मिला। मुझे लंबी प्रतीक्षा के बाद अंततः अपने संग्रह के लिए वॉन गॉन का एक चित्र मिल गया। मोंटे कार्लो में एक बहुत ही उम्दा व शानदार सर्जन ने मेरी जान बचाई और आज मैं ऑक्सफोर्ड में उपस्थित हूँ, जहाँ चप्पे-चप्पे पर इतिहास की झलक मिलती है। सज्जनो! मुझे इस विख्यात विश्वविद्यालय के साथ जुड़कर बहुत प्रसन्नता होगी।''

एक बार फिर जेम्स ने कमान सँभाल ली, वो अपनी सुनने की मशीन को ठीक करते हुए जोर से बोला, ''आप क्या करना चाहते हैं?''

"सर, आपकी महारानी के हाथों किंग जार्ज व एलिजाबेथ ट्रॉफी जीतकर मेरे जीवन की बहुत बड़ी अभिलाषा पूरी हुई है। मैं चाहता हूँ कि मैं पुरस्कार के रूप में मिली उस धनराशि को आपके विश्वविद्यालय को दान में दूँ।"

"वो तो 80,000 पाउंड से भी अधिक की राशि है।" स्टीफन ने चकित होते हुए कहा।

"शुद्ध रूप से यह रकम 81,240 पाउंड है, हम इसे 250,000 डॉलर भी कह सकते हैं।"

स्टीफन, रॉबिन व जीन-पियरे के मुँह से आवाज नहीं निकली। अब मोर्चे का सारा भार जेम्स के कंधों पर था। उसे यह दरशाने का मौका मिल ही गया कि आखिर क्यों उसके परदादा को वेलिंग्टन का सबसे सम्मानित जनरल कहा जाता था।

"हमें स्वीकार है। लेकिन यह अज्ञात नाम से ही दिया जाएगा," जेम्स ने कहा। इन हालातों में मेरे अनुसार सबसे सही यही रहेगा कि उप-कुलाधिपति महोदय स्वयं इस सूचना को श्री हेरोल्ड मैकमिलन व हेब्डोमेडल काउंसिल तक पहुँचाएँ। लेकिन इसका प्रचार करना ठीक नहीं रहेगा। क्योंकि उप-कुलाधिपति साहब, मैं आपको मानद उपाधि प्राप्तकर्ताओं में इनका नाम भी शामिल करने की माँग करता हूँ।"

रॉबिन को जेम्स का इस तरह परिस्थितियों को अपने हाथ में लेना इतना पसंद आया कि बोला, "हॉर्सले, इसे कैसे किया जाए?"

"कैश चेक सबसे बेहतर रहेगा। इससे कोई भी इस धनराशि द्वारा श्री मेटकाल्फ तक नहीं पहुँच सकेगा। हम नहीं चाहते कि कैंब्रिज के लालची सदा के लिए इनके पीछे पड़ जाएँ। हम इसे वैसे ही करेंगे, जैसे हमने सर डेविड के लिए किया था, बिना कोई हंगामा किए।"

जेम्स की बात न समझने के बावजूद जीन-पियरे बोल उठा, "मैं सहमत हूँ।" हालाँकि हार्वे को भी यह सब समझ नहीं आ रहा था।

जेम्स के इशारे पर स्टीफ उप-कुलाधिपति के कमरे से निकलर फौरन पोर्टर के कमरे में गया और उससे सर जॉन बेटजामैन के नाम आए पार्सल के बाबत पूछा।

"जी सर है, मुझे तो समझ ही नहीं आया था कि सर जॉन का पार्सल यहाँ क्यों भेजा गया है?"

"चिंता मत करो," स्टीफन ने कहा, "उन्होंने ही मुझे इसे लाने के लिए कहा है।"

जब स्टीफन वापस लौटा तो उसने देखा कि हार्वे का हाथ थामे हुए जेम्स उसके इस दान को उसके व विश्वविद्यालय के बीच हुआ गुप्त समझौता बता रहा है।

स्टीफन ने डिब्बा खोला और उसमें से डॉक्टर्स ऑफ लेटर्स का वो खूबसूरत चोगा निकाल लिया। हार्वे उस समय शर्म से लाल हो गया, जब रॉबिन ने उसे हार्वे के कंधे पर रखते हुए यह बोला, *'De Mortius nil nisi bonum. Dulce et decorum est pro patria mori. Per ardua ad astra. Nil desperandum'*

''बहुत-बहुत बधाई'' जेम्स चिल्लाया, ''बहुत दुख की बात है कि हम यह कार्यक्रम आज के समारोह में नहीं कर सके। लेकिन आपके इस उदार रवैये के चलते हम अगले वर्ष की प्रतीक्षा नहीं कर सकते।''

स्टीफन ने सोचा, बहुत उम्दा, लारेंस ओलिवर भी इससे बेहतर नहीं कर सकता था।

''मेरे लिए यही बहुत है,'' हार्वे ने कहा और बैठकर नकद भुगतान का चेक लिखने लगा। ''मैं शपथ लेता हूँ कि इस बात को किसी पर भी उजागर नहीं करूँगा।''

किसी ने भी उसकी इस बात पर भरोसा नहीं किया।

जब हार्वे वो चेक जेम्स को सौंपने के लिए उठा तो वे सब दम साधे बैठे रहे।

जेम्स ने उसकी ओर देखते हुए कहा, ''नहीं सर!''

सब स्तब्ध रह गए।

''उप-कुलाधिपति महोदय को दीजिए।''

''ओह हाँ...'' हार्वे ने कहा और चेक रॉबिन की ओर बढ़ा दिया।

रॉबिन ने काँपते हाथों से चैक लेते हुए कहा, ''धन्यवाद, यह एक अनमोल उपहार है। आप निश्चिंत रहिए, इसका उपयोग अच्छे कामों में ही होगा।''

तभी दरवाजे पर एक जोरदार दस्तक हुई। जेम्स के अलावा अन्य सभी घबरा गए, वह इस समय किसी भी परिस्थिति का सामना करने को तैयार था। ये हार्वे का ड्राइवर था। जेम्स को उसकी दिखावटी सफेद वर्दी व टोपी कभी पसंद नहीं आई।

''श्री मिलर आप बहुत कार्यदक्ष हैं,'' हार्वे ने कहा, ''महोदय, निश्चित ही यह व्यक्ति सारा दिन हमारा पीछा करता रहा है।''

चारों बुत बने रहे, लेकिन ड्राइवर ने अपनी देखी किसी घटना का जिक्र नहीं किया।

''आपकी कार तैयार है सर। आपको अपने रात्रिभोज की मुलाकात के लिए शाम सात बजे तक क्लेरिजिस पहुँचना है।''

''नौजवान,'' जेम्स ने कहा।

''जी सर,'' ड्राइवर रिरियाते हुए बोला।

''क्या आप जानते हैं कि इस समय आप इस विश्वविद्यालय के उप-कुलाधिपति के समक्ष खड़े हैं?''

''नहीं सर, माफ कीजिएगा सर!''

''फौरन अपनी टोपी उतारिए।''

''जी, सर!''

ड्राइवर ने तुरंत अपनी टोपी उतारी और कार में बैठने पर ही राहत की साँस ली।

''उप-कुलाधिपति महोदय, मुझे इस पार्टी को छोड़कर जाते हुए बहुत दुख हो रहा है, लेकिन जैसा कि आपने सुना, मुझे किसी से मिलना...''

''कोई बात नहीं। हम जानते हैं कि आप व्यस्त व्यक्ति हैं। मैं एक बार फिर आधिकारिक तौर पर आपको आपकी दानशीलता के लिए धन्यवाद कहता हूँ। आपके दान से निश्चित तौर पर बहुत से योग्य व्यक्ति लाभान्वित होंगे।''

''आपके सुरक्षित अमेरिका लौटने की मंगलकामना के साथ ही हम आशा करते हैं जितना स्नेहपूर्वक हम आपको याद रखेंगे, आप भी हमें उतना ही स्नेहपूर्वक याद करते रहेंगे।'' जीन-पियरे ने कहा।

इसके बाद हार्वे दरवाजे की ओर बढ़ गया।

जेम्स ने चिल्लाकर कहा, ''अलविदा श्रीमान, ये कमबख्त सीढ़ियाँ उतरने में मुझे बीस मिनट लग जाएँगे। आप बहुत अच्छे व दयालु व्यक्ति हैं।''

हार्वे ने खुश होकर कहा, ''यह कुछ खास नहीं है।''

जेम्स ने सोचा, सच कहा, तेरे लिए कुछ नहीं है। लेकिन हमारे लिए बहुत कुछ है।

स्टीफन, रॉबिन व जीन-पियरे क्लेयरडन से निकलकर हार्वे को उसकी प्रतीक्षा कर रही रॉल्स रॉयस तक छोड़ने आए।

हार्वे ने कहा, ''प्रोफेसर, मुझे उन बुजुर्गवार की कई बातें समझ नहीं आईं।'' बात करते समय उसने अपने भारी चोगे को जान-बूझकर अपने कंधों पर सरका लिया।

''वे बहुत बूढ़े हो गए हैं और उन्हें सुनाई भी कम देता है, लेकिन उनका

दिल अभी भी अपनी जगह पर है। वे आपको बताना चाहते थे कि भले ही विश्वविद्यालय की दृष्टि में यह दान बेनामी हो, लेकिन फिर भी ऑक्सफोर्ड प्रमुख इसकी वास्तविकता से परिचित होंगे। यदि यह बात सार्वजनिक हो गई तो एन्केनिया दिवस पर पैसे के बल पर उपाधि ग्रहण करने ऐसे बहुत से लोग आ जाएँगे, जिन्होंने शिक्षा के क्षेत्र में कभी कुछ नहीं किया।''

''निस्संदेह, मैं समझता हूँ। मेरी ओर से निश्चिंत रहिए।'' हार्वे ने कहा, ''रॉड, आज के बेहतरीन दिन के लिए धन्यवाद। तुम्हें अपने आने वाले भविष्य के लिए बहुत शुभकामनाएँ। कितने दुःख की बात है कि इस अवसर पर हमारा मित्र विली बार्कर हमारे साथ नहीं है।''

रॉबिन शर्म से गड़ गया।

हार्वे अपनी रॉल्स रॉयस में बैठा। कार बिना अधिक प्रयास के स्टार्ट हुई और हार्वे तीनों को देखकर हाथ हिलाता हुआ अपने गंतव्य लंदन की ओर चल दिया।

तीन सफल एक बाकी।

''जेम्स का काम सबसे बढ़िया रहा,'' जीन-पियरे ने कहा, ''जब वो पहली बार अंदर आया तो मैं पहचान ही नहीं सका कि वह कौन है।''

''मुझे भी यही लगता है।'' रॉबिन ने कहा, ''चलो, उसके पास चलते हैं, आज का हीरो वही है।''

तीनों यह भूलकर कि फिलहाल वह पचास या साठ वर्ष के लग रहे हैं, कूदते हुए सीढ़ियाँ चढ़े और जेम्स को बधाई देने के लिए सीधा उप-कुलाधिपति के कमरे में दाखिल हो गए। बुरी तरह थका हुआ जेम्स कमरे के मध्य में चुपचाप लेटा था।

एक घंटे बाद मागडालेन में रॉबिन की सहायता व व्हिस्की के दो पैग से जेम्स पुनः स्वस्थ हुआ।

स्टीफन ने कहा, ''तुमने बहुत बढ़िया काम किया। तुम ठीक तभी आए, जब लगाम मेरे हाथ से छूट रही थी।''

''अगर तुमने यह भूमिका परदे पर निभाई होती तो तुम्हें अकादमी पुरस्कार अवश्य मिल जाता।'' रॉबिन ने कहा। ''यदि तुम्हारे पिता इस अभिनय को देखते तो तुम्हें स्टेज पर काम करने से कभी नहीं रोकते।''

जेम्स के लिए गत तीन महीनों में पहली बार गर्व का क्षण आया था। वह जल्द से जल्द एनी को यह सब बताना चाहता था।

''एनी…'' उसने अपनी घड़ी पर नजर डाली। साढ़े-छह बज गए।

ओह! मुझे आठ बजे एनी से मिलना है। मैं अब निकलता हूँ। सोमवार को स्टीफन के कमरे पर डिनर के दौरान मिलेंगे। तब तक मैं भी अपने लिए कोई योजना तैयार कर लूँगा।

जेम्स फौरन कमरे से बाहर निकल गया।

''जेम्स!''

एक बार फिर उसका चेहरा कमरे के दरवाजे पर दिखाई दिया। सबने समवेत स्वर में कहा, ''शानदार!''

वह मुसकराया और दौड़ता हुआ अपनी अल्फा रोमियो में बैठकर तेज गति से लंदन की ओर चल पड़ा। अब उसे इस कार के अपने ही पास बने रहने की उम्मीद बँध गई थी।

उसे ऑक्सफोर्ड से किंग्स रोड तक पहुँचने में 59 मिनट लगे। उसके पूर्वस्नातक के दिनों से अब तक बने नए मोटर मार्गों ने यात्रा बहुत आसान बना दी थी। उस समय तो हाई वेकॉम्ब से हेनले तक पहुँचने में ही डेढ़ से दो घंटे लग जाते थे।

एनी से मिलने में देरी न करने की जल्दबाजी के पीछे एक बड़ा कारण था। उसे आज एनी के पिता से मिलना था। जेम्स उनके बारे में केवल यही जानता था कि वे वॉशिंगटन के डिप्लोमेटिक कॉर्प्स के वरिष्ठ सदस्य हैं। डिप्लोमेट किसी से मिलने में समय के पाबंद होते हैं। वह एनी के पिता के सामने अपनी अच्छी छवि बनाना चाहता था, विशेष रूप से तब, जब उस सप्ताहांत एनी को टैथवेल हॉल में सभी ने स्वीकार कर लिया था। उसके पिता एक बार जो एनी के साथ बैठे तो अंत तक उसी के साथ रहे। उन्होंने तो एनी के माता-पिता के राजी होने पर विवाह की तारीख व शैली भी निश्चित कर ली थी।

जेम्स ने स्नान किया और अपना सारा मैकअप उतार दिया। इस प्रक्रिया में उसकी उम्र लगभग साठ वर्ष कम हो गई।

जेम्स का एनी के साथ मेफेयर स्थित लेस एंबेस्डयूरेस में डिनर व ड्रिंक का कार्यक्रम तय था। अपनी डिनर-जैकेट पहनते हुए वह सोचने लगा कि क्या किंग्स रोड से हाईड पार्क के कोने तक 12 मिनट में पहुँच पाऊँगा? उसे संभवतः इस बार फिर कार को मोंटे कार्लो वाली गति से चलाना होगा। उसने कार में बैठकर तुरंत गेयर बदला और तेजी से स्लोन स्क्वेयर, ऐटन स्क्वेयर पार करके, सेंट जॉर्ज अस्पताल को पीछे छोड़ते हुए, पार्क लेन पर हाईड पार्क के कोने पर पहुँच गया। उस वक्त घड़ी में ठीक शाम के 7:58 बजे हुए थे।

क्लब के मालिक श्री मिल्स ने कहा, ''लॉर्ड महोदय, नमस्कार!''

''नमस्कार, आज मैं मिस समरटोन के साथ डिनर कर रहा हूँ, इसलिए मैंने अपनी कार डबल-पार्क छोड़ दी है। क्या आप इसे देख लेंगे?'' यह कहते हुए जेम्स ने द्वारपाल के सफेद-दस्ताने वाले हाथ पर कार की चाबी व एक पाउंड का नोट थमा दिया।

''बहुत प्रसन्नता से लॉर्ड महोदय। लॉर्ड ब्रिगस्ले को निजी कक्ष में ले जाएँ।''

जेम्स मुख्य पोर्टर के पीछे चलता हुआ लाल सीढ़ियों द्वारा एक छोटे से रिजेंसी रूम में पहुँचा, जहाँ तीन लोगों के लिए डिनर टेबल लगी थी। दूसरे कक्ष से एनी की आवाज आ रही थी। तभी वह बाहर निकली। अपनी लहराती हुई मिंट-ग्रीन ड्रेस में वह हमेशा से भी अधिक खूबसूरत लग रही थी।

''हैलो डार्लिंग, चलो, मैं तुम्हें डैडी से मिलवाऊँ।''

जेम्स एनी के पीछे दूसरे कक्ष में दाखिल हो गया।

''डैडी, ये जेम्स है। जेम्स, ये हैं मेरे पिताजी।''

उन्हें देखते ही जेम्स पहले अवाक् हुआ, फिर भयभीत, तत्पश्चात् बिल्कुल सुस्त पड़ गया।

''मेरे बच्चे कैसे हो? मैंने रोजेली से तुम्हारे बारे में इतना सुना है कि तुमसे मिलने से खुद को रोक नहीं पाया।''

❑

17

‘‘मेरा नाम हार्वे है।’’

जेम्स स्तब्ध खड़ा रह गया, उसके मुँह से शब्द नहीं निकल रहे थे। एनी ने उस खामोशी को तोड़ा।

‘‘क्या तुम थोड़ी व्हिस्की लोगे, जेम्स ?’’

जेम्स बहुत मुश्किल से बोल पाया—

‘‘जी, जरूर!’’

‘‘जवान, मैं तुम्हारे बारे में सबकुछ जानना चाहता हूँ,’’ हार्वे ने बोलना शुरू किया, ‘‘तुम क्या करते हो और पिछले दिनों किस कारण से मेरी बेटी मुझसे मिलने नहीं आई, हालाँकि इसका उत्तर तो मैं जानता हूँ।’’

जेम्स ने एक ही घूँट में पूरा गिलास गटक लिया, एनी ने उसे फिर से भर दिया।

‘‘वह बोली, आपकी अपनी बेटी से इसलिए कम मुलाकात हुई, उस दौरान मैं मॉडलिंग में व्यस्त थी। मेरा अधिकांश समय लंदन से बाहर ही गुजरता था।’’

‘‘मुझे पता है, रोजेली!’’

‘‘डैडी, जेम्स मुझे एनी के नाम से जानता है।’’

‘‘हमने तुम्हारा नाम रोजेली रखा था। मेरे व तुम्हारी माँ को तुम्हारा यही नाम पसंद है और शायद तुम्हारे लिए भी यही ठीक है।’’

‘‘डैडी, क्या आपने कभी यूरोप की किसी टॉप मॉडल का नाम रोजेली मेटकाल्फ सुना है ? मेरे सभी मित्र भी मुझे एनी समरटोन के नाम से ही जानते हैं।’’

‘‘तुम क्या कहते हो, जेम्स ?’’

जेम्स ने अपनी स्थिति से उबरते हुए कहा, ‘‘मुझे तो लगने लगा है कि मैं एनी को बिल्कुल नहीं जानता।’’ स्पष्ट है, हार्वे को कुछ नहीं पता था। वह और जेम्स गैलेरी में कभी भी आमने-सामने नहीं आए। उसने जेम्स को मोंटे कार्लों या

एस्कॉट में भी नहीं देखा था और आज जब ऑक्सफोर्ड में उनकी मुलाकात हुई थी, तब जेम्स की आयु नब्बे वर्ष की थी। जेम्स को यकीन हो चला था कि हार्वे उसे नहीं पहचान सका है। लेकिन अब वह इस ऊहापोह में था कि सोमवार को होने वाली मीटिंग में बाकि सबको यह कैसे बताएगा कि उनका अंतिम मुकाबला हार्वे मेटकाल्फ से नहीं, बल्कि उसके होने वाले ससुर साहब से है?

''क्या हम डिनर आरंभ करें?'' यह कहकर हार्वे बिना उत्तर की प्रतीक्षा किए साथ वाले कक्ष की ओर बढ़ गया।

जेम्स उग्रतापूर्वक फुसफुसाया, ''रोजेली मेटकाल्फ, तुम्हें मेरे बहुत से प्रश्नों के उत्तर देने हैं।''

बदले में एनी ने उसके गाल पर हल्का सा चुंबन जड़ दिया।

''तुम पहले आदमी हो, जिसकी सहायता से मुझे अपने पिता को हराने का मौका मिला। क्या तुम मुझे माफ नहीं करोगे?...मैं तुमसे बहुत प्यार करती हूँ।''

''अरे, अब आ भी जाओ। कोई देखेगा तो सोचेगा कि तुम दोनों अभी मिले हो।''

एनी और जेम्स हार्वे के साथ डिनर करने लगे। मेज पर श्रिम्प कॉकटेल को देखकर जेम्स को हार्वे के डिनर में इसे देख स्टीफन की उदासी को याद कर मुसकान आ गई।

''जेम्स, मुझे लगता है कि तुमने व एनी ने अपने विवाह की तारीख निश्चित कर ली होगी।''

''जी सर, लेकिन तभी, जब आप भी इसपर राजी हों।''

''निस्संदेह, मैं तैयार हूँ। मैं सोच रहा था कि जब मैं किंग जॉर्ज व एलिजाबेथ स्टेक्स जीतूँगा तो प्रिंस चार्ल्स से इसके विवाह की बात चलाऊँगा, लेकिन मेरी इकलौती बेटी के लिए एक अर्ल भी ठीक रहेगा।''

इस बात पर वे दोनों हँस दिए, बिना यह समझे कि इसमें परिहास की कोई बात नहीं थी।

''रोजेली, काश, तुम विंबल्डन पर मेरे साथ होतीं। जरा कल्पना करो, लेडिज डे पर मेरे साथ वहाँ केवल वह बूढ़ा व उबाऊ स्विस बैंकर ही था।''

एनी ने जेम्स की ओर देखा और मुसकराने लगी।

वेटरों ने मेज साफ कर दी। इसके बाद वे सफेद फ्रिल का कपड़ा बिछी पहियों वाली ट्रॉली पर क्राउन ऑफ लैंब ले आए, जिसे हार्वे बहुत रुचि लेकर देखने लगा।

फिर भी हार्वे ने बातचीत जारी रखते हुए कहा, ''प्यारी बेटी, मुझे तुम्हारा मोंटे कार्लो में फोन करना बहुत अच्छा लगा। मुझे वाकई लग रहा था कि मैं अब नहीं बचूँगा। जेम्स तुम्हें इस घटना पर विश्वास नहीं होगा। उन्होंने मेरे पेट से एक बेसबॉल के आकार जितनी बड़ी पथरी निकाली। शुक्र है कि यह ऑपरेशन दुनिया के सबसे बेहतरीन सर्जन व राष्ट्रपति महोदय के चिकित्सक विलियम बार्कर ने किया। उन्होंने मेरी जान बचा ली।''

इसी बीच हार्वे ने अपनी कमीज खोली और अपने पेट पर सामने की ओर बना 4 इंच का घाव दरशाने लगा।

''तुम इस बारे में क्या सोचते हो, जेम्स?''

''अद्‌भुत!''

''डैडी, अब बस भी कीजिए। हम लोग डिनर कर रहे हैं।''

''चिढ़ो मत मेरी जान! जेम्स ने पहली बार किसी का पेट नहीं देखा होगा।''

जेम्स ने सोचा, पेट तो क्या मैं इस निशान को भी पहले देख चुका हूँ।

हार्वे ने अपनी कमीज नीचे करके पैंट में खोंसी और बोला, ''वैसे तुम्हारे फोन से मुझे बहुत फायदा हुआ।'' वह आगे को झुका और एनी के हाथ पर थपकी देते हुए बोला, ''मैं अच्छा बच्चा हूँ, इसलिए मैंने तुम्हारी सलाह को माना और डॉक्टर बार्कर को किसी भी प्रकार की आपातस्थिति के लिए एक और हफ्ते के लिए रोक लिया। लेकिन इन डॉक्टरों की फीस उफ्फ...''

जेम्स के हाथ से शराब का गिलास छूट गया। क्लेरेट छलकने से टेबल क्लॉथ पर लाल रंग का धब्बा उभर आया।

''माफ कीजिएगा!''

''जेम्स तुम ठीक तो हो न?''

''जी सर!''

जेम्स ने एनी की ओर नाराजगी से देखा। हार्वे ठगा सा देखता रहा, फिर बोला—''एक नया टेबल क्लाथ तथा लॉर्ड ब्रिग्सले के लिए शराब का एक और गिलास लाओ।''

वेटर ने क्लेरेट की एक और बोतल खोली और गिलास बनाने लगा। एनी तीन महीने से उसका मजाक बना रही थी। उसने सोचा कि जैसे ही हार्वे चुप होगा, वह भी एनी को अवश्य छेड़ेगा। लेकिन हार्वे लगातार बोले जा रहा था।

''क्या आप घुड़दौड़ देखने जाते हैं, जेम्स?''

''जी सर, सच तो यह हैं कि मुझे आपको किंग जॉर्ज VI व क्वीन एलिजाबेथ

स्टेक्स में मिली जीत का आपके अनुमान से भी अधिक लाभ हुआ।''

वेटरों द्वारा टेबल साफ करने के बीच एनी ने उसके कान में फुसफुसाते हुए कहा, *sotto voce* (हद में रहो)।

''डार्लिंग ज्यादा चतुराई मत दिखाओ। ये जितने मूर्ख दिखते हैं, उतने हैं नहीं।''

''तो तुम्हें वो कैसी लगी?''

''कौन सर?''

''रोजेली!''

''बहुत शानदार। मैंने उसकी हर ओर की दौड़ पर 5 पाउंड लगाए थे।''

''हाँ, मेरे लिए भी वह क्षण बहुत खास रहा। लेकिन रोजेली तुम्हारे उसमें शामिल न होने का मुझे बहुत दुःख है। अगर तुम वहाँ होतीं तो तुम महारानी के साथ-साथ ऑक्सफोर्ड विश्वविद्यालय के एक बहुत भद्र पुरुष प्रोफेसर पोर्टर से भी मिल पातीं।''

जेम्स ने शराब के गिलास के पीछे अपना चेहरा छिपाते हुए पूछा, ''प्रोफेसर पोर्टर?''

''हाँ, प्रोफेसर पोर्टर। जेम्स, क्या तुम उन्हें जानते हो?''

''नहीं सर, जानता तो नहीं। लेकिन क्या ये वही हैं, जिन्हें नोबल पुरस्कार मिला था?''

''हाँ, मैंने उनके साथ ऑक्सफोर्ड में बहुत मजेदार समय गुजारा। मुझे वहाँ इतना अच्छा लगा कि मैंने विश्वविद्यालय की प्रसन्नता हेतु शोध के लिए उन्हें 250,000 डॉलर दान में दे दिए।''

''डैडी, याद है न कि आपको इसकी किसी से भी चर्चा नहीं करनी है।''

''हाँ, लेकिन जेम्स तो अब परिवार का ही हिस्सा है।''

''सर, आप इसका जिक्र किसी और से क्यों नहीं कर सकते?''

''यह एक लंबी कहानी है जेम्स। लेकिन मेरे लिए यह बहुत गर्व की बात है। यह समझो कि यह बहुत गोपनीय बात है। वैसे तो एन्केनिया के दौरान मैं प्रोफेसर पोर्टर का अतिथि था। लेकिन आपके पूर्व प्रधानमंत्री श्री हैरी मैकमिलन के साथ ऑल सोल्स में दोपहर का भोजन करने के अलावा मैं गार्डन पार्टी में शामिल हुआ। तत्पश्चात्, मैंने उप-कुलाधिपति महोदय के साथ उनके निजी कक्ष में रजिस्ट्रार व विश्वविद्यालय कोष के सचिव के साथ चर्चा की। जेम्स, क्या तुम कभी ऑक्सफोर्ड गए हो?''

''हाँ, मैं द हाउस में था।''

''द हाउस?'' हार्वे ने पूछा।

''क्राइस्ट चर्च सर।''

''ऑक्सफोर्ड को समझना आसान नहीं है।''

''जी, सर!''

''तुम मुझे हार्वे कह सकते हो। मैं क्या कह रहा था। हाँ, हम सब की मुलाकात क्लेयरडन में हुई। उन सब की बोलती बंद हो गई और वे हकलाने लगे। लेकिन उनमें से एक बूढ़े व मजाकिया व्यक्ति के साथ ऐसा नहीं हुआ। उनकी उम्र नब्बे वर्ष से कम की नहीं होगी। सच तो यह है कि उन में से किसी को यह नहीं पता था कि किसी करोड़पति से पैसे कैसे लिये जाएँ। इसलिए उन्हें शर्मिंदगी से बचाने के लिए मैंने स्वयं उनके समक्ष यह प्रस्ताव रख दिया। वे पूरा समय अपने प्यारे ऑक्सफोर्ड के बारे में ही बातें करे जा रहे थे। उनका मुँह बंद करने के लिए मैंने उन्हें 250,000 डॉलर का चैक थमा दिया।''

''हार्वे, आप बहुत उदार हैं।''

''यदि वह वृद्ध व्यक्ति कहते तो मैं उन्हें 500,000 डॉलर भी दे सकता था। जेम्स, क्या हुआ, तुम्हारा रंग तो सफेद हो रहा है। तुम्हारी तबीयत तो ठीक है?''

''माफ कीजिएगा। जी मैं ठीक हूँ। बस आपका ऑक्सफोर्ड का वर्णन सुन कुछ अधिक ही उत्साहित हो उठा हूँ।''

एनी ने कहा, ''डैडी, आपने उप-कुलाधिपति से वादा किया था कि आपका यह उपहार आपके व विश्वविद्यालय के बीच ही रहेगा। आप मुझसे वादा कीजिए कि अब आप कभी किसी को यह कहानी नहीं सुनाएँगे।''

''मैं सोच रहा हूँ कि हार्वर्ड में नई मेटकाल्फ लाइब्रेरी का उद्घाटन करते समय मैं पहली बार सबके सामने इस चोगे को पहनूँ।''

''अरे नहीं सर,'' जेम्स ने कुछ जल्दबाजी में हकलाते हुए कहा, ''यह ऐसी चीज है, जिसे आप केवल ऑक्सफोर्ड के अधिकृत कार्यक्रमों में ही पहन सकते हैं।''

''उफ्फ, बड़ी शर्मिंदगी की बात है। मुझे अब पता चला कि आप अंग्रेज अपने शिष्टाचार के प्रति इतने हठी क्यों होते हैं। इससे याद आया, हम आप दोनों के विवाह के विषय पर चर्चा कर रहे थे। मैं समझता हूँ कि आप दोनों विवाह के बाद इंग्लैंड में ही रहना चाहोगे?''

''हाँ डैडी, लेकिन हम हर वर्ष आपसे मिलने आएँगे और आप अपने

वार्षिक यूरोप ट्रिप पर आने पर हमारे साथ रह सकते हैं।''

वेटरों ने एक बार फिर टेबल साफ कर दी थी तथा इस बार वे हार्वे की मनपसंद स्ट्रॉबेरीज ले आए। एनी चाहती थी कि बातचीत का विषय उसके पिता के बीते दो महीनों के अनुभव नहीं बल्कि वर्तमान स्थिति हो; जबकि जेम्स बारंबार हार्वे को उसी विषय पर ले आता।

''सर, आप कॉफी लेंगे या शराब?''

''नहीं, कुछ नहीं।'' हार्वे ने कहा, ''बिल ले आओ। रोजेली, मेरे खयाल से अब हमें ड्रिंक के लिए मेरे क्लेरेजिस के सुइट में चलना चाहिए। मैं तुम दोनों को कुछ दिखाना चाहता हूँ। यह आप दोनों के लिए एक छोटा सा सरप्राइज है।''

''चलिए डैडी, मुझसे अब और इंतजार नहीं होगा। मुझे सरप्राइज बहुत पसंद हैं। जेम्स, क्या तुम्हें भी पसंद है?''

''सामान्यत: हाँ, लेकिन आज कुछ अधिक ही हो गए हैं।''

उन दोनों को होटल छोड़कर जेम्स अपनी अल्फा रोमियो को क्लेरेजिस की पार्किंग में लगाने चला गया, वो चाहता था कि एनी अपने पिता के साथ कुछ वक्त अकेले गुजार सके। वे दोनों हाथ पकड़े कर्जन स्ट्रीट पर टहलने लगे।

''डैडी, क्या वो आपको अच्छा लगा?''

''हाँ, बहुत अच्छा है। शुरुआत में तो वह ढीला-ढाला सा लगा, लेकिन भोजन के बाद तो उसने रंग ही जमा दिया। उससे मिलते ही मैं अपनी बिटिया की एक असली अंग्रेज महिला के रूप में कल्पना करने लगा। जब मैंने तुम्हारी माँ को यह बात बताई तो वह बहुत प्रसन्न हुई। मुझे भी इस बात की तसल्ली है कि हमने अपने बीच के मूर्खतापूर्ण झगड़े को सुलझा लिया।''

''ओह डैडी, आपने मेरे लिए बहुत कुछ किया है।''

''मैंने किया?'' हार्वे ने पूछा।

''हाँ, पिछले कुछ हफ्तों में मैंने हर चीज को ठीक कर दिया है। अब बताइए, आप मुझे क्या सरप्राइज देने वाले हैं?''

''जरा रुक जाओ गुड़िया। यह तुम्हारे विवाह का तोहफा है।''

जेम्स उन्हें क्लेरिजिस के प्रवेश द्वारा पर मिल गया। वह एनी का चेहरा देखते ही समझ गया कि हार्वे ने अभिभावकीय स्वीकृति दे दी है।

''नमस्कार, सर। नमस्कार लॉर्ड महोदय।''

''हेलो अल्बर्ट। क्या तुम मेरे सुइट में थोड़ी कॉफी और रेमे मार्टिन की एक बोतल भिजवा दोगे?''

''जरूर सर, अभी भिजवाता हूँ।''

जेम्स ने इससे पहले कभी रॉयल सुइट नहीं देखा था। एक छोटे से कमरे में प्रवेश करने के बाद उसके दाईं ओर विशाल शयनकक्ष तथा बाईं ओर बैठक थी। हार्वे उन्हें सीधे बैठक में ले गया।

''बच्चो, अब आप अपने विवाह का उपहार देखने वाले हो।''

उसने बड़े ही नाटकीय अंदाज में धक्का देकर दरवाजा खोला। दूर सामने की दीवार पर वॉन गॉन का चित्र टँगा हुआ था। उसे देखकर उन दोनों की बोलती बंद हो गई।

''जब मैंने इसे पहली बार देखा था तो मैं भी ऐसा ही हो गया था,'' हार्वे ने कहा, ''बिल्कुल हतप्रभ!''

एनी ने थूक गटका और बोली, ''डैडी, वॉन गॉन। लेकिन आप अपने संग्रह के लिए हमेशा से एक वॉन गॉग चाहते थे। आप कई वर्षों से इसे पाने का सपना देख रहे थे। मैं इसे आपसे दूर नहीं कर सकती। वैसे भी मैं अपने घर में इतनी कीमती चीज नहीं रख सकती। जरा सुरक्षा के बारे में सोचिए, हमारे घर में इतनी सुरक्षा नहीं होगी, जैसी आपके यहाँ हैं।'' एनी हकलाहट के साथ बोले जा रही थी, ''हम आपसे आपके संग्रह की सबसे गौरवान्वित करने वाली चीज नहीं छीन सकते, क्या हम ऐसा कर सकते हैं, जेम्स?''

''बिल्कुल नहीं,'' जेम्स ने बहुत भावुक होकर कहा, ''अपने घर में इसके होने से मुझे एक पल को भी शांति नहीं मिलेगी।''

''इस चित्र को आप अपने पास बॉस्टन में ही रखिए, डैडी। वही इसकी सही जगह है।''

''मुझे लगा कि तुम्हें यह पसंद आएगी, रोजेली।''

''मुझे यह बहुत पसंद आई, डैडी। लेकिन मैं यह जिम्मेदारी नहीं सँभाल सकती। साथ ही, माँ को भी इसे देखने का मौका मिलना चाहिए। बाद में आप जब चाहें इसे मुझे व जेम्स को सौंप दीजिएगा।''

''रोजेली यह बहुत अच्छा विचार है। इस तरह हम दोनों इस चित्र का आनंद उठा सकेंगे। अब मुझे तुम्हारे विवाह के लिए कोई अन्य उपहार खोजना होगा। जेम्स इसने आज तक हमेशा मुझसे अच्छी चीजें ली हैं। बीते चौबीस वर्षों में आज ऐसा पहली बार हो रहा है।''

''मैं पहले भी ऐसा दो या तीन बार कर चुकी हूँ, डैडी, और आगे भी करती रहूँगी।''

हार्वे ने एनी की बात अनसुनी कर दी और बोलता रहा।

''यह है किंग जॉर्ज व एलिजाबेथ ट्रॉफी,'' उसने एक खूबसूरत सी काँसे की मूर्ति की ओर इशारा किया, जिसपर एक घोड़े पर जॉकी बैठा हुआ था और उनके हुड व क्वार्टर्ड कैप में हीरे जड़े थे। यह दौड़ इतनी विशिष्ट है कि वे हर वर्ष इसके लिए एक नई ट्रॉफी बनाते हैं, यह हमेशा मेरे पास ही रहेगी।''

जेम्स को इस बात की तसल्ली थी कि कम-से-कम ट्रॉफी तो असली है।

शीघ्र ही कॉफी व ब्रांडी आ गई और वे बैठकर विवाह संबंधी चर्चा करने लगे।

''रोजेली, तुम अगले हफ्ते लिंकन आ जाओ और तैयारियों में अपनी माँ का हाथ बँटाओ। अकेले तो वो घबरा जाएँगी और उनसे कुछ नहीं हो सकेगा। जेम्स, आप मुझे अपने मेहमानों की संख्या बता देना, जिससे मैं उन सभी के रिट्ज में ठहरने का इंतजाम करवा सकूँ। विवाह कॉपले स्कवेयर पर स्थित ट्रिनिटी चर्च में होगा। जिसके बाद मेरे घर पर पूरी तरह अंग्रेजी-पद्धति से रिसेप्शन कार्यक्रम होगा। जेम्स, क्या यह ठीक रहेगा?''

''बहुत अच्छा। हार्वे, आप बहुत व्यवस्थित ढंग से कार्य करते हैं।''

''जेम्स, हमेशा ऐसा ही करना चाहिए। इसका आगे चलकर बहुत लाभ होता है। रोजेली के अगले हफ्ते अमेरिका लौटने से पहले आप दोनों मिलकर सबकुछ तय कर लेना; शायद आप लोगों को जानकारी नहीं है कि कल मैं अमेरिका वापस जा रहा हूँ।''

जेम्स के दिमाग में तत्काल नीली फाइल का पृष्ठ 38 ए कौंध गया।

जेम्स व एनी अगले एक घंटे तक विवाह के आयोजन पर बातचीत करते रहे और उन्होंने आधी रात के कुछ ही पहले हार्वे से विदा ली।

''मैं आपसे सुबह मिलती हूँ, डैडी!''

''शुभरात्रि, सर!''

जेम्स में उससे हाथ मिलाया और वहाँ से चला गया।

''मैंने आपसे कहा था न कि वह बहुत अच्छा है।''

''वह बहुत बढ़िया लड़का है। तुम्हारी माँ उससे मिलकर बहुत प्रसन्न होगी।''

नीचे जाते हुए जेम्स ने एनी से कोई बात नहीं की, क्योंकि लिफ्ट में उनके अलावा दो अन्य लोग भी भूतल जाने के लिए खड़े थे। जैसे ही वे अल्फा रोमियो में बैठे, जेम्स ने एनी को गरदन के पीछे से पकड़ अपने पैरों की ओर झुकाकर उसे

ऐसे मारा कि वो समझ नहीं पाई कि वो रोए या हँसे।

''ये क्या था?''

''यदि विवाह के बाद तुम भूल जाओ कि घर का मालिक कौन है, तो संभवत: इससे तुम्हें याद आ जाए।''

''तुम पुरुष सत्तावादी सुअर हो। मैं केवल तुम्हारी मदद कर रही थी।''

जेम्स तेज गति से कार चलाते हुए एनी के फ्लैट पर जा पहुँचा।

तुम्हारी उस झूठी पारिवारिक कहानी का क्या हुआ, ''मेरे माता-पिता वॉशिंगटन में रहते हैं और मेरे पिता डिप्लोमैटिक कॉर्प्स में हैं।'' जेम्स ने उसकी नकल उतारते हुए कहा, ''डिप्लोमेट ऊँह...''

''डार्लिंग, जब मुझे पता चला कि तुम किसके खिलाफ खड़े हो तो मुझे कुछ तो कहानी बनानी ही थी।''

''अब मैं बाकी लोगों से क्या कहूँगा?''

''कुछ मत कहो। उन्हें विवाह में बुलाओ। उन्हें कहो कि मेरी माँ अमेरिकी है, इसलिए हम बॉस्टन में विवाह कर रहे हैं। जब उन्हें तुम्हारे ससुर का नाम पता चलेगा तो मैं उन सबका मुँह देखना चाहती हूँ। तुम्हें हर हाल में एक योजना बनानी होगी, तुम उन्हें बीच राह में ऐसे नहीं छोड़ सकते।''

''लेकिन अब परिस्थितियाँ बदल गई हैं।''

''नहीं, कुछ नहीं बदला है। सच तो यह है कि सब सफल रहे हैं, जबकि आप नहीं। इसलिए आपको भी अमेरिका पहुँचने से पहले कोई योजना बना लेनी होगी।''

''वैसे यह तो साफ है कि अगर तुम हमारी मदद नहीं करतीं तो हम कभी सफल नहीं हो पाते।''

''मेरे प्यारे, ऐसा कुछ नहीं है। जीन-पियरे की योजना में मेरी कोई भूमिका नहीं थी। मैंने उसमें अपनी ओर से बस थोड़ा ही हेर-फेर किया था। वादा करो कि आज के बाद तुम आगे कभी मुझ पर हाथ नहीं उठाओगे?''

''जब भी मुझे वह चित्र दिखेगा, मुझसे ऐसा हो जाएगा। चलो, यह सब छोड़ो और मेरे पास आओ।''

''जेम्स तुम्हें बस यही सब सूझता है।''

''हाँ डार्लिंग। तो तुम्हें क्या लगा कि हम ब्रिग्सले इतनी पीढ़ियों से छोटे लॉर्ड्स का कुनबा कैसे बना लेते हैं?''

अगले दिन एनी अपने पिता के साथ कुछ अधिक समय बिताने के लिए

बहुत सुबह ही जेम्स को सोता छोड़ उनके पास चली गई। दोपहर को वे दोनों हार्वे को बॉस्टन की फ्लाइट में छोड़ने गए। कार में वापस लौटते समय एनी खुद को जेम्स से उसकी योजना के बारे में पूछने से रोक नहीं सकी। उसने कुछ भी बताने की जगह कहा, ''तुम्हें जल्दी ही पता चल जाएगा। मैं नहीं चाहता कि तुम पीठ पीछे इसमें भी कोई परिवर्तन कर दो। बल्कि मुझे तो इस बात की खुशी है कि सोमवार को तुम अमेरिका जा रही हो।''

❑

18

जेम्स के लिए सोमवार का दिन दुगनी व्यस्तता का रहा। उसे सबसे पहले एनी को बॉस्टन जाने वाली टी.डब्ल्यू.ए.फ्लाइट में छोड़ा और उसके बाद दिनभर शाम को होने वाली मीटिंग की तैयारी करनी थी। बाकी तीनों अपनी योजनाओं में सफल रहे थे। अब उनका ध्यान पूरी तरह जेम्स की योजना पर केंद्रित था। अपने ससुर को ही शिकार बनाने के चलते उसका काम वैसे भी कठिन हो गया था। लेकिन उसे एनी की बात ठीक लगी कि यह अपनी जान छुड़ाने की कोई जायज वजह नहीं है। वैसे भी उसे हार्वे से 250,000 डॉलर तो वसूलने ही हैं। अब वह जानता था कि ऑक्सफोर्ड में उसके कहने भर से यह संभव हो जाता। लेकिन वह टीम को इस बारे में कुछ नहीं बता सकता था।

चूँकि ऑक्सफोर्ड की जीत स्टीफन के खाते में थी, इसलिए टीम का डिनर भी मागडालेन कॉलेज में ही होना था। जेम्स ने भीड़-भाड़ का समय बीत जाने पर अपनी लंदन की यात्रा की शुरुआत की। वह व्हाइट सिटी स्टेडियम के पास से गुजरते हुए ऑक्सफोर्ड के एम40 पर पहुँच गया।

''तुम हमेशा सबसे अंत में आते हो जेम्स।'' स्टीफन ने कहा।

''माफ करना, मेरी आँख नहीं…''

''लगता है, तुम अपनी बेहतरीन योजना बनाने में व्यस्त थे।'' जीन-पियरे ने कहा।

जेम्स ने जवाब नहीं दिया। उसने सोचा कि अब वे लोग एक-दूसरे को कितनी अच्छी तरह समझने लगे हैं। जेम्स को लगा कि गत बारह हफ्तों में इन तीनों को इतनी अच्छी तरह से जान गया है, जितना बीस वर्षों में अपने कथित मित्रों में से किसी को भी नहीं जान सका था। उसे पहली बार समझ आया कि जब उसके पिता युद्धकाल में ऐसे लोगों से गहन मित्रता की बात कहते थे। जिनसे वे पहले कभी नहीं मिले, तो इसका क्या आशय था। वह समझ गया था कि

स्टीफन के अमेरिका वापस लौट जाने के पश्चात् उसे उसकी बहुत कमी खलेगी। निस्संदेह, सफलता उन सबको अलग कर देगी।

जेम्स इस प्रॉस्पेक्टा ऑयल के संताप से गुजरने वाला अंतिम व्यक्ति होगा, हालाँकि उन्हें इसकी भरपूर क्षतिपूर्ति मिली।

स्टीफन के लिए कोई भी समय उत्सव-काल नहीं था। जब सेवक भोजन का फर्स्ट कोर्स रख गए, तो उसने चम्मच से मेज को थपका और मीटिंग शुरू होने की घोषणा कर दी।

''आज मुझे तुमसे एक वादा चाहिए।'' जीन-पियरे ने कहा।

''वो क्या?'' स्टीफन ने पूछा।

''जब हम अपना आखिरी पैसा भी वसूल कर लेंगे तो मैं टेबल पर बैठ जाऊँगा और तुम तब तक नहीं बोलोगे जब तक तुमसे कहा न जाए।''

''मंजूर है,'' स्टीफन ने कहा, ''लेकिन ऐसा तब तक नहीं होगा, जब तक हम अपना आखिरी पैसा भी वसूल नहीं कर लेते। फिलहाल स्थिति यह है कि हमने अब तक उससे 777,560 डॉलर वसूल कर लिये हैं। इस योजना पर खर्च रहा 5,178 डॉलर, जिससे इसकी कुल संख्या हो गई 27,661.24 डॉलर। यानी हमें मेटकाल्फ से अभी भी 250,101.24 डॉलर निकलवाने हैं।''

स्टीफन ने इस बैलेंस शीट की कॉपी सभी को दे दी।

''आप सभी लोग इसे अपने फोल्डर के पृष्ठ नंबर 63सी पर लगा लेंगे। किसी को कुछ पूछना है?''

''हाँ, इस बार खर्च इतना अधिक क्यों है?'' रॉबिन ने पूछा।

स्टीफन ने जवाब दिया, ''इसका कारण प्रत्यक्ष व बहुत स्पष्ट है। सच तो यह है कि इस बार हम स्टर्लिंग व डॉलर के एक्सचेंज रेट में बदलाव के शिकार बने हैं। इस योजना की शुरुआत में एक पाउंड 2.44 डॉलर के बराबर था, जबकि आज सुबह इसकी कीमत केवल 2.32 डॉलर ही रह गई है। हम पाउंड में खर्च करके बदले में मेटकाल्फ से वर्तमान रेट पर डॉलर प्राप्त कर रहे हैं।''

''हमें उसके पास एक पैसा भी नहीं छोड़ना।'' जेम्स ने कहा।

''एक पैसा भी नहीं। इससे पहले कि हम आगे बढ़ें, मैं एक घोषणा करना चाहता हूँ कि…''

''तुम जब भी बोलते हो तो ऐसा लगता है कि हमारी मीटिंग में नहीं बल्कि हाउस ऑफ कॉमन्स में बोल रहे हो,'' जीन-पियरे ने कहा।

''ओ मेढक! टर्राना बंद करो।'' रॉबिन ने कहा।

''सुन ओ हार्ले स्ट्रीट के दलाल!''

इसके साथ ही शोर-शराबा होने लगा। इससे पूर्व हुल्लड़बाजी के कई मामलों से निपट चुके कॉलेज स्काउट्स को लगा कि शायद रात को मीटिंग समाप्त होने से पहले उनसे मदद की गुहार अवश्य लगाई जाएगी।

''शांत हो जाओ!'' स्टीफन की इस तीखी व रोबदार आवाज ने उन सबको ठंडा कर दिया। ''मुझे पता है कि आप सभी अति उत्साह में हैं, लेकिन याद रखिए, हमें अभी भी उससे 250,101.24 डॉलर वसूलने हैं।''

''स्टीफन, हमें ये 24 सेंट तो बिल्कुल नहीं भूलने चाहिए।''

''जीन-पियरे जब तुम पहली बार यहाँ डिनर पर आए थे, तब तो तुम्हारे आवाज में ऐसी तेजी नहीं थी याद रखो—

बेचते थे जो शेर की खाल को अकसर बाजार में,
शिकारी वो खुद शिकार बने एक शिकार में।''

सब चुप हो गए।

''मत भूलिए कि हार्वे के पास अभी भी टीम का पैसा मौजूद है तथा इसे वसूलना अभी भी उतना ही कठिन है, जितना पिछले तीन बार रहा है। कमान जेम्स के हाथ में देने से पहले मैं आधिकारिक तौर पर घोषणा करना चाहता हूँ कि क्लेयरडन में उसका कार्य हम सब से श्रेष्ठ रहा।''

रॉबिन व जीन-पियरे ने सहमति व सराहना जताने के लिए मेज थपथपाई।

''जेम्स अब तुम बोलो, हम सब सुनेंगे।''

एक बार फिर कमरे में शांति छा गई।

''मेरी योजना लगभग पूरी हो चुकी है।'' जेम्स ने बोलना शुरु किया।

अन्य लोग उसकी ओर अविश्वास से ताकने लगे।

''लेकिन उसके पूर्व मैं आप लोगों को एक ऐसी बात बताने वाला हूँ, जो आगे की चर्चा के पहले आप सबको पता होनी चाहिए।''

''तुम विवाह कर रहे हो?''

''जीन-पियरे, हमेशा की तरह इस बार भी तुम्हारा अंदाजा ठीक है।''

''तुम जैसे ही अंदर दाखिल हुए, मुझे इसका आभास हो गया था। तो हम सब को एनी से कब मिलवा रहे हो, जेम्स?''

''जब तक उसके लिए अपना दिमाग बदलने को बहुत देर न हो चुकी हो, जीन-पियरे।''

"तुम कितने दिन का अवकाश चाहते हो, जेम्स?"

"एनी की माँ अमेरिकी हैं, इसलिए मेरा व एनी का विवाह 3 अगस्त को बॉस्टन में होगा।" जेम्स ने स्पष्ट किया, "हालाँकि एनी इंग्लैंड में ही रहती है, लेकिन यह विवाह उसके घर पर होने से उसकी माँ बहुत अधिक प्रसन्न होंगी। इसके बाद हम दोनों हनीमून पर जाएँगे और 25 अगस्त को वापस लौटेंगे। मेटकाल्फ महोदय से जुड़ी मेरी योजना की शुरुआत 15 सितंबर को स्टॉक एक्सचेंज अकाउंट बंद होने के बाद शुरू होगी।"

"मुझे स्वीकार्य है। क्या बाकी सभी सहमत हैं?"

रॉबिन व जीन-पियरे ने हामी भर दी।

"तब जेम्स ने अपनी योजना बतानी शुरू की।"

"मुझे एक टेलेक्स व सात टेलीफोन चाहिए होंगे। जो सब मेरे फ्लैट में लगाए जाएँगे। जीन-पियरे को पैरिस के बॉर्स, स्टीफन को शिकागो के कमॉडिटी मार्केट और रॉबिन तुम्हें लंदन के लॉयड्स में उपस्थित रहना होगा। अपने हनीमून से वापस लौटने तक मैं इससे जुड़ी सभी सूचनाओं वाली नीली फाइल तैयार कर लूँगा।"

जेम्स नाटकीय प्रभाव पैदा करने के लिए रुक गया और सभी विस्मय से स्तब्ध रह गए।

"बहुत बढ़िया जेम्स," स्टीफन ने कहा, "तुम्हारे संपूर्ण विवरण की प्रतीक्षा रहेगी। तुम कुछ और बताना चाहते हो?"

"सबसे पहले स्टीफन, तुम्हें अगले पूरे माह जोहानिसबर्ग, ज्यूरिख, न्यूयॉर्क व लंदन में गोल्ड की प्रतिदिन की कीमतों की जानकारी रखनी होगी। जीन पियरे तुम्हें इसी अवधि में डॉलर के अनुसार डच के मार्क, फ्रांस के फ्रेंक व पाउंड की रोजाना की कीमत जाननी होगी। रॉबिन को 2 सितंबर तक टेलेक्स मशीन व 8 लाइन की पी.बी.एक्स. मशीन का संचालन सीखना होगा। तुम्हें किसी भी अंतरराष्ट्रीय ऑपरेटर जितना दक्ष होना होगा।"

"तुम्हें हमेशा ही आसान कार्य दिया जाता है, हैं न रॉबिन!" जीन-पियरे बोला।

"तुम कर…"

"चुप हो जाओ तुम दोनों।" जेम्स ने कहा।

उन दोनों के चेहरे पर आश्चर्य व सम्मान का भाव एक साथ आ गया।

''मैंने तुम सभी के कार्यों से जुड़े नोटस तैयार कर लिये हैं।''

जेम्स ने टीम के सभी सदस्यों को टाईपराइट हुए दो पेज थमा दिए।

''आप लोग इसे अपनी फाइल में पृष्ठ 74 व 75 के रूप में लगा लेना। इन्हें सीखने में आप अगले पूरे माह व्यस्त रहेंगे। और अंत में, आप सभी मिस एनी समरटोन व जेम्स ब्रिग्सले के विवाह में सादर आमंत्रित हैं। समय कम होने के कारण मैं आप सबको औपचारिक निमंत्रण तो नहीं दे पाया। लेकिन मैंने आप सब के लिए 747 में 2 अगस्त की दोपहर की सीटें रिजर्व करा रखी हैं। वहाँ पहुँचकर हम एक रात के लिए बॉस्टन के रिट्स होटल में रुकेंगे। आशा करता हूँ कि आप सब मेरे मेहमान बनकर मुझे सम्मानित करेंगे।''

जेम्स आज अपनी कुशलता देखकर स्वयं दंग था। सभी लोगों ने पूरी प्रसन्नता सहित विमान की टिकटें व अन्य निर्देश प्राप्त किए।

''हम दोपहर तीन बजे एयरपोर्ट पर मिलेंगे और फ्लाइट के दौरान मैं आप सभी का इन दिए गए नोटस की परीक्षा लूँगा।''

''जी सर!'' जीन-पियरे ने कहा।

''जीन-पियरे, तुम्हारी परीक्षा अंग्रेजी व फ्रेंच दोनों भाषाओं में होगी, क्योंकि तुम्हें ट्रांस-एटलांटिक टेलीफोन पर इन दोनों भाषाओं में बात करते हुए स्वयं को विदेशी मुद्रा विनिमय का विशेषज्ञ दरशाना होगा।''

उस शाम किसी को जेम्स का मजाक उड़ाने की हिम्मत नहीं हुई। कार से वापस लौटते समय वह नए उत्साह का अनुभव कर रहा था। वह केवल ऑक्सफोर्ड योजना का स्टार ही नहीं बना था, बल्कि आज उसने उन तीनों को पीछे छोड़ दिया था। अपने पिता की तरह आज वह भी सबसे आगे निकल आया था।

❑

19

इस बार नई बात यह हुई कि मीटिंग में सबसे पहले जेम्स पहुँचा, वे तीनों उसके बाद हीथ्रो एयरपोर्ट पहुँचे। उन तीनों से आगे निकलने के बाद अब वह फिर से पीछे होने को तैयार नहीं था। अखबारों से लदा-फँदा रॉबिन सबसे अंत में आया।

स्टीफन ने कहा, ''हम केवल दो दिनों के लिए जा रहे हैं।''

''जानता हूँ, वहाँ मुझे अंग्रेजी अखबार बहुत याद आएँगे, इसलिए मैं दो दिन का कोटा आज ही ले आया।''

जीन-पियरे ने फ्रेंच अंदाज में अपने हाथ झटक दिए।

उन्होंने 3 नंबर टर्मिनल पर अपना सामान जमा करवाया और लोगन इंटरनेश्नल एयरपोर्ट जाने वाली ब्रिटिश एयरवेज की फ्लाइट संख्या 747 में सवार हो गए।

किसी जंबो जेट में पहली बार प्रवेश करने पर रॉबिन ने कहा, ''यह तो फुटबॉल के मैदान से भी अधिक विशाल है।''

''इसमें तुम्हारे खास आकार वाले इंग्लिश क्लब के 350 लोग बैठ सकते हैं।'' जीन-पियरे ने कहा।

जेम्स ने कड़ाई से कहा, ''अब बस भी करो।'' वह यह नहीं समझ सका कि ये दोनों अधीर यात्री अपना तनाव दूर करने के प्रयास में ऐसी बातें कर रहे हैं। विमान के उड़ान भरते समय वे दोनों कुछ पढ़ने का बहाना करते रहे। लेकिन जैसे ही विमान 30,000 फुट की ऊँचाई पर पहुँचा और सीट-बेल्ट बाँधने की सूचना देती छोटी सी सफेद लाईट बंद हो गई, तो वो दोनों फिर अपने रंग में आ गए।

टीम ने अरुचिपूर्वक ठंडे चिकन व लाल अल्जीरियाई शराब का सेवन किया।

''जेम्स, आशा करता हूँ कि तुम्हारे ससुर साहब इससे तो अच्छा ही भोजन

करवाएँगे।'' जीन-पियरे ने कहा।

भोजन के बाद जेम्स ने उनकी एक-एक कर परीक्षा लेने के पूर्व उन्हें फिल्म देखने की इजाजत दे दी। रॉबिन व जीन-पियरे फिल्म 'द स्टिंग' देखने के लिए पंद्रह पंक्ति पीछे चले गए। स्टीफन वहीं बैठकर जेम्स के प्रश्न झेलने को तैयार हो गया।

जेम्स ने स्टीफन को एक टाइप हुआ पृष्ठ दिया, जिसपर पिछले चार हफ्ते की बाजार की गतिविधियाँ तथा सोने की वैश्विक कीमतों से जुड़े चालीस प्रश्न थे। स्टीफन ने इसे बाइस मिनट में पूरा कर दिया। जेम्स को यह देखकर कोई आश्चर्य नहीं हुआ कि सभी उत्तर बिल्कुल सही थे। स्टीफन सदा से ही टीम की रीढ़ रहा है। सच तो यह है कि उसके तार्किक दिमाग की बदौलत वे हार्वे मेटकाल्फ को हरा पाए हैं।

रॉबिन व जीन-पियरे के लौटने पर उसने उनके हिस्से के चालीस प्रश्न उन्हें भी थमा दिए। इस बीच जेम्स व स्टीफन ने बारी-बारी से नींद ले ली। रॉबिन ने अपने प्रश्न सुलझाने में तीस मिनट लिये और उसे 40 में से 38 नंबर मिले। वहीं जीन-पियरे ने सत्ताईस मिनट में काम पूरा कर 37 अंक अर्जित किए।

''स्टीफन को 40 में से पूरे 40 अंक मिले।'' जेम्स ने कहा।

''उसे मिलने ही थे।'' जीन-पियरे ने कहा।

रॉबिन झेंप गया।

''2 सितंबर तक आप लोगों को भी ऐसा ही कर दिखाना है, समझ गए?''

दोनों ने 'हाँ' में सिर हिला दिया।

''तुमने 'द स्टिंग' देख ली?'' रॉबिन ने पूछा।

''नहीं,'' स्टीफन ने जवाब दिया, ''मैं सिनेमा देखने कम ही जाता हूँ।''

''वो हमारी टीम जैसे नहीं हैं। उन्होंने एक बड़ी योजना को सफलतापूर्वक अंजाम देने के बाद भी पैसा अपने पास नहीं रखा।''

''सो जाओ! रॉबिन।''

उड़ान के शुरुआती छह घंटे भोजन, फिल्म और जेम्स के प्रश्नों के उत्तर देने में निकल गए। आखिरी घंटे में एक उद्घोषणा ने उन्हें सोते से जगा दिया—

''मैं आपका कैप्टन बोल रहा हूँ। हम लोगन इंटरनेशनल एयरपोर्ट पर उतरने वाले हैं। हम बीस मिनट देर से पहुँचे हैं। हम लगभग 10 मिनट में 7:15 पर उतर जाएँगे। आशा है, आपको उड़ान के दौरान आनंद आया होगा और आप हमेशा ब्रिटिश एयरवेज से ही यात्रा करेंगे।''

जेम्स के विवाह के लिए लाए उपहारों को उन्हें उससे छिपाने के चलते कस्टम में थोड़ा अधिक समय लग गया। उन्हें कस्टम अधिकारियों को यह समझाने में काफी मशक्कत करनी पड़ी कि उनके द्वारा लाई गई दो पिगेट घड़ियों के पीछे, प्रॉस्पेक्टा ऑयल से प्राप्त तीन योजनाकारों के अवैध मुनाफे का हिस्सा।

कस्टम अधिकारियों से जान छुड़ाने के बाद जब वे प्रवेश द्वार पर पहुँचे तो वहाँ होटल के ड्राइवर व बेहद बड़ी कैडेलैक के साथ एनी उनकी प्रतीक्षा कर रही थी।

जीन-पियरे ने कहा, ''अब समझ आया कि किस बाधा के चलते तुम अब तक अपनी योजना नहीं बना पाए थे। बधाई हो जेम्स, तुम्हें पूरी तरह माफ किया जाता है।'' यह कहते हुए उसने एनी को ऐसे बाँहों में भर लिया जैसा कोई फ्रेंच व्यक्ति ही कर सकता है। रॉबिन ने अपना परिचय दिया और एनी के गालों को भद्रतापूर्वक चूम लिया। स्टीफन ने कुछ अधिक औपचारिकता दरशाते हुए उससे हाथ मिलाया। कार में बैठते समय जीन-पियरे ने एनी के पास वाली सीट ले ली।

''मिस समरटोन!'' स्टीफन ने हकलाते हुए कहा।

''कृपया मुझे एनी कहें।''

''क्या रिसेप्शन होटल में होगा?''

''नहीं,'' एनी ने उत्तर दिया, ''मेरे माता-पिता के घर। विवाह के बाद आपको लेने के लिए कार पहुँच जाएगी। आपको केवल यह सुनिश्चित करना है कि जेम्स 3.30 तक चर्च पहुँच जाए। इसके अलावा आपको किसी भी बात की चिंता करने की आवश्यकता नहीं। इसी से याद आया, जेम्स तुम्हारे माता-पिता कल आ गए थे और वे मेरे माता-पिता के साथ ही ठहरे हुए हैं। माँ की चिंता को देखते हुए हमें तुम्हारा आज रात वहाँ रुकना ठीक नहीं लगा।''

''डार्लिंग, जैसा तुम कहो।''

जीन-पियरे बोल उठा, ''एनी, यदि तुम आज या कल में इससे विवाह का विचार बदलना चाहो तो ध्यान रखना, मैं भी हूँ। भले ही मैं किसी राजसी खानदान से नहीं हूँ। लेकिन हम फ्रेंच लोगों में इस क्षति की पूर्ति करने वाली कुछ खूबियाँ भी होती हैं।''

एनी उसको देखकर मुसकराई और बोली, ''तुम्हें थोड़ी देर हो गई जीन-पियरे। वैसे भी मुझे दाढ़ीवाले पसंद नहीं हैं।''

''लेकिन मैं इसे…'' जीन-पियरे से कुछ और कहना चाहता था, लेकिन सब लोग उसे घूर कर देखने लगे।

होटल पहुँचने पर उन्होंने एनी और जेम्स को अकेला छोड़ दिया व अपने कमरे में पहुँचकर सामान खोलने लगे।

''डार्लिंग, क्या उन लोगों को पता है?''

जेम्स ने उत्तर दिया, ''उन्हें जरा भी भनक नहीं है। कल उन्हें अपनी जिंदगी का सबसे बड़ा झटका लगने वाला है।''

''क्या तुमने अपनी योजना बना ली है?''

''प्रतीक्षा करो और फिर देखना।''

''मैंने बना ली है,'' एनी ने कहा, ''तुम अपनी योजना पर कब काम शुरू करोगे?''

''13 सितंबर को।''

''मैं जीती, मेरी योजना कल ही के लिए है।''

''क्या, तुम कहीं सारा काम…''

''चिंता मत करो। तुम सिर्फ एक ही खयाल में डूबे रहो, मुझसे विवाह करने के।''

''क्या कहीं मौका मिल सकता है?''

''तुम भी न, कल तक सब्र नहीं रख सकते।''

''मैं तुम्हें इतना प्यार जो करता हूँ।''

''अरे बेचारे, मुझे भी तुमसे बहुत प्यार है। लेकिन मुझे अब घर जाना होगा, नहीं तो काम अधूरा रह जाएगा। तुम भी जाकर सो जाओ।''

जेम्स लिफ्ट से सातवें फ्लोर पर पहुँचा और बाकी सबके साथ कॉफी पीने लगा।

''क्या कोई ब्लैकजैक खेलेगा?''

''तुम्हारे जैसे पत्तेबाज के साथ तो कभी नहीं,'' रॉबिन ने कहा, ''तुम्हारा शिक्षक आज तक का सबसे माहिर चालबाज है।''

टीम के सभी सदस्य कल होने वाले विवाह के प्रति बहुत उत्साहित थे। अंतर अटलांटिक समयांतर के चलते वे आधी रात तक अपने-अपने कमरों में नहीं गए। अपने कमरे में जाने के बाद भी जेम्स को बहुत देर तक नींद नहीं आई, उसके दिमाग में केवल एक ही प्रश्न घूम रहा था।

''इस बार वो क्या करने वाली है?''

❑

20

अगस्त के महीने में बॉस्टन किसी भी अमेरिकी शहर जितना ही खूबसूरत होता है। टीम ने अपनी सुबह की शुरुआत जेम्स के कमरे में नाश्ते से की।

''मुझे नहीं लगता कि यह इसके लिए तैयार है,'' जीन-पियरे ने कहा, ''स्टीफन, तुम टीम के कप्तान हो, मैं जेम्स की जगह लेने को तैयार हूँ।''

''इसके लिए तुम्हें 250,000 डॉलर देने होंगे।''

''मंजूर है।'' जीन-पियरे ने कहा।

स्टीफन ने कहा, ''तुम्हारे पास 250,000 डॉलर नहीं हैं। तुम्हारे पास केवल 187,474.69 डॉलर हैं, जो हमारी अभी तक वसूली गई रकम का एक चौथाई हिस्सा है, इसलिए मेरा फैसला है कि दूल्हा बनने की जिम्मेदारी जेम्स के ही कंधों पर रहेगी।''

''यह एंग्लो-सेक्सन साजिश है,'' जीन-पियरे ने कहा, ''जब जेम्स अपनी योजना में कामयाब हो जाएगा और हम अपना पूरा पैसा वसूल कर लेंगे, तब मैं एक बार फिर इस सौदेबाजी का प्रयास करूँगा।''

वे लोग टोस्ट व कॉफी के साथ इसी तरह लंबे समय तक आपस में चुहलबाजी करते रहे। स्टीफन ने बहुत भावुक होकर कहा, ''यदि'' और फिर पूरी सख्ती से अपनी बात को सुधारते हुए कहा, ''जब जेम्स की योजना सफल हो जाएगी तो हम शायद ही कभी इस तरह बैठ सकेंगे। यदि हार्वे मेटकाल्फ के विरोध की जगह उसके पक्ष में ऐसी टीम होती तो वह दुनिया का सबसे धनवान व्यक्ति बन सकता था।''

''स्टीफन, सपनों की दुनिया से बाहर आओ।''

''ओह! माफ करना, मैं भूल गया था कि एनी ने मुझे एक जिम्मेदारी सौंपी है।''

''ये फिर शुरू हो गया,'' जीन-पियरे ने कहा, ''तो प्रोफेसर साहब, हमें

तैयार होकर कब आना होगा?''

''अब से ठीक एक घंटे बाद हम सब तैयार होकर जेम्स के पास पहुँचेंगे और फिर उसे लेकर चर्च जाएँगे। जीन-पियरे, तुम जाओ और कार्नेशियन के चार फूल ले आओ—तीन लाल और एक सफेद। रॉबिन, तुम टैक्सी लाओगे तथा मेरा काम जेम्स को तैयार होने में मदद देना होगा।''

''जेम्स, तुम्हें कैसा लग रहा है?''

''बहुत अच्छा! बस यही दु:ख है कि मैं अभी तक अपनी योजना को अंजाम तक नहीं पहुँचा सका।''

''कोई बात नहीं, 13 सितंबर बस आने ही वाला है। इस अंतराल से हमें कोई हानि नहीं होने वाली।''

''जानते हो स्टीफन, तुम्हारे बिना हम यह कभी नहीं कर पाते। हम सब बरबाद हो गए होते और न ही मेरी एनी से मुलाकात होती। हम सब तुम्हारे ऋणी हैं।''

स्टीफन निरुत्तर होकर खिड़की से बाहर झाँकता रहा।

''जीन-पियरे बोला, जैसा कहा गया था, तीन लाल व एक्र सफेद। ये सफेद वाला शायद मेरे लिए है।''

''जीन-पियरे, इसे जेम्स के कोट पर लगा दो, कानों के पीछे नहीं।''

''जेम्स तुम अच्छे लग रहे हो। लेकिन मुझे अभी भी तुम में वो नहीं दिख रहा, जो महिलाओं को दिख जाता है।'' वे सभी तैयार हो गए थे, लेकिन टैक्सी आने में अभी भी आधा घंटा शेष था। जीन-पियरे ने शैंपेन की बोतल खोली और उन सब ने जेम्स की सेहत, टीम के स्वास्थ्य, इंग्लैंड की महारानी, अमेरिका के राष्ट्रपति तथा फ्रांस के राष्ट्रपति के नाम पर टोस्ट किया। बोतल खत्म होने पर स्टीफन को महसूस हुआ कि अब उसे उन सबको प्रतीक्षा कर रही टैक्सी की ओर ले जाना चाहिए।

''खुश रहो जेम्स! हम तुम्हारे साथ हैं।'' यह कहते हुए वे सब पिछली सीट में धँस गए।

कुछ ही मिनट में टैक्सी कॉप्ले स्क्वेयर स्थित ट्रिनिटी चर्च पहुँच गई। उनके शोर-शराबे से हैरान ड्राइवर ने उन चारों को वहाँ उतारने के बाद शांति महसूस की।

दोपहर के तीन-पंद्रह। ''एनी मुझसे बहुत प्रसन्न होगी।'' स्टीफन ने कहा।

स्टीफन दूल्हे के साथ चर्च में सामने बनी बेंच पर दाईं ओर खड़ा हो गया।

जबकि जीन-पियरे विवाह में आई खूबसूरत लड़कियों को घूरने लगा और रॉबिन विवाह-गान के पृष्ठ चुनने में मदद देने लगा। वहाँ बैठे एक हजार से अधिक अतिथि अब केवल दुलहन के आने की प्रतीक्षा में थे।

रॉबिन की मदद के लिए स्टीफन उसके पास चर्च की सीढ़ियों पर आ गया। थोड़ी देर में जीन-पियरे भी उनके पास आया और उनसे चलकर बैठने की बात कहने लगा। तभी वहाँ रॉल्स रॉयस आकर रुकी। उसमें से बैलेंकियागा वेडिंग गाऊन पहने एनी को उतरते देख वे ठगे से रह गए। एनी के बाद उसके पिता कार से उतरे। एनी ने उनका हाथ थामा और सीढ़ियों की ओर बढ़ गई।

तीनों स्तब्ध रह गए। जैसे कोई मेमना किसी अजगर के जबड़े में फँसा हो।

''कमीना!''

''कौन किसे धोखा दे रहा है?''

''यह पहले से ही जानती थी।''

हार्वे ने उनके पास से गुजरते हुए उनपर उचटती सी निगाह डाली और एनी का हाथ थामे आगे बढ़ गया।

वे तीनों चर्च के पास वाले गलियारे में घुस गए।

'हे ईश्वर!' स्टीफन ने सोचा, 'उसने हम में से किसी को नहीं पहचाना।'

वह चर्च की विशाल मंडली से दूर उसके पिछली तरफ खड़े थे। जब एनी मंच पर पहुँच गई तो ऑर्गन वादक ने संगीत बजाना बंद कर दिया।

''हार्वे को नहीं पता।'' स्टीफन ने कहा।

''तुम्हें कैसे पता?'' जीन-पियरे ने पूछा।

''क्योंकि यदि जेम्स पहले इस परीक्षा से नहीं गुजरा होता तो वह कभी हमें इसमें नहीं फँसाता।''

''सही सोचा।'' रॉबिन फुसफुसाया।

''मैं चाहता हूँ कि तुम दोनों शपथ लो कि आज के बाद हम इस पर तभी बात करेंगे जब फैसले के दिन ईश्वर सबके दिलों को टटोलेंगे।''

''लेकिन मुझे एक या दो रहस्यों को अभी जानना है,'' जीन-पियरे बोला, ''सबसे पहले यह कि उस लड़की को इस बारे में कब से पता है?''

''जेम्स क्लेरेंस स्पेंसर, क्या तुम इस स्त्री को अपनी विवाहिता पत्नी के रूप में स्वीकार करते हुए, ईश्वर की इच्छा रहने तक विवाह के इस पवित्र बंधन में बँधे रहने को तैयार हो? क्या तुम इसे प्रेम, समर्थन, प्रतिष्ठा देते हुए सब को त्यागकर, जीवनपर्यंत बीमारी व स्वास्थ्य व हर अवस्था में इसका साथ निभाओगे?''

"हाँ!"

"रोजेली आर्लीन, क्या तुम इस पुरुष को अपना विवाहित पति स्वीकार करते हुए..."

स्टीफन ने कहा, "मुझे लगता है कि हमें यह मानकर चलना चाहिए कि वह पूरी तरह से हमारी टीम की सदस्या है; अन्यथा हमें मोंटे कार्लो व ऑक्सफोर्ड में कभी कामयाबी नहीं मिलती।"

"इसका साथ निभाओगे?"

"हाँ!"

"इस स्त्री को इस पुरुष को सौंपने की जिम्मेदारी किसकी है?"

हार्वे हड़बड़ाते हुए आगे बढ़ा और एनी का हाथ पादरी को थमा दिया।

"मैं, जेम्स क्लेरेंस स्पेंसर, रोजेली आर्लीन को अपनी विवाहिता यानी पत्नी के रूप में स्वीकार करता हूँ..."

"साथ ही, वह हमें पहचानेगा कैसे, उसने हमें केवल एक ही बार देखा है, और वह भी हमारे नकली रूप में।" स्टीफन ने कहना जारी रखा।

"और मैं तुम्हें अपने वचन में लेता हूँ।"

"मैं, रोजेली आर्लीन, जेम्स क्लेरेंस स्पेंसर को अपने विवाहित पति..."

"लेकिन अगर हम सब यहाँ रहे तो वह शायद हमें पहचान लेगा।" रॉबिन ने कहा।

"जरूरी नहीं है," स्टीफन ने कहा, "घबराने की जरूरत नहीं है। हमारी जीत का रहस्य उसे उसके घर से दूर हराना है।"

"लेकिन अब वह अपने इलाके में है।" जीन-पियरे ने कहा।

"ऐसा नहीं है। आज उसकी बेटी के विवाह का दिन है, जो उसने पहले कभी नहीं देखा। निस्संदेह हमें रिसेप्शन के समय उससे बचकर रहना होगा, लेकिन हम पूर्णत: छिपकर नहीं रह सकते।"

"मुझे सहारा दो मित्रो!" रॉबिन ने कहा।

"मैं देता हूँ।" जीन-पियरे ने स्वयंसेवक की भूमिका निभाते हुए कहा।

"बस करना यह है कि तुम सामान्य दिखो।"

"...और मैं तुम्हें अपने वचन में लेती हूँ।"

एनी बहुत धीमे व शरमाते हुए बोल रही थी। उसकी आवाज केवल पीछे खड़े तीन व्यक्ति ही सुन पा रहे थे। जबकि जेम्स की वाणी बहुत स्पष्ट व मजबूत थी।

"इस अंगजी द्वारा मैं तुमसे विवाह करता हूँ, अपने शरीर से मैं तुम्हारा आदर

करूँगा, और अपनी भौतिक संपदा तुम्हें देता…"

"हाँ, और कुछ मात्रा में हमारी संपदा भी।" जीन-पियरे ने कहा।

परमपिता, पुत्र व पवित्र आत्मा के नाम पर। आमीन

पादरी ने जोर से कहा, "अब प्रार्थना करें।"

"मुझे पता है कि मुझे क्या प्रार्थना करनी है," रॉबिन ने कहा, "हमें शत्रु की शक्ति तथा हमसे नफरत करने वालों से बचाओ।"

"हे महान् ईश्वर व सारी मानवता का सृजन व पालन करने वाले…"

"बस समाप्त होने ही वाला है।" स्टीफन ने कहा।

"वाक्यांश का सबसे दुर्भाग्यपूर्ण मोड़।" रॉबिन बोला।

"चुप रहो," जीन-पियरे बोला, "मैं स्टीफन से सहमत हूँ। हम मेटकाल्फ से कम नहीं हैं। इसलिए शांत रहो।"

"ईश्वर ने जिन्हें आज मिलाया है, उन्हें कोई मनुष्य अलग नहीं कर सकता।" जीन-पियरे मुँह ही मुँह में कुछ बड़बड़ा रहा था, जो निस्संदेह प्रार्थना नहीं थी।

हैंडेल के वेडिंग मार्च की ध्वनि उन्हें पुनः इस आयोजन स्थल पर खींच लाई। कार्यक्रम समाप्त हो चुका था और लॉर्ड व लेडी ब्रिग्सले दो हजार प्रसन्न आँखों के समक्ष मंच से नीचे उतर रहे थे। स्टीफन चकित था, जीन-पियरे जल रहा था और रॉबिन घबराया हुआ था। उनके पास से गुजरते समय उन्हें देखकर जेम्स मुसकरा दिया।

चर्च की सीढ़ियों पर फोटोग्राफर के साथ दस मिनट व्यतीत कर, नव विवाहित युगल रॉल्स रॉयस में बैठकर लिंकन स्थित मेटकाल्फ हाउस की ओर चल दिया। दूसरी कार में हार्वे और काउंटेस ऑफ लॉथ, और तीसरी कार में अर्ल व एनी की माँ अर्लीन सवार थे। रॉबिन व जीन-पियरे करीब बीस मिनट तक शेर से उसी की गुफा में उलझने के फायदे व नुकसान पर बहस करते रहे।

हार्वे मेटकाल्फ का जार्जियाई मकान बहुत शानदार था, जिसमें नदी के किनारे एक प्राच्य ढंग का बगीचा भी था। वहाँ गुलाब के फूलों की क्यारी उसके उल्लास को बयान करती थी तो उसके आर्किडों का संग्रह उसके गर्व का परिचायक था।

"मैंने कभी नहीं सोचा था कि मैं यह देख पाऊँगा।" जीन-पियरे ने कहा।

"मैंने भी नहीं," रॉबिन बोला, "अब जब मैं इन्हें देख रहा हूँ तो मुझे प्रसन्नता का अनुभव नहीं हो रहा।"

''चलो, हाथ मिलाने के कार्यक्रम में शामिल हों,'' स्टीफन ने कहा, ''मेरा विचार है कि हम मिलने आए लोगों की कतार में बहुत दूर-दूर खड़े होंगे। सबसे पहले मैं। मुझसे लगभग बीस व्यक्ति बाद दूसरे नंबर पर रॉबिन और रॉबिन से लगभग बीस लोगों के बाद तीसरे नंबर पर जीन-पियरे और सामान्य दिखना। हम केवल जेम्स के इंग्लैंड से आए मित्र हैं। पंक्ति में खड़े होने के बाद अपने आसपास की बातचीत सुनते रहना। जैसे ही तुम्हें हार्वे के किसी गहरे मित्र का पता चले, फौरन जाकर पंक्ति में उससे पहले खड़े हो जाओ। तुमसे हाथ मिलाते समय, वो तुम्हें नहीं बल्कि तुम्हारे बाद खड़े व्यक्ति को जानता होगा। इसलिए उसकी नजरें तुमपर नहीं बल्कि उसपर टिकी रहेंगी। इस तरह हम सब बच निकलेंगे।''

''बहुत खूब प्रोफेसर!'' जीन-पियरे बोला।

पंक्ति कुछ अधिक ही लंबी थी। वहाँ खड़े लगभग एक हजार लोग अपना हाथ बढ़ाकर श्रीमती व श्री मेटकाल्फ, अर्ल व काउंटेस ऑफ लॉथ तथा एनी व जेम्स से हाथ मिला रहे थे। जब वे दोनों स्टीफन के पास पहुँचे तो बहुत प्रसन्न थे।

''आपके आने से बहुत अच्छा लगा!'' एनी ने कहा।

स्टीफन कुछ नहीं बोला।

''तुम्हें देखकर अच्छा लगा स्टीफन!'' जेम्स ने कहा।

''हम सबको तुम्हारी यह योजना पसंद आई, जेम्स।''

उनके आगे बढ़ते ही स्टीफन चुपचाप मुख्य नृत्यकक्ष में घुस गया और कक्ष के अंत में बने खंभे के पीछे छिपकर खड़ा हो गया। वह मध्य में रखे गए बहुमंजिला केक़ से जितना संभव हो सका, उतना दूर रहना चाहता था।

अगली बारी रॉबिन की थी। उसने हार्वे की आँखों में न देखने का भरसक प्रयास किया।

''आपके इतनी दूर आने के लिए बहुत-बहुत धन्यवाद!'' एनी ने कहा।

रॉबिन कुछ बुदबुदाया।

''रॉबिन, आशा करता हूँ कि तुम्हें आनंद आया होगा!''

जेम्स के लिए वह दिन निस्संदेह उसके जीवन के सबसे आनंदप्रद दिनों में से एक था। एनी की तरह वह भी टीम की असहजता का आनंद ले रहा था।।

''तुम कमीने हो, जेम्स।''

''इतनी जोर से नहीं दोस्तो, मेरे माता-पिता न सुन लें।''

नृत्यकक्ष के सभी खंभों के पीछे खोजने के बाद रॉबिन को अंततः स्टीफन मिल ही गया।

''क्या तुम बच गए?''

''शायद, लेकिन मैं उससे फिर कभी मिलना नहीं चाहता। वापसी की फ्लाइट कब की है?''

''रात आठ बजे। अब घबराओ मत। जरा जीन-पियरे को और खोज लाओ।''

''अच्छा है कि उसका चेहरा दाढ़ी के पीछे छिपा है।'' रॉबिन ने कहा।

जीन-पियरे ने हार्वे से हाथ मिलाया, लेकिन हार्वे का ध्यान उसके बाद खड़े व्यक्ति पर लगा था। जीन-पियरे बहुत बेशर्मी के साथ बॉस्टन के उस बैंकर के ठीक आगे खड़ा था जो निस्संदेह हार्वे का बहुत गहरा मित्र था।

''तुम्हें देखकर बहुत अच्छा लगा मार्विन!''

जीन-पियरे बच गया। उसने एनी के दोनों गाल चूमे और उसके कान में फुसफुसाया, खेल खत्म और विजेता है जेम्स, और इसी के साथ वह स्टीफन व रॉबिन की खोज में निकल लिया। दुलहन की मुख्य सहायिका के सामने आते ही वह सारे निर्देश भूल गया।

सहायिका ने पूछा, ''क्या आपको विवाह में आनंद आया?''

''निस्संदेह, क्योंकि मैं विवाह का आकलन दुलहन नहीं बल्कि दुलहन की मुख्य सहायिका को देखकर ही करता हूँ।''

''वह शर्म से लाल हो गई।''

''यह तो सौभाग्य की बात है।'' उसने लजाते हुए कहा।

''हाँ, और मैं जानता हूँ किसके लिए।'' यह कहते हुए जीन-पियरे ने उसकी कमर में हाथ डाल दिया।

तभी चार हाथ आए और जीन-पियरे के प्रतिरोध के बावजूद उसे खींचते हुए खंभे के पीछे ले गए।

''ईश्वर के लिए बस करो, जीन-पियरे। वह सत्रह साल से अधिक की नहीं है। हम नहीं चाहते कि हमारे जेल जाने में चोरी के अलावा किशोरी से बलात्कार का आरोप भी हो। लो, इसे पियो और खुद को सँभालो।'' यह कहते हुए रॉबिन ने उसके हाथ में शैंपेन का गिलास थमा दिया।

वहाँ शैंपेन मानो बह रही थी, इतनी कि स्टीफन को भी कुछ अधिक हो गई थी। जब टोस्ट-मास्टर ने सबको शांत रहने को कहा तो उन सबको खड़े होने के लिए खंभे का सहारा लेना पड़ा।

''यहाँ उपस्थित सभी लॉर्ड, लेडीज व सज्जनो! दूल्हे वाइसकाउंट ब्रिग्सले को सुनें।''

जेम्स ने शानदार भाषण दिया। वहाँ व्यक्त हुआ उसके भीतर का अभिनेता अमेरीकियों को बहुत पसंद आया। यहाँ तक कि उसके पिता के चेहरे पर भी सराहना का भाव था। इसके बाद टोस्ट-मास्टर ने हार्वे का आह्वान किया, उसने तेज आवाज में लंबा भाषण दिया। उसने प्रिंस चार्ल्स से अपनी बेटी के विवाह का अपना मनपसंद चुटकुला सुनाया, जिसे सुनकर वहाँ मौजूद लोग दिल खोलकर हँसे। वहाँ बैठे सभी लोग सामान्यत: प्रत्येक विवाह में हर चुटकुले पर ऐसे ही हँसते थे, चाहे वह कितना ही बेकार क्यों न हो। उसने वर-वधु के स्वास्थ्य की कामना के टोस्ट सहित अपना भाषण समाप्त किया।

तालियों की गड़गड़ाहट शांत होते ही वह बतरसिया एक बार फिर खड़ा हो गया। हार्वे ने अपनी बेटी का गाल चूमा और अपनी जेब से एक सफेद लिफाफा निकालकर बोला, ''रोजेली, वॉन गॉग को मेरे पास ही रहने देने की एवज में तुम्हारे लिए विवाह का एक छोटा सा उपहार। मुझे पूरा यकीन है कि तुम इसका सही ढंग से उपयोग करोगी।''

हार्वे ने वह सफेद लिफाफा उसे सौंप दिया। उस लिफाफे के भीतर 250,000 डॉलर का चेक था। एनी ने स्नेहवश अपने पिता को चूम लिया।

''धन्यवाद डैडी, मैं आपसे वादा करती हूँ कि मैं और जेम्स इसका बहुत सोच-समझकर उपयोग करेंगे।''

तत्पश्चात् वह तुरंत जेम्स के पास पहुँची, जो अमेरिकी महिलाओं से घिरा हुआ था।

''क्या आप वाकई महारानी के परिवार से हैं?''

''मैं आज तक कभी किसी असली लॉर्ड से नहीं मिली।''

''क्या आप हमें अपना महल देखने के लिए बुलाएँगे?''

''किंग्स रोड पर कोई महल नहीं है,'' जेम्स के यह कहने के साथ ही एनी उसे बचाने वहाँ आ पहुँची।

''डार्लिंग, क्या आप एक मिनट के लिए मेरे साथ आएँगे?''

जेम्स ने उस महिलाओं से विदा ली और एनी के पीछे चल पड़ा, लेकिन भीड़ उनका पीछा ही नहीं छोड़ रही थी।

''जरा इसे देखो।'' एनी ने कहा।

''जेम्स ने चेक पर निगाह डाली।''

''हे ईश्वर, 250,000 डॉलर!''

''तुम्हें अंदाजा तो होगा कि मैं इसका क्या करने वाली हूँ?''

''हाँ, डार्लिंग!''

तब एनी ने स्टीफन, रॉबिन व जीन-पियरे की खोज आरंभ कर दी, जो इसलिए कठिन कार्य था, क्योंकि वे तीनों अभी भी सुदूर कोने में खंभे के पीछे छिपे खड़े थे। लेकिन वह कौन बनेगा करोड़पति? जैसी पैसे बाँटने वाली आत्मा से प्रेरित होकर बिल्कुल सही स्थान पर पहुँच गई।

''स्टीफन! क्या मुझे एक पेन मिल सकता है?''

एक ही झटके में तीन पेन निकल आए।

उसने अपने गुलदस्ते के बीच से चेक निकाला और उसके पीछे लिखा, ''रोजेली ब्रिग्सले द्वारा स्टीफन ब्राडले को देय।'' फिर उसने वह चेक स्टीफन को सौंप दिया।

''शायद ये आपका ही है।''

वे तीनों लोग चेक की ओर ताकने लगे। इससे पहले कि उनमें से कोई कुछ कहता, वह वहाँ से जा चुकी थी।

''हमारे जेम्स ने कितनी बढ़िया लड़की से विवाह किया है।'' जीन-पियरे ने कहा।

''ओ मेढक, तुझे चढ़ गई है।'' रॉबिन ने कहा।

''सर, आप यह कतई नहीं कह सकते कि किसी फ्रेंच आदमी को शैंपेन चढ़ सकती है। मैं इसका बदला लूँगा। अपना हथियार चुन लो।''

''शैंपेन के ढक्कन वाले कॉर्क चुप रहो,'' स्टीफन ने कहा, ''अपने आप पर काबू रखो।''

''अब बताओ प्रोफेसर, फिलहाल हमारी वित्तीय स्थिति क्या है?''

''मैंने इसका हिसाब लगा लिया है।'' स्टीफन ने कहा।

''क्या निकला?'' रॉबिन व जीन-पियरे ने समवेत स्वर में पूछा, उन्हें इस बहस में मजा आ रहा था।

''हमें अभी भी उससे 101 डॉलर और 24 सेंट वसूल करने हैं।''

''सत्यानाश,'' जीन-पियरे ने कहा, ''इस जगह को जलाकर राख कर दो।''

जब एनी व जेम्स कपड़े बदलने चले गए, तो खाली बैठे स्टीफन, रॉबिन व जीन-पियरे मजबूरी में एक बार फिर शैंपेन पीने लगे। टोस्ट-मास्टर ने दूल्हा व

दुलहन के पंद्रह मिनट में वहाँ से निकलने की घोषणा के साथ ही सभी अतिथियों से मुख्य हॉल व प्रांगण में एकत्र होने का अनुरोध किया।

''चलो आओ, उन्हें जाते हुए देखेंगे।'' स्टीफन ने कहा। शैंपेन ने उनके भीतर नए ढंग का आत्मविश्वास उत्पन्न कर दिया था। वे जाकर उनकी कार के पास खड़े हो गए।

तभी स्टीफन ने हार्वे को कहते सुना, ''लानत है, क्या सबकुछ मुझे ही सोचना होगा? इसके साथ ही वह अतिथियों पर नजर डालने लगा।'' जैसे ही उसकी निगाहें इन तीनों पर पड़ीं। तो हार्वे ने अंगुली से इशारा कर स्टीफन को अपने पास बुलाया। स्टीफन को जैसे काठ मार गया।

''तुम संचालकों में से हो न?''

''जी सर!''

''रोजेली जाने वाली है और यहाँ फूलों का कोई इंतजाम नहीं है। पता नहीं सारे कहाँ गए, एक भी फूल नहीं बचा। यहाँ से एक किलोमीटर दूर फूलों की एक दुकान है। कार में जाओ और फौरन फूल लेकर लौट आओ। जल्दी करो।''

''जी, सर!''

''तुम्हारा चेहरा कुछ पहचाना सा है, क्या मैं तुम्हें जानता हूँ?''

''जी सर, मेरा मतलब नहीं सर। मैं फूल लेने जाता हूँ।''

स्टीफन मुड़ा और वहाँ से खिसक लिया। स्टीफन के पकड़े जाने की इस घटना को रॉबिन व जीन-पियरे भयभीत दृष्टि से देख रहे थे। जैसे ही वह वहाँ से निकला, दोनों भी उसके पीछे भाग लिये। मकान के पिछवाड़े आकर स्टीफन रुक गया और उसने गुलाब की उस बेहद हसीन क्यारी पर नजर डाली। उसके पीछे भागते आ रहे रॉबिन व जीन-पियरे भागते हुए उससे आगे निकल गए। तब वे रुके और मुड़कर पीछे आए।

''क्या तुम अपने अंतिम संस्कार के लिए फूल चुन रहे हो?''

''मेटकाल्फ यही कह रहा था। वहाँ एनी की विदाई के लिए फूल नहीं थे। मेरे पास इन्हें ले जाने के लिए केवल पाँच मिनट हैं, इसलिए मेरी मदद करो।''

''बेटा, क्या तुम लोगों को वह दिख रहा है, जो मुझे दिख रहा है?''

उन दोनों ने ऊपर देखा, तो जीन-पियरे ने हर्षातिरेक से दूसरी क्यारी की ओर इशारा किया।

जब स्टीफन दौड़ता हुआ मकान के अगले हिस्से में आया तो उसकी बाँहें बहुमूल्य आर्किड्स से भरी हुई थीं। रॉबिन व जीन-पियरे भी उसके पीछे ही थे।

उन्होंने जेम्स व एनी के बाहर आने के ठीक कुछ क्षण पहले वहाँ पहुँचकर हार्वे को फूल सौंप दिए।

''बहुत बढ़िया, ये मेरे मनपसंद फूल हैं। इनके कितने पैसे हुए?''

स्टीफन बिना सोचे-समझे बोल उठा, ''100 डॉलर!''

हार्वे ने 50 के दो नोट निकाले और स्टीफन को दे दिए। स्टीफन जब रॉबिन व जीन-पियरे के पास पहुँचा, तो वह पसीने से बुरी तरह भीगा हुआ था।

जेम्स व एनी भीड़ के बीच से जगह बनाते हुए निकलने लगे। सब की आँखें उन्हीं पर लगी हुई थीं।

''ओह डैडी ऑर्किड्स, कितने खूबसूरत हैं!'' एनी ने हार्वे को चूमते हुए कहा, ''आपने आज के दिन को मेरे जीवन का सबसे शानदार दिन बना दिया...''

रॉल्स रॉयस धीमे-धीमे चलती हुई लोगों के बीच से निकलकर एयरपोर्ट की ओर बढ़ गई। जेम्स व एनी को वहाँ से हवाई जाने वाले मार्ग के पहले विराम सैन फ्रैंसिस्को के लिए फ्लाईट पकड़नी थी। जैसे ही कार घर से बाहर निकली, एनी ने ऑर्किड की रिक्त क्यारी देखी और फिर अपनी बाँहों में पकड़े फूलों को देखने लगी। जेम्स ने इसपर ध्यान नहीं दिया, वह किसी और ही सोच में डूबा था।

''क्या तुम्हें लगता है कि वे लोग कभी मुझे माफ कर सकेंगे?'' जेम्स ने कहा।

''डार्लिंग, वे जरूर माफ कर देंगे। लेकिन मुझे सच बताओ, क्या वाकई तुमने कोई योजना बना ली थी?''

''मुझे पता था कि तुम मुझसे यह जरूर पूछोगी, सच तो यह है कि...''

तभी ऊँचाई पर चढ़ती कार ने इतनी जोरदार की आवाज की कि जेम्स के उत्तर को केवल ड्राइवर ही सुन पाया।

स्टीफन, रॉबिन व जीन-पियरे सभी अतिथियों को जाता देख रहे थे। वे सभी मेटकाल्फ परिवार से विदा लेकर जा रहे थे।

''यह खतरा मोल मत लेना।'' रॉबिन ने चेताया।

''ठीक कहा!'' स्टीफन ने कहा।

''चलो, उन्हें कहीं डिनर के लिए आमंत्रित करते हैं।'' जीन-पियरे ने कहा।

बाकी दोनों ने उसे पकड़ा और टैक्सी में डाल दिया।

''जीन-पियरे, ये तुम्हारे कोट के भीतर क्या है?''

''क्रूज dix-neuf cent soixante-quatre की दो बोतलें। मुझे इन्हें वहाँ छोड़ते हुए बहुत बुरा लग रहा था। मुझे उनका अकेलापन अच्छा नहीं लगा।''

स्टीफन ने ड्राइवर से उन्हें वापस होटल ले जाने को कहा।

''विवाह बहुत बढ़िया रहा। तुम्हें लगता है कि क्या सच में जेम्स ने कोई योजना तैयार कर ली थी।'' रॉबिन ने पूछा।

''मुझे नहीं पता, मैं अभी किसी तरह 1.20 डॉलर वसूल करने के बारे में ही सोच रहा हूँ।''

''जीन–पियरे ने विचार कर कहा, ''हम एस्कॉट में रोजेली पर जीती रकम से इसकी भरपाई कर सकते हैं।''

अपना सामान पैक कर होटल छोड़ने के बाद, उन्होंने लोगन इंटरनेश्नल एयरपोर्ट के लिए टैक्सी पकड़ी और ब्रिटिश एयरवेज के स्टाफ की मदद से सही समय पर विमान पर सवार हो गए।

''उफ,'' स्टीफन बोला, ''काश, हमने किसी तरह 1.24 डॉलर भी निकलवा लिए होते।''

❑

21

विमान में सवार होते ही उन्होंने जीन-पियरे द्वारा विवाह समारोह से लूटी गई शैंपेन का पान किया। स्टीफन भी संतुष्ट था, हालाँकि वो बीच-बीच में 1.24 डॉलर के नुकसान की बात जरूर उठा लेता।

''इस शैंपेन की कीमत क्या होगी?'' जीन-पियरे ने उसे छेड़ते हुए कहा।

''इससे कोई अंतर नहीं पड़ता। न एक पैसा ज्यादा न एक पैसा कम।''

जीन-पियरे समझ गया कि शिक्षाविदों को समझना उसके बस की बात नहीं।

''चिंता मत करो स्टीफन। मुझे पूरा विश्वास है कि जेम्स की योजना द्वारा 1.24 डॉलर तो मिल ही जाएँगे।''

यदि स्टीफन का सिरदर्द से फट न रहा होता तो वह इस बात पर जरूर खुलकर हँसता।

उस लड़की को पहले से ही सबकुछ पता था।

हीथ्रो पर एक बार फिर उन्हें कस्टम से उलझना पड़ा। इस यात्रा के उद्देश्य उपहार लाना नहीं था। रॉबिन ने डब्ल्यू.एच. स्मिथ का दौरा किया और 'द टाइम्स' और 'द ईवनिंग स्टैंडर्ड' की प्रतियाँ ले आया। जीन-पियरे टैक्सी-ड्राइवर से मध्य लंदन के किराए पर बहस कर रहा था।

''हम कोई बेवकूफ अमेरिकी नहीं हैं, जो वहाँ के किराए या दूरी के बारे में न जानते हों।'' वह जरा कटु ढंग से बोला।

टैक्सी ड्राइवर ने नाक-भौं सिकोड़ते हुए उनका सामान अपनी काली ऑस्टिन में रखा और उन्हें लेकर चल दिया। निस्संदेह आज का दिन उसके लिए अच्छा नहीं था।

रॉबिन उन विशिष्ट लोगों में से था, जो चलती कार में आसानी से चढ़ सकते हैं। जहाँ वह इस काम में व्यस्त था। वहीं स्टीफन व जीन-पियरे पास से गुजरते

वाहनों को देखकर अपना समय काट रहे थे।

"हे ईश्वर!"

स्टीफन व जीन-पियरे उसकी ओर देखने लगे। उन्होंने रॉबिन के मुँह से ईश्वर का नाम कम ही बार सुना था। यह उसके व्यक्तित्व के विपरीत था।

"ओ परमात्मा!"

यह कुछ ज्यादा ही हो गया। लेकिन इससे पहले कि वे कुछ पूछते, उसने स्वयं ही जोर से बोलकर पढ़ना आरंभ कर दिया—

"बी.पी. ने दक्षिण सागर में तेल मिलने की घोषणा कर दी है। उन्हें यहाँ से प्रतिदिन लगभग 200,000 बैरल तेल निकलने की उम्मीद है। इस महत्त्वपूर्ण खोज की घोषणा कंपनी के चेयरमैन सर एरिक ड्रेक ने की। ब्रिटिश पेट्रोलियम का यह तेल क्षेत्र प्रॉस्पेक्टा ऑयल के फिलहाल अनन्वेषित क्षेत्र से केवल एक मील दूर है। बी.पी. की इस कथित खोज से आज बाजार बंद होने तक प्रॉस्पेक्टा ऑयल के शेयर 12.25 डॉलर की रिकॉर्ड कीमत पर पहुँच गए।

"हे ईश्वर!" जीन-पियरे ने कहा, "अब हम क्या करेंगे?"

"कोई बात नहीं," स्टीफन ने कहा, "अब हमें यह सारा पैसा वापस लौटाने के लिए कोई योजना बनानी होगी।"

❑❑❑